SCHUTZ FÜR REMI

SEALS OF PROTECTION: ALLIANCE
BUCH 1

SUSAN STOKER

Titelbild entworfen von: Chris Mackey, AURA Design Group
ISBN Taschenbuch: 978-1-64499-417-7
Besuchen Sie Susan im Netz!
www.stokeraces.com
facebook.com/authorsusanstoker
twitter.com/Susan_Stoker
bookbub.com/authors/susan-stoker
instagram.com/authorsusanstoker
Email: Susan@StokerAces.com

EBENFALLS VON SUSAN STOKER

1

Zuflucht für Cora
Zuflucht für Lara
Zuflucht für Maisy (1 Okt)
Zuflucht für Ryleigh (7 Jan)

Das Bergungsteam vom Eagle Point
Ein Retter für Lilly
Ein Retter für Elsie
Ein Retter für Bristol
Ein Retter für Caryn
Ein Retter für Finley
Ein Retter für Heather
Ein Retter für Khloe

SEALs of Protection: Legacy
Ein Beschützer für Caite
Ein Beschützer für Brenae
Ein Beschützer für Sidney
Ein Beschützer für Piper
Ein Beschützer für Zoey
Ein Beschützer für Avery
Ein Beschützer für Kalee
Ein Beschützer für Jane

Die SEALs von Hawaii:
Die Suche nach Elodie
Die Suche nach Lexie
Die Suche nach Kenna
Die Suche nach Monica
Die Suche nach Carly
Die Suche nach Ashlyn
Die Suche nach Jodelle

Delta Team Zwei
Ein Held für Gillian
Ein Held für Kinley
Ein Held für Aspen
Ein Held für Jayme
Ein Held für Riley
Ein Held für Devyn
Ein Held für Ember
Ein Held für Sierra

Mountain Mercenaries:
Die Befreiung von Allye
Die Befreiung von Chloe
Die Befreiung von Morgan
Die Befreiung von Harlow
Die Befreiung von Everly
Die Befreiung von Zara
Die Befreiung von Raven

Ace Security Reihe:
Anspruch auf Grace
Anspruch auf Alexis
Anspruch auf Bailey
Anspruch auf Felicity
Anspruch auf Sarah

Die Delta Force Heroes:
Die Rettung von Rayne
Die Rettung von Emily
Die Rettung von Harley
Die Hochzeit von Emily
Die Rettung von Kassie
Die Rettung von Bryn

KAPITEL EINS

»Du fliegst ohne mich?«

Remi Stephenson unterließ es, die Augen zu verdrehen. Gerade noch so. »Miles, wir haben Schluss gemacht. Natürlich fliege ich ohne dich.«

»Aber wir haben diese Reise nach Hawaii gemeinsam geplant«, jammerte ihr Ex-Freund.

Remi fragte sich, ob er schon immer so nervig gewesen war und sie sich nur geweigert hatte, es zu sehen. Innerlich schüttelte sie den Kopf. *Natürlich* war er schon immer so gewesen. Hatte nicht ihre beste Freundin Marley immer wieder versucht, ihr zu sagen, dass Miles ein Idiot war?

Vor etwas mehr als einer Woche hatte sie mit Miles Schluss gemacht, nachdem er sie zum gefühlt hundertsten Mal versetzt hatte, und dieses Mal hatte er es so sehr vermasselt, dass sie sein Arschlochverhalten weder übersehen noch entschuldigen konnte. Er hatte ihr versehentlich eine SMS geschickt, die für die Frau bestimmt war, mit der er hinter ihrem Rücken geschlafen hatte.

. . .

Miles: Remi schöpft keinen Verdacht. Ich habe ihr gesagt, dass ich die Grippe bekomme. Wir haben also mindestens die nächsten Tage Zeit für uns, bevor ich sie wieder sehen muss. Ich kann es kaum erwarten, bei dir zu sein, Baby. Zieh das rote Kleid an, das ich so sehr mag, und wir sehen uns in dreißig Minuten oder so.

Eigentlich sollte Remi aufgebracht oder wütend sein, dass ihr Freund sie betrogen hatte, aber ehrlich gesagt war sie einfach nur erleichtert. Er war kein sehr netter Mann, auch wenn sie immer wieder Ausflüchte für ihn gemacht hatte. Jetzt war *sie* fertig damit, nett zu sein.

»Hast du mich gehört?«, meckerte Miles erneut. »Wir haben diese Reise gemeinsam geplant. Alles, angefangen beim Hotel bis hin zu den Dingen, die wir machen wollten.«

»Falsch«, sagte Remi stirnrunzelnd. »*Ich* habe diese Reise geplant. Ganz allein. Du hast dich nur dafür interessiert, in welchem Hotel wir übernachten, und hast dafür gesorgt, dass ich Reservierungen in den teuersten Restaurants der Stadt mache.«

»Das ist nicht wahr.«

Remi war fertig. »Warum bist du überhaupt hier, Miles?«, fragte sie. Als es vorhin an ihrer Tür geklopft hatte, hatte sie Marley erwartet. Ihre Freundin wollte vorbeikommen, damit sie zusammen abhängen konnten. Sie wollten sich einen Film ansehen und auf ihrer Couch entspannen, etwas, das sie schon lange nicht mehr getan hatten. Marley hatte ein geschäftiges Leben mit ihrem Mann und ihren zwei Kindern, und Remi hatte all ihre Energie darauf verwendet, die Beziehung mit Miles am Laufen zu halten, was sie definitiv bereute.

Doch anstatt ihre Freundin zu sehen, fand sie Miles vor ihrer Tür vor … und jetzt war sie es leid, ihm beim Jammern zuzuhören.

»Ich bin hier, weil ich weiß, dass ich es vermasselt habe. Ich will mit *dir* zusammen sein.«

Da rollte Remi mit den Augen. Sie war fünfunddreißig. Viel zu alt, um ihm seinen Mist abzukaufen. »Nein, das willst du nicht. Vielleicht wolltest du es, als wir vor eineinhalb Jahren anfingen, miteinander auszugehen. Aber jetzt willst du mit der Stripperin zusammen sein, mit der du mich betrogen hast. Oh – und du willst mein Geld. Du willst tun, was du willst, wann du willst, und scheiß auf die Gefühle anderer, auf denen du dabei herumtrampelst.«

Miles richtete sich auf. Remi hatte ihn nicht eingeladen, sich zu setzen. Sie hatte ihn nicht einmal in ihre Wohnung eingeladen, er hatte sich einfach an ihr vorbeigedrängt, als sie die Tür geöffnet hatte.

»Du bist so ein Miststück«, erwiderte er schroff.

Remi konnte nicht anders. Sie lachte.

Miles machte einen Schritt auf sie zu. »Findest du das lustig? Und wenn du mich nicht mitnimmst, will ich die Hälfte des verdammten Geldes für diese Reise!«, forderte er.

Ihr Lächeln erstarb. »Nein. Das ist definitiv nicht *lustig*. Du hast vielleicht Nerven, herzukommen und dich darüber zu beschweren, dass ich ohne dich nach Hawaii fliege. Miles, *du* hast *mich* betrogen. Mit einer verdammten Stripperin. Das ist so klischeehaft, dass es lächerlich ist. Ich fliege ohne dich nach Hawaii. Ich werde schnorcheln gehen, in den Zoo, auf die Spitze des Diamond Head wandern, Hula-Kuchen im *Duke's* essen, den Surfern in Waikiki zusehen, an die Nordküste fahren und von einem Imbisswagen essen, mich im Ananas-Labyrinth der Dole Plantage verirren und jeden Abend an der Hotelbar mit heißen Fremden flirten, während ich an einem fruchtigen alkoholischen Getränk nippe.«

Der letzte Teil war etwas weit hergeholt, denn Remi war nicht der Typ, der flirtete. Sie war introvertiert und wüsste nicht einmal, was sie zu einem attraktiven Fremden sagen sollte. Aber sie war in Fahrt, also schob sie diesen Gedanken beiseite. »Und warum sollte ich *nicht* auf diese Reise gehen? Ich habe sie bezahlt! Die Flugtickets, das Hotel, die Ausflüge, alles – du hast nichts bezahlt, also *bekommst* du auch nichts. Ich werde mich ausnahmsweise mal amüsieren, ohne mich darum zu sorgen, es dir recht zu machen.«

»Darüber hast du dir *nie* Sorgen gemacht«, blaffte er, das Gesicht rot vor Wut.

Remi verstand nicht, woher sein Zorn kam. Der Miles, den sie kannte, war ziemlich entspannt. Aber andererseits hatte sie immer alles getan, was er wollte, warum hätte er also *nicht* so sein sollen?

»Du bist ein Miststück«, wiederholte Miles. »Ein hässliches, fettes Miststück! Du willst nur zu Hause sitzen und deinen dämlichen Cartoon zeichnen. Du hattest *Glück,* mich als Freund zu haben. Ich habe dir einen Gefallen getan.«

»Einen Gefallen?«, fragte Remi ungläubig.

»Ja. Du bist ein verdammter Nerd. Erbärmlich. Du hast keine Freundinnen, außer diesem Miststück Marley, und du bist schlecht im Bett. Du hast überhaupt kein Leben. Ich habe dir zu helfen versucht, dich zum Besseren zu ändern, aber anstatt auszugehen, um Spaß zu haben, und wie eine *richtige* Frau zu lernen, wie man einen Blowjob gibt, willst du immer nur hierbleiben. Du bist *langweilig,* Remi. Du wirst wie eine dieser ekelhaften Katzenfrauen enden … alt, fett, stinkend, weil dein Haus von zwanzig Katzen bevölkert ist, und zufrieden damit, auf deiner Couch zu sitzen und zu lesen oder deine beschissenen Cartoons zu zeichnen.«

Erstens fand Remi, dass das, was er beschrieben hatte, ziemlich gut klang. Lesen und Zeichnen, von Katzen umgeben? Sie war dabei.

Aber zweitens … was für ein *Arschloch.*

»Raus hier«, sagte sie zu Miles und deutete auf die Tür.

»Ich bin noch nicht fertig«, erwiderte er aufgeblasen.

»Doch, das bist du«, konterte sie.

»Was willst du denn machen? Willst du mich *zwingen* zu gehen?«, fragte er mit finsterer Miene, die Arme vor der Brust verschränkt.

Zum ersten Mal spürte Remi ein leichtes Unbehagen in sich aufsteigen. Sie hatte nie Angst vor Miles gehabt. Aber in diesem Moment schüchterte er sie irgendwie ein.

»Dachte ich mir. Du kannst einen Scheißdreck tun.«

Remi starrte ihren Ex einen Moment lang an, bevor sie ihm den Rücken zuwandte und auf den kurzen Flur zuging, der zu ihrer kleinen Garage führte.

»Wo willst du hin? Ich bin noch nicht fertig damit, mit dir zu reden«, rief Miles.»Warte – halt! *Nicht*, Remi.«

Zu spät. Remi hatte bereits den Panikknopf des Sicherheitssystems gedrückt.

»Scheiße! Warum hast du das getan?«, fragte Miles, der wieder zum Jammern überging.

»Ich habe dir gesagt, du sollst gehen. Dachtest du, ich sei eine von diesen dämlichen Frauen aus den Filmen, die du so gern siehst, die herumstehen und nichts tun, während ihre Ex-Freunde sie schlagen? Niemals. Verschwinde, Miles. Ich will dich nie wiedersehen. Ich will auch nicht mehr mit dir reden. Es ist mir scheißegal, ob du dir eine Geschlechtskrankheit einfängst und dein Schwanz abfällt.«

»Nett, Remi.«

»Ich *bin* nett«, gab sie zurück.

Sie starrten einander einen Moment lang an, bevor Remis Telefon im anderen Zimmer zu klingeln begann.

»Das ist die Sicherheitsfirma, die wissen will, ob alles in Ordnung ist«, erklärte sie ihm.»Und wenn ich nicht antworte, wird der Mitarbeiter der Polizei sagen, dass sie Gas geben soll,

SUSAN STOKER

und die Beamten werden innerhalb weniger Minuten hier sein. *Verschwinde.*«

Remi hielt den Atem an. Die Wahrheit war, dass ihr Herz hämmerte und ihre Hände klamm waren. Sie mochte keine Konfrontationen, aber sie würde nicht vor Miles zurückweichen.

»Fick dich!«, zischte Miles. »Gut, dann flieg allein nach Hawaii. Ich hoffe, es ist scheiße. Ich hoffe, dein Zimmer hat Bettwanzen, das Essen ist furchtbar und du wirst mitten im verdammten Ozean zurückgelassen, während du auf diesem blöden Schnorchelausflug bist, den du unbedingt buchen wolltest, obwohl du weißt, dass ich seekrank werde.«

Remi antwortete nicht. Sie stand einfach neben der Alarmanlage und starrte den Mann an, den sie für so sanftmütig gehalten hatte ... und der zu sehr in das Geld ihrer Familie verliebt war, um es zu wagen, so mit ihr zu sprechen, wie er es jetzt tat.

Er machte einen Schritt auf sie zu – um was zu tun, das wusste sie nicht –, hielt jedoch inne, als schließlich Sirenen ertönten. Seine Fäuste waren fest geballt und er starrte sie einen weiteren Augenblick lang an.

»Was zum Teufel ist hier los?«

Jeder Muskel in Remis Körper entspannte sich.

Marley. Ihre beste Freundin war knallhart. Sie war alles, was Remi nicht war. Und dass sie genau dann auftauchte, als sie sie brauchte, schien ein verdammtes Wunder zu sein.

»Miles wollte gerade gehen. Nicht wahr?«, sagte Remi zu ihrem Ex.

»Miststück«, murmelte Miles erneut – die Beleidigung wurde langsam alt –, bevor er sich umdrehte und zur Haustür ging. Im Vorbeigehen stieß er mit der Schulter gegen Marley, wodurch sie einen Schritt zurückstolperte. Aber ihre beste Freundin wich nicht vor ihm zurück, sondern stellte sich aufrecht hin, verbreiterte ihren Stand und funkelte Miles an, der die Haustür aufriss und hinter sich zuschlug.

Remi ließ sich gegen die Wand sinken. Sie konnte nicht glauben, dass das gerade passiert war. Dann hörte sie das Klingeln ihres Telefons und eilte in den Wohnbereich, um es zu holen. Sie ging ran, teilte der Frau der Sicherheitsfirma atemlos ihr Codewort mit und erklärte, was passiert war. Es war zu spät, die Polizei zurückzurufen, was für Remi in Ordnung war. Sie würde dafür sorgen, dass die Beamten sich notierten, was mit ihrem Ex passiert war, nur für den Fall.

Eine Stunde später saß Remi schließlich mit einem Glas Wein in der Hand auf ihrer Couch, ihre beste Freundin voller Sorge neben ihr.

»Ich kann nicht glauben, dass er den Mut hatte, diesen ganzen Scheiß zu sagen«, sagte Marley stirnrunzelnd.

Remi hatte den Polizisten alles erzählt, und natürlich hatte Marley alles gleichzeitig gehört. Die Beamten hatten sich Notizen gemacht, ihr gesagt, sie solle sicherstellen, dass ihre Türen verschlossen und das Sicherheitssystem eingeschaltet sei, und waren wieder gegangen.

»Nicht wahr? Ich meine, Miles dachte wirklich, es sei eine Beleidigung, mir zu sagen, dass ich mal zu einer Katzenfrau werde«, sagte Remi in dem Versuch, die Stimmung aufzulockern.

Marley schüttelte den Kopf. »Er ist für uns gestorben«, erklärte sie dramatisch. »Sein Name wird nie wieder über unsere Lippen kommen. Von jetzt an ist sein Name Volldepp.«

Remi lachte. Genauer gesagt prustete sie. Marley wurde offensichtlich von ihrer zwölfjährigen Tochter beeinflusst, die gerade am Rennen um die Dramaqueen-der-Welt-Krone teilnahm.

Marleys Lippen zuckten, als sie ein Lächeln unterdrückte. »Ich meine es ernst«, sagte sie zu Remi.

»Und ich habe dich gehört. Von nun an ist Volldepp vergessen.«

»Gut.« Marley griff nach ihrer Hand. »Bist du sicher, dass es dir gut geht? Die ganze Szene klang, als sei sie sehr intensiv gewesen.«

»So hat es nicht angefangen. Volldepp war hier, um mich anzuflehen, ihn zurückzunehmen. Oder eher, um mich anzuflehen, ihn mit nach Hawaii zu nehmen. Und ich glaube, er dachte, es würde einfach werden. Er hat mich nie wirklich gemocht, Marl, es ging ihm um mein Geld. Darum geht es *immer*.«

»Es gibt da draußen jemanden für dich. Jemanden, der dich so sieht, wie du bist. Eine fantastische, talentierte, schöne, sinnliche Frau.«

Remi seufzte. Sie liebte ihre Freundin dafür, dass sie sie unterstützte, aber sie wusste, was sie war und was nicht. Volldepp hatte nicht ganz unrecht. Sie *war* ein Nerd. Sie hatte ein paar Kilo zu viel auf den Rippen und hing viel lieber in ihrer Wohnung herum und zeichnete ihren neuesten Comic, als auszugehen und gesehen zu werden. Aber die Sache war ... sie hatte kein Problem damit. Sie wünschte sich nicht, sie sei größer, dünner, hübscher oder geselliger. Sie mochte ihr Leben. Sie wünschte sich nur, sie hätte jemanden, mit dem sie es teilen konnte.

»Ich weiß«, sagte sie verspätet.

Ihre beste Freundin, die sie so gut kannte wie niemand sonst, stellte Remi nicht wegen ihrer begeisterungsarmen Antwort zur Rede. Stattdessen wechselte sie das Thema. »Also ... du fliegst wirklich allein nach Hawaii?«

Remi setzte sich aufrechter hin und nickte. »Das tue ich. Vor heute Abend habe ich noch mit mir gehadert, aber jetzt fliege ich definitiv.«

»Schön für dich. Ich wünschte, ich könnte mit dir kommen«, sagte Marley ein wenig traurig.

»Ich weiß. Aber du hast hier zu viel zu tun. Wir machen unseren Mädchenausflug ein anderes Mal.«

»Ich nehme dich beim Wort. Ich bin so stolz auf dich, Remi. Versprich mir nur, dass du nicht die ganze Zeit in deinem Hotelzimmer sitzen wirst. Dass du tatsächlich rausgehst und all die Dinge tust, die du gebucht hast.«

»Das werde ich. Ich meine, ich bin mir sicher, dass ich ein bisschen in meinem Zimmer sitzen werde. Immerhin habe ich für dieses tolle Eckzimmer mit Meerblick bezahlt, also sollte ich auf meine Kosten kommen. Aber ich will entdecken gehen. Ich will die Nordküste sehen, einen Dole Whip essen und diesen Hula-Kuchen probieren, von dem alle immer reden. Und ich will schnorcheln gehen. Ich habe gehört, dass es in Hawaii überall Schildkröten gibt. Ich möchte eine in freier Wildbahn sehen.«

»Du solltest besser eine ganze Menge Fotos machen«, forderte Marley.

»Natürlich.«

»Und schick sie mir«, fuhr ihre beste Freundin fort. »Ich brauche jeden Tag einen Lebensbeweis von dir, sonst rufe ich die Polizei, damit sie dein Zimmer stürmt, um sich zu vergewissern, dass es dir gut geht.«

Remi lachte wieder prustend. Gott, sie war unmöglich. Sie wünschte, sie hätte ein süßes Lachen, aber zum Glück war es Marley egal, dass sie so ein komisches Lachen hatte. »Das würdest du tatsächlich tun, nicht wahr?«

»Natürlich. Ich liebe dich, Remi. Wer sonst war immer für mich da?«

Überraschenderweise traten ihr Tränen in die Augen. Die Wahrheit war, dass Marley immer für *Remi* da gewesen war, nicht andersherum. Von außen betrachtet hatte Remi alles. Ihre Eltern waren stinkreich, sie wohnte in einer schönen Wohnung, hatte einen Schrank voller Designerklamotten ... aber außer Marley hatte sie keine anderen Freunde. Solange sie denken konnte, war sie einsam gewesen.

Sie war schon immer exzentrisch gewesen, schon als Kind. Sie liebte es, zu zeichnen und zu kritzeln, wann immer sie konnte, und zog es vor, dies zu tun, anstatt mit ihren Klassenkameraden draußen zu spielen. Die anderen Kinder verstanden sie nicht, und da sie anders war als sie, war sie ein leichtes Ziel, um sich über sie lustig zu machen.

Marley hatte all ihre Schutzschilde durchbrochen und ihr in der dritten Klasse mitgeteilt, dass sie beste Freundinnen sein würden, und das war es gewesen.

»Nicht weinen!«, beharrte Marley. »Wenn du damit anfängst, geht es bei mir auch los, und du weißt, dass Weinen bei mir nicht hübsch ist!«

Das stimmte. Marley mochte umwerfend und zierlich sein, mit wunderschönem, dichtem roten Haar und grünen Augen, die wie das Wasser in der Karibik aussahen, aber wenn sie weinte, wurde ihr Gesicht rot und fleckig, ihre Augen blutunterlaufen, und sie sah völlig durcheinander aus.

»Also, welchen Film sehen wir uns an?«, fragte Remi, während sie sich die Tränen aus den Augen wischte.

»*Natürlich blond*, auf jeden Fall! Ich liebe es zu sehen, wie der Kerl das bekommt, was ihm zusteht!«, rief Marley aus.

Remi lächelte. Sie war nicht überrascht, dass ihre Freundin diesen Film ausgewählt hatte. Um ehrlich zu sein, war es auch einer von Remis Lieblingsfilmen. Und sie musste etwas sehen, bei dem der Ex-Freund am Ende verlor.

Sie nahm die Fernbedienung in die Hand, klickte auf die Streaming-App, die den Film enthielt, und rief ihn auf.

Marley lehnte sich an Remi, als der Film begann, und sagte leise: »Es ist das Pech von Volldepp. Er weiß es jetzt vielleicht nicht, aber er hat es versaut und das Beste verloren, was ihm je passiert ist. Du wirst die richtige Person für dich finden, Remi. Ich weiß es.«

Remi nickte, aber sie war sich nicht so sicher. Sie spürte, wie die Uhr tickte. Sie wurde nicht jünger, und bis jetzt hatte sie noch keinen Mann gefunden, der über das Geld ihrer Familie und ihr introvertiertes Äußeres hinwegsehen konnte, um die Frau dahinter zu erkennen. Sie war mehr als bereit, jemanden zu lieben, aber sie hatte einfach noch keinen Mann gefunden, der sie so mochte, wie sie war.

Sie verdrängte die deprimierenden Gedanken aus ihrem Kopf, nahm einen Schluck Wein und machte es sich bequem, um Elle Woods dabei zuzusehen, wie sie einem Anwalt in den Hintern trat.

KAPITEL ZWEI

»Willst du wirklich allein nach Hawaii fliegen?«, fragte Safe.

Vincent »Kevlar« Hill lächelte. »Scheiße ja, das mache ich.«

Smiley hob eine Hand und wartete darauf, dass Kevlar ihn abklatschte.

»Gut für dich«, sagte Preacher.

»Mutig«, fügte MacGyver hinzu.

»Ohne den Mühlstein am Hals wird es einfacher sein, flachgelegt zu werden«, sagte Howler mit einem Grinsen.

Flash verpasste ihm einen Schlag auf den Hinterkopf. »Unhöflich, Mann!«, rief er.

Kevlar ärgerte sich nicht über die Sticheleien seiner Freunde. Es waren Männer, für die er sterben würde und die im Gegenzug für ihn sterben würden. Als Navy SEALs waren sie zusammen durch die Hölle und wieder zurück gegangen und auf der anderen Seite größtenteils unbeschadet wieder herausgekommen.

Sie saßen gerade im *Aces Bar and Grill*, einer Kneipe in der Nähe des Marinestützpunkts, auf dem sie stationiert waren. In der Vergangenheit war die Kneipe *der* Ort für Männer und

Frauen gewesen, die ein unverbindliches sexuelles Intermezzo suchten. Doch seit der Besitzer vor einigen Jahren gewechselt und Jessyka Sawyer übernommen hatte, war die Kneipe zu einem entspannten Treffpunkt für Männer und Frauen der Marine geworden und nicht mehr so sehr ein Aufreißerlokal.

Das passte Kevlar sehr gut. Mit fünfunddreißig hatte er eine Phase durchgemacht, in der er bedeutungslosen Sex mit heißen Frauen genossen hatte, die nur mit einem Navy SEAL schlafen wollten, aber diese Art von Lebensstil hatte schnell ihren Glanz verloren. Vielleicht lag es an all den Einsätzen, bei denen er dem Tod nahe gewesen war und die ihm gezeigt hatten, was im Leben wirklich wichtig war. Vielleicht lag es auch daran, dass er durch andere SEALs, die er kannte, die Auswirkungen solcher Beziehungen miterleben musste – angefangen bei unerwarteten Schwangerschaften bis hin zu sexuell übertragbaren Krankheiten.

Es lag jedoch eher daran, dass er die Beziehungen seiner Mentoren zu ihren Frauen und Kindern miterlebte.

Sein Freund Wolf Steel – und alle ehemaligen Teamkameraden des Mannes – waren nach ihrem Ausscheiden aus der Marine in der Gegend von Riverton geblieben, um bei der Ausbildung und Betreuung der SEALs zu helfen, die auf dem Stützpunkt rotierten. Seitdem Kevlar den Mann zum ersten Mal getroffen hatte, fühlte er sich mit ihm und seinem Team verbunden. In SEAL-Kreisen waren sie legendär; jeder kannte ihre Statistiken, wie viele Einsätze sie absolviert und was sie alles getan hatten.

Aber für Kevlar war das Beeindruckendste die Nähe, die sie zu ihren Familien und zueinander hatten. Die Männer waren nicht nur auf dem Schlachtfeld, sondern auch im Leben Teamkameraden. Das war etwas, das extrem selten war. Kevlar wusste das, und Wolf und die anderen auch. Jeder, der sich mit einer ihrer Frauen oder Kinder anlegte, sah sich mit sieben wütenden ehemaligen Navy SEALs konfrontiert, die nicht zögerten, alles zu tun, was nötig war, um die Bedrohung für ihre Familien auszulöschen.

Wenn er sich am Tisch in *Aces Bar and Grill* umsah, spürte Kevlar dieselbe Verbundenheit mit den Männern seines Teams. Er war Teamleiter, eine Position, die er nicht auf die leichte Schulter nahm. Er fühlte sich für jeden Einzelnen von ihnen verantwortlich, sowohl wenn sie auf Missionen als auch wenn sie zu Hause waren. Er hatte schon immer ein, wie manche sagen würden, übersteigertes Verantwortungsgefühl für andere gehabt.

Nur einer seiner Teamkameraden war mit ihm in der Grundausbildung gewesen. Brandon »Howler« Starrett war jünger als er, denn Kevlar hatte sich erst für die Marine entschieden, nachdem er auf dem College gescheitert war und sich dann ein paar Jahre herumgequält hatte, um herauszufinden, was er tun wollte. Howler hatte schon als Kind gewusst, dass er ein SEAL werden wollte. Sie hatten einander während der Höllenwoche und darüber hinaus angetrieben. Wann immer sie die Glocke läuten und einfach aufgeben wollten, hatten sie sich gegenseitig davon überzeugt, noch einen Tag länger durchzuhalten.

Und hier waren sie nun und dienten zusammen in demselben SEAL-Team. Kevlar war stolz auf sich und Howler, dass sie es so weit gebracht hatten. Es war eine Ehre, im selben Team wie sein Freund zu sein.

Aber die anderen Männer waren für Kevlar genauso wichtig. Bo »Safe« Cyders, Jude »Smiley« Stark, Shawn »Preacher« Franklin, Ricardo »MacGyver« Douglas und Wade »Flash« Gordon waren mehr als nur Teamkameraden. Sie waren eine Familie. Und da sie eine Familie waren, bedeutete das, dass sie einander manchmal auf die Nerven gingen. Es bedeutete, dass sie einander hin und wieder auf dem falschen Fuß erwischten und keine Gelegenheit ungenutzt ließen, um sich in die Angelegenheiten der anderen einzumischen.

Bei ihrem Treffen im *Aces* hatte er ihnen gerade von seiner Entscheidung erzählt, seine Reise nach Hawaii, die er mit seiner Ex geplant hatte, nicht abzusagen. Sie alle wussten von der Trennung von seiner Freundin Bertie, mit der er ein Jahr zusammen gewesen war. Sie unterstützten seine Entscheidung, aber das war keine Überraschung, denn Kevlar wusste genau, dass keiner seiner Teamkameraden seine Ex wirklich mochte. Seine Erleichterung, als sie diejenige gewesen war, die den Schlussstrich zog, hatte ihm klargemacht, wie falsch ihre Beziehung gewesen war. Er hatte aus Gründen daran festgehalten, derer er sich nicht einmal sicher war. Er hätte den Mut haben müssen, mit ihr Schluss zu machen, aber so oder so war es eine Erleichterung.

»Ich habe beschlossen, da ich den ganzen Urlaub bezahlt habe und das Flugticket nicht zurückerstattet werden kann, kann ich genauso gut gehen«, sagte Kevlar zu seinen Freunden.

»Ich finde das großartig«, sagte Flash.

»Ich auch. Aber was hält Bertie davon?«, fragte Preacher.

Kevlar warf ihm einen Blick zu. »Sie findet das nicht so klasse.«

Die anderen Männer lachten alle.

»Du meinst, sie hat einen ordentlichen Anfall bekommen«, korrigierte MacGyver.

»So in etwa«, stimmte Kevlar zu.

»Aber sie war diejenige, die mit *dir* Schluss gemacht hat«, sagte Safe. »Was hat sie also zu meckern?«

»Ich schätze, sie dachte, ich sei ein Gentleman oder so und würde sie mit einer ihrer Freundinnen fliegen lassen«, sagte Kevlar achselzuckend.

»Als ob«, murmelte Smiley.

»Ich meine, du hättest sie fliegen lassen können«, sagte

Howler lässig, während er einen Schluck von seinem Bier nahm. »Wir hätten auf diese Mission nach Syrien gehen können, wenn du nicht gegangen wärst.«

Kevlar würde deswegen kein schlechtes Gewissen bekommen. Er hatte im Voraus die Genehmigung erhalten, eine Woche Urlaub zu nehmen, und so wurde ein anderes SEAL-Team auf diese Mission nach Übersee geschickt. Ihm war klar, dass Howler unbedingt dorthin wollte, aber er würde kein schlechtes Gewissen haben, weil er sich eine Auszeit nahm. Es war ewig her, dass er sich eine Pause gegönnt hatte. Verdammt, seit *irgendeiner* von ihnen Urlaub genommen hatte. Ihr Gleichgewicht zwischen Arbeit und Privatleben war aus den Fugen geraten – eine Tatsache, die ihm noch deutlicher vor Augen geführt wurde, nachdem Bertie mit ihm Schluss gemacht hatte, weil er ständig weg war.

Es war keine Überraschung. Kevlar hatte gewusst, dass Bertie unglücklich darüber war, wie oft er weg war und wie wenig Zeit sie mit ihm hatte. Aber sie hatte gewusst, worauf sie sich einließ, als sie mit einem Navy SEAL ausging. Und sie hatte sowieso nicht lange gebraucht, um weiterzuziehen. Nach dem zu urteilen, was er durch die Gerüchteküche gehört hatte, war sie bereits mit einem anderen zusammen. Mit dem Steuerberater, der ihre Steuern machte. Es würde ihn nicht überraschen, wenn sie ihn schon vor ihrer offiziellen Trennung betrogen hatte.

Er war nicht verärgert über die Vorstellung. Zu behaupten, sie hätten sich auseinandergelebt, wäre eine Untertreibung. Die letzten vier Monate waren alles andere als gesund gewesen. Sie stritten sich ständig, und es hatte nicht lange gedauert, bis sie einen Teil ihrer Persönlichkeit zeigte, den sie in der Flitterwochenphase ihrer Beziehung verborgen gehalten hatte. Bertie *hasste* es, wenn sie ihren Willen nicht bekam. Und dass sie nicht die Reise nach Hawaii antreten konnte, die sie geplant hatte – ohne *jeglichen* Beitrag von ihm, obwohl er mehr als bereit gewesen war, sich hinzusetzen und zu besprechen, was sie dort tun sollten –, hatte sie mächtig verärgert.

»Hör endlich mit der Mission in Syrien auf, Howler«, sagte Safe. »Genieße die Pause. Wir haben sie uns weiß Gott verdient.«

»Wie auch immer, Mann«, erwiderte Howler.

»Ich weiß aber, dass du dich nicht an die von Bertie vorgegebene Route halten wirst, oder?«, fragte MacGyver. »Als du es das letzte Mal erwähnt hast, ging es viel um Einkaufen und Bustouren.«

Kevlar zuckte zusammen. »Ja, nein. Nicht meine Vorstellung von Spaß. Ich habe fast den ganzen Mist abgesagt und werde überwiegend improvisieren. Ich nehme den Leihwagen und fahre um die Insel. Ein paar gute Restaurants finden, ein paar Wanderungen machen und so weiter. Aber der private Tauchausflug steht auf jeden Fall auf der Tagesordnung. Das war das Einzige, worauf ich mich wirklich gefreut habe.«

»Sicher, denn das war der einzige Beitrag, den du zu der ganzen Reise machen konntest«, sagte Preacher mit finsterer Miene.

Kevlar nickte. Es stimmte, dass der Tauchausflug sein einziger Beitrag zur Planung war. Aber er hatte seinen Freunden nichts von dem erneuten Streit zwischen ihm und Bertie erzählt, der dadurch entstanden war. Sie wollte die halbprivate Tour nicht buchen. Sie sagte, es sei langweilig und sie könne nicht tauchen. Er hatte argumentiert, dass sie schnorcheln könnte, während er tauchen ging, aber sie war immer noch nicht zufrieden. Sie war aus seiner Wohnung gestürmt und hatte zwei Tage lang nicht mit ihm gesprochen, als er nicht nachgab und darauf bestand, nur eine Sache zu tun, die *er* im Urlaub tun wollte.

Sie hatte schließlich nachgegeben und den Ausflug

gebucht, aber Kevlar hatte den Eindruck, dass sie, wenn es an der Zeit war, auf das Boot zu gehen, wahrscheinlich etwas anderes gefunden oder behauptet hätte, sie sei an diesem Tag krank. Was ihn nicht so sehr beunruhigte, wie es hätte sein sollen. Es war nur ein weiteres Indiz dafür, dass ihre Beziehung nicht funktionierte.

Aber er wusste, warum er sie nicht zuerst beendet hatte – beim Aufrechterhalten einer Beziehung war er genauso stur wie bei der Missionsplanung. Denn die Wahrheit war, dass Kevlar das wollte, was Wolf und seine anderen Mentoren hatten. Eine Frau, die ihn mit jeder Faser ihres Wesens liebte und die er ebenso liebte. Manche Leute würden spotten und denken, er sei unrealistisch. Dass er es als Navy SEAL besser wissen müsste, als sich nach einer normalen Beziehung zu sehnen. Aber das tat er.

»Bleibst du in diesem verdammt schicken Hotel, das sie ausgesucht hat?«, fragte Smiley.

Kevlar schüttelte den Kopf. »Nein, ich habe ein anderes ausgesucht. Es ist mir egal, wo ich wohne, solange die Bettwäsche sauber ist. Ich gebe mein Geld lieber für andere Dinge aus.«

Safe lehnte sich vor, stützte die Ellbogen auf den Tisch und legte die Stirn in Falten. »Wird sie dir deswegen weiterhin das Leben schwer machen?«

Das war es, was Kevlar an seinen Freunden mochte. Sie konnten nervige Arschlöcher sein, die sich in seine Angelegenheiten einmischten, aber wenn es hart auf hart kam, kümmerten sie sich.

Seine erste Neigung war, den Kopf zu schütteln. Safes Bedenken abzutun, aber das konnte er nicht. »Vielleicht.«

»Was soll das heißen?«, fragte Howler. »Müssen wir zu ihr fahren und ihr klarmachen, dass sie dich in Ruhe lassen soll?«

Kevlar sah seinen Freund an und war überrascht, dass er es

ernst meinte. »Nein. Erstens würde ich nie eine Frau bedrohen, egal was für ein Miststück sie ist. Und zweitens werde ich mit Bertie schon fertig.«

»Was hat sie bis jetzt getan?«, fragte Flash.

»Meistens hat sie nur genervt«, gab Kevlar zu.

»Was bedeutet das?«, fragte Preacher. »Komm schon, Mann, wenn wir dir den Rücken freihalten wollen, brauchen wir Informationen.«

»Es bedeutet nur, dass sie jede Minute, bevor ich in den Flieger nach Hawaii steige, mit dem Versuch verbringen wird, mich davon zu überzeugen, *sie* stattdessen gehen zu lassen. Es ist ihr egal, dass ich dafür bezahlt habe; sie denkt, da sie alles geplant hat, sollte sie diejenige sein, die fliegt.«

»Bleib stark, Kumpel«, sagte Smiley zu ihm.

»Ich habe es vor.«

»Gut.«

»Also ... was wollt ihr in unserer freien Woche machen?«, fragte Kevlar.

Er war nicht wirklich überrascht, dass niemand konkrete Pläne hatte. MacGyver wollte über das Wochenende seine Familie in Los Angeles besuchen, aber sonst hatte niemand etwas geplant.

»Ich werde wahrscheinlich in der *Goldenen Auster* abhängen«, sagte Howler.

»Diese Kneipe ist eine Spelunke«, sagte Flash und rümpfte angewidert die Nase.

»Ja, aber da gibt es jede Menge Frauen, die sich einen SEAL angeln wollen.«

In solchen Momenten kam Kevlar sich vor, als sei er Jahrzehnte älter als sein Freund und nicht nur sieben Jahre.

»Du hast den Scheiß noch nicht satt?«, fragte Preacher.

»Sagt der Mann mit dem Spitznamen ›Preacher‹«, stichelte Howler.

»Im Ernst, dieser Ort ist ekelhaft«, sagte Smiley.

Aber Howler zuckte nur mit den Schultern. »Wenn wir schon nicht in Syrien anderen in den Arsch treten können, können wir genauso gut ein wenig Spaß haben, während wir gezwungen sind, Urlaub zu nehmen.«

Kevlar hasste es, dass sein Freund so dachte.

»Nun, ich für meinen Teil bin froh, mal nur auf dem Hintern zu sitzen«, sagte Flash zu ihnen.

»Ebenso«, stimmte Safe zu.

»Ich auch«, sagte Smiley mit einem Nicken.

»Alte Käuze. Ihr benehmt euch, als wärt ihr siebzig und nicht in der Blüte eures Lebens«, beschwerte Howler sich.

»Ich habe den Fleischmarkt einfach satt«, sagte Safe. »Ich werde die Liebe meines Lebens nicht in einer Kneipe finden.«

»Das kannst du nicht wissen. Viele Leute haben ihre große Liebe in einer Kneipe gefunden«, konterte Howler. »Sogar Jess, die Braut, der dieser Laden gehört, hat hier *ihren* Mann gefunden.«

»Das ist etwas anderes«, argumentierte Safe.

»Ach ja?«, fragte Howler.

Kevlar konnte seinem Freund nicht wirklich widersprechen. Sie alle kannten die Geschichte von Jessyka, die als Kellnerin in genau dieser Kneipe gearbeitet hatte, als sie sich mit Benny und seinen Freunden angefreundet hatte, und der Rest war Geschichte.

Die Glocke über der Eingangstür läutete, und die sieben Männer am Tisch drehten den Kopf, um zu sehen, wer gerade eingetreten war. Es war in ihrer DNA verankert, vorsichtig zu sein und alles über ihre Umgebung zu wissen, nur für den Fall.

»*Er* ist wieder da«, sagte Howler zu niemandem speziell.

»Er« war Blink Davis. Ein SEAL-Kollege, der zu einem anderen Team gehörte. Auf dem Stützpunkt hieß es, er befände sich im Erholungsurlaub – nicht freiwillig –, nachdem ein besonders krasser Einsatz schiefgelaufen war. Drei seiner Teamkameraden waren getötet worden, zwei weitere lagen mit berufsbeendenden Verletzungen noch im Krankenhaus. Blink war der Einzige gewesen, der dieses Chaos von Mission körperlich unbeschadet überstanden hatte. Geistig war es eine andere Geschichte. Was auch immer bei diesem Einsatz passiert war, hatte Blink den Kopf verkorkst, und sein Kommandant hatte entschieden, dass er noch nicht wieder in den aktiven Dienst zurückkehren konnte. Er hatte ihn gezwungen, einen Erholungsurlaub zu nehmen, um seinen Kopf wieder auf Vordermann zu bringen.

Soweit Kevlar das beurteilen konnte, verbrachte Blink die meiste Zeit seines Urlaubs im *Aces*. Er saß stundenlang an der Bar, sprach mit niemandem, trank ein Bier und starrte geradeaus.

»Erbärmlich«, murmelte Howler.

Kevlar funkelte ihn an. »Nicht cool«, knurrte er.

»Er ist erledigt, Mann. Er wird auf keinen Fall wieder in die Spezialeinheit zurückkehren können. Du kannst mir nicht erzählen, dass du ihn in einem Team würdest haben wollen, das *du* leitest. Nicht mit seinem geistigen Zustand.«

»Du weißt nicht, *wie* es um seinen geistigen Zustand bestellt ist«, gab Smiley zurück. »Du weißt gar nichts über ihn.«

»Ich weiß, was ich gehört habe. Dass er, als die Kacke am Dampfen war, vor den Kugeln *weglief*, statt auf sie zuzugehen.«

»Von wem hast du das gehört?«, fragte Kevlar mit leiser Stimme. »Denn es ist sicherlich nicht das, was ich gehört habe. Und ich habe meine Informationen von seinem Kommandanten, nicht von irgendeiner Klatschgruppe kleiner Mädchen auf dem Klo.«

»Wie auch immer«, sagte Howler. Er kippte den Rest seines Bieres hinunter und knallte das Glas auf den Tisch. Dann schob er seinen Stuhl zurück und stand auf. »Ich gehe in die

Goldene Auster. Möchte jemand aufhören, wie ein alter Mann herumzusitzen, und mitkommen?«

Als niemand sprach, rollte Howler mit den Augen und ging zur Tür.

»Ich bezahle sein Bier nicht«, sagte Smiley nach einem Moment.

»Ich auch nicht«, stimmte Flash zu.

»Ich übernehme es«, sagte Kevlar zu seinen Freunden.

»Er ist manchmal so ein Arschloch«, sagte Safe kopfschüttelnd.

Kevlar widersprach nicht. Aber andererseits hatten sie alle ihre Arschloch-Momente, und er nahm es Howler nicht übel. Er war ein verdammt guter SEAL und eine Bereicherung für ihr Team. Er mochte nicht der toleranteste Mann sein, aber wenn es hart auf hart kam, hielt er ihnen den Rücken frei.

Kevlar beobachtete, wie Blink sich an der Bar niederließ. Jessyka kam mit einem Bier in der Hand herüber und stellte es vor ihm ab, bevor sie sich auf die Theke lehnte und ein paar Sekunden mit ihm sprach, dann ging sie weg, um einem anderen Gast einen Drink zu machen.

»Wann fliegst du nach Hawaii?«, fragte Smiley und lenkte Kevlars Aufmerksamkeit von dem einsamen SEAL an der Bar ab.

»Dieses Wochenende. Bertie hat Sitze in der Businessklasse gekauft, also kann ich wenigstens im Flugzeug schlafen.«

»Nett. Schön für dich. Ich hoffe, du hast viel Spaß. Du hast es verdient, Kevlar«, sagte Flash.

»Ja, du arbeitest verdammt hart, und das wird eine großartige Pause für dich sein«, stimmte Safe zu.

»Das hoffe ich.«

»Lass dich einfach treiben, dann kommst du schon klar. Das ist keine Mission, bei der es um Leben und Tod geht, also genieße es«, erwiderte Smiley.

»Wirst du versuchen, Baker zu sehen, während du dort bist?«, fragte MacGyver.

»Ja. Aber da er jetzt eine Frau hat, bin ich mir nicht sicher, wie viel Zeit er für mich haben wird«, sagte Kevlar achselzuckend.

»Wie ich Baker kenne, wird er sich die Zeit nehmen«, sagte Preacher. Baker war ein ehemaliger SEAL, der sich an der Nordküste von Oahu niedergelassen hatte. Er war älter, aber immer noch stark in SEAL-Einsätze involviert. Kevlar kannte nicht alle Einzelheiten dessen, was er für die Regierung tat, aber da er und sein Team mehr als einmal von den Informationen profitiert hatten, die Baker geliefert hatte, war es Kevlar egal. Baker war fast so eine Legende wie Tex ... ein weiterer ehemaliger SEAL, der es sich zur Lebensaufgabe gemacht hatte, Soldatinnen und Soldaten aller Truppen zu schützen.

»Danke Baker für uns«, sagte Smiley. »Für Nigeria.«

Kevlar wusste genau, was Smiley meinte. Ohne die Informationen, die Baker geliefert hatte, hätte die Mission doppelt so lange gedauert. »Wird gemacht.«

»Nun, dieser alte Mann hier macht für heute Schluss«, sagte MacGyver.

»Ich auch«, stimmte Preacher zu.

»Ich rufe Howler später an, um mich zu vergewissern, dass er gut nach Hause gekommen ist«, sagte Safe. »Ich bin dran, und ich bin sicher, du hast noch einiges zu tun, um dich auf deine Reise vorzubereiten, Kevlar.«

Das hatte er, und ausnahmsweise hatte Kevlar kein schlechtes Gewissen, dass er sich nach einem weiteren Abend in der schäbigen Aufreißerkneipe nicht nach seinem Freund erkundigen wollte. »Danke, Mann.«

»Du brauchst mir nicht zu danken«, erwiderte Safe.

»Howler ist manchmal ein Arsch, aber er gehört trotzdem zur Familie.«

Wärme breitete sich in Kevlars Brust aus. Seit dem Tag, an dem er seine Budweiser-Anstecknadel bekam, hatte er sich ein so eng verbundenes Team wie dieses gewünscht, und er war so dankbar, dass er eines hatte.

»Wenn Bertie dich zu sehr nervt, lass es uns wissen«, sagte Flash.

»Und was werdet ihr tun?«, fragte Kevlar.

»Ich weiß es nicht. Aber Frau hin oder her, niemand legt sich mit einem von uns an.«

Das warme Gefühl wuchs. »Danke. Aber ich kann mit ihr umgehen. Sie ist harmlos.« Kevlar war sich bei dem letzten Teil nicht sicher, aber das brauchten seine Freunde nicht zu wissen. Mit jedem Tag, den seine Reise näher rückte, schien seine Ex mehr und mehr die Kontrolle zu verlieren. Er wusste nicht, was ihr Problem war; *sie* hatte schließlich mit *ihm* Schluss gemacht. Aber sie schien übertrieben aufgebracht zu sein, dass er nach Hawaii flog, anstatt ihr die Tickets zu geben. Je früher er abreiste, desto besser für ihn. Wenn ihre Chancen auf diesen Urlaub offiziell dahin waren, würde sie aufhören zu meckern und ihn in Ruhe lassen. Er hoffte es.

Alle griffen nach ihren Geldbörsen und warfen ein paar Scheine auf den Tisch, um ihre Getränke zu bezahlen, dann gingen sie zur Tür und winkten unterwegs Jessyka zu.

Kevlar sah sich noch einmal um, bevor er die Kneipe verließ, und sein Blick blieb an Blink haften. Er starrte in sein Glas, als sei es das Faszinierendste, was er je gesehen hatte. In den letzten drei Wochen hatte er ein paarmal versucht, mit dem anderen SEAL zu reden, aber Blink hatte ihn immer abblitzen lassen. Kevlar würde ihn jedoch nicht aufgeben; er war ein verdammt guter SEAL.

Eine Kneipe war nicht der richtige Ort, um es noch einmal

zu versuchen, aber bald würde Kevlar sich mit Blink zusammensetzen und ein Gespräch führen, ob der Mann nun reden wollte oder nicht. Kevlar konnte einen anderen Soldaten nicht leiden lassen, also war er entschlossen, sich mehr anzustrengen.

Nachdem er Jessyka zugenickt hatte, ging Kevlar zur Tür. Er musste packen. Zum ersten Mal, seit Bertie mit ihm Schluss gemacht hatte, freute er sich tatsächlich auf die Reise. Es würde eine gute Erholung sein, bevor er schließlich zu einer weiteren Mission aufbrechen musste.

Kevlar erwartete nicht, dass in Hawaii etwas Lebensveränderndes passieren würde. Er würde einfach nur Urlaub machen. Er würde sich sonnen, ein wenig im Wasser spielen, etwas Gutes essen und dann gestärkt nach Hause kommen, bereit, sein Leben wieder aufzunehmen.

Egal wie sehr er sich wünschte, jemanden wie die Frau seines Mentors zu finden, wusste er, dass die Chancen dafür gering waren, solange er ein SEAL war. Zu viele Nächte weg von zu Hause, zu viel Gefahr und Ungewissheit. Je eher er sich damit abfand, desto besser würde er sich fühlen.

KAPITEL DREI

Jedes Mal wenn Marley oder ihre Eltern eine SMS schrieben und wissen wollten, wie ihre Reise verlief, achtete Remi darauf, nur positive Antworten zu geben. Aber die Wahrheit war ... sie war einsamer denn je.

Es hatte sich paradiesisch angehört, allein in den Urlaub zu fliegen, aber in Wirklichkeit war es schwierig. Sie war von glücklichen Familien und Paaren umgeben. Einmal war sie zum Mittagessen ins *Duke's* gegangen, und obwohl die Mahlzeit fantastisch war und das Personal einladend und freundlich, war es irgendwie ätzend, allein zu sitzen, während die anderen Tische mit lachenden Gästen gefüllt waren. Sie hatte sich einen Wagen gemietet und war an die Nordküste gefahren, aber es war schwer, gleichzeitig auf die Karte auf ihrem Handy und die Sehenswürdigkeiten zu schauen. Und obwohl der Dole Whip auf der Dole Plantage zum Sterben gut schmeckte, war sie am Ende nicht mutig genug, sich allein in das Labyrinth zu wagen.

Obwohl das Wetter fantastisch, ihr Hotel perfekt und die Aussicht einfach wunderschön war, war Remi nicht gerade begeistert von der Reise. Sie hatte mehr Zeit in ihrem Hotelzimmer verbracht, als Marley lieb gewesen wäre, und Cartoons gezeichnet, von denen die meisten wahrscheinlich nie das Licht der Welt erblicken würden, da sie ziemlich deprimierend waren.

Sie war eigentlich bereit, wieder nach Hause zu fliegen. Zurück in ihre Wohnung in San Diego, wo sie in ihrem Zeichensessel sitzen und die langweilige, introvertierte Remi sein konnte, die zu sein Volldepp ihr vorgeworfen hatte.

Heute war der Schnorchelausflug, dann hatte sie noch einen Tag auf der Insel, bevor sie in ein Flugzeug stieg und nach Hause flog.

Zumindest auf diesen Ausflug freute sie sich mehr als auf alle anderen Aktivitäten, die sie bisher unternommen hatte. Vor allem weil sie eine halbprivate Tour gebucht hatte. Sie würde keinen Small Talk mit großen Gruppen lächelnder Touristen führen müssen. Wie sie der E-Mail entnommen hatte, war nur ein weiterer Gast für die Tour angemeldet. Wenn diese Person lästig war, konnte sie den Ausflug natürlich genauso leicht verderben wie ein überfülltes Boot voller überdrehter, schreiender Touristen, also drückte Remi die Daumen, dass derjenige, der den teuren Schnorchelausflug gebucht hatte, unaufdringlich war.

Sie packte ihre Sonnencreme, ihren Hut, ihre Sonnenbrille, ihr Handtuch und ihre Minzbonbons für die Zeit nach dem Aussteigen aus dem Wasser ein und überlegte einen Moment lang, ob sie einen Block Papier und ein paar ihrer Zeichenstifte mitnehmen sollte, verwarf diese Idee aber schließlich. Sie war fest entschlossen, auf dieser Reise im Augenblick zu bleiben. Sie wollte das Leben auf dem Wasser genießen und nicht mit dem Kopf in ihren Skizzenbüchern vergraben sein.

Nachdem sie ihren Badeanzug und den hübschen Überwurf angezogen hatte, zu dessen Kauf Marley sie vor der Reise überredet hatte, schwang Remi ihre Tasche über die Schulter und atmete tief durch. Dann verließ sie das Hotelzimmer und machte sich auf den Weg zur Anlegestelle, wo das Boot festgemacht war.

Kevlar hatte sehr viel Spaß im Urlaub, obwohl es seltsam war, allein zu sein. Er verbrachte die meiste Zeit seines Lebens mit anderen Menschen. Selbst wenn er sich nicht in einer Beziehung befand, war er fast immer mit seinem Team oder mit anderem Marinepersonal auf dem Stützpunkt zusammen. Hier in Hawaii war er von Menschen umgeben, aber sie alle ignorierten ihn praktisch. Niemand sprach ihn direkt an, es sei denn, es war jemand aus der Dienstleistungsbranche, der nach seiner Bestellung fragte oder sich erkundigte, was er für ihn tun könne.

Hier in Hawaii war er fast unsichtbar.

Lachend schüttelte Kevlar den Kopf. War er wirklich so eingebildet, dass er umschwärmt werden wollte, nur weil er ein SEAL war? Nein, das war er nicht. Es war eher so, dass er sich daran *gewöhnt* hatte. Er hatte sich an die Aufmerksamkeit gewöhnt, die er aufgrund seines Berufs erhielt.

Diese Reise war gut für ihn. Eine Möglichkeit, ihn auf den Boden der Tatsachen zurückzuholen. Um darüber nachzudenken, wer er als Mensch war. Er hatte viel Zeit damit verbracht, die Familien zu beobachten, die in seinem Hotel wohnten und mit ihren Angehörigen interagierten. Eines Nachmittags hatte er sich an den Strand von Waikiki gesetzt, um noch mehr Leute zu beobachten, und das war faszinierend gewesen. Er mochte es, keine Ahnung zu haben, wer die Männer und Frauen waren, die ihm über den Weg liefen. Sie konnten Angestellte in einem Kaufhaus sein oder Geschäftsführer von Multimillionen-Dollar-Unternehmen. Aber am Strand spielte das keine Rolle. Sie waren alle nur Menschen, Urlauber oder Einheimische, die sich im Sand und in der Brandung vergnügten.

Diese Erfahrung machte ihn demütig. Seine Ausbildung spielte hier keine Rolle. Es wurde weder zu ihm auf- noch auf ihn herabgeschaut. Er war einfach ein weiterer Tourist am Strand.

Kevlar lachte ein wenig über sich selbst und merkte, dass er etwas zu philosophisch wurde. Er konnte nicht umhin, sich zu fragen, wie die Reise verlaufen wäre, wenn Bertie bei ihm gewesen wäre. Wahrscheinlich stressig. Sie hätte ihn wegen einer Sache nach der anderen genervt; hätte über den Regensturm gemeckert, der eines Nachmittags durchzog und ihn und alle anderen am Strand durchnässt hatte; hätte ihre Zeit mit Einkaufen in den teuren Geschäften verbracht, anstatt die Atmosphäre und Kultur der Insel aufzusaugen.

Nein, Kevlar hatte die richtige Entscheidung getroffen, auf eigene Faust nach Hawaii zu kommen. Auch wenn er *immer noch* verärgerte SMS von ihr bekam. Es ergab für ihn keinen Sinn, aber offenbar hatte er mit seiner Reise nach Hawaii einen Nerv getroffen. Und jetzt bedrängte sie ihn aus Tausenden Kilometern Entfernung, wahrscheinlich in der Hoffnung, ihm die Reise zu vermiesen.

Aber das würde nicht passieren. Kevlar hatte noch zwei Tage Zeit, bevor er nach Riverton zurückfliegen sollte. Morgen wollte er an die Nordküste fahren, um Baker und seine Frau Jodelle zu besuchen. Er freute sich darauf, den Mann zu treffen, mit dem er bisher nur am Telefon und per E-Mail gesprochen hatte. Er war kein sehr gesprächiger Typ, aber seit er mit Jodelle zusammen war, wirkte er deutlich gelassener.

Heute ging Kevlar auf seinen Tauchausflug, worauf er sich am meisten gefreut hatte. Natürlich war er gut im Wasser, aber normalerweise arbeitete er. Heute wollte er sich Zeit nehmen, die Schönheit Hawaiis und der Gewässer rund um die Insel in sich aufzunehmen.

Bertie hatte eine private Tour gebucht ... wahrscheinlich in der Hoffnung, dass er ihr einen Heiratsantrag machen würde, obwohl sie in ihrer Beziehung noch lange nicht so weit gewesen waren. Er war nicht im Geringsten verärgert über die Kosten für diesen Ausflug, denn er würde jeden Cent wert sein. So gern er auch die Leute am Strand beobachtete, zu viele Taucher würden die Tierwelt verscheuchen. Der Kapitän des Bootes hatte ihm eine E-Mail mit den letzten Details zu dem Ausflug geschickt und ihn darüber informiert, dass nur eine weitere Kundin an der Tour teilnehmen würde, aber sie hatte keinen Tauchschein, also würde sie schnorcheln. Das war für Kevlar in Ordnung. Er konnte tief unten im Wasser sein und sie konnte oben bleiben.

Kevlar lächelte vor sich hin und hievte sich die Tasche mit seiner Ausrüstung auf die Schulter. Es war mühsam gewesen, alles mitzunehmen, aber er war zu pingelig, um die Ausrüstung von jemand anderem zu benutzen. Er kannte seine Sauerstoff-flasche und den Rest der Ausrüstung wie seine Westentasche. Er konnte Fehlersuche betreiben, ohne lange nachzudenken, und das hatte ihm schon mehr als einmal auf einer Mission das Leben gerettet. Wenn er sich wirklich entspannen und den Tauchgang genießen wollte, musste er die Ausrüstung benut-zen, mit der er vertraut war.

Kevlar schloss die Tür des Hotelzimmers hinter sich und machte sich auf den Weg in die Eingangshalle, um ein Taxi zur Anlegestelle zu nehmen. Es sollte ein schöner Tag werden, und er konnte es kaum erwarten, aufs Wasser zu kommen ... zum Vergnügen und nicht für eine Mission.

Remi versuchte, den Mann nicht anzustarren, der sich ihr auf dem kleinen Boot angeschlossen hatte. Er war auf schroffe Weise gut aussehend. Nur so konnte sie ihn beschreiben. Er hatte Bartstoppeln, so als hätte er sich im Urlaub nicht rasiert. Sein hellbraunes Haar war kurz, und er hatte die stechendsten blauen Augen, die sie je gesehen hatte. Er trug ein weißes T-Shirt und eine schwarz-blaue Badehose, die seine muskulösen Oberschenkel und Beine betonte. Verdammt, sogar seine Zehen waren attraktiv … was der lächerlichste Gedanke der Welt war, denn Füße waren eklig.

Zumindest waren es die von Volldepp.

Remi schüttelte den Kopf. Nein, an diesen Idioten wollte sie heute nicht denken. Sie befand sich auf einem Boot, das über das Wasser glitt, die Sonne schien, und sie würde sich amüsieren.

Der andere Gast hatte sich als Vincent vorgestellt, dann war er mit dem Kapitän in der Kabine des Bootes verschwunden und hatte Remi allein im hinteren Teil des Schiffes zurückgelassen … was ihr recht war. Es war nicht so, als wüsste sie überhaupt, worüber sie mit einem Mann reden sollte, der so offensichtlich außerhalb ihrer Liga war.

Dennoch … ihr Blick wurde wieder auf die Kabine gelenkt, und sie starrte den Mann – Vincent – an, der mit dem Kapitän sprach. Er schien selbstbewusst zu sein und hatte offensichtlich keine Probleme, sich in dem Gespräch mit dem anderen Mann zu behaupten. Als er die Arme über der Brust verschränkte, traten die Muskeln in seinen Unterarmen hervor.

Remi dachte darüber nach, wie sie ihn skizzieren würde. Was für eine Persönlichkeit sie ihm in einem ihrer Comics geben würde. Er wäre lustig, eine Figur, mit der jeder befreundet sein wollte. Aber er hätte ein Geheimnis, etwas, das ihn quälte und das er nie mit jemandem teilte.

Mit einem tiefen Atemzug zwang Remi den Blick von dem

Fremden weg und wandte sich bewusst den Wellen zu, während sie zu dem Ort hinausfuhren, an dem sie schnorcheln wollten. Oder tauchen, in Vincents Fall. Das war auch gut so, denn sie hatte keine Ahnung, worüber sie reden sollte, wenn sie zusammen schwammen. Remi war einfach nicht gut in zwanglosen Situationen. Das war sie noch nie gewesen. Marley war die Kontaktfreudige. Diejenige, die jeden bezaubern konnte, den sie traf.

Remi war ... Remi.

Seufzend schloss sie die Augen und hob ihr Gesicht in die Sonne. Sie weigerte sich, an etwas anderes zu denken als daran, sich heute zu amüsieren. Sobald sie an ihrem Ziel angekommen waren, würde der Mann in die Tiefe tauchen und sie würde an der Oberfläche treiben. Nachdem sie sich ein paar verschiedene Stellen angesehen hatten, würden sie wieder ins Boot steigen, die Tacos essen, die der Kapitän ihnen versprochen hatte – eine Ironie des Schicksals, wenn man bedachte, womit sie ihren Lebensunterhalt verdiente –, und zu ihren jeweiligen Hotels auf Oahu zurückfahren.

Sie musste weder ihn noch sonst jemanden beeindrucken. Sie waren Fremde, die gemeinsam einen Ausflug machten. Das war alles.

Kevlar hatte keine Ahnung, warum sein Blick immer wieder zu der Frau zurückkehrte, die er bei seiner Ankunft am Pier getroffen hatte. Vielleicht weil sie anders war als die meisten Frauen, die er heutzutage traf. Er rollte innerlich mit den Augen. Offensichtlich hielt er sich an den falschen Orten auf, wenn es ungewöhnlich war, eine Frau zu treffen, die ihm höflich die Hand schüttelte, ihm ein kleines Lächeln schenkte und ihn nicht sofort anmachte.

Aber aus irgendeinem Grund wanderte sein Blick, selbst während er sich mit dem Kapitän unterhielt, immer wieder dorthin, wo sie saß. So wie jetzt. Mit ihrem zurückgelegten Kopf und dem kleinen Lächeln im Gesicht fragte Kevlar sich, was sie wohl dachte. Warum eine schöne Frau wie sie allein auf einem Schnorchelausflug war. Er schätzte ihr Alter auf Anfang dreißig, und sicher hatte sie einen Mann und Kinder. Er konnte sich nicht vorstellen, warum sie das nicht haben sollte. Vielleicht waren sie gerade mit etwas beschäftigt, worauf sie heute keine Lust hatte, und ihr Mann hatte sie mit der privaten Tour verwöhnt.

»Sie sagt nicht viel«, sagte der Kapitän, dem nicht entgangen war, wohin er den Blick richtete. Schon wieder.

Kevlar drehte sich um und sah den Mann an. Er war ziemlich ungepflegt. Er trug eine Badehose, genau wie Kevlar, aber sein T-Shirt hatte ein paar größere Löcher und die Farbe war von der Sonne verblasst. Wenn *er* private Ausflüge wie diesen anböte, würde Kevlar sein Bestes tun, um sich für die Gäste zurechtzumachen, aber was wusste er schon?

»Die Braut?«, sagte er, als hätte Kevlar ihn nicht gehört. »Sie redet nicht viel. Was für mich in Ordnung ist. Ich mag sie ruhig und gefügig.« Er lachte über seine eigenen Worte.

Kevlar runzelte die Stirn. Der Mann war nicht völlig unangemessen, aber die sexuelle Anspielung war da. Es war unhöflich, mit einem Kunden so über einen anderen zu reden, und dieser Kerl kannte ihn nicht einmal.

»Ich schätze, als SEAL sind Sie es gewohnt, dass die Frauen sich Ihnen an den Hals werfen. Sie werden sich ein bisschen anstrengen müssen, um sie zu bekommen, schätze ich.«

Okay, vielleicht wusste er also *doch* ein wenig über ihn. Kevlar zermarterte sich das Hirn, um sich daran zu erinnern, ob er in ihrer Kommunikation irgendetwas darüber gesagt hatte, dass er ein SEAL war, aber ihm fiel nichts ein. Andererseits war Bertie diejenige gewesen, die diese Reise ursprünglich organisiert hatte, also war es möglich, dass sie ihn darüber informiert hatte, dass er, da er ein Navy SEAL war, seine eigene Ausrüstung mitbringen würde.

»Sie ist allein hier«, fuhr der Kapitän fort. »Kein Freund. Genau wie Sie sollte sie eigentlich mit jemandem hier sein, aber sie hat letzte Woche eine E-Mail geschickt und gesagt, dass sie allein kommt.« Der Mann grinste. »Wenn Sie beide also ... Sie wissen schon ... etwas unternehmen wollen, steht es Ihnen frei. Ich werde mich abwenden und mich um meine Angelegenheiten kümmern.«

Der Kerl war ekelhaft. Kevlar war die kleine Kamera nicht entgangen, die direkt auf den Sitzbereich im hinteren Teil des Bootes gerichtet war. Er würde mit der süßen Fremden in der Sonne genauso wenig Sex haben, wie er es mit Bertie getan hätte.

»Nicht cool, Mann«, sagte Kevlar mit einem tiefen Knurren. »Sind Sie bei allen Kunden so pervers?«

Als er den Ekel in Kevlars Tonfall hörte, richtete der Mann sich auf, und als er antwortete, war jede Anspielung in seinem Ton verschwunden. »Nein, tut mir leid. Natürlich nicht. Ich dachte nur ...« Er verstummte.

»Sie dachten was?«, fragte Kevlar, dessen Wut mit jedem Mal stieg, wenn der Mann den Mund öffnete.

»Nichts. Sie haben recht. Das war unhöflich und unangebracht«, sagte der Kapitän in einem angemessen eingeschüchterten Ton.

Kevlar nahm an, dass das Arschloch nur sagte, was er für richtig hielt, aber er tat sein Bestes, um sich zu beruhigen. »Wie sieht der Plan für heute aus?«, fragte er, da er das Gespräch von der Frau ablenken wollte, die er scheinbar nicht ignorieren konnte. Er würde lieber die Details ihrer Reise besprechen, damit er wusste, wie viel Zeit er unter Wasser hatte. Er wollte jede Minute mit Tauchen verbringen.

»Wir haben noch etwa eine halbe Stunde, bis wir zur ersten Stelle kommen. Ich habe sie letztes Jahr entdeckt, und das Beste daran ist, dass keines der anderen Ausflugsboote sie bisher gefunden hat. Wir werden also allein sein. In dieser Gegend gibt es jede Menge Meeresschildkröten, und die Korallen auf dem Meeresgrund sind unberührt. Es gibt viele wilde Tiere zu sehen, und Fische sind reichlich vorhanden.«

Kevlar nickte. Das hörte sich für ihn fantastisch an.

»Wir werden etwa eine Stunde dortbleiben und dann zu einer anderen Stelle fahren. Während Sie zwei wieder im Wasser sind, bereite ich das Mittagessen vor. Wenn Sie mit dem Tauchen fertig sind, können Sie hochkommen und Tacos essen. Ich habe ein paar Bier oder Margaritas dazu. Dann machen wir uns auf den Rückweg.«

»Klingt gut«, sagte Kevlar. Er würde den Alkohol nicht anrühren, nicht auf dem Wasser, aber Tacos klangen nach einer fantastischen Mahlzeit nach dem Tauchen. Der Kapitän fuhr fort, die Wetterbedingungen und die Fischarten zu erklären, die er sehen könnte, aber Kevlars Aufmerksamkeit wurde wieder auf die Frau gelenkt, die auf dem Deck saß.

Ihr Haar war im Nacken zu einem Dutt gebunden, aber einzelne Strähnen hatten sich gelöst und flogen im Wind wild um ihren Kopf. Am Pier hatte es noch braun gewirkt, aber in der Sonne kamen die rötlichen Strähnen besser zur Geltung. Ihre Schmolllippen waren voll, und obwohl sie ihren Überwurf nicht ausgezogen hatte, konnte Kevlar erkennen, dass sie kurvig war. Genau die Art von Frau, die er liebte.

Bertie war stolz darauf, schlank zu sein. Zu schlank für Kevlars Geschmack, aber er hatte nie ein Wort darüber verloren. Selbst er wusste es besser, als sich über das Gewicht einer Frau zu äußern, ganz gleich, wo es lag. Aber er konnte nicht umhin, sich zu fragen, wie diese Frau, Remi, wohl aussehen würde, wenn sie ihren Überwurf auszog.

Er machte sich natürlich lächerlich. Er wusste nichts über sie. Sie könnte eine Kratzbürste sein. Eine totale Nervensäge, und deshalb war sie auch allein hier. Vielleicht wollte niemand mit ihr kommen, weil sie ein Miststück war.

Aber ... das glaubte er nicht.

Sie hatte ihn angelächelt, als er sich ihr vorgestellt hatte, auf eine süße Art, die ihn direkt in den Magen traf. Er hatte keine Ahnung warum; viele Frauen lächelten ihn an und er spürte nichts. Sie hatte den Blick sinken lassen, als sie ihm die Hand schüttelte, aber im nächsten Moment hatte sie ihn unter ihren gesenkten Wimpern angeschaut, als fühlte sie sich genauso zu ihm hingezogen wie er sich zu ihr.

Was dumm war. Oder nicht? Er hatte gerade eine einjährige Beziehung hinter sich und war nicht auf der Suche nach einer Lückenbüßerin.

Kevlar fuhr sich mit einer Hand durchs Haar und wandte sich wieder dem Meer vor ihm zu. Er musste sich zusammenreißen. Er war nicht hier, um sich einen Urlaubsflirt zu gönnen, und selbst wenn er einen wollte, deutete nichts darauf hin, dass Remi dazu bereit wäre. Nicht dass er sich darauf eingelassen hätte. Er wollte mehr als einen One-Night-Stand mit einer Frau. Bedeutungsloser Sex war nicht seine Vorstellung von Spaß.

Aber er konnte nicht leugnen, dass er sich zu der Frau hingezogen fühlte, die mit ihm das Boot teilte, auch wenn nichts daraus werden konnte. Wie Bertie bewiesen hatte, konnte er nicht einmal eine Beziehung mit einer Frau führen, die in der gleichen Stadt lebte, da er so oft weg war.

Kevlar atmete tief durch und beschloss, dass es das Beste war, Abstand zu halten. Nicht weil er sie nicht mochte, sondern weil er sie *zu* sehr mochte, ungeachtet der Tatsache, dass er nichts über diese Frau wusste.

Diese Verbindung, die er fühlte, machte keinen Sinn. Er würde das tun, wozu er hergekommen war – tauchen –, und das war's. Morgen würde er Baker und seine Frau besuchen und dann nach Kalifornien und zu seinem Leben zurückkehren.

Wenn er nach Hause kam, würde es wahrscheinlich nicht mehr als ein oder zwei Monate bis zu seinem nächsten Einsatz dauern, und darauf musste er sich konzentrieren. Als Teamleiter trug er eine große Verantwortung auf den Schultern. Gegenüber seinem Land, den Zivilisten, die in eine gefährliche Situation geraten konnten, und gegenüber seinem Team. Für eine Beziehung hatte er offensichtlich keine Zeit.

Trotz dieser Gedanken drehte Kevlar sich um und erhaschte aus dem Augenwinkel einen weiteren Blick auf Remi. Sie hatte sich auf der Bank gedreht, sodass ein Fuß auf dem Kissen ruhte, und ihr Überwurf war heruntergerutscht und entblößte einen blassen, kurvigen Oberschenkel.

Kevlar schluckte schwer, presste die Lippen zusammen und tat sein Bestes, um an etwas anderes zu denken als daran, dass er unbedingt mit einer Handfläche über dieses Bein fahren und selbst feststellen wollte, ob es so glatt war, wie es aussah.

Dies sollte eine entspannende Reise werden, doch er hatte das Gefühl, dass es alles andere als das sein würde. Er war ein SEAL. Der einzige leichte Tag war gestern, und er hatte die Höllenwoche überstanden. Er konnte ein paar Stunden auf einem Vergnügungsausflug überleben. Kein Problem.

KAPITEL VIER

Remi hob den Kopf, nahm den Schnorchel aus dem Mund und atmete tief ein. So sehr sie das Schnorcheln auch liebte, so wenig mochte sie es, das Plastik im Mund zusammenzupressen und durch einen Schlauch zu atmen.

Sie war ehrfürchtig einer Meeresschildkröte gefolgt, fasziniert von ihren geschmeidigen Bewegungen und davon, dass sie nicht einmal zu bemerken schien, wie sie ihr folgte. Nachdem sie die Schildkröte über eine Strecke verfolgt hatte, die ihr kilometerweit vorkam, aber wahrscheinlich nur etwa hundert Meter betrug, war sie dankbar, dass sie aus ihrer Komfortzone herausgetreten und allein nach Hawaii gekommen war. Allein diese besondere Aktivität war es wert.

Der Mann, den sie so begehrt hatte – und wofür sie sich schämte, weil es ihr so schwerfiel, den Blick von ihm abzuwenden, während er seinen Neoprenanzug anzog und seine Tauchausrüstung anlegte –, war ins Wasser geglitten, als sei er dort geboren worden. Innerhalb einer Sekunde war er weg, unter Wasser und auf dem Weg in sein eigenes Abenteuer.

Sie war mit dem Kapitän auf dem Boot zurückgeblieben,

und es gefiel ihr ganz und gar nicht, wie er sie angestarrt hatte, als sie ihren Überwurf ausgezogen hatte, bevor sie den billigen Neoprenanzug, den der Bootsverleih zur Verfügung gestellt hatte, zusammen mit der Maske und den Schwimmflossen anlegte. Schnell war sie Vincents Beispiel gefolgt und ins Wasser geglitten, fest entschlossen, sich zu amüsieren und ein paar Schildkröten zu sehen.

Die Welt unter Wasser war wunderschön und genau so, wie sie es sich erhofft hatte. Der Kapitän hatte nicht gelogen, in dieser Gegend wimmelte es von wilden Tieren. Die Fische waren bunt und vielfältig, aber die Schildkröten begeisterten sie am meisten.

Remi blinzelte sich das Wasser aus den Augen und sah sich nach dem Boot um. Sie war durstig und müde und hätte wirklich Lust auf die Tacos, die der Kapitän versprochen hatte.

Zu ihrer Überraschung sah sie nichts als Wasser um sich herum.

Stirnrunzelnd drehte sie sich in die andere Richtung und sah in der Ferne – in sehr, *sehr* weiter Ferne – die Umrisse des Diamond Head, den sie für den erloschenen Vulkan an der Küste von Oahu hielt.

»Oh Scheiße«, murmelte sie ungläubig.

Sie hatte das Boot verpasst! Oder war es ohne sie abgefahren?

So oder so, sie war am Arsch.

Remi wollte am liebsten lachen. Es war typisch, dass ihr so etwas passierte. Zu Hause war sie ständig zu spät dran. Marley schimpfte immer darüber, dass sie bei Plänen mit einer Verspätung eintraf, die zwischen wenigen Minuten und über einer Stunde liegen konnte. Es war nicht so, dass Remi zu spät kommen *wollte,* sie war einfach in ihre Arbeit vertieft und vergaß die Zeit. So wie sie es mit dieser Schildkröte getan hatte.

Überraschenderweise flippte sie nicht aus. Sie wusste nicht

warum. Vielleicht weil sie bereits darüber nachdachte, wie sie diese lächerliche Situation in einem ihrer nächsten Cartoons verwenden konnte. Zeichnen war die Art, wie sie mit den meisten Dingen in ihrem Leben umging. Wenn sie traurig war, drückte sich das immer in ihren Figuren aus. Wenn jemand sie verärgerte, tauchte er in einem Cartoon auf und tat etwas Dummes oder Peinliches. Das war für sie erlösend, und bei einem Schnorchelausflug mitten im Meer zurückgelassen zu werden war definitiv etwas, das in einem Cartoon verewigt werden musste.

Als ein Geräusch hinter ihr ertönte, kreischte Remi vor Angst und drehte sich schnell um. Sie stellte sich vor, wie sich ein riesiger Blauwal mit aufgerissenem Maul auf sie stürzte, bereit, sie zu verschlingen. Oder ein großer weißer Hai, der sie angriff. Oder sogar die Schildkröte, von der sie so abgelenkt gewesen war und die über ihre missliche Lage lachte.

Einen Moment lang dachte Remi ernsthaft, sie hätte einen Herzinfarkt und sähe sich gleich einem Meeresungeheuer aus der Tiefe gegenüber. Ein schwarzer Kopf mit riesigen Augen erschien. Es dauerte einen Moment, bis ihr Gehirn begriff, was sie da sah. Es war keine Meereskreatur, sondern ein Mann. Und zwar ein ganz bestimmter Mann.

Erleichterung strömte durch Remis Adern. Der erste Gedanke war: Gott sei Dank war sie nicht allein. Der zweite war ... oh Mist. Sie machte selbst in den besten Situationen nicht gern Small Talk. Mitten auf dem Ozean, wenn sie von dem Boot zurückgelassen worden waren, das sie dorthin gebracht hatte? Noch schlimmer.

Andererseits war diese Situation nicht gerade eine, in der Small Talk wichtig war, also spielte es vielleicht auch keine Rolle.

Vincent hob seine Maske und nahm den Atemregler aus seinem Mund. Seine Stirn lag in Falten und seine Miene war irritiert. Aber selbst mit diesem unheilvollen Gesichtsausdruck war der Mann umwerfend.

Er war wirklich wunderschön ... und für eine Sekunde war Remi in einem Tagtraum versunken, in dem er einen Blick auf sie warf und sich unsterblich in sie verliebte, und sie würden durchbrennen, heiraten und wunderschöne Babys bekommen. Dann schnaubte sie, und er sah sie überrascht an, woraufhin all ihre Träume starben.

Warum sollte dieser Mann sie zweimal ansehen? Sie hatte krauses Haar, hatte zu viele Kilos auf den Rippen, um nach den Maßstäben der Gesellschaft als attraktiv zu gelten, war extrem introvertiert und neigte dazu, die unpassendsten Dinge zu den ungünstigsten Zeiten zu sagen. Und ... sie lachte prustend.

»Wo ist das Boot?«, fragte Vincent unwirsch und holte sie mit einem Ruck in die Gegenwart zurück.

»Weg«, sagte sie mit einem leichten Schulterzucken.

»Scheiße.«

Sie konnte nicht anders; Remi lachte wieder.

»Ich weiß nicht, ob das lustig ist«, sagte Vincent mit hochgezogener Augenbraue.

»Ist es nicht«, erwiderte Remi, »aber andererseits ist es das auch irgendwie. Ich meine, denken Sie mal darüber nach. Wie hoch sind die Chancen? Es ist ja nicht so, dass er sich versehentlich verzählt haben könnte, bevor er losgefahren ist. Es waren nur wir beide. Wie schwer ist es, bis zwei zu zählen?«

Zu ihrer Überraschung schien Vincent die Frage tatsächlich zu überdenken. »Ich hätte das kommen sehen müssen«, sagte er nach einem Moment.

Remi war fasziniert. »Warum? Können Sie in die Zukunft sehen? Können Sie Gedanken lesen?«

Diesmal lachte Vincent, und so unangebracht es auch war, Remi spürte, wie ihre Brustwarzen sich verhärteten. Wie um alles in der Welt konnte sie an etwas anderes denken als daran, wie sie wieder an Land kommen sollten?

»Meine Ex war nicht glücklich darüber, dass ich mich entschlossen habe, diese Reise ohne sie zu machen.«

Remis Augen weiteten sich. »Sie auch?«, platzte sie heraus.

Er starrte sie an, als sei sie der einzige Mensch auf diesem Planeten. Als würden sie nicht mitten auf dem Ozean auf der Stelle schwimmen und wahrscheinlich da draußen sterben, wenn der Kapitän nicht zurückkam.

»Ja«, sagte Vincent nach einem Moment.

»Wow. Das ist ein verrückter Zufall«, entgegnete Remi kopfschüttelnd.

»Als Bertie und ich uns trennten, wollte sie, dass ich die Reservierungen auf ihren Namen übertrage, damit sie mit einer ihrer Freundinnen fliegen kann«, sagte Vincent.

»Als ich mich weigerte, ihn mitzunehmen, wollte Volldepp, dass ich ihm die Hälfte des Geldes gebe, das für diese Reise ausgegeben wurde. Nur dass er nichts davon bezahlt hat«, sagte Remi trocken.

Vincents Lippen zuckten. »Als ich Bertie erzählte, dass ich tatsächlich ohne sie nach Hawaii fliege, konnte ich buchstäblich sehen, wie Feuer aus ihrem Kopf schoss.«

»Als ich Volldepp in meinem letzten Cartoon als geldgieriges Arschloch dargestellt habe, hat er mir gedroht, mich wegen Verleumdung zu verklagen, obwohl ich seinen Namen nicht verwendet habe und es keinerlei Ähnlichkeit mit ihm gab.«

Vincent legte den Kopf schief, und Remi hätte schwören können, dass er näher an die Stelle getrieben war, wo sie Wasser trat. »Cartoon?«

Remi war stolz auf ihren kleinen Comicstreifen. Sie arbeitete hart daran, sich jede Woche lustige und kreative Geschichten auszudenken, und wurde für ihre Mühe gut bezahlt. Aber es war immer noch schwer zu glauben, dass ihre Vorliebe fürs Kritzeln zu einer echten Karriere geführt hatte. Dass sie für das, was sie liebte, bezahlt wurde. »Ja. Ich habe einen wöchentlichen Comicstreifen, der online auf ungefähr hundertvierzig verschiedenen Webseiten veröffentlicht wird. Und ich habe gerade einen Vertrag mit jemandem unterzeichnet, der meine Zeichnungen in Live-Action-Clips für TikTok verwandelt. Der erste wurde vor etwa einer Woche veröffentlicht und hat bereits zwei Millionen Aufrufe.« Sie prahlte nicht, nicht wirklich. Es war immer noch ein bisschen unglaublich, aber sie war stolz und freute sich, dass sie so viele Leute mit ihren Zeichnungen unterhalten konnte.

»Wie heißt er?«

»Sollten wir nicht versuchen herauszufinden, wie wir zurück an Land kommen?«, fragte sie.

»Wahrscheinlich«, erwiderte Vincent und starrte sie erwartungsvoll an.

Seine Aufmerksamkeit war berauschend. Die meisten Leute schauten an ihr *vorbei*, wenn sie sich überhaupt die Mühe machten, in ihre Richtung zu schauen. Sie war nicht gerade groß, blond und gut ausgestattet. Die volle Aufmerksamkeit dieses Mannes brachte sie an Stellen zum Kribbeln, die schon lange nicht mehr gekribbelt hatten.

»Ich bin sicher, Sie haben nicht davon gehört.«

»Raus damit«, befahl er.

Und es war deutlich, dass seine Worte ein Befehl waren. Für den Bruchteil einer Sekunde fragte Remi sich, was er tun würde, wenn sie sich weigerte. Sie beschloss, ihn nicht zu reizen. »Pecky, der reisende Taco«, antwortete sie ein wenig trotzig.

Sie hatte schon alle möglichen Reaktionen bekommen, wenn sie den Leuten den Namen ihres Comics nannte. Gelächter, Unglaube, Augenrollen, herablassende Bemerkungen ...

was auch immer, sie hatte es schon erlebt. Sie war also auf so ziemlich alles gefasst, was Vincent zu bieten hatte – außer dem, was sie bekam.

»Wollen Sie mich *verarschen*? Sie veräppeln mich, nicht wahr?«, fragte er mit großen Augen.

»Nein. Ich weiß, es ist albern, aber Tacos sind eines meiner Lieblingsgerichte, und ich war elf und ging eines Tages mit meinen Großeltern essen. Sie nahmen mich zu diesem Taco-Laden in der Nähe ihres Hauses mit, und ich verlor mich in der Vorstellung, wie mein Taco aufsteht, durch den Raum läuft und beschließt, auf ein Abenteuer zu gehen, um Menschen zu treffen.«

Remi hörte auf zu reden und presste die Lippen aufeinander. Mist, das hatte sie gar nicht zugeben wollen. Wenn sie anderen erzählte, wie sie auf den Namen und die Idee für ihren Comic gekommen war, blieb sie normalerweise vage. Aber aus irgendeinem Grund, vielleicht lag es an der Situation, hatte sie Vincent die wahre Geschichte erzählt.

»Das ist einer meiner Lieblingscomics! Meine Freunde und ich reden ständig darüber.«

Remi rollte mit den Augen. »Wie auch immer«, sagte sie, drehte den Kopf und schaute in Richtung Festland. Sie hasste es, wenn jemand sie wegen ihrer Arbeit herablassend behandelte. Sie traf nicht viele Leute, die überhaupt von Pecky gehört hatten, aber es gab genügend, die nicht viel von dem hielten, was sie beruflich tat. Es mochte nur ein Comicstreifen sein, aber sie liebte ihn.

»Mein Lieblingscomic ist der, in dem Pecky und sein Freund Torty, die Tortilla, beschließen, in einen Vergnügungspark zu gehen, und während sie in einer Achterbahn sitzen, fliegt sein Salat heraus und bespritzt alle Leute hinter ihnen, und sie müssen die Parkangestellten dazu bringen, alle seine fehlenden Teile zu finden, und alle schreien, als sie ihn ›nackt‹ sehen«, erzählte Vincent ihr.

Remi drehte sich wieder zu ihm um, dieses Mal mit großen Augen. »Sie haben wirklich meine Sachen gesehen?«, fragte sie erstaunt.

»Gesehen und geliebt«, versicherte Vincent ihr.

Dann überraschte er sie, indem er eine Hand über das Wasser streckte. »Ich weiß, ich habe mich schon vorgestellt, aber falls Sie es vergessen haben, ich bin Vincent. Vincent Hill. Meine Freunde nennen mich Kevlar. Wir können auch gern Du sagen.«

Sie konnte sich kaum davon abhalten, erneut zu prusten. Als würde sie seinen Namen vergessen. Nein, er war in ihr Gehirn eingebrannt. Aber sie war beeindruckt von seinen Manieren. Auch wenn sie lächerlich waren, weil sie sich mitten im Meer befanden, nachdem sie von dem Mann verlassen worden waren, den sie angeheuert hatten, um sich den Tag über um sie zu kümmern.

Remi griff nach seiner Hand und sagte: »Ich bin Remi. Remi Stephenson. Meine Freunde nennen mich Remi.«

Vincent lächelte über ihre neckische Antwort, und das Gefühl seiner Hand in ihrer ließ Funken von ihren Fingerspitzen zu ihren Zehen schießen ... und überall dazwischen.

Zu ihrem Entsetzen zog er an ihrer Hand, bis sie fast Brust an Brust waren. Ihre mit Flossen bedeckten Füße streiften seine. »Geht es dir gut, Remi?«, fragte er ernst.

Sie runzelte die Stirn. »Ja. Warum? Dir nicht?«

»Mir geht's gut. Aber du flippst nicht aus.«

»Würde es etwas nützen?«, fragte sie ernst.

»Nun, nein, aber das scheint in solchen Fällen normalerweise keine Rolle zu spielen.«

»Bist du schon oft mitten im Meer gestrandet?«, witzelte sie.

Seine Lippen zuckten erneut. Eigentlich wollte sie nicht

witzig sein, aber wenn er das dachte, wäre das für sie auch okay.

»Ganz ehrlich? Nicht genau in dieser Situation, aber in ähnlichen, ja.«

Remi konnte nicht anders, als fasziniert zu sein. »Wirklich?«

Vincent seufzte leise. »Ich bin ein Navy SEAL.«

»Natürlich bist du das«, sagte sie mit einem Augenrollen. Das hätte sie sich denken können. Sie hatte seinen Körper gesehen, er hatte nicht ein Gramm Fett an sich. Und er war mit seiner eigenen Tauchausrüstung gekommen. Sie konnte sich ihn durchaus als eine Art knallharten Soldaten einer Spezialeinheit vorstellen. Matrose. Wie auch immer.

Sie war sich sehr bewusst, dass er ihre Hand nicht losgelassen hatte, aber sie hatte es auch nicht eilig, seine loszulassen. Die Wahrheit war, je länger sie hier draußen waren, desto mehr Sorgen machte sie sich. Sie war eine gute Schwimmerin, aber sie konnte auf keinen Fall den ganzen Weg zurück zur Insel schwimmen.

»Das bin ich«, beharrte Vincent. »Ich bin im Moment auf Urlaub, wie du dir wahrscheinlich denken kannst. Dieser Urlaub war bereits geplant und angesetzt, und mein Kommandant hat mich dazu ermutigt, ihn anzutreten. Du weißt schon ... um zu entspannen.«

Sie kicherte. »Und hier bist du. Total entspannt.«

Er erwiderte ihr Grinsen. »So in etwa. Wie auch immer, ich habe an einigen Dschungel-Rettungen und Entführungseinsätzen teilgenommen, ganz zu schweigen von verdeckten Operationen auf der ganzen Welt. Vertrau mir also, wenn ich dir sage, dass du nicht so reagierst, wie die meisten Menschen es tun würden, die sich in deiner Situation befinden.«

Diesmal seufzte Remi. »Ich weiß ... ich bin seltsam.« So war sie schon mehr als einmal in ihrem Leben beschrieben worden.

»Nein. Du bist perfekt«, sagte Vincent sanft.

Kevlar starrte die Frau an, die vor ihm in den Wellen wippte. Er hatte vorhin auf dem Boot beschlossen, dass er sich von Remi fernhalten würde. Hatte sich einzureden versucht, dass er nicht interessiert war. Aber die Enttäuschung, die er empfunden hatte, nachdem er sich gezwungen hatte, das Schiff zu verlassen, bevor sie ihren Überwurf auszog, hatte während des Tauchens durchgängig in ihm gebrodelt.

War sie so üppig, wie er es sich vorgestellt hatte? Hatte sie eines dieser niedlichen Bäuchlein, die ihn vor Lust immer in den Wahnsinn getrieben hatten, wenn er mit einer Frau zusammen gewesen war? Saß ihr Badeanzug hoch an den Oberschenkeln oder war er eher konservativ geschnitten? Es hatte ihn extreme Willenskraft gekostet, nicht weiter darüber nachzudenken, wie sie aussehen könnte, und sich auf die Fische und Schildkröten zu konzentrieren, die um ihn herum schwammen.

Als er aufgetaucht war und kein Zeichen des Bootes gesehen hatte, war sein erster Gedanke gewesen: »Oh Scheiße.« Aber er hatte sofort geahnt, was passiert sein könnte. Bertie hatte gedroht, dass es ihm leidtun würde, wenn er nach Hawaii flog, anstatt sie gehen zu lassen. Irgendwie musste sie es arrangiert haben, dass er hier draußen mitten auf dem Ozean zurückgelassen wurde, indem sie den Kapitän bestach oder so. Er nahm an, dass sie es für die perfekte Strafe für einen SEAL hielt, einen Mann, der sich im Wasser wohler fühlte als die meisten anderen. Es war nicht fair, dass Remi auch in ihren bösartigen Plan hineingezogen worden war.

Er sollte planen und herausfinden, wie sie ans Ufer kommen konnten, aber stattdessen war er völlig auf die Frau vor ihm konzentriert. Sie reagierte nicht so, wie er es erwartet hatte. Auf nichts. Angefangen bei ihrer aktuellen Situation bis hin zu seinem Geständnis, dass er ein SEAL war. Sie faszinierte ihn wie erwartet, weshalb er sich ferngehalten hatte. Aber seine Willenskraft war im Moment nutzlos, da sie zusammen gestrandet waren.

Jetzt wollte er alles über sie wissen. Selbst in dieser gefährlichen Situation konnte er sich nicht davon abhalten, sie zu berühren und Fragen zu stellen.

Er hatte sich bereits körperlich zu ihr hingezogen gefühlt, aber jetzt, da er wusste, dass sie nicht hysterisch wurde, wenn die Dinge nicht so liefen, wie sie es wollte, *und* dass sie die talentierte Künstlerin und der Kopf hinter Pecky, dem reisenden Taco war, dem Cartoon, den er und alle seine Teamkameraden liebten, war er praktisch verloren.

»Ich bin nicht perfekt«, prustete sie als Antwort auf seine Bemerkung.

Er hielt immer noch ihre Hand, und Kevlar war überglücklich, dass sie nicht losgelassen hatte.

»Beweise es«, forderte er.

»Was?«

»Beweise es«, wiederholte er. »Erzähl mir etwas von dir, das nicht perfekt ist.«

»Ha. Wie viel Zeit hast du?«, erwiderte sie.

Kevlar tat so, als würde er sich umsehen, und zuckte mit den Schultern. »Ich denke, wir haben ein wenig Zeit.«

»Sollten wir nicht etwas tun? Ich weiß nicht, vielleicht zum Ufer schwimmen?«, fragte sie.

»Kannst du die ungefähr zwölf Kilometer bis nach Oahu schwimmen?«, fragte er.

»Kannst *du* das?«, gab sie sofort zurück.

»Ja«, sagte er, ohne zu zögern.

»Natürlich«, murmelte sie.

»Komm schon, Remi, erzähl mir etwas, das du an dir selbst

nicht perfekt findest. Wir werden abwechselnd Informationen austauschen.«

»Na schön. Meine Großmutter kann auf Kommando furzen. Sie ist sehr stolz darauf, zu den unpassendsten Zeiten zu furzen.«

Kevlar brach in Gelächter aus. »Das ist nicht gerade etwas über dich, aber okay, ich beiße an. Ernsthaft?«

»Ja«, sagte Remi grinsend. »Du bist dran. Warum ist dein Spitzname Kevlar?«

»Das war am Anfang meiner Karriere, bei meinem ersten Einsatz als SEAL. Wir saßen in der Klemme, umzingelt von Tangos ... äh ... Bösewichten. Es sah nicht gut aus. Wir waren im Grunde genommen am Arsch. Ich schaute mich um und sah denselben Gesichtsausdruck bei all meinen Teamkameraden – Resignation. Keiner wollte aufgeben, das liegt nicht in unserer DNA, aber ich wurde wütend. *Richtig* wütend. Das war meine erste Mission, und ich wollte nicht sterben, bevor ich überhaupt die Chance hatte, alles zu erleben, was das Dasein als SEAL mit sich bringt.«

»Was hast du getan?«, fragte Remi mit großen Augen.

Sie hing an jedem seiner Worte, und es fühlte sich gut an. Wirklich gut. »Etwas Dummes«, sagte Kevlar mit einem kleinen Lachen. »Nicht weit von der Stelle, an der wir festsaßen, war ein Lastwagen geparkt. Er lief noch. Ich dachte, ich hätte nur eine Chance, zu diesem Lastwagen zu gelangen, ihn in die Luft zu jagen und eine Ablenkung zu schaffen, damit mein Team von dort verschwinden konnte ... also habe ich sie genutzt. Ich schrie: ›Gebt mir Deckung!‹, und lief los, bevor mein Teamleiter auch nur hinterfragen konnte, was ich da tat. Ich spürte, wie die Kugeln an mir vorbeirauschten, aber ich blieb nicht stehen. Ich erinnere mich kaum noch an das, was danach geschah, aber anscheinend schaffte ich es, einen Lappen in den Tank zu stopfen und das Mistding in die Luft zu jagen.«

»Heilige Scheiße!«, hauchte Remi.

»Ja, nun, aber glaub bloß nicht, dass ich dafür alle möglichen Auszeichnungen bekommen habe, tatsächlich habe ich einen Verweis bekommen.«

»Was? Warum?«

Sie schien seinetwegen beleidigt zu sein, was wiederum dazu führte, dass sich Wärme in Kevlars Brust ausbreitete. »Weil ich ein Idiot war.«

»Aber du hast dein Team gerettet, richtig?«

»Ja. Aber wenn ich noch sechzig Sekunden gewartet hätte, wäre die Verstärkung eingetroffen, die mein Teamleiter über Funk angefordert hatte.«

»Okay, aber ich verstehe nicht, warum du den Spitznamen Kevlar trägst.«

»Weil ich von keiner der Kugeln getroffen wurde, die umherflogen, als ich auf den Lastwagen zulief. Es war, als sei mein Körper aus Kevlar, als prallten sie an mir ab oder so. Der Name ist geblieben.«

»Wow. Okay, das ist beeindruckend, denke ich.«

Kevlar lachte. »Glaub mir, ich gehe kein solches Risiko mehr ein, und ich wäre stinksauer, wenn einer der Jungs in meinem Team das täte. Sie wissen, dass ich mich an die Regeln halte, und deshalb vertrauen sie mir.«

»Es klingt, als stündest du ihnen nahe.«

»Das tue ich. Sie sind meine Brüder in jeder Hinsicht, die zählt. Ich vertraue ihnen mein Leben an.«

»Das ist großartig.«

»Ja.«

»Darf ich fragen, wo du stationiert bist? Hier in Hawaii? Es gibt doch SEALs hier, oder?«

»Ja. Aber nein, ich bin im Moment in Kalifornien stationiert.«

Remi blinzelte. »Wirklich?«

»Ja, warum?«

»Ich wohne auch in Kalifornien.«

Kevlars Herz schlug noch ein bisschen heftiger. »Ich bin in Riverton. Wo wohnst du?«

»San Diego«, sagte sie leise und mit einem kleinen Lächeln.

»Gleich nebenan.«

Kevlar schloss für einen Moment die Augen. Er war überwältigt von ...

Dankbarkeit? Einem Gefühl von Richtigkeit? Er hatte sich eingeredet, dass er trotz seiner unmittelbaren Anziehung nichts mit dieser Frau zu tun haben konnte, weil er keine Affäre wollte und eine Fernbeziehung nicht funktionieren würde. Und doch ... wohnte sie praktisch in seinem Vorgarten.

Das Schicksal war eine komische Sache.

Er öffnete die Augen. »Gleich nebenan«, wiederholte er und drückte die Hand, die er immer noch hielt.

»Also ... wenn du jetzt etwas essen könntest, was würdest du wählen?«, fragte Remi.

Kevlar war überrascht über den abrupten Themenwechsel und antwortete nicht sofort. Er war immer noch mit der Tatsache beschäftigt, dass er die Gelegenheit haben könnte, diese Frau besser kennenzulernen, wenn sie erst einmal zu Hause waren. Und er hatte keinen Zweifel daran, dass sie nach Hause kommen *würden*. Sie würden hier draußen auf dem Meer nicht sterben, egal wer das sehen wollte.

Remis Wangen wurden rot. »Entschuldige. Ignoriere das einfach. Ich bin in den besten sozialen Situationen unbeholfen, was hier nicht der Fall ist. Wir müssen uns überlegen, was wir tun werden. Meinst du, der Typ kommt zurück?«

»Minzplätzchen«, platzte Kevlar heraus. Er sollte Remi versichern, dass sie es zurück ans Ufer schaffen würden, aber im Moment war es wichtiger, die Hand dieser Frau zu halten, im Wasser zu bleiben und sie kennenzulernen.

»Wirklich? Sind die nicht saisonal?«, fragte Remi.

»Für die meisten Menschen, ja. Aber zu Hause, wenn ich dort bin, arbeite ich ehrenamtlich mit einer Pfadfinderinnengruppe. Ich bringe ihnen Dinge bei wie Knotenbinden, Bootfahren, Sicherheit im Wasser, und ich gehe mit ihnen zelten ... dafür werde ich in Keksen bezahlt.« Er grinste über Remis überraschten Gesichtsausdruck.

»Ich wette, du kannst gut mit ihnen umgehen«, sagte sie mit aufrichtiger Stimme.

»Sie sind fantastisch«, sagte Kevlar achselzuckend. »Sie sind unendlich neugierig, und es macht Spaß zu sehen, wie sie sich für die Dinge begeistern, die ich ihnen beibringen kann.«

»Ich war noch nie zelten«, bemerkte Remi.

»Das tut mir leid«, sagte Kevlar.

Sie zuckte mit den Schultern. »Meine Eltern sind reich. Normalerweise erzähle ich das Männern nicht, die ich gerade erst kennengelernt habe, aber ich denke, diese Situation ist nicht gerade normal. In meiner Kindheit verbrachten wir keine Zeit mit Zelten oder damit, uns schmutzig zu machen ... sehr zum Leidwesen meiner Großmutter. Sie hat meinen Eltern immer gesagt, dass ich herumlaufen, mich in Schwierigkeiten bringen und im Dreck spielen sollte. Aber sie waren anderer Meinung.«

»Deine Großmutter hatte recht.«

»Na ja, sie stiehlt auch gern Kaugummis in ihrem Supermarkt, also denke ich, dass meine Eltern einen Grund hatten, ihre Lebenslektionen zu ignorieren.«

Kevlar brach in Gelächter aus. »Ich möchte deine Oma kennenlernen«, sagte er.

»Sie würde dich lieben«, erklärte Remi lächelnd. »Und bevor du zu schlecht von ihr denkst, der Inhaber weiß, dass sie es tut, aber er sagt nichts, weil sie auch jedes Mal, wenn sie da ist, ein gutes Trinkgeld gibt. Ich persönlich finde es zwar komisch, dass heutzutage fast jeder Laden Trinkgelddosen hat, aber egal. Jetzt bist du dran. Erzähl mir noch etwas über dich.«

Kevlar zermarterte sich das Hirn, um etwas Interessantes zu finden, das er ihr erzählen konnte. »Ich bin allergisch gegen Meeresfrüchte«, sagte er achselzuckend. Es war keine besonders aufregende Tatsache, aber es war alles, was ihm im Moment einfiel.

Remi starrte ihn eine Minute lang an, dann grinste sie.

»Was?«

»Es ist nur ... hier bist du, umgeben von Wasser, und das Einzige, was es kilometerweit zu essen gibt, sind Meeresfrüchte ... und du kannst sie nicht essen.«

»Wir werden keinen Fisch essen müssen, oder irgendein *anderes* Lebewesen, das um uns herumschwimmt.«

Remi runzelte die Stirn. »Das weißt du doch gar nicht. Und ich bin nicht gerade bereit, aufzugeben und zu sterben.«

»Wir werden ganz sicher nicht sterben«, beruhigte Kevlar sie.

Sie legte den Kopf schief und starrte ihn einen Moment lang an. »Was verschweigst du mir? Was weißt du?«

Kevlar zuckte mit den Schultern. »Du wirst es wahrscheinlich für unheimlich halten«, sagte er.

»Wenn es etwas ist, das uns aus dem Wasser holt, mir einen Taco in die eine Hand und einen dieser fantastischen Lavastrom-Drinks in die andere drückt und damit endet, dass ich in einem trockenen Bett liege, dann werde ich es nicht für unheimlich halten.«

Kevlar konnte nur daran denken, wie sie im Bett lag ... vorzugsweise neben ihm. Aber jetzt war weder die Zeit noch der Ort für diese Art von Gedanken. »Gut, also ... du weißt, dass ich ein SEAL bin. Ich habe Freunde mit Beziehungen. Einer davon ist ein ehemaliger SEAL, der es auf sich genommen hat, andere zu beschützen. Er ist ein Ein-Mann-Stalker ... und das meine ich auf eine gute Art und Weise. Er hat diese Peilsender hergestellt. Mein Team trägt sie, wenn wir auf Missionen sind. Es ist beruhigend zu wissen, dass, wenn wir jemals gefangen genommen werden, der Kerl weiß, wo wir sind und die Kavallerie schickt, um uns zu befreien.

Wie auch immer, dieser Neoprenanzug, den ich trage ... nun, das ist der, den ich bei Missionen trage. Ich hatte vergessen, dass ich noch einen dieser Peilsender in der Tasche habe. Ich habe ihn sofort aktiviert, als ich merkte, dass wir hier draußen zurückgelassen wurden.«

»Warte, warte, warte – willst du mir sagen, dass es irgendwo da draußen einen Typen gibt«, sie gestikulierte mit der Hand, die nicht in Kevlars lag, in Richtung Oahu, »der sieht, dass du auf dem Meer treibst, und jemanden benachrichtigt, der dich abholt?«

»Darauf hoffe ich«, sagte Kevlar.

»Woher wird er wissen, dass du es bist? Dass du nicht hier draußen auf einem Boot oder so bist? Wen wird er kontaktieren? Wird er selbst kommen?«

Kevlar lachte über die heruntergeratterten Fragen. »Jeder Peilsender hat seinen eigenen Code, und meiner ist mit einer Nummer verbunden, die nur mir gehört. Er könnte denken, dass ich auf einem Boot bin, dass ich ihn vielleicht aus Versehen oder nur für den Fall aktiviert habe. Aber er wird Fragen stellen, um sicherzugehen. Das ist seine Aufgabe. Er hat Kontakte auf Oahu, an die er sich wenden kann, und nein, er wird nicht selbst kommen.«

»Es wird wirklich jemand kommen und uns holen?«, fragte Remi leise.

»Ja«, sagte Kevlar mit Überzeugung.

Remi schloss die Augen, und zum ersten Mal konnte Kevlar sehen, wie gestresst sie war. Ihre Witze und das Austauschen von Informationen waren eine Möglichkeit für sie, damit fertigzuwerden. Er runzelte die Stirn und notierte sich im Geiste, dass er in Zukunft hinter ihre ruhige Persönlichkeit blicken würde. Dass er ihr helfen würde, mit Stress umzugehen, wenn er glaubte, dass sie ihn vor ihm verbarg.

Die Sache mit dem »in Zukunft« machte ihm nicht einmal Angst. Jetzt, da er wusste, dass sie nur ein paar Kilometer von ihm entfernt wohnte, wollte er sie kennenlernen. Wollte mehr Zeit mit ihr verbringen.

»Wir müssen nur entspannt bleiben. Sie werden uns holen«, sagte er.

Remi öffnete die Augen und begegnete seinem Blick. Ihre haselnussbraunen Augen waren voller Tränen, als sie nickte, aber sie weigerte sich, sie fallen zu lassen. Für Kevlars Geschmack hatte sie ihre Ängste etwas *zu* gut versteckt.

Ohne nachzudenken, zog er an ihrer Hand und schlang seinen freien Arm um sie, um sie an seine Brust zu drücken.

Es brauchte nicht viel, um sie über Wasser zu halten; er war schon immer äußerst schwimmfähig gewesen, und das Salzwasser half noch mehr. Remi vergrub das Gesicht an seinem Hals und drückte sich fest an ihn. Plötzlich verspürte er den Drang, sie ohne die Neoprenanzüge zwischen ihnen an sich zu spüren. Er wollte ihre Kurven an seinem Körper spüren, wenn sie nach dem Sex zusammen im Bett lagen.

»Es tut mir leid«, murmelte sie gegen seine Schulter.

»Was denn?«, fragte er.

»Dass ich dich in diese Situation gebracht habe.«

Ihre Worte überraschten Kevlar. Er wich ein wenig zurück in dem Versuch, ihr in die Augen zu sehen, aber Remi weigerte sich, ihn anzuschauen.

»Wovon redest du?«, fragte er.

Er spürte ihr Seufzen mehr, als dass er es hörte, während sie in den sanften Wellen schaukelten. »Volldepp hat das getan. Ich *weiß*, dass er es war.«

»Was getan?«, fragte Kevlar.

»Er hat es arrangiert, dass ich hier draußen mitten auf dem Ozean zurückgelassen werde. Er rief mehr als einmal vor meiner Reise an. Er schwor, ich würde es bereuen, wenn ich ihm nicht die Hälfte der Reisekosten gäbe, obwohl er nichts bezahlt hat. Wir hatten diesen Ausflug im Voraus geplant, und ich weiß einfach, dass er den Kapitän irgendwie überzeugt hat, mich zurückzulassen. Er hat sogar *gesagt,* dass er hofft, dass ich im Meer zurückgelassen werde – so wie wir es jetzt sind. Du bist einfach in seinen bösen Plan hineingeraten.«

»Bertie hat mich auch bedroht«, erzählte Kevlar. »Sie hat diesen Tauchgang erzwungenermaßen für uns gebucht. Sie verstand nicht, warum ich im Urlaub tauchen wollte, und sagte, dass ich ohnehin schon so viel Zeit im Wasser verbringe, warum sollte ich meine Freizeit damit verbringen, dasselbe zu tun, was ich bei der Arbeit tue. Aber das hier ist nicht wie die Arbeit. Ich kann mir in aller Ruhe die Tiere und Pflanzen und so weiter anschauen. Wenn ich auf einer Mission bin, ist das das Letzte, woran ich denke. Es hätte genauso gut *sie* sein können, die das eingefädelt hat, und du wurdest in *ihrem* bösen Plan gefangen.«

Remi sah zu ihm auf. »Warum sind die Menschen so ... schrecklich?«, flüsterte sie.

»Ich weiß es nicht.«

»Nun, Bertie mag dich hassen – was lächerlich ist; wie könnte man *irgendjemanden* hassen, der einen so schönen Hintern hat wie du –, aber mein Ex denkt wahrscheinlich, dass er Millionen von Dollar bekommt, wenn ich tot bin.«

Ihr Kompliment fühlte sich lächerlich gut an, aber es war der letzte Teil, der ihn ungläubig blinzeln ließ. »*Was?*«

»Meine Eltern sind Claire Crown-Stephenson und Fernando Stephenson. Sie gründeten ihre eigene Firma, als sie in ihren Zwanzigern waren. Sie waren bereits wohlhabend, als sie vor ein paar Jahren von einem großen Hersteller in einem Fünfhundert-Millionen-Dollar-Deal aufgekauft wurden. Und das war ein niedriges Angebot.«

Remi starrte ihn an, als wartete sie darauf, dass ihm zwei Köpfe wuchsen und er sich in eine Art Seeungeheuer verwandelte. »Gut für sie«, sagte er nach einem kurzen Moment.

Ihre Lippen zuckten. »Du hast keine Ahnung, wer sie sind, oder?«

»Nein.«

»*Crown Kondome*«, sagte sie sachlich.

Ihm dämmerte die Erkenntnis. »Wow«, sagte er.

»Ja.«

»Also ... bist du eine Kondomprinzessin. Cool.«

Sie lachte wieder prustend, und Kevlar konnte sich den Gedanken nicht verkneifen, dass es das bezauberndste Geräusch war, das er je gehört hatte.

»Das ist alles, was du sagst? Vincent, ich bin der Erbe einer Kondom-Dynastie. Ich bin Millionen wert. Ich meine, *Millionen*. Unmengen davon.«

»Und warum glaubt *Volldepp*, dass er dieses Geld bekommt?«, fragte Kevlar, dem der Klang seines richtigen Namens aus ihrem Mund gefiel.

Remi zuckte mit den Schultern. »Es gab eine Zeit, in der ich dachte, wir würden heiraten, und wir sprachen kurz darüber, ihn als meinen Begünstigten bei meinen Investitionen anzugeben. Ich glaube, er war eingebildet und dumm genug zu glauben, ich hätte das schon getan, obwohl wir weder verheiratet noch verlobt waren. Fürs Protokoll, *natürlich* habe ich es nicht getan.«

»Gut. Nun, wenn wir gerettet werden, werden wir herausfinden, wer dafür verantwortlich ist. Im Moment ist es egal, ob es dein Ex oder meine war, die dieses kleine Abenteuer inszeniert hat. Es zählt allein, Ruhe zu bewahren, bis die Navy SEALs von Hawaii eintreffen.«

»Du bist nicht das, was ich erwartet habe, als ich dich das erste Mal sah«, gab Remi zu.

Kevlar grinste. »Ich mag es, dich auf Trab zu halten.«

»Was in Flossen aber schlecht geht«, sagte Remi.

»Stimmt.«

»Das kommt *so was* von in einen Comic«, informierte sie ihn.

Kevlar quiekte übertrieben. »Meine Teamkameraden werden *so* neidisch sein, dass ich in einem Cartoon von Pecky, dem reisenden Taco mitspiele. Ich werde es ihnen ständig unter die Nase reiben.«

Sein Herz schlug höher, als Remi lachte, bevor sie den Kopf wieder auf seine Schulter sinken ließ und sich etwas fester an ihn klammerte. Er drückte sie an seinen Körper und konnte nicht anders, als zufrieden zu seufzen. Diese Situation hätte hundertmal schlimmer sein können. Das Wetter hätte scheiße sein können, Remi hätte eine totale Zicke und Nervensäge sein können, er hätte entscheiden können, sich einen Neoprenanzug zu leihen, anstatt seinen eigenen zu benutzen.

Jemand würde sie holen. Tex würde ihnen helfen, daran hatte er nicht den geringsten Zweifel.

KAPITEL FÜNF

Remi hatte keine Ahnung, wie lange sie schon im Meer trieben, aber sie wurde langsam müde. Und extrem durstig. Und ein wenig Übelkeit mischte sich auch darunter. Sie hatte ihre Gesichtsmaske und ihren Schnorchel wegwerfen wollen, aber Vincent bestand darauf, dass sie sie behielt ... nur für den Fall. Es war dieses »nur für den Fall«, das sie in diesem Moment unruhig machte. Nur Vincents ruhige Präsenz hielt sie vom Ausflippen ab. Seine Überzeugung, dass jemand kommen würde, um sie zu holen. Aber jetzt begann die Sonne unterzugehen, und der Gedanke, hier draußen im Dunkeln zu sein, war nicht angenehm. Sie hatte noch nie Angst vor Haien und anderen Meerestieren gehabt, aber diese Situation änderte ihre Meinung.

Sie war auch nie der anhängliche Typ gewesen, aber sie konnte Vincent einfach nicht loslassen. Seine Arme fühlten sich so warm und beruhigend an, und er hatte sich als mehr als fähig erwiesen, sie beide über Wasser zu halten.

Sie hatten sich über alles Mögliche unterhalten, angefangen bei ihren Lieblingsbüchern über ihre Lieblingsspeisen bis hin zu ernsteren Themen wie ihren politischen Neigungen, Terrorismus und dem Zustand der Welt im Allgemeinen. Er war witzig, aber er konnte auch ernst und tiefgründig sein.

»Hörst du das?«, fragte er plötzlich.

Remi zuckte in seinen Armen zusammen, da sie beinahe eingeschlafen war, und hob den Kopf. Sie folgte seinem Blick zum Horizont ... und sah etwas, das sie für ein Boot hielt, welches direkt auf sie zukam.

»Heilige Scheiße, du hattest recht!«, rief sie aus.

»Du hast an mir gezweifelt?«, neckte Vincent sie.

Das hatte sie, aber sie schämte sich zu sehr, es zuzugeben.

»Natürlich nicht. Du gehörst zu den Wenigen und Stolzen.«

Er lachte. »Das sind die Marines, Schätzchen.«

»Richtig, tut mir leid. Army Strong?«

»Remi«, warnte er.

Sie kicherte. »Oh, ich weiß! Allzeit bereit.«

»Woher zum Teufel kennst du all die militärischen Slogans?«, fragte er kopfschüttelnd und mit einem Grinsen auf den Lippen.

»Ich liebe Männer in Uniform«, witzelte sie.

»Der einzige leichte Tag war gestern«, informierte er sie. »Das ist das Motto der SEALs.«

»Nun, sie haben nicht unrecht«, sagte sie trocken. »Gestern saß ich am Strand mit einem Drink in der Hand und meinem Tablet auf dem Schoß und zeichnete Pecky, der am Strand saß und einen Drink in *seiner* Hand hatte.«

Sie lächelte Vincent an, sah aber, dass sein Blick auf den Horizont gerichtet war ... und er runzelte die Stirn. »Vincent?«, fragte sie nervös.

Er richtete seine Aufmerksamkeit auf sie, und die Intensität seines Blicks ließ sie den Atem anhalten. »Keine Panik«, sagte er nachdrücklich.

»Du weißt, dass ich in Panik geraten *will,* wenn du das sagst?«, erwiderte sie.

»Ich bin mir nicht sicher, ob das Boot, das auf uns zukommt, meine Freunde sind.«

»Wie kannst du das wissen? Ich meine, es ist zu weit weg, als dass ich etwas sehen könnte.«

»Ich kann es einfach. Du musst mir vertrauen.«

»Das tue ich«, sagte Remi sofort, ohne nachzudenken. Es war seltsam, aber sie vertraute diesem Mann vollkommen. Wäre sie hier draußen auf sich allein gestellt gewesen, hätte sie in riesigen Schwierigkeiten gesteckt. Aber ihn hier zu haben, sein ruhiges Auftreten, sein Glaube, dass sein Freund ihn aufspüren und Hilfe schicken würde, war ein Rettungsanker gewesen.

»Wir müssen unter Wasser gehen. Wenn das meine Freunde sind, werden sie genau da anhalten, wo wir sind, weil sie die Koordinaten des Peilsenders haben. Wenn nicht, werden sie vorbeifahren und wir werden es wissen.«

Remi sah, wie er mit den Lippen die Worte formte, hörte sie, aber sie ergaben keinen Sinn. »Ich bin nicht sicher, wie lange ich die Luft anhalten kann«, flüsterte sie.

»Wir teilen uns meine Luft«, sagte er, als würde er vorschlagen, nach dem Essen einen Spaziergang am Strand zu machen.

»Ich weiß nicht –«

»Ich werde nicht zulassen, dass dir etwas zustößt. Weißt du warum?«

Remi blickte auf das Boot, das immer noch in schnellem Tempo auf sie zusteuerte, und merkte, dass ihr das Atmen schwerfiel.

Dann legte Vincent einen Finger an ihr Kinn und zwang sie sanft, ihm in die Augen zu sehen. »Weißt du warum?«, wiederholte er.

Remi schüttelte den Kopf.

»Weil ich deine Großmutter kennenlernen möchte. Ich möchte deinen Eltern dafür danken, dass sie ihre Kondomfirma gegründet haben, denn ich habe im Laufe der Jahre oft Crown-Kondome benutzt. Ich möchte meine Minzplätzchen mit dir teilen und dich meinen Pfadfinderinnen vorstellen. Ich möchte dir dabei zusehen, wie du deine Pecky-Cartoons zeichnest. Ich möchte dich meinen Teamkameraden vorstellen. Ich will eine Zukunft – mit dir, Remi. Es kann kein Zufall sein, dass wir praktisch in der gleichen Stadt leben und uns Tausende von Kilometern entfernt kennengelernt haben. Und ich kann nichts davon haben, wenn ich dich jetzt nicht beschütze. Verstehst du?«

Remi hätte den Blick nicht von Vincent abwenden können, wenn jemand sie dafür bezahlt hätte. Sie wollte das alles auch. Unbedingt.

Das war das verrückteste Treffen aller Zeiten. Keine Liebesromanautorin würde jemals darüber schreiben, weil es so unglaublich war. Und doch war sie hier. Verliebt in einen Navy SEAL, der gerade gesagt hatte, dass sie zur Sicherheit unter Wasser gehen mussten und er seine Sauerstoffflasche mit ihr teilen würde.

Sie konnte nur nicken.

»Gut.«

Dann schockte Vincent sie zu Tode, indem er ihre Lippen mit seinen eigenen bedeckte.

Obwohl die Chancen, dass sie demjenigen entkamen, der sie tot sehen wollte, nicht sehr groß waren, verhärteten ihre Brustwarzen sich und ihr Innerstes zog sich zusammen. Der Kuss war auf beiden Seiten grob und verzweifelt.

Als er den Kopf hob, waren seine Pupillen geweitet und er atmete zum ersten Mal schwer, seit sie ihn getroffen hatte.

»Ich will dich, Remi Stephenson.«

Heilige Scheiße. Dieser Mann war *intensiv*. Und Remi war voll dabei.

»Ich will dich auch«, sagte sie schlicht.

Er grinste. Der intensive Ausdruck verschwand aus seinem Gesicht und er starrte sie an, als seien sie die einzigen beiden Menschen auf Erden in diesem tropischen Paradies, und nicht zwei Menschen, die von einem viel zu schnell auf sie zufahrenden Boot überrollt werden würden.

»Gut. Atme tief ein, Süße, und nimm die Maske ab. Wir tauchen ab. Wir reichen meinen Atemregler hin und her und atmen abwechselnd. Ich habe dich.«

Remi nickte, obwohl sie sich dessen nicht ganz sicher war.

Vincent fummelte an der Weste herum, die er trug, und zog seine eigene Maske herunter, und noch bevor sie bereit war, begannen sie, unter die Oberfläche zu gleiten. Zum Glück hatte sie tief Luft geholt, als er sie dazu aufgefordert hatte. Selbst als sie tiefer unter die Wellen sanken, hielt er ihr sein Mundstück hin.

Für eine Sekunde glaubte sie nicht, dass ihr Körper dem gehorchen würde, was sie ihm befahl. Unter Wasser einzuatmen war nicht natürlich, selbst mit dem Atemregler im Mund. Aber dann drückte Vincent ihre Taille, er hatte sie nicht eine Sekunde lang losgelassen, und sie zwang sich zur Entspannung.

Sie atmete zweimal ein, dann nickte sie Vincent zu, der das Mundstück an sein eigenes Gesicht führte und einatmete. Vincent hielt sie einige Meter unter der Oberfläche fest und sie atmeten abwechselnd den Sauerstoff ein, während das Geräusch des Bootes immer lauter wurde. Als Remi aufblickte, sah sie, wie das Schiff Sekunden später über ihre Köpfe hinwegzischte, genauso schnell wie zuvor, als sie es zum ersten Mal gesehen hatte.

Vincent hatte also recht gehabt. Das waren nicht seine Freunde. Es war niemand, der kam, um sie zu retten. Es war wahrscheinlich derjenige, der sie hier draußen zurückgelassen hatte und sichergehen wollte, dass sie tot waren.

Der Gedanke ließ sie erschaudern, und Vincent hielt sie noch fester im Arm, um sie zu beruhigen.

Wie lange sie unter Wasser blieben und sich den Sauerstoff in der Flasche auf Vincents Rücken teilten, wusste Remi nicht. Aber als er ihr auf die Schulter tippte und nach oben wies, war sie nicht sicher, ob sie schon wieder auftauchen wollte. Wenn derjenige, der es auf sie abgesehen hatte, noch in der Nähe war, konnte er sie entdecken und beenden, was er angefangen hatte.

Sie schüttelte den Kopf.

Vincent streichelte ihre Wange und starrte sie durch seine Gesichtsmaske an. Er drängte sie nicht, er würde ihr so viel Zeit geben, wie sie brauchte ... nun, so viel Zeit, wie sie noch in der Sauerstoffflasche hatten. Sie war nicht dumm; sie wusste, dass der Sauerstoff nach all den Tauchgängen, die er an diesem Tag gemacht hatte, langsam zur Neige gehen musste. Aber die Geduld, die Vincent an den Tag legte, gab ihr den Mut, den sie brauchte, um zu nicken.

Ohne zu zögern, drehte er einen Knopf an seiner Weste und Luftblasen stiegen an die Oberfläche, genau wie sie selbst.

Remi sah sich hektisch um, als sie mit dem Kopf die Oberfläche durchbrachen. Sie sah nichts. Kein Boot.

Vincent zögerte nicht und schob ihr die Maske vom Gesicht auf den Kopf. Sanft nahm er ihr das Mundstück ab und schob seine eigene Maske nach oben. Dann nahm er ihr Gesicht in die Hände und zog sie grob zu sich heran. Sie stieß ein *Uff* aus, als sie gegen seine Brust prallte, dann waren seine Lippen wieder auf ihren.

Und dieses Mal hielt Remi sich nicht zurück. Sie küsste ihn

innig, fast hektisch. Sie zeigte ihm ohne Worte, wie viel er ihr schon jetzt zu bedeuten begann. Wie dankbar sie war, dass er bei ihr war. Wie sehr sie ihn bewunderte. Es war verrückt, sie hatte diesen Mann gerade erst kennengelernt, aber irgendwie fühlte sie sich in seiner Nähe wohler als bei jedem anderen Mann, mit dem sie bisher ausgegangen war.

Ihre Zungen verschränkten sich ineinander, genauso wie ihre Beine. Sie schlang die Arme um seinen Rücken, um ihm näher zu kommen.

»Ganz ruhig, Süße, es geht dir gut«, murmelte Vincent.

Erst als sie ihn sprechen hörte, merkte Remi, dass sie viel zu schnell atmete. Sie hyperventilierte fast.

»Sie sind weg. Dir geht es gut.«

»Ich kann nicht glauben, dass wir das gerade getan haben«, keuchte sie an seinem Hals, während sie sich so fest wie möglich an ihn klammerte.

»Küssen?«

Sie stieß einen Atemzug aus. »Nein. *Das* war fantastisch. Umwerfend. Unglaublich. Ich meine, das mit dem Teilen deiner Luft.«

»*Du* warst fantastisch. Bist du sicher, dass du das nicht schon mal gemacht hast?«, scherzte er.

Remi zog sich zurück. »Nicht einmal annähernd«, sagte sie.

Auf ihren Ton hin erstarb sein Lächeln. »Ich meine es ernst«, sagte er. »Es gibt nicht viele Leute, denen ich vertrauen würde, das mit ihnen zu tun.«

»Werden sie zurückkommen?«, flüsterte sie in Bezug auf diejenigen, die auf dem Boot waren.

»Nein.«

Stirnrunzelnd sagte sie: »Das kannst du nicht wissen.«

»Warum hast du mich dann gefragt?«

»Ich weiß es nicht.«

»Sie kommen nicht zurück. Sie sind gekommen, um sich zu vergewissern, dass wir wirklich verschwunden sind, damit sie entweder Volldepp oder Bertie Bericht erstatten können. Die nächsten Leute, die wir sehen, werden meine Navy SEAL Freunde sein. Ich gebe dir mein Wort.«

»Okay«, flüsterte Remi.

»Okay«, wiederholte er. Dann fügte er hinzu: »Ich habe es ernst gemeint, weißt du.«

»Was?«

»Dass ich mit dir zusammen sein will, wenn wir wieder an Land sind.«

»Dein Hotel oder meins?«, witzelte sie.

»Ist mir egal. Aber ich will mehr als das, Remi. Ich kann nicht glauben, dass du tatsächlich in meiner Nähe wohnst. Das fühlt sich an, als sei es so bestimmt. Ich möchte dich meinem Team vorstellen und dir Riverton zeigen. Es gibt dort viele SEAL-Ehefrauen, die du sicher mögen wirst. Caroline, die Frau meines Mentors, ist dir sehr ähnlich. Sie ist verdammt klug, ein wenig introvertiert, aber so süß wie nur möglich. Und Wolf könnte sie nicht mehr lieben.«

Er sprach schnell, zu schnell, als dass Remi auch nur ein Wort hätte sagen können.

»Und du kannst mit mir und meinen Pfadfinderinnen zum Zelten kommen. Ich kann sogar ein gutes Wort für dich einlegen und dich in die Minzplätzchen-Lieferkette aufnehmen. Was du auch willst, werde ich für dich tun. Bitte sag mir nur, dass du mir eine Chance geben wirst.«

Als er eine Pause machte, um Luft zu holen, fragte Remi: »Bist du fertig?«

»Ähm ... vielleicht?«, sagte er ein wenig verlegen. »Nein, bin ich eigentlich nicht. Mein Job ... er ist intensiv. Ich bin viel unterwegs. Deshalb hat Bertie mit mir Schluss gemacht. Sie sagte, dass ich nie da war, wenn sie mich brauchte. Ich liebe es, ein SEAL zu sein, aber ich kann dir versprechen, dass ich alles tun werde, was ich kann, um dein Leben einfacher zu machen, wenn ich nicht da bin. Bei Bertie habe ich das wahrscheinlich nicht genug getan, aber Caroline kann dir helfen. Sie und ihre Mädchenbande werden dich gern unter ihre Fittiche nehmen.«

»Sie wusste, worauf sie sich einlässt, als sie zustimmte, mit dir auszugehen«, erklärte Remi ihm streng.

»Was? Wer?«

»Bertie«, sagte Remi in einem Tonfall, der ruhiger war, als sie sich fühlte. »Ich bin keine Idiotin. Ich habe Bücher gelesen, Filme gesehen und die Nachrichten verfolgt. Ich weiß, dass Soldaten im Einsatz sind. Und da du zu einer Spezialeinheit gehörst, wirst du wahrscheinlich öfter losgeschickt als ein normaler Matrose oder Soldat. Ich kann damit umgehen, Vincent. Die Wahrheit ist ... ich bin kein sehr extrovertierter Mensch. Ich bin glücklich mit meiner eigenen Gesellschaft und bin meistens allein zu Hause. Das heißt nicht, dass ich dich nicht vermissen würde, aber ich habe meine beste Freundin Marley, die in der Nähe wohnt. Und meine Eltern sind auch nicht weit weg. Ich bin mir auch sicher, dass du viele Freunde und Beziehungen hast, die mir helfen könnten, wenn etwas passiert, womit ich nicht zurechtkomme.«

Remi hielt inne und rümpfte die Nase.

»Wofür war das?«, fragte Vincent. Er hatte ein zärtliches Lächeln im Gesicht, und Remi wollte sich selbst kneifen, dass er offenbar genauso an einer Beziehung interessiert war wie sie selbst.

»Nur, dass ... das alles so ... *schnell* geht. Ich bin nicht die Art von Frau, in die Männer sich sofort verlieben.«

»Dann sind sie Idioten. Von der ersten Sekunde an, als ich dich auf dem Pier sah, habe ich mit mir gekämpft, weil ich dich besser kennenlernen wollte. Du hast etwas an dir, das ...«

Remi hielt praktisch den Atem an, während sie darauf wartete, was er sagen würde.

»... beruhigend ist«, sagte Vincent schließlich nach einem Moment. »Wegen meines Jobs musste ich wirklich gut darin werden, Menschen sofort zu lesen. Ich musste herausfinden, ob sie eine Waffe ziehen und versuchen werden, mich und mein Team zu töten, oder ob sie bereit sind, mir zu helfen. Mir war nicht klar, wie stressig die Beziehung zu meiner Ex war, bis wir uns getrennt haben. Solange wir zusammen waren, hatte ich jedes Mal, wenn ich an ihre Tür klopfte, einen Knoten im Bauch. Ich wusste nie, ob sie nett und glücklich oder ein totales Miststück sein würde. Ich kenne dich erst seit ein paar Stunden, aber mit jeder Minute, die vergeht, zeigst du mir, wie mutig, ausgeglichen und stark du bist.«

»Vincent«, flüsterte Remi, überwältigt von seiner Einschätzung ihrer Person. Solange sie denken konnte, war sie die Außenseiterin. Sie passte nicht zu ihren modebewussten und extrovertierten Eltern, obwohl sie sie so liebten, wie sie war. Sie hatte es nicht leicht, Freunde zu finden, und Partner waren rar gesät. Aber hier war dieser fantastische Navy SEAL, ein echter Held, der *ihr* sagte, dass er sie für mutig und stark hielt.

»Das bin ich nicht«, platzte sie heraus. »Ich habe schreckliche Angst. Obwohl du gesagt hast, dass du sicher bist, dass jemand kommt, um dich zu holen, habe ich Angst, dass wir die Nacht hier draußen im Meer verbringen müssen. Ich habe Hunger und Durst und versuche, an beides nicht zu denken. Ich kann auch nicht anders, als an Haie, Stachelrochen und Piranhas zu denken, die sich an meinen Zehen gütlich tun und sich von dort aus nach oben weiterarbeiten.

Ich mache mir Sorgen, dass du, wenn wir gerettet werden, einen Blick auf mich, meine krausen Haare und meinen mit zu vielen Malasadas gefütterten Urlaubskörper werfen wirst und dich fragst, was zum Teufel du dir dabei gedacht hast. Ich frage mich, wie lange es dauern wird, bis du versuchst, alles höflich zurückzunehmen, was du darüber gesagt hast, mich kennenlernen zu wollen. Und zu allem Überfluss mache ich mir Sorgen, dass Volldepp wieder versuchen wird, mich ein für alle Mal loszuwerden, selbst wenn wir aus diesem blöden Ozean herauskommen.«

Sie war praktisch außer Atem, als sie zu Ende gesprochen hatte.

Vincent hatte den Blick nicht von ihr abgewandt. Er war völlig auf sie und das konzentriert, was sie sagte. Das war neu. Sie hatte immer den Eindruck gehabt, dass Volldepp an alles *andere* dachte als an sie, wenn sie zusammen waren.

»Stark zu sein, auch wenn man Angst hat, ist die Essenz der Tapferkeit«, sagte Vincent nachdrücklich. »Wir müssen die Nacht nicht hier draußen verbringen. Ich sorge dafür, dass du so viel Wasser bekommst, wie du trinken kannst, und diese Tacos, die du so sehr liebst, sobald wir gerettet sind. Und in diesen Gewässern gibt es keine Piranhas.«

Er grinste ein wenig, als er das sagte, und Remi hatte plötzlich eine weitere Idee für einen Cartoon mit Pecky dem Taco. Es ging um Pecky im Urlaub, der auf einem Floß im Ozean trieb und von verirrten Piranhas umgeben war, die nur nach Hause zu ihrem Fluss im Amazonas wollten. Sie zwang sich, Vincents Worten Aufmerksamkeit zu schenken.

»... denkst, ich hätte nicht bemerkt, wie du aussiehst, liegst du falsch. Deine Haare passen zu dir, sie explodieren förmlich vor Energie. Und dein Körper ... er ist *perfekt*, Remi.«

Das war er nicht, das wusste Remi. Aber die Art und Weise, wie Vincent das Wort aussprach, ließ sie glauben, dass er sich ehrlich zu jedem Zentimeter hingezogen fühlte. Sie wusste nicht, was sie in ihrem Leben getan hatte, um das Interesse dieses Mannes zu verdienen, aber sie war sehr dankbar.

»Und was unsere Ex-Partner angeht, so weiß ich nicht, wer

uns in diese Lage gebracht hat, aber du hast mein Wort, dass ich alles in meiner Macht Stehende tun werde, alle meine Beziehungen nutzen werde – und davon habe ich eine Menge –, um die Sache aufzuklären und dafür zu sorgen, dass uns beiden so etwas nicht wieder passiert.«

»Okay«, sagte sie nach ein oder zwei Sekunden.

»Okay?«, fragte Vincent und hob fragend eine Augenbraue.

»Mh-hm.«

»Und schon bist du wieder ruhig und stark«, murmelte er.

»Willst du, dass ich schreie, herumstrample, weine und schmolle?«, fragte sie.

Vincent täuschte ein Schaudern vor. »Auf keinen Fall. Ich nehme dich genau so, wie du bist, Süße.«

Remi wusste, dass er damit seine Erleichterung meinte, dass sie nicht in Panik geriet. Aber aus irgendeinem Grund fühlte seine Antwort sich nach mehr an. Wie eine Art Versprechen. Seine Worte waren Balsam für ihre Seele, denn so lange hatte sie das Gefühl gehabt, dass sie immer jemand sein musste, der sie nicht war, um einen Mann zu beeindrucken.

»Wie konnte ich solches Glück haben?«, fragte Vincent nach einem Moment.

Remi konnte sich ein Lachen nicht verkneifen. »Glück? Vincent, wir befinden uns immer noch mitten auf dem Ozean, falls du das vergessen hast.«

»Ich habe es nicht vergessen. Aber meine SEAL-Freunde werden in weniger als drei Minuten hier sein und wir werden Decken, Wasser und Nahrung haben. Wie könnte ich da etwas anderes als Glück haben?«

Erschrocken blickte Remi in Richtung Festland – und sah ein weiteres Boot in ihre Richtung fahren. Sie atmete scharf ein.

»Ganz ruhig. Das ist die Marine«, sagte Vincent, der völlig zuversichtlich klang.

»Woher willst du das wissen? Es könnte das andere Boot sein, das zurückkommt!«, rief sie aus.

»Ich kann es am Motor erkennen. Es ist definitiv die Marine«, antwortete er.

Remi sah den Mann an, an dem sie sich immer noch fast verzweifelt festhielt. »Bist du sicher?«

»Ich bin sicher.«

Remi atmete tief durch und nickte. »Es ist fast vorbei.«

»Nein, es ist erst der Anfang«, erwiderte er.

»Bist du immer so ... vernünftig?«, fragte sie. »Ich muss nämlich sagen, dass es nervig werden könnte.«

Vincent grinste. »Ja. Das ist eine Gefahr, wenn man ein SEAL ist. Ich kann mich einfach nicht über die meisten Dinge aufregen nach dem, was ich gesehen und getan habe.«

»Das ist verständlich«, musste Remi zugeben. »Ich denke, Pecky sollte einen Navy SEAL kennenlernen und mit ihm Abenteuer erleben.«

Das jungenhafte Grinsen, das über Vincents Gesicht huschte, war hinreißend. »Alle werden so neidisch sein, wenn ich in einem Cartoon mit Pecky, dem reisenden Taco erscheine. Ich kann es nicht erwarten, damit zu prahlen.« Dann küsste er sie erneut, und als er das nächste Mal den Kopf hob, war das Boot viel näher.

Remi verkrampfte sich unwillkürlich. Vincent hatte gesagt, er sei sicher, dass dies die Guten waren, aber die Erinnerung daran, wie er aufblickte, als das andere Boot über ihre Köpfe hinwegfuhr, war noch zu deutlich.

Vincent hob einen Arm, die Hand zur Faust geballt, als das Boot sich näherte.

Ein Schrei ertönte vom Boot und es wurde langsamer.

»Ich habe es dir gesagt«, sagte Vincent und lächelte sie an.

»Ja, das hast du.«

»Hey! Tex hat angerufen und gesagt, dass du vielleicht eine

Mitfahrgelegenheit brauchst. Sieht aus, als hätte er recht gehabt.« Ein älterer Mann mit viel längerem Haar als Vincent und einem grauen Bart lächelte ihnen zu, als er das große schwarze Gummiboot näher manövrierte.

»Baker!«, rief Vincent aus. »Hätte nie gedacht, dass ich *dich* hier draußen sehe. Konntest wohl nicht bis zu unserem morgigen Treffen warten, um mich zu sehen, was?«

»Nun, Mustang und sein Team sind gerade auf einer Mission. Sie werden sauer sein, dass sie es verpasst haben, dich aus dem Meer zu fischen. Und damit das klar ist, du schuldest mir was. Ich habe mich um meine eigenen Angelegenheiten gekümmert und meiner Frau dabei zugesehen, wie sie mit ihren Highschool-Surfern abhängt, als ich hörte, dass du Hilfe brauchst.«

»Ich weiß das zu schätzen. Ich mache es morgen wieder gut, wenn unser Treffen noch steht.«

»Es steht noch«, antwortete der Mann im Boot – Baker. »Wie wär's, wenn wir euch jetzt in dieses Zodiac und aus dem Meer holen?«

»Auf jeden Fall. Remi zuerst.« Vincent drehte sich zu ihr um. »Komm schon, Süße, bringen wir dich aus dem Wasser.«

Sie sah zum Boot hinauf und schüttelte den Kopf. Sie hatte nicht gewusst, dass das Boot einen offiziellen Namen hatte, bis Baker ihn erwähnte, und sie speicherte diese Information ab, weil sie das Gefühl hatte, dass sie in nicht allzu ferner Zukunft einen Cartoon zeichnen würde, in dem Pecky in einem Zodiac saß, sein Salat im Wind wehte und er ein breites Grinsen im Gesicht hatte. Aber im Moment musste sie erst einmal in das Ding einsteigen. Aus der Ferne hatte das Boot gar nicht so groß ausgesehen, aber wenn sie direkt daneben schwamm, wusste sie, dass sie auf keinen Fall allein hineinklettern konnte.

Kaum hatte sie den Gedanken, packte Baker ihre Arme und

zog sie nach oben, während Vincent die Hände auf ihren Hintern legte und sie hochdrückte.

Bevor sie auch nur Luft holen konnte, saß sie schon auf dem Boden des Zodiacs. Und dann war Vincent neben ihr. Er hatte sich an der Bordwand hochgezogen, als sei es ein Kinderspiel. Sofort riss er sich die Maske vom Gesicht, nahm die Sauerstoffflasche auf seinem Rücken ab und setzte sich neben sie auf den Boden. Er legte einen Arm um sie und zog sie fest an seine Seite.

Baker reichte ihm eine zu einem kleinen Quadrat gefaltete Rettungsdecke, und innerhalb von Sekunden hatte Vincent sie um ihre Schultern gewickelt.

»Wasser?«, fragte Baker und hielt ihr eine Flasche hin.

Remi griff danach und begann, das köstlichste Wasser zu trinken, das sie je in ihrem Leben getrunken hatte. Es war Vincents leises »Ruhig, Schatz«, das sie dazu brachte, langsamer zu werden.

Sie schaute ihn verlegen an. »Willst du auch was?«, fragte sie.

Vincent grinste. »Ich habe mein eigenes. Ich will nur nicht, dass du dich übergibst, weil du zu schnell trinkst«, antwortete er.

Baker hatte das Zodiac bereits gewendet und fuhr in einem wesentlich langsameren Tempo als zuvor zurück nach Oahu. »Willst du mir erzählen, wie du mitten im Ozean gelandet bist, obwohl du eigentlich auf einem Tauchausflug sein solltest?«, fragte er.

»Anscheinend haben wir beide Ex-Partner, die so sauer auf uns sind, dass sie es uns bereuen lassen wollen, ohne sie in den Urlaub geflogen zu sein«, sagte Vincent fast beiläufig.

Remi konnte nicht glauben, dass er so unbeeindruckt war, wie er sich anhörte.

»Ich werde heute Abend ein wenig nachforschen. Ich werde euch beide wissen lassen, was ich herausgefunden habe, falls es etwas gibt, wenn ihr morgen zu mir kommt.«

Moment, was? Remi blickte von dem heißen Mann am Steuer zurück zu Vincent. So gut Baker auch aussah, und es bestand kein Zweifel, dass er ein Silberfuchs war, konnte sie den Blick nicht von ihrem SEAL abwenden. Der Mann, der dafür gesorgt hatte, dass die schlimmste Erfahrung ihres Lebens sich fast wie ein Abenteuer anfühlte und nicht wie ein versuchter Mord.

»Morgen, wenn wir zu ihm kommen?«, fragte sie Vincent.

»Ich hatte vor, morgen an die Nordküste zu fahren, um Baker und seine Frau zu besuchen. Kommst du mit mir?«

Sie war bereits auf der Nordseite der Insel gewesen, aber der Gedanke, es mit Vincent zu erleben, war etwas, das sie nicht ablehnen konnte. Außerdem dachte sie immer noch, dass all seine netten Worte vielleicht eine Folge der Situation waren, in der sie sich befanden. Dass er, sobald sie gerettet waren, zur Vernunft kommen würde. Wenn er mehr Zeit mit ihr verbringen wollte, war sie damit einverstanden.

»Remi?«, fragte er und sah besorgt aus, als sie nicht sofort antwortete.

»Ja, das würde ich gern.«

»Gut. Warst du schon auf der Dole Plantage?«

Es war fast unwirklich, dass sie darüber sprachen, Touristen zu sein, nur Minuten nachdem sie aus dem Meer gerettet worden waren. »Ja, aber ich war nicht im Labyrinth, ich wollte nicht riskieren, mich zu verlaufen und nicht mehr raus-zukommen, bevor sie schließen.«

»Wir werden uns nicht verirren«, sagte Vincent. Dann griff er nach der Hand, mit der sie nicht ihre Wasserflasche hielt. »Ich habe nicht einmal gefragt, wie lange du noch hier sein wirst. In Hawaii.«

»Mein Flug geht erst übermorgen.«

Vincent lächelte. »Meiner auch.«

Wie groß waren die Chancen? Gänsehaut machte sich auf Remis Armen breit.

Natürlich bemerkte Vincent das, aber zum Glück missverstand er den Grund dafür.

»Halte durch, wir sind im Handumdrehen zurück«, sagte er und drückte beruhigend ihre Hand. »Wir bringen dich bald ins Warme.«

Als Remi nickte, wurde ihr klar, dass sie eigentlich nervös darüber sein sollte, was als Nächstes passieren würde. Ob Vincent sie vielleicht an ihrem Hotel absetzen und sich nicht mehr melden würde. Oder ob sie wegen Volldepp besorgt sein sollte. Wegen Marleys Reaktion auf das, was mit ihr passiert war. Der Reaktion ihrer Eltern. Wegen einer Million verschiedener Dinge. Aber überraschenderweise war sie das nicht.

Sie freute sich mehr auf morgen. Darauf, mit Vincent Zeit außerhalb des Ozeans zu verbringen. Dass sie sich treffen würden, wenn sie wieder in Kalifornien waren.

Sie hoffte nur, dass all seine Worte die Wahrheit waren. Dass er nicht herausfinden würde, was für ein großer Nerd sie war, und seine Meinung darüber änderte, Zeit mit ihr verbringen zu wollen.

Der Kapitän saß in einer kleinen Freiluftbar in der Nähe des Jachthafens, als er das Zodiac näher kommen sah.

Mist!

Er hatte gedacht, der Mann und die Frau seien tot. Er war sogar noch einmal zurückgefahren, um sicherzugehen, und als er keine Spur von ihnen gefunden hatte, war er zufrieden gewesen, dass er getan hatte, wofür er bezahlt wurde. Zu sehen, wie der Mann und die Frau unbeschadet aus dem Boot kletterten, würde der Person, die ihm einen Haufen Geld zahlte, nicht gefallen.

Doppelter Mist!

Er holte sein Handy heraus und verschickte eine SMS.

Eine Minute nachdem er sie abgeschickt hatte klingelte sein Telefon.

In dem Wissen, wer es war, überlegte der Kapitän, nicht abzunehmen, aber das hätte die Sache nur noch schlimmer gemacht. »Hallo?«

»Du Arschloch! Ich kann nicht glauben, dass du einen so einfachen Auftrag vermasselt hast!«

»Hey, ich habe getan, was Sie wollten. Ich habe sie mitten auf dem verdammten Ozean zurückgelassen. Ich bin sogar zurückgefahren, um mich zu vergewissern, dass sie tot sind, und habe niemanden da draußen gesehen. Es ist nicht meine Schuld, dass er irgendwie mit jemandem in Kontakt gekommen ist, der ihn rausholt.«

»Verdammt! Wie hat die Person ausgesehen, die sie abgeholt hat?«

»Alt. Grauer Bart. Tätowierungen.«

»Mist, Mist, *Mist!* Das ist nicht gut. Ganz und gar nicht.«

Das klang für den Kapitän nicht gut. »Was jetzt?«

»Nun, *offensichtlich* kannst du nicht die Bullen rufen und ihnen mitteilen, dass deine Kunden während deines Ausflugs verschwunden sind, wie wir es geplant hatten. *Du* musst stattdessen verschwinden. Untertauchen.«

»Das kostet Geld«, protestierte der Kapitän.

»Ich habe dich bereits bezahlt.«

»Die Hälfte. Ich will die andere Hälfte des Geldes, das Sie mir versprochen haben. Ich habe getan, wofür ich angeheuert wurde. Wenn ich nicht bekomme, was Sie mir schulden, werde ich zur Polizei gehen und sie wissen lassen, dass Sie hinter dieser ganzen Sache stecken.« Der Kapitän bluffte natürlich. Wenn er zur Polizei ginge, würde er auch verhaftet werden. Aber er war verzweifelt. Das Leben in Hawaii war nicht billig, und wenn er sich für längere Zeit verstecken musste, brauchte er Geld.

»Und deine Beteiligung an einem Mordversuch zugeben? Unwahrscheinlich«, knurrte der Mann, als hätte er seine Gedanken gelesen.

»Ich kann nicht untertauchen, wenn ich kein Geld habe.«

»Gut. Du musst dein Wegwerfhandy loswerden. Es wird nicht zu dir zurückverfolgt werden können. Fahr nach Hause. Ich schicke meinen Kerl heute Abend mit dem Geld zu dir. Dann musst du ein Geist sein.«

Erleichterung machte sich in dem Kapitän breit. Die zehntausend Dollar, die er bekommen würde, sollten ausreichen, um für eine Weile von der Bildfläche zu verschwinden. »Das werde ich.«

»Kontaktiere mich nicht mehr. *Niemals.* Unser Geschäft ist vorbei, sobald wir aufgelegt haben. Ich werde diese Nummer los, und du musst dieses Telefon zerstören, verstanden?«

»Ja.«

»Scheiße, das ist eine Katastrophe«, murmelte er. »Ich muss die Sache neu beurteilen. Dafür sorgen, dass mein Name da nicht auftaucht.«

Dann war die Leitung tot.

Der Kapitän holte tief Luft und schaltete das Wegwerfhandy aus, das er benutzt hatte. Dank der großen Konkurrenz war sein Chartergeschäft in den letzten Jahren rückläufig gewesen. Er hatte diesen Job angenommen, weil er dringend Geld brauchte, und alles war sorgfältig geplant gewesen. Die Bullen würden ihn natürlich verhören, wenn sein Kunde im Meer verschwand. Aber er war auf alle Fragen vorbereitet gewesen, und ihm war versichert worden, dass er trotz der Verdachtsmomente am Ende entlastet werden würde. Keine Leiche bedeutete keinen Beweis, dass er tatsächlich etwas Unrechtes getan hatte.

Aber jetzt, da beide Passagiere lebend gefunden worden waren, ging alles den Bach runter.

Mächtige und äußerst kluge Leute würden ihn und seine Geschäfte unter die Lupe nehmen. Sie würden alles untersuchen, bis hin zur Größe seiner Unterwäsche und dem, was er heute Morgen zum Frühstück gegessen hatte. Und diese Überlebenden würden sofort ihre Seite der Geschichte erzählen. Wie er sie einfach mitten im Ozean zurückgelassen hatte.

Mist!

Er setzte seine Bierflasche an die Lippen und trank den Rest aus. Er nickte dem Barkeeper zu, steckte das Handy in seine Tasche, um es später zu entsorgen, dann drehte er sich um und ging davon, um als der Geist, der er jetzt sein musste, in den Sonnenuntergang zu entschwinden.

»Danke, Mann«, sagte Kevlar und schüttelte Baker die Hand, als sie in dem kleinen Jachthafen ankamen. Baker hatte einen Gefallen eingefordert, und ein Matrose wartete auf dem Parkplatz, um sie dorthin zu bringen, wo sie hinwollten – zusammen mit der Polizei. Er und Remi hatten beide ihre Aussagen gemacht ... nicht dass es viel zu erzählen gegeben hätte. Jetzt war die Polizei auf der Suche nach dem Bootskapitän, und Remi stand ein paar Meter entfernt und wartete auf ihn, um ihm Raum und Privatsphäre zu geben, damit er sich von seinem Freund verabschieden konnte. Sie hätte das nicht tun müssen, aber er schätzte ihre Rücksichtnahme dennoch.

»Du musst dich nicht bedanken«, sagte Baker zu ihm. »Und du solltest wissen, dass Tex bereits an der Sache dran ist. Als er merkte, dass etwas verdächtig war, hat er sich in dein E-Mail-Konto gehackt. Er fand die Korrespondenz über den für heute gebuchten Ausflug, hackte sich in die Webseite des Kapitäns und fand Remis Namen. Er weiß alles darüber, dass deine Freundin die Erbin des Crown-Kondome-Unternehmens ist, über ihren Ex ... und auch über deine. Er überprüft den Besitzer des Bootes, das ihr gebucht habt. Und ich werde sehen, was ich noch herausfinden kann, wie versprochen.«

Kevlar konnte nur lachen. Es sollte ihn nicht überraschen, dass Tex sich in sein E-Mail-Konto gehackt hatte und bereits über Remi Bescheid wusste, aber irgendwie war er es trotzdem. Und zu hören, dass Baker sie seine Freundin nannte, fühlte sich ... gut an. Wirklich gut. »Sagst du mir Bescheid, ob es Volldepp oder Bertie war?«, fragte er.

»Natürlich. Aber ist es wichtig, wer von beiden es war?«

»Eigentlich nicht. Aber ich würde es gern wissen, um in Zukunft auf Überraschungen vorbereitet zu sein.«

»Es wird keine Überraschungen geben, wenn wir es verhindern können. Tex und ich mögen es nicht, wenn etwas unerledigt bleibt.«

»Richtig. Nochmals danke.«

»Wie auch immer. Um wie viel Uhr kommt ihr morgen? Wenn ihr bei Dole anhalten und das Labyrinth machen wollt, kommt ihr dann später als geplant?«

Kevlar dachte einen Moment lang darüber nach. »Gegen Mittag? Das sollte uns genügend Zeit geben, um zu Dole und dann zur Nordküste zu kommen, ohne in aller Herrgottsfrühe aufstehen zu müssen. Ich bin sicher, Remi wird heute Abend erschöpft sein und ausschlafen wollen.«

Baker blickte zu Remi hinüber, die noch immer mit einer Rettungsdecke um die Schultern dastand. Ihr Haar war vom

Wind getrocknet, als sie zum Ufer zurückgefahren waren, und stand jetzt zerzaust in alle Richtungen ab.

Kevlar fand, dass sie hinreißend aussah, und er konnte es kaum erwarten, mit den Händen durch das wilde Haar zu fahren. Aber es gefiel ihm nicht, wie unsicher und verloren sie aussah, als sie allein dastand, während er und Baker sich unterhielten.

»Mein Bauchgefühl sagt mir, dass etwas nicht stimmt«, sagte Baker, als er sich wieder Kevlar zuwandte.

»Was meinst du? Wegen Bertie?«

Baker zuckte mit den Schultern. »Wegen dieser ganzen Situation. Ich meine, wir wissen beide, dass du es ohne Probleme ans Ufer geschafft hättest, selbst wenn du den ganzen Weg hättest schwimmen müssen. Es scheint wahrscheinlicher, dass du bei einem Anschlag auf *ihr* Leben mit hineingezogen wurdest. Bist du sicher, dass du dich darauf einlassen willst?«

»Auf jeden Fall«, sagte Kevlar, ohne zu zögern. »Ich wünschte, du hättest sie sehen können, Baker. Als sie merkte, dass wir verlassen worden waren, geriet sie nicht in Panik. Es gab keine Tränen. Sie war entschlossen, stark und ruhig zu bleiben. Dieses Arschloch von Kapitän kam auch zurück.«

»Wirklich?«, fragte Baker erstaunt.

»Ja. Ich hatte kein gutes Gefühl dabei, wie schnell er sich uns näherte. Er war offensichtlich nicht da draußen, um uns zu retten, als sei ihm plötzlich klar geworden, dass er die beiden einzigen Leute, die vorher mit ihm auf dem Boot gewesen waren, zurückgelassen hatte. Ich bin untergetaucht und habe mit Remi Wechselatmung gemacht, bis er weg war.«

»Und sie ist nicht ausgeflippt?«

»Nein. Überhaupt nicht.«

Baker starrte ihn einen Moment lang an. Dann sagte er: »Wechselatmung mit jemandem zu machen, den man gerade

SCHUTZ FÜR REMI

erst kennengelernt hat, ist nicht einfach. Sie muss etwas Besonderes sein.«

Kevlar war nicht überrascht, dass der ehemalige SEAL das Ausmaß verstand, seinen Sauerstoff mit jemand anderem zu teilen. Es war nicht so, als hätte er eine Wahl gehabt; das Boot kam direkt auf sie zu, und wenn der Fahrer gemerkt hätte, dass sie noch am Leben waren, hätte es brenzlig werden können. Aber wenn Remi in Panik geraten wäre, als sie untergetaucht waren, hätte es genauso schlimm ausgehen können. Wechselatmung war der ultimative Akt des Vertrauens zu einem anderen Menschen.

»Das ist er«, sagte er nachdrücklich und bestätigte Bakers Bemerkung.

»Geh«, befahl er. »Wärme deine Frau auf. Und füttere sie, wenn du schon dabei bist. Sorg dafür, dass sie viel trinkt.«

»Das werde ich. Wir sehen uns morgen.«

»Bis dann«, sagte Baker, sprang zurück in das Zodiac und machte sich bereit, vom Dock wegzufahren.

Kevlar wusste nicht, wohin Baker fuhr, aber seine Aufmerksamkeit galt nicht mehr dem legendären ehemaligen SEAL. Sie war auf Remi gerichtet, die immer noch den kurzen Neoprenanzug trug. Ihre Wangen waren rot von der Sonne und wahrscheinlich auch vom Salz und Wind. Er hatte noch nie jemanden gesehen, der so schön war wie sie in diesem Moment.

Er schritt auf dem Holzdeck auf sie zu und zog sie in eine Umarmung, sobald er nahe genug war.

»Alles in Ordnung?«, fragte sie, während ihre Hände auf seiner Brust ruhten.

»Ja. Fahren wir zu deinem Hotel oder zu meinem?«, fragte er, ohne um den heißen Brei herumzureden.

Sie errötete ein wenig, stellte ihn aber nicht infrage. Sie hob einfach den Kopf und fragte: »Ich weiß nicht. Wo wohnst du?«

»Im Holiday Inn in Waikiki.«

Sie rümpfte die Nase, und Kevlar musste sich zusammenreißen, um sie nicht erneut zu küssen. »Dann meins. Ich wohne im Hilton. Ich habe ein Eckzimmer mit Meerblick.«

Kevlar lachte. »Dann zu dir.«

»Aber wir können bei deinem Hotel vorbeischauen, damit du deine Sachen holen kannst, wenn du willst.«

»Ich brauche nichts.«

Sie hob eine Augenbraue. »Ähm, Vincent, du hast einen Neoprenanzug an.«

»Und ich habe meine Badehose darunter. Aber wenn ich mehr zum Anziehen brauche, kann ich mir unterwegs etwas kaufen. Es gibt überall Geschäfte und es dauert nicht lange.«

»Und es wird auch nicht lange dauern, an deinem Hotel anzuhalten, damit du deine eigenen Sachen holen kannst«, sagte Remi entschlossen.

Kevlar gefiel, dass sie nicht nachgab. Dass sie nicht einfach alles mitmachte, was er sagte. Es war komisch, denn Bertie war berüchtigt dafür, ihm zu widersprechen, und er hasste es – aber der Unterschied war, dass Remi ihm in einer Sache widersprach, die für *sie* lästig wäre, *ihm* aber nützen würde. Er konnte sich Bertie nicht einmal in der Situation vorstellen, in der Remi sich heute befunden hatte. Und wenn es so wäre, würde seine Ex jetzt bestimmt darauf bestehen, dass sie sofort und ohne Umwege in ihr Hotel gebracht wurde.

»Ist es in Ordnung, wenn ich mit dir in dein Hotel komme?«, fragte er. Sie waren zusammen in einer intensiven Situation gewesen, und vielleicht hatte sie Zweifel, ob sie mit ihm zusammen sein sollte, jetzt, da sie wieder sicher und an Land waren.

Daraufhin ergriff sie seine Hand und wandte sich dem Mann zu, der in seinem Geländewagen auf sie wartete. Sie zog ihn zu dem Fahrzeug und öffnete die hintere Tür. »Einsteigen«, befahl sie.

Kevlar grinste. »Ja, Ma'am«, sagte er gehorsam.

Als sie auf dem Rücksitz saßen, bedankte sie sich bei dem Matrosen, der sie zum Hotel chauffieren sollte, und fragte ihn höflich, ob es ihm etwas ausmachen würde, beim Holiday Inn vorbeizuschauen, bevor er zum Hilton fuhr.

Schon nach dem kurzen Austausch von Höflichkeiten konnte Kevlar sehen, dass Remi den jungen Matrosen um den kleinen Finger gewickelt hatte. Ihre Freundlichkeit war selbst angesichts dessen, was sie durchgemacht hatte, charmant und liebenswert, und Kevlar konnte es dem Matrosen nicht verübeln, dass er in einer Weise starrte und lächelte, die andeutete, dass er ein wenig in die zerzauste Frau auf seinem Rücksitz vernarrt war.

Kevlar hatte keine Ahnung, wie spät es war, als sie schließlich in ihrem Hotel ankamen. Aber es war schon dunkel und er war müde. Und wenn *er* so müde war, musste Remi erschöpft sein. Obwohl sie sichtlich schlapp war, war sie immer noch freundlich und zuvorkommend zu den Hotelangestellten. Sie musste zur Rezeption gehen, um einen Ersatzschlüssel zu bekommen, und sie begann ein Gespräch mit der Angestellten über die schöne Blume in ihrem Haar.

Während Remi sich mit der Angestellten unterhielt, öffnete Kevlar seine Lieblings-App für Essenslieferungen und ließ das Abendessen auf Remis Zimmer bringen. Wohlfühlessen. Etwas, das nicht zu scharf war – die Tacos würden also warten müssen. Nachdem sie den Tag im Wasser verbracht hatten, brauchten sie beide Kohlenhydrate und Proteine. Leicht verdauliches Zeug, das ihren Magen schonen würde.

Als Remi die Tür ihres Hotelzimmers öffnete, konnte Kevlar das leise, beeindruckte Pfeifen nicht unterdrücken.

Sie kicherte. »Es ist ein bisschen viel für mich allein, aber diese Aussicht ist jeden Cent wert.« Dann rümpfte sie wieder die Nase, was er bereits als Gewohnheit erkannt hatte. »Ich meine, das habe ich bisher gedacht, aber jetzt ... auf diese riesige Weite des Ozeans zu starren hat für mich nun eine ganz andere Bedeutung.« Ihre Stimme schwankte bei den letzten Worten.

Kevlar könnte sich nicht von ihr fernhalten, selbst wenn sein Leben davon abhinge. Es war der erste echte Riss in ihrer eisernen Stärke, die er den ganzen Tag gesehen hatte. Er ließ seine Tasche fallen – er hatte sich im Hotel schnell umgezogen und seine Taucherausrüstung zurückgelassen – und schritt auf sie zu. Ohne zu zögern, zog er sie in seine Arme.

Sie schmiegte sich an ihn, und nichts hatte sich für Kevlar jemals besser angefühlt. Hatte Bertie sich jemals so gut an ihm angefühlt?

Nein, das hatte sie nicht.

Remi war weich und nachgiebig, und sie schmiegte sich an ihn, als hätten sie das schon hundertmal gemacht. Sie war nicht viel kleiner als er, nur ein paar Zentimeter. Ihr Haar streifte sein Gesicht, als sie den Kopf auf seine Schulter legte, und er konnte sich nicht zurückhalten, eine Hand zu heben und die Finger in den zerzausten Strähnen zu vergraben.

Wie lange sie so dastanden, wusste Kevlar nicht. Er wusste nur, dass er sie nicht mehr loslassen wollte. Obwohl er keine Angst gehabt hatte, als er merkte, dass das Boot sie im Meer zurückgelassen hatte, war der Tag nicht ohne Stress gewesen. Er brauchte diese Umarmung genauso sehr wie Remi. Als Navy SEAL sollte er Superman sein. Viele Leute dachten, dass Männer wie er keine starken Emotionen empfanden, dass er nicht von den Dingen, die er sah und tat, betroffen war. Aber das war er.

In diesem Moment dachte er an Blink, den SEAL, der einige seiner Teamkameraden verloren und Probleme hatte, die Ereignisse seines letzten Einsatzes zu verarbeiten. Kevlar fragte sich, ob es einen Unterschied gemacht hätte, jemanden wie Remi zu haben, zu dem er nach Hause kommen konnte, um mit seinem Trauma fertigzuwerden. Nicht Remi selbst; sie gehörte *ihm*. Aber jemand wie sie.

Die Gedanken an den traumatisierten SEAL wurden beiseitegeschoben, als Remi sich zurückzog und ein wenig verlegen zu ihm hochlächelte.

»Ich sollte duschen.«

»Ja«, stimmte Kevlar zu. Aber er ließ sie nicht los.

»Mir geht es gut«, sagte sie leise. »Ich gebe zu, dass ich einen ... einen Moment hatte. Als ich das Meer sah und mir klar wurde, dass ich immer noch da draußen wäre, wenn du heute nicht bei mir gewesen wärst. Wahrscheinlich würde ich versuchen, ans Ufer zurückzuschwimmen, und wir wissen beide, wie das ausgegangen wäre. Aber jetzt geht es mir gut. Ich kann es kaum erwarten, aus diesem Neoprenanzug heraus- und in etwas Warmes und Weiches hineinzukommen. Ganz zu schweigen davon, dass mein Haar sich wahrscheinlich nie wieder von Salz, Wind und Sonne erholen wird.«

»Mir gefällt es so«, sagte Kevlar.

Sie lachte prustend.

Das hätte ihn eigentlich abtörnen müssen. Stattdessen brachte es ihn zum Lächeln.

»Ja, genau. Der Medusa-Look ist so attraktiv.«

Er hatte seine Hand nicht aus ihrem Haar genommen, und er legte die Finger um ihre Kopfhaut, als er sie näher zu sich zog.

Ihre Augen weiteten sich, aber sie wich nicht zurück. Befriedigung strömte durch Kevlars Adern. Er beugte sich vor und lächelte, als sie das Kinn anhob und ihm leichten Zugang zu ihren Lippen ermöglichte. Aber er konnte sie jetzt nicht küssen. Wenn er es tat, würde er nicht mehr aufhören wollen. Und er war sich des großen Bettes hinter ihnen sehr wohl bewusst. Er wollte sie hinlegen und ihr den Neoprenanzug ausziehen, um alle ihre verborgenen Geheimnisse zu entdecken. Aber sie war erschöpft. Jetzt war nicht die Zeit dafür.

Stattdessen küsste er sie auf die Stirn, drückte sie an sich und ließ seine Lippen auf ihrer Haut. Sie schmeckte leicht nach Salz und Schweiß, aber selbst das konnte ihn nicht abtörnen.

Kevlar atmete tief ein, dann nahm er widerwillig die Hand aus ihrem Haar. Er legte ihr beide Hände auf die Schultern und drehte sie in Richtung Badezimmer. »Lass dir Zeit, Süße. Ich muss ein paar Anrufe bei meinem Team tätigen. Wenn das Abendessen da ist, werde ich es holen.«

Remi nickte, leckte sich über die Lippen und ging dann in Richtung Badezimmer.

Kevlar kam sich wie ein Voyeur vor, aber er konnte den Blick nicht von ihrem Hintern losreißen. Der Neoprenanzug, den sie trug, zeigte jeden Zentimeter ihres Körpers, auch wenn er sie verdeckte. Es war eine Verlockung, die ihn zu jeder anderen Zeit um den Verstand gebracht hätte. Aber da die Müdigkeit an ihm zerrte, begnügte er sich damit, ihre Kurven zu bewundern.

Er bewegte sich nicht, bis die Tür sich hinter ihr schloss. Dann atmete Kevlar tief ein und ging auf den Balkon zu. Er brauchte etwas Luft. Es war eine Qual und berauschend zugleich, Remi so nahe zu sein.

Zum Glück hatte er sein Handy an diesem Morgen im Hotel gelassen, bevor er zum Pier gefahren war. Er zog es aus seiner Tasche und stand auf dem Balkon, während er Safes Nummer wählte.

»Hey, Kevlar. Wie ist Hawaii?«

»Interessant.« Kevlar fasste schnell zusammen, was an diesem Tag passiert war.

»Heilige Scheiße, ernsthaft? Dieses Miststück!«

Kevlar konnte sich ein Lächeln nicht verkneifen. Er liebte es, wie sehr seine Teamkameraden ihn unterstützten.

»Ja, wenn du mich vor einer Woche gefragt hättest, ob ich Bertie so etwas zutrauen würde, hätte ich es ausgeschlossen, aber jetzt ... ich weiß es einfach nicht, Mann.«

»Was brauchst du von uns?«, fragte Safe.

»Im Moment nichts. Ich treffe mich morgen mit Baker. Er hat Remi und mich heute abgeholt und gesagt, er würde sich die Sache ansehen. Er will herausfinden, ob er einen Hinweis darauf findet, dass Bertie die Sache eingefädelt hat. Er wird sich auch mit Remis Ex beschäftigen. Und Tex wird natürlich auch mit dabei sein.«

»Gut, dass du deinen Neoprenanzug mit dem Peilsender anhattest«, bemerkte Safe.

»Ja, dadurch ging alles viel schneller, als es sonst der Fall gewesen wäre. Ich werde morgen mit Tex sprechen und ihm danken, dass er am Ball ist.«

Safe lachte. »Oh, das wird ihm gefallen. Du weißt, dass Tex es hasst, wenn man ihm dankt.«

»Nun, dieses eine Mal wird er es ertragen müssen«, sagte Kevlar.

»Und Remi?«, fragte Safe.

Kevlar hätte schwören können, dass er das Grinsen in der Stimme seines Freundes hörte. »Ja. Sie ist ... anders als alle Frauen, die ich je getroffen habe.«

»Glaubst du, eine Fernbeziehung kann funktionieren?«, fragte Safe.

»Das ist die Sache. Sie lebt in San Diego.«

»Heilige Scheiße, *wirklich*?«

»Ja.«

»Wow! Das nenne ich Glück, Mann.«

Kevlar dachte, dass es mehr als Glück war. Es war Schicksal. Aber das behielt er für sich. »Das ist es.«

»Wirst du sie wiedersehen?«

Kevlar konnte das Lächeln nicht zurückhalten, das sich auf seinem Gesicht ausbreitete, als er sich umdrehte und ins Hotelzimmer zurückblickte. »Ja.«

»Cool. Versuche, kein allzu großes Arschloch zu sein, vielleicht gibt sie dir dann eine Chance.«

Kevlar lachte. »Danke für das Vertrauen.«

»Gern geschehen«, sagte Safe lachend.

»Was geht bei euch ab? Genießen alle ihre freie Zeit?«, fragte Kevlar.

»So ziemlich.«

Im Tonfall seines Freundes lag ein Hauch von ... etwas. »Was ist los?«, fragte Kevlar.

»Eigentlich nichts. Alle sind irgendwie unruhig. Du weißt, dass wir mit Freizeit nicht gut klarkommen.«

»Und?«

Safe seufzte. »Howler hängt mehr als sonst in der *Goldenen Auster* herum und redet Mist.«

»Worüber?«

»Nicht worüber – über *wen*«, gab Safe zu.

Kevlar runzelte die Stirn. »Über mich?«

»Ich denke schon. Aber er ist voller Scheiße. Es ist der Alkohol, der aus ihm spricht.«

»Was hat er gesagt?«

»Dummes Zeug.«

»Was sagt er, Safe?«, wiederholte Kevlar.

»Nur das Übliche ... Zeug darüber, dass du deine Reise hättest absagen und auf diese Mission nach Syrien gehen können. Dass er, wenn er Teamleiter wäre, sein Team und sein Land an die erste Stelle setzen würde.«

Ärger stieg in Kevlar auf. Er liebte Howler wie einen Bruder, aber er wurde dumm, wenn er trank, was in letzter Zeit immer häufiger vorkam. Es gab eine Zeit, in der Howler Interesse daran bekundet hatte, Teamleiter zu werden, aber ihr Kommandant hatte stattdessen Kevlar in diese Position gesetzt. Er und Howler hatten sich lange darüber unterhalten, und er hatte gedacht, sein Freund sei mit allem einverstanden, aber anscheinend gab es immer noch einen gewissen Groll.

Kevlar nahm sich vor, ein langes Gespräch mit seinem Teamkameraden zu führen, wenn er nach Hause kam. Wenn Howler wirklich sein eigenes Team leiten wollte, wäre es vielleicht an der Zeit, ihn zu ermutigen, genau das zu tun. SEALs wechselten ständig ihre Teams. Er würde seinen Freund vermissen, aber er wollte gleichzeitig das Beste für ihn.

»Ich werde mit ihm reden«, sagte er zu Safe.

»Das dachte ich mir schon.«

»Ist sonst alles in Ordnung?«

»Ja.«

»Gut.«

»Kommst du diese Woche noch zurück?«

»Ja, natürlich.«

»Gut. Wir sehen uns in ein paar Tagen. Versuche, dich bis dahin aus Ärger rauszuhalten«, stichelte Safe.

»Wie auch immer.«

»Kevlar?«

»Ja?«

»Schön, dass es dir gut geht. Wenn ich etwas über das Klatschnetz hier höre, lasse ich es dich wissen.«

»Das weiß ich zu schätzen. Bis dann.«

»Bis dann.«

Kevlar legte auf und starrte auf den Ozean, während seine Gedanken sich drehten. Er ging alles durch, was heute passiert war, sein Telefonat mit Safe, die Sorge um Howler und was zum Teufel mit ihm los war.

Als er ein Geräusch hinter sich hörte, drehte Kevlar sich um, und alle schweren Gedanken lösten sich in einer Rauchwolke auf, als sein Blick auf Remi landete.

Hinter ihr war das Badezimmer voller Dampf und sie stand nur mit einem Handtuch bekleidet an der Tür. Ihre Haut war von der heißen Dusche gerötet, und auf ihren Schultern und ihrem Oberkörper, wo das Handtuch ihren üppigen Körper kaum bedeckte, perlte immer noch Wasser.

»Ich habe vergessen, mir Kleidung mitzunehmen«, sagte sie verlegen.

Kevlar starrte sie einen langen Moment an, bevor ihm klar wurde, dass er ihr Unbehagen noch vergrößerte. Er drehte sich um und starrte wieder auf den Ozean hinaus, sein Herz pochte in seiner Brust, während er sein Bestes tat, um die Reaktion seines Körpers darauf zu kontrollieren, Remi praktisch nackt zu sehen.

»Es tut mir wirklich leid. Ich bin in ein oder zwei Minuten draußen«, sagte sie hinter ihm.

Kevlar konnte hören, wie Schubladen geöffnet wurden und wie sie darin herumwühlte.

»Ist schon gut«, brachte er heraus. »Lass dir Zeit.«

Als er hörte, wie die Badezimmertür sich schloss, stieß er den Atem aus, den er angehalten hatte. Noch nie hatte eine Frau ihn so getroffen, schon gar keine, die er gerade erst kennengelernt hatte. Es war beunruhigend und aufregend zugleich.

Ein Klopfen an der Tür lenkte ihn ab und er ging hinüber, erleichtert, etwas zu haben, womit er sich beschäftigen konnte.

Er war gerade dabei, die gelieferten Tüten auf den Tisch im Zimmer zu stellen, als Remi wieder auftauchte. Ihr Haar fiel ihr in Strähnen um die Schultern und er konnte kleine Schweißperlen auf ihrer Stirn sehen, die von der heißen Dusche und dem dampfenden Bad stammten.

»Ich bin fertig. Du bist dran«, sagte sie mit einem kleinen Lächeln zu ihm.

»Das Essen ist da«, erwiderte er unnötigerweise.

»Das sehe ich«, sagte sie, wobei ihr Lächeln breiter wurde. Natürlich tat sie das. Kevlar war selten sprachlos. Aber hier war er und klang wie ein Idiot. »Fang ruhig schon an, ich bin in ein paar Minuten wieder draußen.«

»Keine Eile«, sagte sie.

Kevlar ging mit großen Schritten in Richtung Badezimmer und hob unterwegs seine Tasche auf. Auf keinen Fall würde er denselben Fehler machen wie sie. Er konnte nicht nur mit einem Handtuch bekleidet im selben Raum sein wie sie. Er hatte nicht die nötige Willenskraft.

Es war eine Erleichterung, die Badezimmertür hinter ihm zu schließen, aber diese Erleichterung währte nur einen Moment, denn das ganze Bad roch nach ihr. Sie benutzte die Lotion und die Körperseife des Hotels, etwas, das nach Kokosnuss und Blumen roch. Es juckte ihn, es auf ihrem Körper zu riechen.

Statt der heißen Dusche, die er geplant hatte, stellte er sich unter den kühlen Wasserstrahl und zwang seinen Körper, sich zu benehmen. Das kalte Wasser leistete seinen Teil, um das Blut aus seinem Schwanz zu treiben. Schnell wusch er sich und seinen Neoprenanzug, bevor er sich so schnell wie möglich anzog.

Es war verrückt, wie sehr er sich darauf freute, wieder bei Remi zu sein. Er hatte sie erst vor ein paar Minuten gesehen und benahm sich trotzdem wie ein verknalltes Kind, das seinen Schwarm unbedingt wiedersehen wollte.

Als er die Badezimmertür öffnete, konnte er sie nur überrascht anstarren. Während er geduscht und sich umgezogen hatte, hatte Remi die gesamten Speisen aus den Tüten geholt und auf dem Tisch angerichtet. Komplett mit Servietten unter dem Silberbesteck.

»Ich wollte nicht ohne dich essen«, gab sie zu.

Kevlar wusste nicht, was er von ihr erwartet hatte. Nein ... das war eine Lüge. Er hatte gedacht, sie würde sich auf das Essen stürzen, denn es war offensichtlich, dass sie nach allem, was heute passiert war, Hunger hatte. Aber sie hatte es nicht getan. Sie hatte auf ihn gewartet. Diese einfache Geste berührte ihn auf eine Art und Weise, die ihm fremd war.

Er ging zum Tisch hinüber und setzte sich langsam neben sie.

Remi schenkte ihm ein kleines Lächeln und nahm eine Gabel in die Hand. »Ich weiß, das sind nur Käse-Makkaroni, aber es riecht unglaublich gut«, sagte sie.

Kevlar konnte den Blick nicht von ihr abwenden, als sie die Gabel mit den klebrigen Käsenudeln in den Mund steckte. Die Art, wie sie die Lippen schürzte und um die Zinken legte, war fast erotisch, und sie versuchte nicht einmal, ihn zu erregen.

Das Stöhnen, das ihre Kehle verließ, ließ ihn genauso hart werden wie vor seiner Dusche.

»Oh mein Gott, das ist so gut. Ich dachte, Tacos seien mein Lieblingsessen, aber ich habe gelogen. Diese Käse-Makkaroni sind mein neuer Favorit.« Dann sah sie ihn an. »Du isst ja gar nichts. Geht es dir gut?«

Abwesend beschäftigte Kevlar sich mit dem Teller, den sie für ihn angerichtet hatte. Sie hatte recht, das käsige Gericht war genau das, wonach sein Körper sich sehnte.

Sie aßen schweigend, aber es war nicht unangenehm. Sie konzentrierten sich beide darauf, Kalorien in ihren Körper zu bekommen und das Gefühl zu genießen, dass ihre Bäuche voll waren. Kevlar achtete darauf, dass Remi etwas von dem Gemüse aß, das er bestellt hatte, um ihr so viele Nährstoffe wie möglich zuzuführen. Es gab auch ein köstliches gegrilltes Hähnchen, das sie sich teilten.

Als sie mit dem Essen fertig waren, war es offensichtlich, dass Remi kurz vor dem Einschlafen war. Sie hatte mehrmals gegähnt und ihre Augenlider waren schwer. Sie war fertig.

»Du bist erschöpft. Geh ins Bett, Süße«, sagte er. »Ich räume hier auf.«

»Es ist noch gar nicht so spät«, protestierte sie, aber Kevlar merkte, dass es halbherzig war.

»Und?«, konterte er.

Remi lächelte. »Stimmt. Ich bin im Urlaub. Ich kann tun, was ich will, oder?«

»Genau.«

»Bleibst du?«

Kevlar hielt inne. Er wollte es. Unbedingt. Aber er wollte auch nicht, dass sie sich irgendwie unwohl fühlte.

»Bitte bleib«, sagte sie leise. »Ich weiß, es ist seltsam und dass wir uns gerade erst kennengelernt haben, aber ich würde mich besser fühlen, wenn du hier wärst. Es ist nicht so, dass ich glaube, Volldepp könnte mir etwas antun, wenn ich in meinem Hotelzimmer bin, aber ich dachte auch nicht, dass auf diesem Schnorchelausflug etwas passieren würde.«

Sie plapperte, und obwohl es süß war, konnte Kevlar auch erkennen, dass sie gestresst war.

»Ich bleibe«, beruhigte er sie.

Er konnte sehen, wie ihre Schultern sich vor Erleichterung senkten. Er spürte förmlich, wie sie von ihr abstrahlte.

»Danke.«

Sie ging direkt zum Bett und kroch unter die Decke, ohne sich umzuziehen. Andererseits hatte sie nach dem Duschen Leggings und ein T-Shirt angezogen, sodass sie problemlos darin schlafen konnte. Sie drehte sich auf die Seite, und Kevlar spürte ihren Blick auf sich, während er das Geschirr des

Abendessens abräumte und die Reste, so wenige es auch waren, in den kleinen Kühlschrank im Zimmer stellte.

Als er sich wieder zu Remi umdrehte, waren ihre Augen geschlossen und sie atmete tief. Sie war in Sekundenschnelle eingeschlafen.

Da fiel ihm auf, wie viel Vertrauen sie in ihn setzte. Sie waren praktisch immer noch Fremde. Fremde, die eine sehr intensive Erfahrung hinter sich hatten, aber dennoch.

Er setzte sich wieder an den Tisch und starrte Remi an, während sie schlief. Er konnte den Blick nicht von ihr abwenden. War er jemals so fasziniert von Bertie gewesen, wenn sie schlief – oder von irgendeiner anderen Frau? Das konnte er nicht behaupten. Was hatte *diese* Frau an sich, das ihn so schnell und so tief berührte? Er hatte keine Ahnung. Kevlar wusste nur, dass er das Gefühl hatte, etwas Wertvolles zu verlieren, wenn er die Sache zwischen ihnen vermasselte.

Dies war seine Chance, für den Rest seines Lebens eine echte Partnerin an seiner Seite zu haben. Er hatte keine Ahnung, woher er das wusste oder warum er überhaupt solche Gedanken hatte, aber er zweifelte nicht an seinen Gefühlen.

Während er zusah, zog Remi die Beine hoch und zitterte im Schlaf, woraufhin er sich in Bewegung setzte. Er schloss die Balkontür, zog die Vorhänge zu und schaltete alle Lichter im Zimmer aus, bis auf eines auf der anderen Seite des Bettes.

Dann ging er zu der kleinen Couch und setzte sich in eine Position, in der er Remi noch sehen konnte. Aus irgendeinem Grund musste er sie in seinem Blickfeld behalten. Er wünschte sich nichts sehnlicher, als hinter ihr unter die Decke zu kriechen, einen Arm um sie zu legen und sie festzuhalten, aber dafür war es noch zu früh. Auch wenn er etwas Langfristiges mit dieser Frau sah, wollte er nichts überstürzen. Sie sollte nicht aufwachen und Angst haben, dass sie in den Armen eines fremden Mannes lag.

Stattdessen rutschte Kevlar nach unten, sodass sein Kopf auf der Rückenlehne des Sofas ruhte und seine Beine vor ihm ausgestreckt waren. Es würde keine sonderlich bequeme Position für die Nacht sein, aber er hatte in seinem Leben schon an schlimmeren Orten geschlafen. Außerdem wachte er über Remi und sorgte dafür, dass ihre Ruhe nicht gestört wurde. Das machte die Position perfekt.

KAPITEL SECHS

Remi war ein Morgenmensch, was Volldepp immer in den Wahnsinn getrieben hatte. Er meckerte immer, dass sie abnormal sei, weil sie so früh am Morgen hellwach war. Und obwohl sie Muskelkater hatte, öffnete sie wie immer in aller Frühe die Augen.

Sie spürte sofort, dass sie nicht allein war. Aber anstatt auszuflippen, entspannte sie sich, als sie den Blick durch den Raum schweifen ließ.

Vincent war geblieben, wie er es versprochen hatte.

Doch dann runzelte sie die Stirn. Er saß auf dem Sofa. Seine Arme waren über der Brust verschränkt, und seine Beine waren gerade vor ihm ausgestreckt. Er benutzte die Rücken-lehne als Kissen, und obwohl er ganz entspannt aussah, wusste Remi, dass die Couch nicht annähernd so bequem war wie das Bett.

Ein Teil von ihr war verwirrt, warum er nicht im Bett neben ihr geschlafen hatte. Es war groß genug, dass sie sich nicht einmal berührt hätten. War er einfach nur höflich gewesen, als er gesagt hatte, er würde bleiben, hatte es aber gar nicht gewollt? Hatte er bereits Zweifel an ihr?

Zweifel schwirrten ihr durch den Kopf, während sie dalag und ihn anstarrte.

Als hätte er ihren Blick gespürt, regte er sich. Er öffnete die Augen und konzentrierte sich sofort auf sie.

»Morgen«, sagte er, setzte sich auf und streckte sich.

Remi konnte ihn nur anstarren. Der Mann war wirklich wunderschön. »Hi.«

Sein Blick wurde schärfer. »Was ist los?«

»Ähm, nichts? Wie kommst du darauf, dass etwas ist?«

»Weil du ... unsicher klingst.«

»Ich habe nur ein Wort gesagt«, protestierte Remi.

Vincent zuckte mit den Schultern und sein Blick schwankte nicht. Er setzte sich nach vorn und stützte die Ellbogen auf die Knie. »Ist es dir unangenehm, dass ich hier bin? Ich kann gehen.«

»Nein!«, rief Remi aus. Dann schloss sie die Augen und seufzte. »Ich habe nur daran gedacht, wie unbequem die Couch sein muss, und mich gefragt, warum du nicht im Bett geschlafen hast. Ich meine, ich weiß, es geht schnell, aber es hätte mir nichts ausgemacht.«

»Sieh mich an.«

Remi wollte nicht, wollte seinen Aufbruch solange wie möglich hinauszögern, aber sie konnte ihm nichts abschlagen. Sie öffnete die Augen.

Seine blauen Augen waren intensiv im Morgenlicht, das durch den Spalt in den Vorhängen fiel, die er offensichtlich geschlossen hatte, nachdem sie auf ihm eingeschlafen war.

»Ich wollte es. Du hast keine Ahnung, wie sehr ich neben dich auf die Matratze kriechen wollte. Aber ich will auch nichts tun, was dir Angst machen oder dich abschrecken könnte.«

Remi rutschte auf der Matratze nach oben, schüttelte das Kissen auf und lehnte sich gegen das Kopfteil, ließ die Decke jedoch über den Beinen. Sie wusste genau, dass viele Frauen in so einer Situation schon reingelegt worden waren. Betrogen. Verletzt. Oder noch schlimmer. Einen Fremden in ihr Hotelzimmer einzuladen, ihm zu vertrauen, sich ihm zu öffnen ... aber dies war Vincent. Der Mann, mit dem sie gestern eine sehr intensive Erfahrung geteilt hatte. Eine, die er ohne Probleme hätte bewältigen können, die aber für sie mit dem Tod hätte enden können.

Er war der einzige Grund, warum sie in diesem Moment in ihrem Hotelzimmer saß. Wenn sie ihm nach all dem nicht vertrauen konnte, dass er ihr Bestes im Sinn hatte, wem konnte sie dann noch vertrauen?

»Ich habe keine Angst vor dir«, sagte sie.

Er neigte den Kopf ein wenig, und Remi kam nicht umhin, ihn noch liebenswerter zu finden. Sein Haar stand ab und seine Bartstoppeln waren heute ein wenig länger. Sie hatte es vermieden, zu sehr auf die graue Jogginghose zu schauen, die er gestern Abend nach dem Duschen angezogen hatte ... aber es war ihr nicht entgangen, dass er sie im Schrittbereich mehr als ausfüllte.

»Ich bin kein sanfter Mann.«

Es schien, als wollte er sie warnen.

Remi konnte nicht anders. Sie lachte. Sie machte ihr übliches prustendes Lachen, aber diesmal war es ihr nicht einmal peinlich.

»Ich wollte nicht witzig sein«, erklärte Vincent ihr.

»Ich weiß, es tut mir leid. Aber Vincent, wenn du denkst, dass ich das bei dir vermisst habe – das habe ich nicht. Du bist ein SEAL. Ich bin mir vielleicht nicht ganz sicher, was du so tust, aber ich bin auch keine Idiotin. Und obwohl du einen gefährlichen Job hast, bei dem es manchmal darum geht, zu töten oder getötet zu werden, warst du gestern ... sanft zu mir.«

Er starrte sie nur durch den Raum hinweg an.

Remi holte tief Luft und fuhr fort: »Ich hätte dich gestern Abend nicht gebeten zu bleiben, wenn ich Angst vor dir hätte. Es mag naiv klingen, aber ... der gestrige Tag hat mich verändert. Ich habe bereut, wie viel ich im Leben verpasst habe, weil ich in meiner Wohnung saß und mich nicht mehr rausgewagt habe. Selbst hier, auf dieser wunderschönen Insel, habe ich mehr Zeit in meinem Hotel verbracht als irgendwo anders. Schnorcheln war der Ausflug, auf den ich mich am meisten gefreut hatte. Und wenn du gestern nicht da gewesen wärst, wäre ich jetzt wahrscheinlich nicht *hier*. Also nein, du machst mir keine Angst. Spinnen, ja. Zugbrücken, ja. Die Tatsache, dass Volldepp gestern nicht erfolgreich war und vielleicht wieder versuchen will, mich zu töten, ja. Aber du? Nein, Vincent. Du machst mir keine Angst.«

Als Antwort darauf stand der Mann am anderen Ende des Raumes langsam auf. Remi wandte den Blick nicht von ihm ab. Sie konnte es nicht. Sie war wie erstarrt. Als würde sie das Geschehen von oben beobachten.

Vincent ging zum Bett hinüber und setzte sich neben ihrer Hüfte auf die Matratze. Remi rutschte ein wenig rüber, um ihm etwas Platz zu machen, aber er gab ihr keine Gelegenheit, mehr zu tun. Er legte eine Hand neben ihrem Hintern auf die Matratze und lehnte sich zu ihr. Remi hielt den Atem an.

»Ich bin dabei«, sagte er leise.

Es fiel ihr schwer, den Blick von seinen Lippen abzuwenden, aber Remi zwang sich, ihm in die Augen zu sehen. Sie waren intensiv und voller Gefühle. Hätte sie irgendwelche Zweifel an diesem Mann gehabt, wären sie in diesem Moment zerschlagen worden. Es war kitschig und lächerlich, aber sie hätte schwören können, dass sie in diesem Moment ihre Zukunft in seinen Augen sah.

»Okay.«

»Okay?«, fragte er.

Remi nickte. »Du hast mir gestern gesagt, dass ich dir vertrauen kann, und du hattest recht. Mit allem. Mit dem Ruhigbleiben, dass jemand uns holen wird, dass wir unter Wasser gehen und die Luft teilen, dass das Boot nicht deinem Freund gehört ... mit allem. Du hast dafür gesorgt, dass mir warm ist, dass ich etwas zu essen habe und dass ich ungefähr fünfzig Liter Wasser trinke. Wenn du sagst, dass du das unter Kontrolle hast, dann glaube ich dir.«

Vincent schloss die Augen und atmete tief durch die Nase ein. Remi wusste nicht, was ihm durch den Kopf ging, aber es fühlte sich bedeutsam an. Lebensverändernd. Aufregung strömte durch ihre Adern. Plötzlich wollte sie ihre intimsten Gedanken mit ihm teilen. Zugeben, wie enttäuscht sie war, nicht in seinen Armen aufgewacht zu sein. Ihm sagen, dass sie ihn wollte. Gleich hier und jetzt. Nackt und tief in ihr.

Stattdessen platzte sie heraus: »Aber dass ich dir vertraue, heißt nicht, dass ich Bertie und Volldepp *nicht* in einen meiner Cartoons schreibe und Pecky dazu bringe, sie bis aufs Blut zu demütigen.«

Vincents Augen weiteten sich, während er grinste. »Ich kann es kaum erwarten zu sehen, was du für sie geplant hast.« Nach einem Moment fügte er hinzu: »Das wird funktionieren. Du und ich. Es wird funktionieren.«

»Das hoffe ich. Ich hoffe wirklich, dass du, wenn du erst einmal erfahren hast, wie ... introvertiert ich bin, nichts bereuen wirst.«

»Das werde ich nicht.«

In seinen Worten lag eine solche Überzeugung, dass Remi spürte, wie etwas tief in ihrem Inneren, der Teil von ihr, der immer flüsterte, sie sei zu dick, zu seltsam, zu ... alles, verkümmerte und starb. Bei diesem Mann war sie einfach Remi Stephenson. Sie konnte genau so sein, wie sie bereits war.

»Ich habe eine Frage«, sagte sie mit einem kleinen Lächeln.

»Ja?«

»Können wir heute bei einem Taco-Stand vorbeischauen, wenn wir zu deinem Freund fahren? Ich habe nie die Tacos bekommen, die der Kapitän versprochen hat.«

»Wir können alles machen, was du willst.«

»Danke.«

Sie starrten einander gefühlt minutenlang an, auch wenn es in Wirklichkeit nur wenige Sekunden waren, bevor Vincent sich langsam nach vorn beugte. Remis Herzschlag beschleunigte sich. Sie hob das Kinn an, als er näher kam. Seine Lippen streiften ihre, und gerade als sie den Mund öffnete, um ihn einzuladen, hob er den Kopf.

Verwirrt starrte Remi ihn an.

»Ich will dich. Ich will dich lange und intensiv küssen. Ich will mit dir unter die Decke kriechen und all deine Kurven erkunden, ohne dass mir etwas im Weg ist.«

»Ja«, hauchte Remi. Sie wünschte sich das mit jeder Faser ihres Seins.

Vincent verzog die Lippen zu einem kleinen, sexy Lächeln. »Aber ich kann nicht«, sagte er.

Remi runzelte die Stirn, und für einen Moment hatte sie den schrecklichen Gedanken, dass vielleicht alles, was sie zwischen ihnen gefühlt hatte, eine Lüge war. Aber sie verwarf diesen Gedanken in der Sekunde, in der sie ihn hatte. Nein, dieser Mann würde sie nicht anlügen. Darauf würde sie das gesamte Vermögen ihrer Familie wetten. »Warum nicht?«, fragte sie.

»Weil ich morgendlichen Mundgeruch habe.«

Remi lächelte breit. Dieser Mann war perfekt für sie. »Ich auch«, gab sie zu.

Vincent hob eine Hand und strich ihr übers Haar.

Remi zuckte zusammen, da sie nicht glauben konnte, dass

sie vergessen hatte, wie zerzaust ihr Haar morgens immer war. Und sie hatte sich gestern nach dem Duschen nicht die Mühe gemacht, es zu föhnen, da sie zu hungrig und erpicht darauf gewesen war, mehr Zeit mit Vincent zu verbringen. Es musste in alle Richtungen abstehen, als hätte sie gerade den Finger in eine Steckdose gesteckt.

»Ich liebe dein Haar«, murmelte er, während er mit den Fingern durch die wilden Strähnen fuhr.

»Es ist lächerlich«, war alles, was Remi herausbrachte. Seine Hand auf ihr fühlte sich so gut an.

»Es hat seinen eigenen Willen. Es ist ungewöhnlich, eigensinnig, schön. Genau wie du.«

Ah. Dieser Mann.

Er sah ihr wieder in die Augen, nahm jedoch nicht die Hand aus ihrem Haar. »Was magst du zum Frühstück? Einen Muffin und Obst? Pfannkuchen und Würstchen? Gar nichts? Bist du Kaffeetrinkerin?«

»Zu Hause Joghurt und Haferflocken«, hörte Remi sich sagen, obwohl es sich immer noch anfühlte, als sei sie in einer anderen Dimension. »Aber im Urlaub ... hier ... Malasadas, frische Ananas und anderes Obst, und Kona-Kaffee.«

Vincent grinste. »Klingt perfekt. Ich dachte, wir sollten uns früh auf den Weg nach Norden machen. Der Verkehr ist immer schrecklich, aber wenn wir ihm entgehen, haben wir mehr Zeit für Baker und seine Frau Jodelle und meiden vielleicht ein paar der Menschenmassen auf der Dole Plantage, wenn wir dort sind, wenn sie öffnet.«

»Okay.«

»Du hast ein paar Auswahlmöglichkeiten, wie die Dinge heute Morgen ablaufen sollen.«

»Auswahlmöglichkeiten?«, fragte Remi.

»Ja. Ich kann in mein Hotel zurückkehren, um zu duschen und mich für heute fertig zu machen. Wenn ich schon mal unterwegs bin, kann ich ein paar Malasadas und Kaffee besorgen und dich hier in der Eingangshalle treffen, und wir können nach Norden fahren.«

»Oder?«, fragte Remi, als er eine Pause machte.

»Oder während du duschst, kann ich nach unten gehen und uns etwas Frühstück besorgen. Ich kann es dann herbringen und du kannst essen, während ich dusche und mich umziehe.«

»Das«, sagte Remi, ohne zu zögern.

Vincent musterte sie.

»Ich dachte, wir hätten dieses Gespräch heute schon hinter uns. Ich vertraue dir, Vincent. Es sei denn, du versuchst, mir einen Ausweg zu geben, und willst nicht bleiben.«

»Ich will bleiben«, antwortete er sofort.

»Dann bleib«, flüsterte sie.

»Mist«, fluchte Vincent leise. Dann stürzte er sich auf sie, legte die Arme um sie und zog sie in seine Umarmung.

Remi vergrub die Nase in der Lücke zwischen seiner Schulter und seinem Kopf und atmete ein, während er sie festhielt. Sie waren beide vollständig bekleidet, aber aus irgendeinem Grund fühlte es sich äußerst intim an.

»Ich verdiene dich nicht, aber ich werde mir ein Bein ausreißen, um der Mann zu sein, den du verdienst«, sagte er in ihr Haar.

Remi zog sich zurück und starrte ihn an. Er hatte sie nicht losgelassen, und seine Hände schienen sich durch den Stoff ihres T-Shirts zu brennen. »Weißt du das nicht? Du bist es bereits.«

Sie konnte seinen Gesichtsausdruck nicht deuten, aber es war offensichtlich, dass ihre Worte ihm etwas bedeuteten.

Vincent beugte sich wieder zu ihr hinunter, und dieses Mal berührten seine Lippen ihre Stirn in einem kaum spürbaren Kuss. Remis Brustwarzen waren hart unter ihrem Hemd, und sie spürte, wie ihr Innerstes sich zusammenzog. Diese langsame Verführung fühlte sich aufregend an. Sie hätte auf der Stelle mit ihm geschlafen, wenn es nach ihr gegangen wäre, aber sie konnte nicht leugnen, dass sie auch den langsamen Aufbau liebte.

Langsam? Sie hätte fast gelacht. Es war erst *einen Tag* her, dass sie diesen Mann kennengelernt hatte. Nichts an ihrer Beziehung war bisher langsam gewesen. Aber es hatte sich auch noch nie *so* richtig angefühlt.

»Wie groß ist dein Hunger?«, fragte Vincent.

Remi zuckte mit den Schultern. Sie glaubte nicht, dass er von Sex sprach, denn diesbezüglich war ihr Hunger sehr groß.

»Die Dole Plantage macht erst um halb zehn auf. Wir haben also noch etwas Zeit zum Faulenzen. Willst du noch eine Weile hier liegen und den Sonnenaufgang beobachten, bevor wir aufstehen und loslegen?«

»Ja!« Sie brauchte nicht lange über ihre Antwort nachzudenken.

Daraufhin stand Vincent auf, ging zu dem großen, raumhohen Fenster im Zimmer und zog die Vorhänge zurück. Eines der besten Merkmale der Suite war der Balkon und die Tatsache, dass sie, da es sich um ein Eckzimmer handelte, sowohl auf die Berge als auch auf das Meer blicken konnte. So konnte sie den Sonnenaufgang sowie den Sonnenuntergang sehen.

Das Licht draußen hatte einen rosafarbenen Schimmer, und die Sonne war noch nicht über die Berge gestiegen. Zu ihrer Freude ging Vincent zurück zum Bett, dieses Mal auf die andere Seite, und hob die Decke an. Er rutschte auf sie zu und zog sie dann herunter, bis sie vor ihm auf der Seite lag. Einen seiner großen, muskulösen Arme legte er um ihre Taille und hielt sie an sich gedrückt. Er hatte seinen Kopf mit ein paar Kissen aufgestützt, damit auch er den Sonnenaufgang sehen konnte.

Sie lagen da, während die Sonne sich langsam ihren Weg

über die Berge bahnte. Sie sprachen nicht, sondern genossen einfach den Moment. Die Tatsache, dass Vincent ein Mann war, der sich so entspannen konnte, dass er sich die Zeit nahm, den Moment zu genießen, sagte viel über ihn aus. Er hatte nicht sofort nach seinem Telefon gegriffen, um Nachrichten oder soziale Medien zu überprüfen. Er war nicht krampfhaft bemüht, aufzustehen und loszulegen. Er mochte ein großer, böser Navy SEAL sein, aber er war auch ein Mann, der sich Sorgen um seinen morgendlichen Mundgeruch machte, der sichergehen wollte, dass sie sich nicht gezwungen oder unwohl fühlte, wenn er im Zimmer blieb, und der damit zufrieden war, ihren ersten gemeinsamen Morgen einfach ... zu verbringen.

Remi schloss die Augen und lächelte.

Als sie sie öffnete, spürte sie, dass Vincent sie ansah. Sie drehte den Kopf und sah, dass seine Aufmerksamkeit in der Tat ihr galt und nicht der wunderschönen Vorstellung vor dem Fenster. »Was?«, flüsterte sie.

»Ich habe in meinem Leben einige Dinge getan, die ich bereue. Moralisch graue Dinge. Aber ich habe auch mein Bestes getan, um ein guter Freund, ein guter Sohn und ein guter Partner zu sein während der wenigen Male, die ich in einer ernsthaften Beziehung war. Ich habe das Gefühl, dass alles, was ich getan habe, alles, was ich erlebt habe, mich an diesen Punkt gebracht hat. Mit einer Frau im Bett zu liegen, die ich bewundere, die ich mehr will als alles andere in meinem Leben, und die ich unbedingt näher kennenlernen möchte, und einfach nur zuzusehen, wie die Sonne über einem neuen Tag aufgeht. Es ist fast unwirklich.«

»Ich glaube, das ist mein Satz«, sagte Remi, die gerührt war, dass er sie so sah. »Ich weiß nicht, wie es mit uns weitergehen wird. Vielleicht finden wir nach dem heutigen Tag heraus, dass wir uns nur zueinander hingezogen fühlten, weil wir uns in einer schwierigen Situation befanden. Dass wir nichts gemeinsam haben. Aber selbst wenn das der Fall sein sollte, sollst du wissen, dass ich dich niemals vergessen werde. Und wenn es *doch* funktioniert, werde ich die beste Freundin sein, die du je hattest. Ich werde dich und deine Teamkameraden unterstützen. Ich werde es dir nie übel nehmen, dass die Marine dich mir auf Missionen wegnimmt. Ich werde dein Cheerleader sein, deine Unterstützerin, und ich werde dich nie als selbstverständlich ansehen.«

»Wie ich schon sagte, es wird funktionieren. Dafür werde ich sorgen«, sagte Vincent. Dann, als sie den Blick nicht voneinander lösten, murmelte er leise: »Scheiß drauf«, bevor er den Kopf senkte.

Bevor Remi blinzeln konnte, waren seine Lippen auf ihren. Sie hatten sich schon im Meer geküsst, aber das hier war anders. Weniger verzweifelt, selbstbewusster ... leidenschaftlicher.

Remi dachte nicht an den morgendlichen Mundgeruch. Sie dachte an nichts anderes als daran, wie gut Vincent sich über ihr anfühlte, während er ihren Mund liebte, als könnte er nicht genug bekommen. Die Leidenschaft, die sie bei ihm verspürte, war weitaus stärker als alles, was sie je zuvor empfunden hatte. Verdammt, sogar ihre Fingerspitzen und Zehen kribbelten.

Als er den Kopf hob, war Remi fast schwindelig. »Wow«, flüsterte sie.

Vincent grinste. »Ja.« Er strich mit den Fingerspitzen über ihre Wange. »Ich werde nach unten gehen und sehen, ob ich ein paar Malasadas für dich auftreiben kann. Magst du irgendetwas in deinem Kaffee?«

»Nur schwarz, bitte.«

Sein Lächeln wurde breiter. »Ein weiteres Zeichen dafür, dass wir füreinander bestimmt sind. Wie viel Zeit brauchst du?«

Remi zuckte mit den Schultern. »Zwanzig Minuten?«

»Zwanzig Minuten?«, fragte er und zog eine Augenbraue hoch.

»Ja, ist das zu lange?«

»Bertie hat mindestens eine Stunde gebraucht.«

»Ich bin nicht Bertie«, sagte Remi nachdrücklich.

»Nein, das bist du gewiss nicht. Gott sei Dank.« Dann beugte er sich zu ihr hinunter und küsste sie heftig, bevor er die Decke anhob und von der Matratze kroch. »Lass dir Zeit. Ich werde wahrscheinlich etwas länger weg sein. Kein Grund zur Eile, wir haben heute Morgen noch viel Zeit.«

»Wo willst du denn Malasadas kaufen? Gegenüber der Eingangshalle gibt es ein kleines Café, dort werden sie angeboten. Oder zumindest etwas, das ihnen ähnlich ist«, sagte Remi.

»Ich werde dir die echten besorgen«, erwiderte er. »Es gibt nichts Besseres als Leonard's.«

»Leonard's?«, fragte Remi aufgeregt, setzte sich auf und strich sich die Haare aus dem Gesicht. »Aber da gibt es immer eine Schlange.«

»Ja. Aber es geht schnell.«

»Du musst nicht –«, begann sie, aber Vincent war schon auf dem Weg ins Bad. Ein paar Minuten später tauchte er wieder auf und kehrte zum Bett zurück. Er beugte sich hinunter, küsste sie auf den Kopf und streichelte ihre Wange.

»Ich bin bald wieder da.«

»Okay.« Was hätte sie sonst sagen sollen? Dieser Mann war bereit, sich bei Leonard's anzustellen, um ihr echte Malasadas zu besorgen. Wenn sie nicht schon vorher halbwegs in ihn verliebt gewesen war, wäre sie es jetzt.

Er lächelte sie an, schritt zur Tür und war dann verschwunden.

Remi holte tief Luft.

War sie dumm? Ließ sie sich von diesem Kerl an der Nase herumführen?

Nein, das tat sie nicht. Das wusste sie bis ins Mark. Wenn er ihr wehtun wollte, hätte er letzte Nacht, als sie schlafend im Bett lag, reichlich Gelegenheit dazu gehabt.

Mit einem kleinen Quieken ließ sie sich auf den Rücken fallen und starrte an die Decke. Wer hätte gedacht, dass eine so schreckliche Erfahrung ihr Leben buchstäblich zum Besseren verändern könnte? Wenn Volldepp wüsste, wie furchtbar sein kleiner Plan schiefgegangen war, wäre er *stinksauer*. Der Gedanke brachte sie zum Lächeln. Sie hoffte fast, dass er der Schuldige war.

Es ließ sich nicht sagen, was die Zukunft bringen würde, aber Remi schwor sich, keinen einzigen Moment zu bereuen. Wenn es mit ihr und Vincent nicht funktionierte, gut. Bis dahin würde sie zum ersten Mal in ihrem Leben den Augenblick genießen. Sie konnte Marley praktisch in ihrem Kopf hören, wie sie ihr sagte, sie solle es einfach tun.

Remi schwang die Beine von der Bettkante, stand auf und machte sich auf den Weg ins Bad. Sie dachte sich, dass sie viel Zeit hatte, da Vincent bei *Leonard's* in der wahrscheinlich längsten Schlange der Welt warten musste, aber sie wollte bereit sein, wenn er zurückkam. Sie freute sich auf den Tag, mit jemandem zur Dole Plantage zu fahren statt allein, und sogar darauf, den heißen älteren Mann wiederzusehen, der sie aus dem Meer gerettet hatte.

Sie hatte geplant, ihren letzten Tag in Hawaii am Strand zu verbringen und vielleicht ein paar neue Ideen für ihren Comic zu skizzieren, aber sie war mehr als froh, dass ihre Pläne sich so drastisch geändert hatten. Sie war sich nicht sicher, was mit Volldepp, Vincent oder seiner Ex passieren würde, aber zum ersten Mal seit langer Zeit war sie gespannt auf das, was ihre Zukunft bringen würde.

KAPITEL SIEBEN

Remis Gesichtsausdruck, als sie an diesem Morgen die Schachtel von *Leonard's Bakery* geöffnet und gesehen hatte, was er ihnen mitgebracht hatte, war unbezahlbar gewesen. Kevlar hatte es ein wenig übertrieben und sowohl die normalen Malasadas als auch einige gefüllte Versionen besorgt. Aber er hatte auch ein paar Pao Doce Wraps – ein mit portugiesischer Wurst gefülltes, süßes Brot aus Hawaii – und ein paar Ananas-Teigtaschen mitgebracht.

Es war schon lange her, dass eine so einfache Geste seinerseits jemandem so viel Freude bereitet hatte. Er hasste es, Remi immer wieder mit Bertie zu vergleichen, aber seine Ex hätte mit den Augen gerollt, ihm gesagt, wie viele Kalorien die süßen Leckereien enthielten, und sich geweigert, etwas davon zu essen. Remis Freude und echte Überraschung darüber, dass jemand so etwas Einfaches für sie tun würde, löste in Kevlar den Wunsch aus, noch mehr Wege zu finden, um ihr ein gutes Gefühl zu geben.

Ihr Besuch auf der Dole Plantage hatte Spaß gemacht. Da sie schon Anfang der Woche dort gewesen war, hatten sie sich nicht die Mühe gemacht, die verschiedenen ausgestellten Ananasarten zu besichtigen, sondern waren direkt zum Labyrinth gegangen. Kevlar überließ ihr die Führung, und sie war so durcheinandergeraten, dass sie sich wirklich verlaufen hatten. Er hatte sich noch nie so gut amüsiert. Oder so viel gelacht.

Es war eine Offenbarung. Er hatte Spaß mit seinen Freunden, aber als SEAL und als Teamleiter stand er unter dem Druck, immer auf Zack zu sein. Aber Remi strahlte Fröhlichkeit aus und den Willen, das Leben in vollen Zügen zu genießen. Als er das zu ihr gesagt hatte, hatte sie mit den Augen gerollt und ihm entschieden widersprochen. Sie sei eine sozial unbeholfene Außenseiterin, die die meiste Zeit allein in ihrer Wohnung verbrachte und nur Pecky, den Taco zur Gesellschaft hatte.

In seinem Kopf war das nur schwer unter einen Hut zu bringen. Sie hatte kein Problem damit, mit den Leuten zu plaudern und zu lachen, die sie trafen, während sie Touristen spielten. Sie wirkte auf ihn nicht schüchtern, sondern schien den Umgang mit anderen zu genießen.

Und nicht nur das, Remi war einer der nettesten Menschen, die er je getroffen hatte. Sie schien sich nicht über die Touristen zu ärgern, die im überfüllten Souvenirladen der Dole Plantage mit ihr zusammenstießen, sie lächelte jeden an, und sie hatte sogar darauf bestanden, ihm einen kitschigen Ananas-Schlüsselanhänger als Andenken zu kaufen.

Alles in allem fühlte Kevlar sich im Laufe des Tages immer mehr zu ihr hingezogen. Er hatte nichts an ihr gefunden, was ihn abstieß. Zugegeben, er hatte sie gerade erst kennengelernt, aber trotzdem fühlte es sich nicht wie eine Lückenbüßer-Sache an. Er hatte gerade eine Langzeitbeziehung beendet und war nicht auf der Suche nach einer neuen gewesen, aber mit Remi zusammen zu sein fühlte sich ... richtig an. Er war nicht bereit, sie zu heiraten, natürlich nicht, aber er wusste, dass er in dem

Jahr, in dem er mit Bertie zusammen gewesen war, nicht einmal am Anfang so viel für sie empfunden hatte, wie er nach einem einzigen Tag für Remi empfand.

Wie versprochen waren sie kurz nach Mittag in dem Haus angekommen, das Baker mit seiner Frau Jodelle teilte. Es war ein kleines Haus in einer freundlichen Nachbarschaft in der Nähe der Nordküste. Sie saßen auf Plastikstühlen auf der hinteren Terrasse, und Remi unterhielt sich mit Jodelle über den Jungen, den sie adoptiert hatte, und darüber, wie es ihm im College in Honolulu erging.

Baker sagte mit leiser Stimme, nur für Kevlars Ohren bestimmt: »Ich mag sie.«

Kevlar lächelte, erfreut über das Kompliment. Er kannte Baker nicht wirklich, außer durch die Informationen, die er ihrem Kommandanten für einige ihrer Missionen lieferte, aber nach dem zu urteilen, was das SEAL-Klatschnetzwerk zu berichten hatte, war er kein Mann, der sich in die persönlichen Angelegenheiten anderer einmischte.

»Ich auch«, sagte er.

Kevlar hörte, wie Remi prustend lachte, woraufhin sein Lächeln noch breiter wurde. Sie mochte ihn für albern halten, aber für ihn war sie einfach hinreißend.

»Ich habe mit Tex gesprochen«, sagte Baker mit ernsterer Stimme.

Kevlar drehte sich um und schenkte ihm seine ganze Aufmerksamkeit. Als er nicht weitersprach, fragte er: »Und?«

»Und soweit wir das beurteilen können, waren weder Bertie noch Miles daran beteiligt.«

»Miles?«, fragte Kevlar.

Bakers Lippen zuckten. »Volldepp.«

Kevlar kam sich dumm vor. Er kannte nicht einmal den Namen von Remis Ex. In seinem Kopf hatte er ihn Volldepp genannt, so wie sie es tat. »Stimmt. Bist du dir sicher?«

»Ziemlich sicher. Miles ist ein opportunistisches Arschloch. Ich schätze, er hatte es die ganze Zeit auf Remis Geld abgesehen. Sie verdient gutes Geld mit ihren Cartoons, aber was noch wichtiger ist ... wusstest du, dass sie mit den Zinsen aus ihrem Treuhandfonds jedes Jahr einen siebenstelligen Betrag einnimmt?«

Das hatte er *nicht* gewusst. Aber ehrlich gesagt war es ihm egal. Kevlar schüttelte den Kopf.

»Aber du weißt, wer ihre Eltern sind?«

»Ja.«

»Gut. Du weißt also, dass sie nach deren Tod noch mehr Millionen erben wird.«

Kevlar nickte. Ihr Geld war ihm egal. Ihm war wichtig, dass sie sich in Zukunft keine Sorgen machen musste, dass sie immer ein Dach über dem Kopf hatte und sich nicht abmühen musste, aber wie viel Geld sie oder ihre Eltern hatten, ging ihn nichts an. Er interessierte sich nicht für sie wegen ihres Bankkontos, er mochte sie wegen ihrer Persönlichkeit. Und er wusste, dass er nur die Spitze des Eisbergs entdeckt hatte. Er freute sich darauf, tiefer zu gehen und mehr herauszufinden.

»Ihr Ex versuchte, sie zu überreden, eine Lebensversicherung abzuschließen«, erzählte Baker ihm. »Nach einigem Suchen fand ich eine elektronische Kopie einer abgeschlossenen Police, die er mit einem Makler aufgesetzt hatte, die aber nicht unterschrieben war. Ich stelle hier eine Vermutung an, aber ich nehme an, er hat sie darauf angesprochen und sie hat sich geweigert zu unterschreiben.«

Kevlar presste die Lippen zusammen. »Arschloch«, murmelte er.

»Ja. Aber Bertie war auch nicht viel besser«, fuhr Baker fort.

Kevlar seufzte. »Ich weiß. Sie hat mich gedrängt, meine eigene Police bei der Marine zu ändern. Sie wollte ihren Namen als Begünstigte. Sie sagte mir, ich sei es ihr *schuldig*, weil sie so viele Einsätze mit mir durchgestanden hat, und wenn etwas passiert, sollte ich wollen, dass für sie gesorgt ist.«

Baker warf ihm einen Blick zu. »Sie ist ein gieriges Miststück.«

Kevlar lachte humorlos. »Ja.«

»Aber ich bin mir nicht sicher, ob sie klug genug ist, um das durchzuziehen, was gestern passiert ist.«

»Ich bin nicht sicher, ob man dazu klug sein muss. Es braucht nur genügend Geld in den Händen der richtigen Person«, sagte Kevlar trocken.

»Das ist wahr. Ich bin manchmal erstaunt, was dumme Menschen alles erreichen können, wenn sie genügend Motivation haben.«

»Sie *könnte* es also getan haben«, sagte Kevlar. Es war eine Frage und gleichzeitig eine Feststellung.

»Es ist möglich, aber solange Tex und ich keine konkreten Beweise finden, glauben wir es nicht.«

Kevlar nickte. Dann stellte er die Frage, die ihm sofort in den Sinn gekommen war, als Baker sagte, er und Tex hätten nichts gefunden, was Bertie oder Volldepp belasten könnte. »Wer dann?«

»Das wollte ich *dich* gerade fragen. Hast du in letzter Zeit jemanden verärgert?«

»Eine Menge Leute«, antwortete Kevlar ehrlich.

»Jemanden, der dich würde loswerden wollen?«

Er zuckte mit den Schultern. »Würde man mich wirklich loswerden, indem man mich zwölf Kilometer vor der Küste *mit* meiner Tauchausrüstung zurücklässt?«

»Nein.«

Die Zuversicht in Bakers Antwort fühlte sich gut an. »Ganz genau.«

»Dann bleibt also nur noch jemand übrig, der Remi töten will«, sagte Baker.

Bei dem Gedanken zog Kevlars Magen sich zusammen. »Und wer?«

»Ich weiß es nicht. Deshalb frage ich dich ja.«

Er sagte es nur ungern, aber Kevlar gab zu: »Ich kenne sie nicht gut genug, um die Antwort auf diese Frage zu kennen.«

»Du solltest dich darum kümmern«, sagte Baker.

»Ich arbeite daran«, versicherte er ihm.

»Das tun wir auch«, sagte Baker.

Beruhigt von dem Wissen, dass sowohl Tex als auch Baker sich weiter damit beschäftigen würden, nickte Kevlar.

»Nimmst du sie mit nach Hause?«, fragte Baker.

Kevlar grinste. »Nun, zu meinem Glück lebt sie bereits in San Diego.«

»Wirklich ein Glück«, stimmte Baker zu, »aber das habe ich nicht gefragt.«

Kevlar sah Baker mit einer hochgezogenen Augenbraue an.

»Sie erinnert mich an meine Jodelle«, fuhr Baker mit leiser Stimme fort, die nicht überhört werden konnte. Nicht dass die beiden Frauen daran interessiert zu sein schienen, ihr Gespräch mitzuhören. Sie lachten und plauderten, als kannten sie sich schon ihr ganzes Leben lang. »Meine Frau hat eine Quelle der Liebe in sich, die so tief ist, dass sie jeden verschlingt, der das Glück hat, ihre Schilde zu durchdringen und sie freizulegen. Dich, dein Team, jede unglückliche Seele, von der sie glaubt, dass sie in Not ist. Sobald sie ihr Herz öffnet, war's das. Es ist eine beschlossene Sache. Ich habe das Gefühl, Remi geht es genauso. Sei vorsichtig, Kevlar. Fang nicht etwas an, wenn du nicht bereit bist, es zu Ende zu bringen.«

Seine ersten Worte gaben Kevlar ein gutes Gefühl, aber am Ende seiner Rede war er ein wenig wütend. »Ich albere nicht mit Frauen herum«, sagte er etwas aggressiv. »Als ich jünger war, war ich mit oberflächlichen Beziehungen zufrieden. Aber jetzt will ich mehr. Ich will das, was Wolf und seine Teamkameraden haben. Ich will eine Frau, zu der ich nach Hause kommen kann, bei der ich das Gefühl habe, dass ich alle meine Sorgen hinter mir gelassen habe, sobald ich durch die Tür gehe. Jemanden, der die Dinge, die ich gesehen und getan habe, mit einem einfachen Lächeln verblassen lässt.«

»Und du glaubst, dass Remi diese Frau ist?«, fragte Baker.

»Ich weiß es nicht.« Kevlar würde den Mann nicht anlügen. »Aber nachdem ich nur einen Tag mit ihr verbracht habe, fühle ich mich ihr näher als je zuvor Bertie, mit der ich ein Jahr zusammen war. Sie bringt mich zum Lachen. Bringt mich zum Nachdenken. Sie löst in mir den Wunsch aus, ein besserer, freundlicherer Mensch zu sein. Mir ein Bein auszureißen, um sie glücklich zu machen. Ich weiß mit Sicherheit, dass sie keine Lückenbüßerin ist. Es fühlt sich nach verdammt viel mehr an.«

»Klingt für mich nach einem guten Anfang«, sagte Baker.

»Hat jemand Hunger?«, fragte Jodelle und unterbrach ihr Gespräch. »Ich bin nicht sehr hungrig, da Baker und ich spät gefrühstückt haben, aber ich kann reingehen und ein paar Sandwiches oder so etwas machen, falls jemand etwas möchte.«

Baker lächelte seine Frau an, und Kevlar spürte, wie ein Anflug von Eifersucht ihn durchfuhr. Der ehemalige SEAL war ein äußerst ruppiger Mann. Sein Leben hatte ihn so gemacht. Aber mit seiner Frau war er offensichtlich ganz anders.

»Ich esse nicht, wenn du nicht isst«, sagte Baker zu Jodelle.

Sie lachte und sah Remi an. »Einmal habe ich Frühstückssandwiches für die Surfer der Highschool gemacht. Ich hatte noch eins übrig und bot es Baker an. Er weigerte sich zu essen, wenn ich nicht auch etwas aß. Bis heute weigert er sich, wenn wir zusammen sind, etwas zu essen, wenn ich nicht auch esse. Das ist ärgerlich und süß zugleich.«

Baker zuckte nur mit den Schultern. »Es wird nicht passieren, Frau.«

»Ich weiß das Angebot zu schätzen, aber ich habe Remi versprochen, ihr einen Taco-Stand zu suchen«, sagte Kevlar.

»Das klingt großartig!«, rief Jodelle aus. »Die meisten Imbisswagen hier in der Gegend servieren Garnelen, aber der *Surf N Salsa Truck* hat fantastische Fisch-Tacos, und natürlich ist die Salsa eine der besten, die ich je gegessen habe. Sie haben auch Burritos und eine Carne-Asada-Platte, die wirklich gut ist. Oh! Ich glaube, der *Pupukea Grill Truck* hat auch Quesadillas, aber die Schlange dort ist normalerweise ziemlich lang. Moment! Ich hätte fast *Papi's Tacos* vergessen! Die haben fantastische Street Tacos. Aber, Kevlar, bitte verlasst die Nordküste nicht, ohne bei *Matsumoto Shave Ice* vorbeizuschauen. Das ist das beste Shave Ice auf der Insel, ohne Frage.«

»Hast du eine Vorliebe, Remi?«, fragte Kevlar.

»Ähm ... alle?«, sagte sie mit einem kleinen Lachen.

»Abgemacht.«

Remi hob eine Augenbraue. »Das war ein Scherz.«

»Für mich nicht«, erwiderte Kevlar. »Hast du heute irgendwelche anderen Pläne?«

»Du meinst, außer zurück zum Hotel zu fahren?«

Alle lachten.

»Und seht euch unbedingt die Schildkröten an der Laniakea Beach an. Es gibt keine Garantie, dass sie da sind, aber sie kommen gern an den Strand und liegen in der Sonne. Die Einheimischen bewachen sie abwechselnd vor Arschloch-Touristen, die sich auf sie setzen wollen, um Fotos oder anderen Unsinn zu machen.«

»Schildkröten? Am Strand?« Remi wandte sich an Kevlar. »Können wir dorthin fahren? Bitte?«

»Natürlich«, sagte Kevlar, ohne zu zögern. Er spürte Bakers Blick auf sich, wollte sich aber nicht von der Aufregung und dem Glück in Remis Augen abwenden. Sie vibrierte förmlich.

»Das ist der beste Tag aller Zeiten!«, schwärmte sie.

Wieder einmal fiel Kevlar auf, dass diese Frau anders war als alle anderen, mit denen er je zusammen gewesen war. Sie hatte sich kein einziges Mal mit der Tatsache befasst, dass jemand absichtlich dafür gesorgt hatte, dass sie mitten im Ozean ausgesetzt wurden. Er hatte keinen Zweifel daran, dass sie sich immer noch Gedanken darüber machte, wer und warum, aber sie ließ sich davon nicht abhalten, ihren letzten Tag auf der Insel zu genießen. Und sie wollte ihre Zeit nicht mit Einkaufen oder einem Essen in einem Fünf-Sterne-Restaurant verbringen. Sie war begeistert von Tacos und Schildkröten.

Es war berauschend, und Kevlar konnte nicht anders, als das Glück, das aus jeder ihrer Poren zu sickern schien, in sich aufzusaugen.

Er wollte diesen Teil von Remi immer kultivieren. Keine Scheiße im Leben vor ihr verstecken, sondern hart daran arbeiten, ihr gute Erfahrungen zu ermöglichen, um alles Schlechte auszugleichen. Er wollte sie lächeln sehen, wenn sie Schildkröten beobachtete, Tacos aß oder sich in einem Labyrinth verirrte. Sie brachte eine Seite in ihm zum Vorschein, von deren Existenz er nichts gewusst hatte. Eine fürsorgliche Seite.

Seine Freunde würden darüber lachen. Er war kein fürsorglicher Mann. Er verlangte das absolut Beste von seinen Teamkameraden, trieb sie an. Er machte keine Komplimente oder verhätschelte sie, aber jeder einzelne Mann in seinem Team wusste ohne Zweifel, dass er tun würde, was getan werden musste, um sie sicher und gesund nach Hause zu bringen.

Aber bei Remi wollte er ... weicher sein. Wollte jemand sein, der sie zum Lächeln brachte. Der ihr Fels in der Brandung war, wenn die Kacke am Dampfen war, so wie es gestern der Fall gewesen war. Sie hatte nicht gezögert, sich an ihn zu wenden, als es schwierig wurde. Er liebte es, dieser Mensch für sie zu sein, aber er wollte dasselbe auch tun, wenn es gut lief.

Als sie sich darauf vorbereiteten, das Haus von Baker und

Jodelle zu verlassen, beobachtete Kevlar, wie Remi ihre Gastgeber fest umarmte. Sie mochte behaupten, sie sei introvertiert, aber ihm war klar, dass sie es genoss, unter Menschen zu sein. Ihre Gütigkeit war ansteckend, und er empfand keinerlei Eifersucht, als sie den wortkargen Baker umarmte. So war Remi eben. Freundlich, mitfühlend. Er hatte das Gefühl, dass sie sich mit dem schroffsten und streitlustigsten Griesgram anfreunden könnte. Und sich dabei wahrscheinlich seine lebenslange Zuneigung verdienen würde.

Zum Teufel, hatte sie das nicht schon bei ihm getan?

Kevlar legte ihr eine Hand auf den Rücken, als er sie zu seinem Mietwagen führte.

»Es hat mir wirklich gefallen, deine Freunde kennenzulernen«, sagte sie, als er ihr die Tür aufhielt.

»Das sind nicht meine Freunde«, fühlte er sich gezwungen zu sagen.

Remi runzelte die Stirn, als sie an der offenen Tür stand. »Was? Doch, das sind sie.«

»Süße, ich habe mit Baker vor gestern nur am Telefon und per E-Mail kommuniziert. Ich habe ihn zum ersten Mal auf dem Boot getroffen, als du es auch getan hast.«

»Was? Das kann doch nicht wahr sein.«

»Ist es aber.«

»Oh ... nun, sie sind jetzt deine Freunde. Und ich fand sie reizend.«

Kevlar konnte darüber nur lächeln. »Rein, Remi. Es ist warm hier draußen, und ich will die Klimaanlage anmachen, damit du nicht überhitzt. Überlege dir, zu welchem Imbisswagen du zuerst fahren willst.« Als sie saß, schloss Kevlar die Tür und ging hinten um den Wagen herum zur Fahrerseite.

Er blickte auf das kleine Haus und sah Baker immer noch in der Tür stehen. Er nickte ihm zu und erhielt eine Erwiderung.

Mit einem kleinen Lächeln und dem Gefühl, dass Remi recht hatte und er und der schwer fassbare Baker jetzt wahrscheinlich Freunde waren, stieg Kevlar in den Wagen und startete den Motor samt Klimaanlage.

Wenn jemand ihn vor Wochen gefragt hätte, was er bei seinem Urlaub in Hawaii bekommen würde, hätte Kevlar nicht in einer Million Jahren gesagt, dass es eine Freundschaft mit *dem* Baker Rawlings, ein Tauchausflug mit unerwarteter Wendung und die Frau sein würden, mit der er den Rest seines Lebens verbringen wollte.

Der letzte Teil war lächerlich und so weit hergeholt, dass die meisten Menschen sich über die Wahrscheinlichkeit lustig machen würden, dass er mit solcher Gewissheit wusste, dass Remi Stephenson für ihn bestimmt war. Aber er wusste, was er fühlte. Er musste nur herausfinden, wie er die Sache zwischen ihnen *nicht* vermasseln konnte. Herausfinden, wer ihren Tod wollte, und die Bedrohung ausschalten.

Und dann glücklich bis ans Lebensende leben.

Es würde nicht einfach werden, aber Kevlar war mehr als bereit für diese Herausforderung. Dies könnte die wichtigste Mission sein, die er je in seinem Leben unternommen hatte, und er würde auf keinen Fall versagen. Die Folgen eines solchen Versagens waren viel zu groß.

Er sah zu Remi auf dem Sitz neben ihm hinüber. Ihre Augen funkelten, während sie den Kopf drehte, damit sie nichts verpasste. Sie war glücklich, hier zu sein. Glücklich, bei *ihm* zu sein.

Nein, Scheitern kam nicht infrage, nicht wenn es bedeutete, das helle, strahlende Licht neben ihm zu verlieren.

KAPITEL ACHT

»Sei nicht nervös.«

Remi wollte schnauben, aber sie war wie erstarrt. Der gestrige Tag kam ihr wie ein Traum vor. Sie hatte jede Sekunde des Tages genossen, den sie mit Vincent verbracht hatte. Sie hatte es geliebt, seine Freunde zu treffen, die Imbisswagen aufzusuchen, die Jodelle empfohlen hatte, mit den Leuten in der Schlange vor der Eisdiele zu plaudern und sogar in dem Stau zu sitzen, in dem sie auf dem Rückweg nach Waikiki stecken geblieben waren.

Um den perfekten Tag abzuschließen, hatte Vincent einen Tisch im *Duke's* reserviert. Es fühlte sich wie eine völlig andere Erfahrung an, es mit jemand anderem zu teilen.

Danach hatte er Remi in ihr Hotelzimmer begleitet, und sie hatten sich einen Film auf einem der Streaming-Dienste angesehen, bevor sie den Sonnenuntergang zusammen mit dem Feuerwerk beobachteten, das das Hotel jeden Freitagabend veranstaltete. Sie hatte nicht gewollt, dass der Tag zu Ende ging, und sie hatte sich auf das gefreut, was die Nacht bringen würde. Aber Vincent hatte ihr nicht die Kleider vom Leib gerissen, um sich mit ihr zu vergnügen, wie sie gehofft hatte.

Sie *hatten* zwar geknutscht, und sie hatte sich noch nie in ihrem Leben so begehrt gefühlt, aber Vincent hatte die Sache beendet, bevor sie zu weit gegangen war. Und er hatte es auf eine Weise getan, dass sie sich nicht zurückgewiesen fühlte. Er hatte gesagt, er wolle, dass ihr erstes Mal etwas Besonderes sei. Dass er alles über sie wissen wolle, ihre Vorlieben und Abneigungen, damit er alles perfekt machen könne, wenn er das erste Mal mit ihr schlief.

Remi hatte sich noch nie so schnell mit einem Mann verbunden gefühlt wie mit Vincent. Sie sollte sich eigentlich Sorgen machen, dass sie unbewusst das Bedürfnis hatte, ihre Attraktivität bestätigt zu bekommen, vor allem nach Volldepp. Aber tief in ihrem Inneren wusste sie, dass es das nicht war. Mit Vincent zusammen zu sein fühlte sich ... richtig an. Als würde sie ihn schon ewig kennen und nicht erst seit einem einzigen Tag.

Er hatte ihr Hotelzimmer gegen dreiundzwanzig Uhr verlassen und war an diesem Morgen um sieben Uhr mit frischem Kaffee aufgetaucht, um mit ihr das Gebäck von *Leonard's* zu frühstücken, das sie am Vortag nicht aufgegessen hatten.

Es schien ein weiterer Beweis dafür zu sein, dass sie füreinander bestimmt waren, als sie entdeckten, dass sie den gleichen Flug zurück nach Kalifornien nahmen. Ihr Flugzeug flog erst gegen acht Uhr abends ab, also hatten sie den Vormittag mit Schnorcheln in den Gewässern in der Nähe des Hotels verbracht.

Dann hatten sie geduscht, gepackt und noch eine kleine Besichtigungstour gemacht, bevor sie zum Flughafen fuhren. Sie hatte es geschafft, Vincents Ticket in die Businessklasse hochzustufen, sodass sie auf dem Rückflug zusammensitzen konnten. Er hatte protestiert, aber sie hatte es trotzdem getan.

Und jetzt gingen sie Hand in Hand durch den Flughafen von San Diego zur Gepäckausgabe. Seine Freunde Wolf und Caroline trafen sie dort. Sie hatte arrangiert, dass Marley sie abholte, aber sie hatte ihr vor dem Flug eine SMS geschickt und ihr ein wenig über Vincent erzählt und wie er sie nach Hause bringen würde ... nun, sein Freund. Marley hatte Remi vorgewarnt, dass sie bald einen Mädelsabend veranstalten würden, damit sie alle Details über diesen neuen Kerl erfahren konnte, die Remi ihr nur zu gern erzählen wollte. Sie wollte die Meinung ihrer besten Freundin hören, denn sie schätzte sie.

Aber zuerst musste sie Wolf kennenlernen. Den Mann, von dem Vincent im Flugzeug gesprochen hatte. Den Mann, der sein Mentor war, zu dem er aufschaute und dessen Meinung er sehr schätzte. Der Gedanke, jemanden zu treffen, der Vincent so viel bedeutete, machte sie nervös.

Nach dem langen Flug fühlte sie sich schmuddelig. Sie hatte heute Morgen noch keinen Kaffee getrunken, fühlte sich nicht wirklich großartig und wollte bei Vincents Mentor einen guten Eindruck hinterlassen. Das war wichtig für sie, und sie hatte das Gefühl, völlig überfordert zu sein.

»Sei nicht nervös«, sagte Vincent wieder und drückte ihre Hand, als sie auf die Rolltreppe traten.

»Ich kann nicht anders«, gab sie zu.

Sobald sie die Rolltreppe verlassen hatten, zog Vincent sie zur Seite und drückte sie mit dem Rücken gegen eine Wand. Er lehnte sich an sie heran, bis es sich anfühlte, als seien sie die einzigen beiden Menschen auf der Welt. Sie hielt sich seitlich an seinem Hemd fest und starrte zu ihm hoch.

Er umfasste sanft ihr Gesicht. »Du hast keinen Grund, nervös zu sein.«

Sie schnaubte.

»Hast du nicht«, beharrte er.

»Vincent, das ist ein Mann, den du respektierst. Ich möchte, dass er und seine Frau mich mögen. Dass sie glauben, ich sei gut genug für dich, auch wenn ich mich selbst noch frage, ob das stimmt. Es ist früh am Morgen, meine Haare stehen wahrscheinlich in alle möglichen Richtungen ab und ich habe noch kein Koffein zu mir genommen.« Remi schloss die Augen, als sie das Gejammer in ihrem Tonfall hörte. Sie hasste es, wenn ihre Angst sich so steigerte. Sie hatte sich nicht so sehr darum gesorgt, dass Baker Zeuge davon wurde, denn er hatte sie buchstäblich in ihrem schlimmsten Zustand gesehen, als er sie aus dem Meer gefischt hatte. Aber das hier war anders.

»Sieh mich an«, befahl Vincent.

Sie wollte nicht, aber Remi konnte diesem Mann nichts verweigern. Sie hob den Blick und starrte in seine wunderschönen blauen Augen.

»Ich verspreche dir, dass Wolf dich lieben wird. Caroline auch. Weißt du, woher ich das weiß?«

Remi schüttelte den Kopf, ihr Mund war zu trocken, um zu sprechen.

»Weil er in dir sehen wird, was ich sehe.«

Das erklärte gar nichts.

Vincents Lippen zuckten. »Er wird das Gute in dir sehen, bis hin zu deinen Zehen. Du musst dich nicht einmal anstrengen, es ist für jeden da, der es sehen will. Aber noch mehr als das wird er bemerken, wie ich dich ansehe, und er wird es wissen.«

Sie konnte die Frage nicht zurückhalten. »Was wissen?«

»Dass du mir gehörst.«

Diese vier Worte hätten Remi in die Flucht schlagen müssen. In welchem Universum erhob ein Mann Anspruch auf eine Frau, die er kaum kannte? Aber stattdessen schoss ein Kribbeln durch ihre Adern. »Okay.«

Vincent zog sich ein wenig zurück und musterte sie, als wollte er ihre Gedanken lesen. »Okay? Das macht dir nichts aus? Willst du nicht protestieren und behaupten, dass es zu früh ist, dass ich ein Neandertaler bin?«

»Es *ist* zu früh. Wir haben beide gerade eine lange Beziehung hinter uns. Aber ehrlich gesagt geht es mir genauso. Du gehörst mir, Vincent Hill.« Letzteres war ein Flüstern, aber das Lächeln, das sich auf seinem Gesicht ausbreitete, war die einzige Bestätigung, die sie brauchte, um zu wissen, dass er nicht übertrieben hatte; sie war mit ihren Gefühlen nicht allein.

»Also gut. Wenn ich dir sage, dass du wegen Wolf und Caroline nicht nervös sein sollst, dann glaub mir.«

»Ich werde es versuchen.«

»Das ist alles, was ich verlangen kann.«

Dann beugte Vincent sich vor und küsste sie. Es war ihm egal, dass sie sich auf einem überfüllten Flughafen befanden. Oder dass sie gerade eine Art langfristige Bindung zueinander einzugehen schienen. Aber um ehrlich zu sein, scherte Remi sich auch nicht darum.

Der Kuss war sanft und liebevoll, und er machte ihr nur Lust auf mehr. Er erinnerte sie daran, wie seine Hände sich in der Nacht zuvor auf ihr angefühlt hatten, als sie in ihrem Zimmer geknutscht hatten.

Als er den Mund von ihrem löste, atmeten sie beide schwer, und Remi konnte seine Erektion an ihrem Bauch spüren. Er hatte sie während des Kusses fester an die Wand gedrückt, und sie fühlte sich von ihm umgeben. Sicher.

»Ich brauche einen Moment«, sagte er, als sie ihn verwirrt ansah, da er sich nicht bewegte.

Da wurde es ihr klar. »Sicher. Okay«, sagte sie mit einem kleinen Lächeln.

»Bist du stolz auf dich?«, fragte er. Dann antwortete er,

bevor sie es konnte.»Das solltest du sein. Ich kann mich nicht erinnern, wann ich das letzte Mal in der Öffentlichkeit einen Ständer hatte.«

Ihr Lächeln wurde breiter.

Vincent atmete tief ein und löste sich von ihr, wobei er die Hände über ihre Schultern gleiten ließ.»Geht es dir gut?«

»Mir geht es gut«, bestätigte sie.

»Nicht nervös?«, drängte er.

Sie konnte nicht lügen.»Immer noch nervös, aber besser.«

»Gut. Du wirst sehen, dass ich recht habe. Bereit?«

Sie war es nicht, aber andererseits war sie es doch. Sie wollte weg von diesem Flughafen. Wollte mit ihrem neuen Leben weitermachen. Ehrlich gesagt sollte sie Volldepp danken. Wenn er nicht so ein ... nun ja ... Volldepp gewesen wäre, hätte sie Vincent nie kennengelernt. Der Gedanke, alles zu verpassen, was sie zusammen sein würden – so hoffte sie –, war zu deprimierend, um ihn auch nur in Erwägung zu ziehen.

Vincent drehte sich um und griff erneut nach ihrer Hand, und sie machten sich auf den Weg zur Gepäckausgabe.

»Außerdem ist das eine gute Generalprobe für dich, um den Rest meines Teams kennenzulernen.«

Remi stolperte bei diesem Satz fast über ihre Füße. Verdammt, sie hatte vergessen, wie nahe er dem Rest der Männer in seinem SEAL-Team stand. Der Gedanke, noch mehr Alphamänner wie Vincent zu treffen, ließ sie erzittern.

»Und ich muss Marley, deine Eltern und deine Großmutter kennenlernen. Wenn du glaubst, dass ich deswegen nicht auch nervös bin, liegst du falsch.«

Remi dachte darüber nach, während sie weitergingen. Er hatte recht. Wenn ihre Beziehung funktionieren sollte, mussten sie sich gegenseitig den wichtigsten Menschen in ihrem Leben vorstellen. Und sie hatte wirklich keinen Zweifel daran, dass *ihre* Leute Vincent bewundern würden. Er war so anders als Volldepp.

Zu wissen, dass Vincent die gleichen Befürchtungen hatte, ihre Liebsten zu treffen, nahm ihr etwas von ihrer Nervosität, Wolf und Caroline zu treffen. Sie wusste, dass Vincent ihre Freunde und Familie beeindrucken würde, und wenn er keine Zweifel daran hatte, dass sie *seine* beeindrucken würde, würde sie ihm glauben.

Dann blieb keine Zeit mehr zum Nachdenken. Ein Mann und eine Frau kamen auf sie zu, und sie wusste instinktiv, dass dies das Paar war, das sie nach Hause bringen sollte. Wolf hatte eine vornehme und dennoch irgendwie knallharte Ausstrahlung, und Caroline war ...

Remi seufzte leise. Sie sah bodenständig und normal aus.

Einen Moment lang schämte sie sich für den ersten Gedanken, den sie über die mysteriöse Frau gehabt hatte. Aus irgendeinem Grund hatte sie sich vorgestellt, sie sei groß, gertenschlank, perfekt geschminkt – und völlig außerhalb von Remis Liga. Aber stattdessen war sie irgendwie ... schlicht.

»Kevlar!«, rief der Mann, als er näher kam. Er ließ die Hand seiner Frau los und umarmte Vincent auf die für Männer typische Art. Eine Art halbe Umarmung, während er ihm ein paarmal auf den Rücken klopfte. Beide Männer lächelten, und Remi stand an der Seite und sah zu.

»Schön, dass es dir gut geht«, sagte Wolf.

»Natürlich geht es mir gut«, erwiderte Vincent ein wenig großspurig.

Dann wandte Wolf sich an Remi. »Und ich bin froh, dass es *dir* auch gut geht.«

Sie war ein wenig verblüfft, lächelte aber höflich. »Danke.«

»Ich kann mir nicht vorstellen, was du durchgemacht hast. Nun ... das kann ich, aber das ist ein Gespräch für ein anderes Mal. Ich bin sehr froh, dass Kevlar bei dir war«, sagte Caroline.

Remi wusste, wovon sie sprach, denn Vincent hatte ihr im Flugzeug ein wenig von Carolines Geschichte erzählt. Darüber, was ihr in SEAL-Kreisen solchen Respekt und Bewunderung einbrachte. Es war schwer zu glauben, was die Frau alles durchgemacht hatte, und das war es zum Teil, was Remi so nervös gemacht hatte, sie zu treffen. Sie war überhaupt nicht wie Caroline. Sie hätte nicht einmal die Hälfte der Dinge überleben können, die diese Frau durchgemacht hatte. Aber als sie den aufrichtigen, einladenden Ausdruck in ihrem Gesicht sah, entspannte Remi sich ein wenig.

Als sie zum Gepäckband gingen, um auf ihre Koffer zu warten, fragte Wolf Vincent: »Was brauchst du von mir?«

Remi sah Vincent an, als er sagte: »Ich muss mir deine Mädelsgruppe ausleihen.«

Sowohl Wolf als auch Caroline lachten, aber Remi war verwirrt.

»Ich bin schon dabei, alle zusammenzutrommeln«, erklärte Caroline ihm.

»*Aces Bar and Grill*?«, fragte Wolf.

Remi war sich nicht sicher, an wen die Frage gerichtet war, an Vincent oder an seine Frau, aber sie antworteten beide.

»Perfekt!«

Dann wandte Vincent sich mit einem zärtlichen Lächeln an sie. »Was denkst du?«

»Ähm ... worüber?«, fragte Remi völlig verwirrt.

»Kevlar!«, sagte Caroline verärgert und gab ihm einen Klaps auf den Arm. Dann wandte sie sich an Remi. »Meine Freundinnen und ich sind die Mädelsgruppe. Kevlar möchte, dass wir dich unter unsere Fittiche nehmen und alle Fragen beantworten, die du hast. Dir versichern, dass es nicht so schrecklich ist, mit einem Navy SEAL auszugehen, wie manche Leute es gern darstellen. Es hat sicherlich seine Herausforderungen, aber die Belohnungen sind es *so was* von wert.«

Sie sah ihren Mann mit einem so innigen Blick an, dass Remi sich ein wenig wie das fünfte Rad am Wagen fühlte. Und als Wolf sich vorbeugte und seine Frau auf die Stirn küsste, blinzelte Remi überrascht. Wie oft hatte Vincent dasselbe mit ihr gemacht? Hatte er es von Wolf gelernt? War es eine angeborene Sache, die all diese starken, fähigen Männer einfach taten?

Sie hatte keine Zeit, darüber nachzudenken, denn Caroline redete immer noch.

»Wenn du Lust hast, würde ich mich gern mit dir im *Aces Bar and Grill* weiter unterhalten. Das ist ein lustiger, zwangloser, sicherer Ort, an dem wir gern abhängen. Einer aus unserer Gruppe gehört der Laden, und sie hat hart daran gearbeitet, dass es weniger eine Aufreißerkneipe als vielmehr ein Ort ist, an dem man ohne Druck oder Erwartungen in Bezug auf das Aussehen und die Kleidung entspannen kann und sich nicht mit Froschjägerinnen herumschlagen muss.«

Remi schaute Vincent wieder an, und er kam ihr zu Hilfe.

»SEALs werden manchmal Froschmänner genannt, und eine Froschjägerin ist eine Frau, die mit so vielen von uns schlafen will, wie sie kann.«

Remi rümpfte die Nase, bevor sie ihre Reaktion verbergen konnte.

Alle drei ihrer Begleiter lachten.

»Genau«, sagte Caroline, »aber das *Aces* ist entspannt, und dort gibt es nichts von diesem Unsinn. Ich meine, ich bin mir sicher, dass es immer noch Anmachen und so gibt, aber es ist nicht so offensichtlich wie in anderen Kneipen. Wie auch immer, wenn du Lust hast, würden wir uns freuen, wenn du uns bei einem unserer Treffen Gesellschaft leistest. Wir versuchen, mindestens einmal in der Woche aus dem Haus zu gehen. Wir überlassen die Kinder unseren Ehemännern und reden über alles und nichts. Eine unserer Lieblingsbeschäftigungen ist es, Frauen, die neu in der SEAL-Szene sind, zu uns einzuladen, damit wir ihnen die Wahrheit – die gute und die schlechte – darüber erzählen können, wie es ist, mit jemandem aus einer Spezialeinheit auszugehen. Was sagst du dazu? Bitte sag, dass du kommst!«

Remi konnte ein so freundliches Angebot auf keinen Fall ablehnen. Und die Wahrheit war, dass sie es auch nicht wollte. Sie hatte tatsächlich eine Menge Fragen, und es könnte Spaß machen, mit Caroline und ihren Freundinnen etwas zu unternehmen. Von Vincent hatte sie sicherlich schon viel über sie gehört. »Kann ich meine beste Freundin mitbringen?«

»Natürlich«, antwortete Caroline, ohne zu zögern. »Je mehr, desto besser. Ist sie Single? Denn Kevlars Teamkameraden sind alle Single ...«

»Ice«, warnte Wolf.

Caroline lachte nur.

Remi wusste, dass Ice Carolines Spitzname war, ein Spitzname, den sie bekommen hatte, als sie ein Flugzeug voller Menschen vor Terroristen gerettet hatte.

»Was? Das *sind* sie«, sagte Caroline nicht ganz so unschuldig. »Stimmt's, Kevlar?«

Vincents Lippen zuckten. »Sie sind Single.«

»Siehst du?«, sagte Caroline zu ihrem Mann.

»Marley ist verheiratet und hat zwei Kinder«, warf Remi ein.

»Oh, na ja, das ist fantastisch. Dann passt sie genau in unsere Gruppe.«

Und das machte Remi natürlich wieder unruhig. Sie hatte keine Kinder. Bedeutete das, dass sie nicht dazu passen würde?

»Fang an, über all die Fragen nachzudenken, die du hast. Wenn wir im Wagen sind, gibst du mir deine Nummer, und ich werde dir ein paar Daten und Zeiten schicken, um zu sehen, was geht.«

»Oh, mein Zeitplan ist flexibel. Ich arbeite von zu Hause, also wann immer ihr euch normalerweise trefft, passt mir das«, sagte Remi schnell.

»Cool. Was machst du denn beruflich ... wenn ich fragen darf?«

»Sie ist Künstlerin. Sie zeichnet den Cartoon über Pecky, den reisenden Taco«, antwortete Vincent für sie. Remi spürte, wie er einen Arm um ihre Taille legte, und als sie zu ihm aufblickte, sah sie einen Ausdruck von Stolz auf seinem Gesicht.

»Das gibt's doch nicht! Ernsthaft? Oh mein Gott, warte, bis ich das den Mädels erzähle! Keine von ihnen wird unser nächstes Treffen im *Aces* verpassen!«

Es war unwirklich, dass nicht nur Vincent, sondern jetzt auch Caroline von ihrem kleinen Cartoon wusste. Während sie auf ihre Koffer warteten, ratterte Caroline Fragen herunter, wie sie auf die Ideen für ihre Comics kam, wie sie mit dem Zeichnen angefangen hatte, und hundert andere Dinge über Pecky und seine Freunde.

Als sie ihre Koffer hatten und sich auf den Weg zum Parkhaus machten, kam es Remi vor, als würde sie Caroline schon ewig kennen. Und es war ihr nicht entgangen, wie Wolf seine Frau ständig im Auge behielt. Er blieb zwischen ihr und der Menge um sie herum, legte eine Hand auf ihren Arm und zog sie aus dem Weg eines Mannes, der nicht aufpasste, wohin er ging, hielt den Kopf ständig in Bewegung, als hielte er nach möglichen Bedrohungen Ausschau, und legte eine schützende Hand auf ihren Rücken, als sie aus dem Flughafen gingen.

Wenn sie so darüber nachdachte, machte Vincent das Gleiche.

Sie war sich jeder seiner Berührungen überdeutlich bewusst, und sie konnte nicht anders, als sich an ihn zu lehnen, während sie auf ihre Koffer warteten. Sie war müde. Sie verstand, dass wegen der Zeitumstellung die Reise über Nacht zurück zum Festland die vernünftigste Art war, die Zeit der Touristen auf den Inseln optimal zu nutzen, und sie war dankbar, dass sie nicht in ein Büro oder so gehen musste und sich in aller Ruhe an die Zeitumstellung gewöhnen konnte. Aber sie war noch dankbarer für die zusätzliche Zeit mit Vincent, bevor sie in ihr richtiges Leben zurückkehren musste.

Trotz all seiner Beteuerungen war ein kleiner Teil von ihr immer noch besorgt, dass er sich fragen würde, was zum Teufel er sich dabei gedacht hatte, wenn er erst einmal in seine normale Routine zurückgekehrt war – nachdem er Zeit gehabt hatte, über alles nachzudenken, was passiert war. Schließlich waren sie nicht voneinander getrennt gewesen, seit sie aus dem Wasser aufgetaucht waren und festgestellt hatten, dass sie allein im Ozean waren. Diese erzwungene Nähe könnte Gefühle für sie hervorgerufen haben, die nicht echt waren. Er hatte sich um sie kümmern, sie beschützen müssen, und vielleicht würde er jetzt, da sie zu Hause waren, zur Vernunft kommen. Vielleicht würde sie, nachdem sie sich getrennt hatten, nie wieder etwas von ihm hören.

Er hatte ihr nicht angedeutet, dass es für sie vorbei war. Eigentlich war genau das Gegenteil der Fall. Selbst jetzt drückte Vincent eine Hand fest gegen ihre Wirbelsäule, als sie zu Wolfs Wagen gingen. Es waren nur ihre eigenen Sorgen, die versuchten, ihr Selbstvertrauen zu untergraben.

»Ich entschuldige mich im Voraus für Matthews Wagen«, sagte Caroline lachend, als sie in das Parkhaus gingen. »BABS ist unausstehlich.«

»So schlimm ist sie nicht«, protestierte Wolf.

»Big-Ass Black SUV«, sagte Caroline zu Remi. »Kurz BABS. Und das Ding ist riesig. Gigantisch. Könnte es mit einem Zug aufnehmen und gewinnen.«

»Genau das ist der Punkt«, sagte Wolf mit einem zufriedenen Grinsen. »Wenn du sie fährst, weiß ich, dass du in Sicherheit bist.«

Caroline schüttelte den Kopf und rollte mit den Augen. Sie warf Remi einen Blick zu, der deutlich verriet, dass sie sich über ihren Mann amüsierte.

Insgeheim fand Remi es süß.

Als Wolf auf den Schlüssel drückte, den er in der Hand hatte, mit der er seine Frau nicht berührte, blinkten die Lichter eines Geländewagens nicht allzu weit vor ihnen auf. Als sie näher kamen, musste Remi Caroline zustimmen – das Fahrzeug war riesig. Sie kannte sich mit Fahrzeugmodellen nicht aus, aber sie erkannte das Cadillac-Emblem auf der Rückseite.

Wolf und Vincent verstauten ihre Taschen im Kofferraum, während Caroline und Remi einstiegen. Sobald Vincent sich zu ihr auf den Rücksitz setzte, griff er nach ihrer Hand. Er drückte sie und hob eine Augenbraue, als wollte er fragen, ob es ihr gut ginge.

Remi lächelte ihn an. Ehrlich gesagt hatte sie sich Sorgen gemacht, seine Freunde zu treffen, aber sie war erleichtert, dass er recht behalten hatte. Sie waren bodenständig und sie fühlte sich bei ihnen sofort wohl.

Caroline machte Small Talk, während sie durch die Straßen fuhren. Der Plan war, sie zuerst abzusetzen und dann Vincent nach Hause zu bringen. Mit jedem Kilometer, den sie sich ihrer Wohnung näherten, wurde Remi unruhiger. Es würde sich tatsächlich seltsam anfühlen, wieder allein zu sein. Sie und Vincent waren fast jede Minute zusammen gewesen, seit sie sich kennengelernt hatten.

Wolf fuhr auf den Parkplatz ihrer Wohnung, und anstatt erleichtert zu sein, dass sie wieder zu Hause war, war Remi ... traurig. Der Urlaub war gut gewesen, dann erschreckend, dann lustig. Und jetzt war er vorbei und sie hatte keine Ahnung, was die Zukunft bringen würde, abgesehen von einem bevorstehenden Mädelsabend mit Carolines Freundinnen.

»Es war so schön, dich kennenzulernen«, schwärmte Caroline, als sie sich auf dem Beifahrersitz umdrehte und Remi ansah. »Ich schreibe dir später eine SMS und sage dir, wann wir uns im *Aces* treffen, und gebe dir die Adresse. Ich hoffe wirklich, dass du und deine Freundin kommt, denn die Mädchen werden *so* neidisch sein, dass ich dich schon kennengelernt habe. Und vergiss nicht, an Fragen zu denken, die du an uns hast, über das Militärleben und die Marine und SEALs und, na ja ... alles!«

»Caroline, vergiss nicht zu atmen«, sagte Wolf lachend. »Du wirst sie wiedersehen, dies ist nicht das letzte Mal, dass du mit ihr redest.«

»Ich weiß, ich bin nur aufgeregt«, sagte Caroline zu ihrem Mann. »Ich würde ja aussteigen und dich umarmen, aber das wäre wahrscheinlich komisch. Aber rechne auf jeden Fall mit einer Umarmung, wenn ich dich das nächste Mal sehe. Früher war ich keine Umarmerin, aber der Umgang mit all meinen Freundinnen und deren Kindern hat mich zu einer gemacht.«

»Gebt ihr mir eine Minute, um sie zur Tür zu bringen?«, fragte Vincent und unterbrach Carolines Schwärmerei.

»Natürlich«, sagte Wolf. »Ich werde einfach hier sein und mit meiner Frau rummachen.«

»Matthew«, protestierte Caroline. Ihre Wangen waren rosa, als sie Wolf einen halbherzigen Klaps auf den Arm gab.

Remi lächelte, als sie aus dem großen Wagen stieg und Vincent am Kofferraum traf. Er zog es nicht einmal in Erwägung, sie ihren eigenen Koffer tragen zu lassen, und wies ihr stattdessen mit einer Geste an vorauszugehen.

Sie blickte einmal zu ihm zurück, als sie den Fußweg hinaufgingen, und es kribbelte in ihrem Bauch, als sie merkte, wie er ihr auf den Hintern starrte. Lächelnd drehte sie sich um und schloss ihre Tür auf. Vincent trat ein und stellte ihren Koffer in dem kleinen Eingangsbereich ab.

Dann schob er sie nach hinten, bis sie an der Wand stand. Die Tür war noch offen, aber sie konnte weder BABS noch eines der anderen Fahrzeuge auf dem Parkplatz sehen.

»Vincent?«, fragte sie, als er weder etwas tat noch sagte.

»Ich habe Dinge zu erledigen«, sagte er seltsam. »Ich muss Tex anrufen, Bertie – um sie zusammenzustauchen und herauszufinden, ob sie hinter dem steckt, was passiert ist –, meinen Kommandanten, mein Team. Ich muss mich bei ihnen vergewissern, dass es ihnen gut geht, und herausfinden, ob etwas passiert ist, während ich weg war.«

Als er eine Pause machte, sagte Remi: »Okay.«

»Aber der Gedanke, nicht den Kopf drehen zu können und dich zu sehen, bringt mich jetzt schon um. Dein genüssliches Summen nicht mehr zu hören, wenn du deinen ersten Schluck Kaffee trinkst. Deine Augen leuchten zu sehen, wenn du eine Schachtel Malasadas siehst. Nicht zu sehen, wie du jeden, den du triffst, mit einem freundlichen Wort um den kleinen Finger wickelst. Kurz gesagt, Süße ... ich werde dich vermissen.«

Remi fühlte sich, als sei sie bei seinen Worten zu einem Haufen Glibber auf dem Boden ihres Eingangsbereichs geschmolzen. Hatte irgendjemand schon einmal etwas gesagt, das ihr ein so gutes Gefühl gegeben hatte? Nein. Die Antwort war eindeutig nein. »Vincent«, flüsterte sie.

»Ich meine es ernst. Du bist mir bereits unter die Haut gegangen, Remi.« Er ließ den Blick über ihr Gesicht wandern, als wollte er es sich einprägen oder so. »Und da mag ich dich«, fuhr er fort. »Ich hoffe sehr, dass du es ernst gemeint hast, als du zugesagt hast, mich zu sehen, wenn wir zu Hause sind. Denn ich habe es ernst gemeint und tue es *immer* noch. So etwas habe ich noch nie gefühlt. Es ist überwältigend und aufregend zugleich.«

Sie wusste genau, was er meinte, denn er hatte ihre eigenen Gefühle perfekt beschrieben.

Dann senkte er den Kopf und legte seine Stirn an ihre. Sie standen gefühlt minutenlang so da, auch wenn es wahrscheinlich nur wenige Sekunden waren.

»Ich muss gehen«, sagte er, bewegte sich aber nicht.

»Ich weiß.«

»Du musst dich etwas ausruhen.«

»Mh-hm«, murmelte sie, während sie sein Hemd noch fester umklammerte.

Dann hob er den Kopf. »Du musst nicht mit Caroline ausgehen, wenn du nicht willst.«

»Ich will es«, versicherte Remi ihm.

»Gut. Sie ist ... sie ist ein guter Mensch. Wie alle anderen Frauen auch. Als SEAL-Ehefrauen sind sie gute Vorbilder. Sie werden dir die Dinge so sagen, wie sie wirklich sind. Sie werden nichts beschönigen. Sie werden dir all das Schlechte erzählen, was damit einhergeht, mit einem SEAL zusammen zu sein, aber auch das Gute. Du musst dir sicher sein, dass du mit mir zusammen sein willst, Remi. Denn wenn wir das tun ... bin ich hundertprozentig dabei, und es würde mich zerstören, wenn du es nicht bist. Ich habe schon zu viele Beziehungen scheitern sehen, weil die Erwartungen nicht erfüllt wurden und es Missverständnisse über die Beziehung mit einem Soldaten einer Spezialeinheit gab.«

»Ich bin wirklich langweilig, Vincent«, platzte Remi heraus. »Meine Vorstellung von Spaß ist es, in bequemen Klamotten auf meiner Couch zu liegen. Nicht auszugehen. Ich bin nicht besonders gesellig ... *überhaupt nicht*. Ich sitze lieber zu Hause und zeichne, als auszugehen. Ich habe mich gezwungen, die Dinge zu tun, die ich in Hawaii gemacht habe, weil ich dachte, wenn ich schon mal da bin, dann kann ich auch alles sehen, was es zu sehen gibt. Aber ich wäre genauso glücklich gewesen, in meinem Zimmer auf dem Balkon zu sitzen und den Ozean aus der Ferne zu beobachten, anstatt in ihm zu sein.« Sie stieß einen Atemzug aus. »Das wäre auch sicherer gewesen.«

»Aber dann wären wir uns nicht begegnet«, sagte Vincent mit einem Lächeln. »Und wenn du denkst, es stört mich, dass du lieber zu Hause bist als unterwegs, dann irrst du dich. Ehrlich gesagt klingt das himmlisch. Ich bin gern mit meinen Teamkameraden zusammen, und ich hoffe, dass du das auch genießen wirst. Und Caroline hat nicht gelogen, was das *Aces* angeht. Es ist sehr entspannt und fast so, als würde man zu Hause abhängen. Aber wenn du es hasst, würde ich dich nie zu etwas zwingen, was dir unangenehm ist.«

»Vincent?«

»Ja?«

»Ich weiß es schon ... ich bin mir schon sicher. Ich bin *jetzt* hundertprozentig dabei.«

Er starrte sie einen Moment lang an, dann senkte er den Kopf und presste seine Lippen auf ihre. Remi bewegte die Hände von seiner Taille auf seinen Rücken und hielt sich fest, während er sie bis zur Besinnungslosigkeit küsste, was sie erwiderte. Sie mochte eine introvertierte Nerd-Künstlerin sein, aber dieser Mann brachte eine Seite an ihr zum Vorschein, von deren Existenz sie nichts gewusst hatte. Sie wollte ihn. Brauchte ihn. Sie würde alles dafür tun, damit er ihr in dieser Sekunde die Hose herunterzog und sie an der Wand nahm.

»*Mist*«, keuchte er, nachdem er den Mund von ihrem gelöst hatte. Eine seiner Hände lag auf ihrem Hintern, wo er sie drückte, während er die andere unter ihr Hemd geschoben hatte. Es fühlte sich wie ein Brandzeichen auf ihrer Brust an.

Im Gegenzug streichelte sie seinen Schwanz durch seine Jeans und hielt sich mit der anderen Hand an seinem Bizeps fest, wobei sie die Fingernägel in seine Haut grub.

Sie atmeten beide schwer, und Remi war noch nie so feucht

gewesen wie in diesem Moment. Sie wünschte sich nichts sehnlicher, als ihn in ihr Schlafzimmer zu zerren und sich auszuziehen. Aber er hatte noch etwas zu erledigen. Und Wolf und Caroline warteten auf ihn.

Er griff nach unten und nahm die Hand, mit der sie immer noch seinen Schwanz hielt, hob sie zu seinem Gesicht und küsste ihre Handfläche. Er nahm einen tiefen Atemzug. Dann noch einen.

»Ich rufe dich später an. Damit du Zeit hast, ein Nickerchen zu machen. Sieh zu, dass du etwas Gutes isst, wenn du aufstehst.«

»Also keinen Donut?«, fragte sie mit einem kleinen Lächeln.

»Genau.«

»Nur wenn du das auch tust. Ich meine, du hast schon seit einer Woche keine Minzplätzchen mehr gegessen. Iss nicht die ganze Schachtel auf, von der ich weiß, dass du sie im Gefrierschrank hast.«

Er grinste sie an, dann wurde er ernst. »Du kennst mich besser als die meisten Leute, und es waren erst zwei verdammte Tage.«

»Drei«, korrigierte sie.

»Richtig. Wir machen das«, sagte er nachdrücklich. »Ich rufe dich später an. Wollen wir zusammen zu Abend essen?«

»Ja.« Remi dachte, dass sie vielleicht etwas Abstand zwischen sie bringen sollte. Die Dinge entwickelten sich extrem schnell. Marley würde ihr wahrscheinlich sagen, sie solle sich zurückhalten, vorsichtig sein. Aber wenn Remi Vincent nicht vertrauen konnte, einem Mann, der ihr buchstäblich das Leben gerettet hatte, wem konnte sie *dann* vertrauen?

»Ich hole dich um halb sechs ab. Wir fahren zu mir nach Hause. Es ist nicht so schön wie das hier, aber ich möchte dich in meinem Umfeld haben. Ist das okay?«

Remi nickte eifrig. Sie wollte seine Wohnung sehen. Man konnte viel über einen Menschen lernen, wenn man sah, wo und wie er lebte.

»Und morgen gehe ich mit dir ins *Aces*. So kannst du es vor deinem Mädelsabend kennenlernen. Du wirst dich wohler fühlen, wenn du die anderen triffst und dir keine Sorgen um deine Umgebung machst.«

Er hatte recht. Natürlich hatte er das. »Danke.«

»Aber um dich zu warnen, mein Team wird dich treffen wollen. Die Jungs könnten morgen Abend auch dort sein.«

Das machte sie nervös, aber sie wollte die Männer kennenlernen, die Vincent als Brüder betrachtete. Er hatte viel von ihnen erzählt, und sie hatte das Gefühl, sie schon halbwegs zu kennen. Wenn sie eine Beziehung führen wollten, die funktionierte, musste sie sich mit den Männern anfreunden, die ihm am wichtigsten waren. »Okay. Und ich nehme an, du wirst von Marley hören. Sie kann ein Mamabär sein. Sie weiß bereits über dich Bescheid und darüber, was du da draußen im Meer getan hast ... wie du mich beschützt hast und so ... aber jetzt, da wir zusammen sind, wird sie noch viel mehr wissen wollen.«

»Damit habe ich kein Problem.«

»Als ich anfing, mit Volldepp auszugehen, hat sie mein Handy gestohlen und seine Nummer kopiert, dann hat sie ihm pausenlos Fragen geschrieben. Er hat sie noch am selben Abend blockiert.«

»Gib ihr meine Nummer, Süße«, sagte Vincent. »Es ist mir egal, ob sie sie hat, und sie muss auch nicht heimlich vorgehen, um sie zu bekommen. Ich werde alle ihre Fragen beantworten. Ich habe nichts zu verbergen.«

»Das sagt der Navy SEAL«, witzelte Remi.

Vincent verzog die Lippen zu einem Grinsen, bevor er ernst wurde. »Es gibt Dinge, über die ich nicht sprechen kann. Dinge über meinen Job. Meine Missionen.«

»Ich weiß«, versicherte Remi ihm. »Es ist mir egal, wo du warst oder was du getan hast. Mir ist nur wichtig, dass du sicher nach Hause kommst. Dass du und deine Freunde nicht verletzt werdet.«

Vincent starrte sie einen langen Moment an.

»Was?«

»Du bist bereits die perfekte SEAL-Partnerin und du weißt es nicht einmal. Viele Frauen kommen nicht damit klar, nicht zu wissen, wo ihr Mann hingeht oder wie lange er wegbleibt.«

»Ich sage nicht, dass es mir gefallen wird, vor allem nicht, wenn ich nicht weiß, wie lange du weg sein wirst. Aber ich verstehe, dass das ein Teil davon ist, mit einem Soldaten zusammen zu sein. Ich habe noch nie in meinem Leben so etwas für jemanden empfunden, Vincent. Also bin ich bereit, mit den nicht so guten Seiten des Zusammenseins mit dir umzugehen, um die guten Seiten zu haben. Denn ich habe keinen Zweifel daran, dass diese es absolut wert sind.«

Vincent öffnete den Mund, um zu antworten, als ein lautes Hupen vom Parkplatz ertönte.

Remi errötete. »Ich schätze, Wolf ist es leid, auf dich zu warten.«

»Er will mich nur aufziehen. Ich garantiere, dass er es genießt, ein paar Minuten mit seiner Frau allein zu sein. Sieh mich an, Remi.«

Sie begegnete seinem Blick.

»Ich rufe dich später an, um sicherzugehen, dass wir immer noch zum Abendessen verabredet sind. Wenn du irgendetwas brauchst, egal was, zögere nicht, mich anzurufen oder mir zu schreiben. Ich melde mich so schnell wie möglich bei dir.«

»Okay. Das Gleiche gilt für dich. Ich meine, ich weiß nicht, was du von mir brauchen könntest, da du der knallharte SEAL bist, aber trotzdem.«

»Ich brauche dein Lächeln. Ich brauche deine Liebenswürdigkeit. Ich brauche dein bezauberndes prustendes Lachen. Ich brauche *dich,* Remi. Nur dich.«

Er brachte sie um. Sie wollte ihn nicht loslassen, aber sie wusste, dass sie es musste. Ein Blick auf ihre Zukunft blitzte in ihrem Kopf auf. Von der Traurigkeit, ihn auf Missionen gehen zu lassen, aber auch von dem Glück und der Erleichterung, die sie empfinden würde, wenn er zu ihr zurückkam.

Wollte sie das wirklich tun? Sich auf eine Beziehung mit einem Mann einlassen, der sich immer wieder bereitwillig in Gefahr begab, und einfach hoffen, dass er nach jeder Mission lebend und gesund zurückkam?

Ja. Ja, das wollte sie. Denn so hatte sie sich noch nie gefühlt, mit niemandem. Er erweckte sie auf eine Weise zum Leben, die sie nie erwartet hätte. Sie würde alles tun, um dieses Gefühl zu erhalten.

Sie hob das Kinn an und küsste ihn, mutig und zuversichtlich in ihrer aufblühenden Beziehung. Er erwiderte den Kuss und schlang für einen Moment die Arme um sie, bevor sie sich von ihm löste. Er musste gehen. Sie hatten beide noch Dinge zu erledigen.

»Wir sehen uns später.«

»Ja, das werden wir«, sagte Vincent mit einer solchen Entschlossenheit, dass sich eine Gänsehaut auf Remis Armen ausbreitete. Sie stand in der Tür, als er den Fußweg hinunter zu Wolfs Geländewagen nahm. Er drehte sich um, bevor er einstieg, und sie winkte ihm zu. Er nickte ihr zu, glitt auf den Rücksitz und schloss die Tür hinter sich.

Als Wolf rückwärts aus der Parklücke fuhr, ließ Caroline ihr Fenster herunter und rief: »Ich schicke dir später eine SMS mit den Details zum Mädelsabend!«

Remi rief: »Okay!«

Und dann waren sie weg. Langsam schloss sie die Tür zu ihrer Wohnung und lehnte sich mit dem Rücken dagegen.

Stille begrüßte sie. Remi rutschte nach unten, bis sie auf dem Hintern saß, schlang die Arme um ihre Beine und stützte eine Wange auf die Knie. Sie hatte bisher kein Problem damit gehabt, allein zu sein, aber jetzt ... bereitete es ihr Unbehagen. Es erinnerte sie zu sehr daran, im Ozean an die Oberfläche zu kommen und festzustellen, dass sie zurückgelassen worden war. Dieses Gefühl der Angst, der Erkenntnis, dass niemand wusste, wo sie war, oder sogar dass sie in Gefahr war. Es war erschreckend.

Remi holte tief Luft und zwang sich aufzustehen. Sie hatte einiges zu tun – Wäsche waschen, eine Online-Bestellung für Lebensmittel aufgeben, Cartoons zeichnen, Telefonate führen, ein Nickerchen machen. Sie hatte keine Zeit, um zusammenzubrechen. Außerdem ging es ihr gut. Es hatte alles funktioniert.

Aber ein nagender Gedanke tief in ihrem Inneren bereitete ihr Sorgen darüber, was Volldepp tun könnte, wenn er merkte, dass sein Plan nicht funktioniert hatte.

Vincent mochte denken, dass die Ereignisse *seiner* Ex zuzuschreiben waren, aber Remi war sich sicher, dass er sich irrte. Und sie mochte eine übergewichtige, seltsame Cartoonistin sein und kein muskulöser Navy SEAL, aber sie würde alles tun, was nötig war, um sicherzustellen, dass Vincent ihretwegen nicht in Gefahr geriet.

KAPITEL NEUN

Wie sich herausstellte, hatte Kevlar an dem Abend, an dem sie in Kalifornien ankamen, keine Gelegenheit, Remi zu sehen. Auch nicht am nächsten. Als Teamleiter war es seine Aufgabe, über die für ihre Missionen benötigten Informationen auf dem Laufenden zu bleiben. Und sein Kommandant hatte ihm mitgeteilt, dass sie wahrscheinlich in den nächsten Wochen losgeschickt werden würden, was eigentlich eine lange Vorlaufzeit war. Manchmal blieben ihnen nur ein paar Stunden, bevor sie aufbrechen mussten.

Aber das bedeutete auch, dass es eine Menge vorzubereiten gab. Kevlar wollte auf keinen Fall in eine Situation geraten, ohne so viele Informationen wie möglich zu haben. Das war der Schlüssel zu jeder erfolgreichen Mission.

Und da er eine Woche weg gewesen war, musste er sich mit seinem Kommandanten besprechen und herausfinden, was er während seiner Abwesenheit verpasst hatte. Das bedeutete, dass es schon spät war, wenn er Feierabend machte und den Stützpunkt verlassen konnte. Zu spät, um mit Remi die Zeit zu verbringen, die er sich gewünscht hatte.

Er hatte sie angerufen und ein schlechtes Gewissen bekommen, da er sie geweckt hatte, aber sie hatte darauf bestanden, mit ihm zu reden, während er vom Stützpunkt nach Hause fuhr und dann, während er sein spätes Abendessen aß. Und es war ... schön. Sie meckerte nicht über die Uhrzeit, wie müde sie war, dass er so viel arbeitete und ihre Pläne für das Abendessen durchkreuzte. Sie hörte ihm einfach zu, wie er über die Dinge sprach, über die er sprechen konnte.

So hatten sie es auch gestern Abend gemacht. Allerdings gab es bei diesem Telefonat auch eine unerfreuliche Nachricht. Er erzählte ihr von einem Gespräch mit Tex, der ihn darüber informiert hatte, dass die Polizei von Honolulu den Bootskapitän tot aufgefunden hatte, offenbar verursacht durch eine Überdosis. Er untersuchte immer noch, *warum* der Mann sie im Meer zurückgelassen hatte, aber sie hatten keine Gelegenheit mehr, den Kapitän selbst zu befragen.

Er hörte auch gern von ihrem Tag. Von ihrem Besuch bei ihrer Großmutter und den Einzelheiten über einige der neuesten Eskapaden der Seniorin. Darüber, wie glücklich ihre Eltern waren, dass sie sicher zu Hause war. Darüber, wie sauer Marley war, als Remi ihr schließlich alles über den unglücklichen Schnorchelausflug erzählt hatte.

Kevlar war verärgert, dass er es nicht geschafft hatte, sie vor dem von Caroline arrangierten Mädelsabend ins *Aces* zu bringen. Er hatte es versprochen und war nicht in der Lage gewesen, es einzuhalten, was kein guter Anfang für eine Beziehung war.

Aber da Remi nun mal Remi war, hatte sie ihm gesagt, dass das Leben nicht immer so verlief wie geplant und dass sie schon zurechtkommen würde. Caroline hatte sie in einen Gruppenchat mit all den anderen Frauen aufgenommen, und seit Remi nach Kalifornien zurückgekehrt war, hatten sie oft miteinander geschrieben.

Aber heute Abend würde er sie endlich wiedersehen. Persönlich. Nicht nur am Telefon oder per FaceTime mit ihr sprechen. Er konnte es kaum erwarten.

Natürlich würde er sie mit Caroline und den anderen Frauen teilen müssen, ebenso wie mit ihrer besten Freundin und all seinen Teamkameraden, aber Kevlar würde sich mit der Zeit mit ihr zufriedengeben, die er bekommen konnte.

Caroline hatte ihm eine separate SMS geschickt und ihm klargemacht, dass er Remi nicht in Beschlag nehmen sollte, während sie und die anderen sie kennenlernten. Die SMS brachte Kevlar zum Lachen – denn er hatte genau das vorgehabt. Caroline etwa zwanzig Minuten Zeit zu geben, bevor er sich eine Ausrede einfallen ließ, warum er mit Remi sprechen musste, und sie dann durch die Hintertür hinauszuschmuggeln, damit er sie zu sich nach Hause bringen und endlich die Zeit mit ihr verbringen konnte, nach der er sich sehnte.

Aber er wollte auch, dass Remi alle kennenlernte. Sie behauptete, sie sei ein introvertierter Mensch, der sich zu Hause wohler fühlte, aber er hatte sie in Hawaii gesehen. Sie bezauberte jeden, mit dem sie in Kontakt kam – vielleicht mit Ausnahme des Kapitäns des Bootes, auf dem sie gewesen waren, aber da er mit Sicherheit mit Geld bestochen worden war, um das zu tun, zählte er nicht.

Remi schien in der Gesellschaft anderer aufzublühen, sie war sich dessen nur nicht bewusst. Ihre Freundlichkeit war wie ein strahlendes Leuchtfeuer. Die Menschen wurden von ihr angezogen, und er war da keine Ausnahme. Aber er wäre ein egoistisches Arschloch, wenn er dieses Licht dämpfte, wenn er versuchte, es für sich zu behalten.

Heute Abend würde er sehen, ob er recht hatte. Wenn Remi auch nur den Anschein erweckte, dass es ihr unangenehm war oder sie gehen wollte, würde er sie wegbringen. Aber er hatte das Gefühl, dass sie in einer Freundschaft mit den anderen

SEAL-Frauen aufblühen würde. Und er hatte nicht den geringsten Zweifel daran, dass sie auch seine Teamkameraden beeindrucken würde.

Sie waren sehr skeptisch gewesen, als Kevlar ihnen erzählt hatte, dass er die Frau gefunden hatte, mit der er den Rest seines Lebens verbringen wollte. Noch mehr, als sie die Umstände erfuhren, unter denen sie sich kennengelernt hatten. Sie hatten darauf bestanden, dass er eine Art »Gott-Komplex« hatte, weil er die Frau gerettet hatte. Aber sie irrten sich. Kevlar spürte es bis in die Zehenspitzen.

Und sie würden sich selbst davon überzeugen, wenn sie Remi kennenlernten.

Kevlar fuhr auf den Parkplatz ihres Wohngebäudes und lächelte. Sie lebte in einer sicheren Gegend und ihre Wohnung war wunderschön. Aber er war nicht neidisch. Er fühlte sich nicht durch ihr Bankkonto bedroht. Er freute sich für sie. Er war erleichtert, dass sie keine Probleme hatte, ihre Rechnungen zu bezahlen. Er wäre nie die Art von Freund oder Ehemann, der sich darüber aufregte, dass er nicht der einzige Versorger seiner Familie war. Aber er würde sie auf eine Art und Weise versorgen, wie es Geld nicht könnte. Mit seiner Unterstützung, seiner Zuneigung, mit Dingen, die im Haus erledigt werden mussten ... den Müll rausbringen, Wände streichen, auf das Baby aufpassen, damit sie zeichnen konnte.

Er schüttelte den Kopf darüber, wie lächerlich er war – es war viel zu früh, um mit Remi über Babys nachzudenken. Auch wenn der Gedanke seinen Schwanz zucken ließ und eine Sehnsucht tief in seinem Inneren ihn fast überwältigte.

Er parkte seinen Subaru Crosstrek und stieg aus, begierig darauf, Remi wiederzusehen. Er hüpfte praktisch den Weg zu ihrer Tür, und zu seiner Freude öffnete sie sich, bevor er dort ankam. Es war gut zu wissen, dass Remi sich genauso freute, ihn zu sehen, wie er sie.

Sie grinste von einem Ohr zum anderen, und noch bevor sie etwas sagen konnte, zog Kevlar sie in die Arme und bedeckte ihren Mund mit seinem. Er küsste sie mit all den Gefühlen, die sich in den letzten Tagen aufgestaut hatten. Frustration darüber, dass er sie nicht hatte sehen können, Freude darüber, sie wieder in den Armen zu halten, und die Erregung, die schwer in seinen Adern geruht hatte, wenn er an ihr letztes Intermezzo in ihrem Eingangsbereich dachte.

Mehr als einmal hatte er das Gefühl ihrer Hand auf seinem Schwanz wiederaufleben lassen. Unter der Dusche, im Bett und zu verschiedenen Zeiten, während er seiner Arbeit nachging. Ihre Berührung hatte sich in seine Psyche eingebrannt, und er konnte es kaum erwarten, Haut an Haut mit ihr zu sein und ihre Hände wieder auf sich zu spüren.

»Vincent«, stöhnte sie, als er den Mund zwischen ihrer Schulter und ihrem Hals vergrub. Er atmete tief ein und genoss den Geruch ihres Shampoos oder ihrer Lotion oder was auch immer es war. Strand. Sie roch wie der verdammte Strand. Sand, Kokosnuss, Salz. Er wusste nicht, wie es hieß, aber sein Schwanz wurde durch nur einen Hauch davon hart. Was erstaunlich war, wenn man bedachte, dass er durch die Höllenwoche nicht die besten Erinnerungen an den Strand hatte. Aber bei ihr? Er konnte nicht genug bekommen.

»Hi«, sagte sie nach einem Moment.

Kevlar löste sich widerwillig von ihr und versuchte, sich zu beruhigen. Auf keinen Fall wollte er sie mit seiner Intensität erschrecken.

»Hi«, erwiderte er.

Sie lächelte ein wenig verlegen und fuhr sich mit einer Hand über das Haar.

»Du siehst perfekt aus«, versicherte Kevlar ihr. Und er sagte die Wahrheit. Sie sah großartig aus. Sie trug enge Röhrenjeans,

Skechers an den Füßen und ein T-Shirt mit der Aufschrift *Leonard's Bakery*.

Er blinzelte.

»Woher hast du das T-Shirt?«, fragte er.

Remi errötete ein wenig und zuckte mit den Schultern. »Ich habe es im Internet bestellt. Ich wollte ein Andenken an die tolle Schachtel Malasadas, die du uns zum Frühstück gekauft hast. Ich habe mich geärgert, dass ich das eigentliche Gebäck nicht online bestellen konnte, aber ich habe beschlossen, ein T-Shirt zu kaufen. Ich wollte mich gerade oben umziehen, als du kamst.«

»Umziehen? Warum?«, fragte Kevlar.

»Weil. Ich muss etwas ... Besseres für heute Abend anziehen.«

»Wie ich schon sagte, du bist perfekt. Das solltest du tragen«, sagte er entschlossen. »Jeans, T-Shirt, Turnschuhe. Das tragen alle.«

»Wie auch immer«, sagte Remi und rollte mit den Augen.

»So ist es«, beharrte er. »Ich würde *nicht* dafür sorgen, dass du dich beim ersten Zusammentreffen mit meinen Freunden fehl am Platz oder in Verlegenheit gebracht fühlst«, sagte er. »Schreib Caroline eine SMS und frag sie, was sie anzieht.«

»Das kann ich nicht tun.«

»Warum nicht?«

»Darum!«

»Gut. Ich werde es tun.«

»Was? Vincent, nein! Was machst du denn da? Hör auf!«

Aber er hörte nicht auf. Denn er wollte nicht, dass Remi das bezaubernde Outfit auszog, das sie anhatte. Die Jeans schmiegte sich an ihre Kurven und ließ ihm das Wasser im Munde zusammenlaufen, und dieses Hemd ... wenn er das *Leonard's*-Logo sah, konnte er nur an Remi denken, die ihm gegenüber an dem kleinen Tisch in ihrem Hotelzimmer saß und tief stöhnte, während sie die verschiedenen Geschmacksrichtungen der Malasadas probierte.

»Komm rein«, sagte sie nach einem Moment und ließ nicht zu, dass er die SMS an Caroline abschickte, die er begonnen hatte. Sie lachte, als sie seinen Arm packte und ihn in ihre Wohnung zog. »Marley will dich kennenlernen.«

Kevlar hielt inne. Er war so versessen darauf gewesen, Remi zu sehen, dass er vergessen hatte, dass ihre beste Freundin in die Wohnung kam und er sie zum ersten Mal treffen würde. Er hatte das Gefühl, die andere Frau schon ziemlich gut zu kennen – schließlich schrieben sie sich seit zwei Tagen SMS, seit Remi Marley seine Nummer gegeben hatte. Und sie hatte sich auch nicht zurückgehalten. Sie hatte ihn über alles ausgefragt, angefangen bei der Häufigkeit seiner Abwesenheit über seine Familie bis hin zu seiner Lieblingsfarbe. Er nahm an, dass sie sich alles Mögliche ausdachte, nur um zu sehen, ob er sich ärgern und sie schließlich abwimmeln würde. Aber das hatte er nicht. Ihre ständige Flut von Fragen amüsierte ihn mehr, als dass sie ihn nervte.

Und das Wissen, dass sie jede einzelne seiner Antworten mit Remi teilte, machte es umso erträglicher. Er hatte erfahren, dass Marley seine Antworten teilte, als Remi den Zufall kommentierte, dass Weinrot auch ihre Lieblingsfarbe war.

Aber ... jetzt verstand er Remis Nervosität, als sie Wolf und Caroline das erste Mal getroffen hatte. Er wollte einen guten Eindruck machen. Marley war Remis beste Freundin. Und wenn es bei diesem Treffen nicht gut lief, war es möglich, dass sie Remi überzeugen konnte, sie hätte Besseres verdient. Kevlar wusste, dass das stimmte, aber er hoffte trotzdem, dass er der Mann sein konnte, den sie verdiente.

Remi zog ihn in ihre Wohnung, und Kevlar kam der Gedanke, dass er zum ersten Mal am Eingangsbereich vorbeikam, obwohl *in* diesem Eingangsbereich schon einige verdammt gute Dinge passiert waren.

Ihre Wohnung war schön. Er warf einen kurzen Blick in die Küche, als er den Wohnbereich betrat. Großer Raum, moderne Geräte aus Edelstahl, alles an seinem Platz. Neben der Küche stand ein kleiner Tisch mit Blumen in der Mitte und gesteppten Platzsets vor jedem Stuhl. Als Kevlar sich im Wohnbereich umsah, stellte er fest, dass er sauber war, aber er war erleichtert, dass er auch gemütlich wirkte. Eine Decke war willkürlich über einen Sessel geworfen, Zeitschriften lagen auf dem Couchtisch verstreut, und die Ledercouch sah sehr bequem und gut genutzt aus.

Aber er hatte keine Zeit, sich die Bücher und Bilder in dem großen Bücherregal oder die Gemälde an den Wänden genauer anzusehen, denn eine Frau, bei der es sich nur um Marley handeln konnte, lächelte höflich, als Remi ihn zur Couch schleppte. Sie war ein paar Zentimeter kleiner als Remi, hatte dichtes rotes Haar und grüne Augen, die im Moment so schmal waren, als würde sie versuchen, ihn zu lesen, bevor er überhaupt den Mund geöffnet hatte.

»Marley, das ist Vincent. Vincent, das ist meine beste Freundin, Marley. Und du kannst nur die Hälfte der Dinge glauben, die aus ihrem Mund kommen.«

»Wie auch immer, Remi. Hi, schön, dich kennenzulernen«, sagte Marley und hielt ihm eine Hand zum Schütteln hin.

Sie lächelte immer noch, aber Kevlar konnte erkennen, dass sie sich ein Urteil vorbehielt, bis er bewiesen hatte, was für ein Mann er war. Sie hatte natürlich nichts zu befürchten, aber sie würde seinen Worten nicht glauben. Sie würde sich selbst davon überzeugen müssen, dass Kevlar nicht die Absicht hatte, etwas zu tun, was ihrer Freundin schaden könnte.

Er griff nach ihrer Hand und schüttelte sie fest, packte sie jedoch nicht so, dass es wehtat.

»Also ... was machst du wegen Volldepp?«, fragte Marley, als die Höflichkeiten vorbei waren.

»Marl! Was habe ich dir darüber gesagt?«, fragte Remi, die beunruhigt klang.

»Du hast mir gesagt, dass ich ihn nicht grillen darf und dass ich nett sein muss. Scheiß drauf«, sagte Marley. »Ich habe mich zurückgelehnt und zugesehen, wie dieses Arschloch dich immer wieder verletzt hat. Das werde ich nicht noch einmal tun.«

Es war offensichtlich, dass Remi sich schämte, und obwohl Kevlar nichts gegen Marleys Beschützerinstinkt einzuwenden hatte, war er nicht begeistert, dass Remi wegen der Frau in Verlegenheit geriet.

»Ich habe einen ehemaligen SEAL-Kumpel, der seine Telefonaufzeichnungen überprüft und sieht, was er finden kann. Ich habe vor, mich mit Miles zu unterhalten, sobald ich die Informationen von meinem Freund bekommen habe. Ich würde es begrüßen, wenn du dich ein wenig zurückhältst. Du bringst Remi in Verlegenheit, das ist nicht cool.«

Marley blinzelte ihn an, und Kevlar konnte sehen, dass sie es sofort bereute, den Moment unangenehm gemacht zu haben. Sie holte tief Luft, bevor sie sich an Remi wandte. »Tut mir leid.«

»Ist schon okay. Du meinst es gut.«

Marley nickte, dann drehte sie sich wieder zu Kevlar um. »Damit das klar ist, wir benutzen diesen Namen nicht für Remis Ex. Niemals. Er ist Volldepp. Für immer und ewig.«

Kevlar lächelte. »Stimmt. Entschuldige. Mein Fehler.«

»Er gibt zu, wenn er sich geirrt hat. Das ist ein guter erster Schritt«, sagte Marley, während sie Remi zuzwinkerte. »Ich muss zugeben, Kevlar, du hast dich mit meinen ganzen Nachrichten gut geschlagen«, fügte sie hinzu, wobei sie etwas freundlicher klang.

»Und *ich* muss zugeben, du hast dir ein paar gute Fragen ausgedacht«, gab Kevlar zurück. »Die Frage, was ich tun würde, wenn mein SEAL-Team mit Gewichten an den Knöcheln in einem sinkenden Boot säße, während Remi von einem Hai bedroht wird? Wen ich retten würde? Das war ein Klassiker.«

»Im Ernst, ich sterbe hier«, sagte Remi, während sie den Kopf in die Hände sinken ließ, als wollte sie verschwinden.

»Willst du seine Antwort nicht wissen?«, fragte Marley, die Augen funkelnd vor Belustigung.

Kevlar wartete nicht auf ihre Antwort. »Dich, Remi. Immer dich. Mein Team kann auf sich selbst aufpassen. Safe hätte einen Weg gefunden, die Schlösser an den Ketten zu entfernen, Smiley hätte einen Witz gemacht, um die Spannung zu lockern, Preacher hätte mich ständig angeschrien, um mir mitzuteilen, wo der Hai ist, falls er näher kommt. MacGyver ... nun, er würde einen Weg finden, das Loch im Boot zu stopfen. Flash würde die Ketten, die Safe entfernt hat, dazu benutzen, den Hai abzulenken, und Howler würde alle organisieren, während ich mit dir beschäftigt bin.«

Der Blick, den Remi ihm zuwarf, war so voller ... er war sich nicht sicher, wie er die Emotionen beschreiben sollte, die er in ihrem Gesicht sah. Ehrfurcht, Unglaube, Humor?

»Gut, also ... ein knallharter SEAL kann die Welt retten. Alle deine Freunde werden heute Abend dort sein, richtig?«, fragte Marley.

Es fiel Kevlar schwer, den Blick von Remi loszureißen, aber er zwang sich, ihre Freundin anzusehen. »Ja. Es wird voll sein. Mit dem Mädelsabend und all ihren Ehemännern, die auf ihre Frauen aufpassen wollen, und meinem Team wird es ein wenig ... chaotisch werden.«

»Ich dachte, Wolf und seine Freunde bleiben am Mädelsabend normalerweise zu Hause, um auf die Kinder aufzupassen«, sagte Remi.

»Das tun sie auch, aber ab und zu gehen sie alle zusammen aus. Das passiert nicht mehr so oft wegen der Kinder, aber sie genießen es, ein paar Stunden zu haben, in denen sie alle zusammen abhängen und Erwachsenendinge tun können.«

»Oh, das ist schön«, sagte Remi.

Kevlar hielt es nicht für klug zuzugeben, dass Wolf seinem Team von Remi und Kevlar erzählt hatte und diese sie nun auch alle kennenlernen wollten. Das würde sie nur verunsichern, und das wollte er auf keinen Fall tun. »Ja.«

»Also, wer sind diese Frauen, die heute Abend dort sein werden?«, fragte Marley.

»Caroline, die Remi schon kennengelernt hat«, antwortete Kevlar. »Alabama, Fiona, Summer und Cheyenne. Jessyka wird hoffentlich *nicht* den ganzen Abend hinter der Bar stehen. Ich bin mir nicht sicher, ob Julie da sein wird, aber Dakota könnte auftauchen.«

»Wow, okay, das sind eine Menge Namen, die man sich merken muss«, sagte Marley und klang zum ersten Mal unsicher.

»Ha!«, rief Remi aus. »Ich habe versucht, es dir zu sagen, aber du hast gesagt, ich sei nur so nervös wie immer.«

Marley rollte mit den Augen. »Na gut, ich habe mich geirrt. Bist du sicher, dass du das tun willst? Ich meine, mit all den Mädchen und doppelt so vielen Jungs ist das eine ganze Menge.«

»Das war ich, bis du mich daran erinnert hast, dass all diese Leute kommen, um mich zu treffen und zu beurteilen, ob ich gut genug bin, um mit Vincent auszugehen«, sagte Remi trocken.

Aber Kevlar schüttelte den Kopf. »Du verstehst das völlig falsch«, sagte er ernst. »Sie sind da, um dich kennenzulernen, ja, aber sie werden nicht urteilen. Ich meine, solange du nicht über die Angestellten schimpfst oder eine Szene machst, indem du dich betrinkst und auf den Tischen tanzt – was du sicher nicht tun wirst –, werden sie cool sein. Die Jungs werden eher daran interessiert sein, *mich* aufzuziehen, nachdem sie die Frau kennengelernt haben, die mich so um den kleinen Finger gewickelt hat. Ich war so abgelenkt, wie sie mich noch nie zuvor gesehen haben. Und die Mädchen ... sie wollen nur eine weitere Frau in ihrer Truppe. Wie Caroline sagte, je mehr, desto besser. Du wirst heute Abend nicht diejenige sein, die unter die Lupe genommen wird, Süße, sondern ich.«

Erleichterung, ein wenig Skepsis und Vorfreude waren in ihrem Gesichtsausdruck abzulesen.

»Ich könnte noch ein paar Freunde gebrauchen«, sagte Marley achselzuckend. »Und meine kleinen Teufelsbraten könnten ein paar neue Freunde zum Terrorisieren gebrauchen.«

Remi grinste. »Meine Nichte und mein Neffe sind Engel, und ich mag es nicht, wenn du etwas anderes behauptest.«

»Das liegt daran, dass du nicht mit ihnen zusammenlebst«, murmelte Marley.

Kevlar gefiel die Dynamik zwischen den beiden Freundinnen. »Seid ihr bereit?«, fragte er und freute sich plötzlich darauf, ins *Aces* zu gehen und mit Remi anzugeben. Denn es bestand kein Zweifel daran, dass er genau das tun würde. Remi war das Beste, was ihm seit langer Zeit passiert war, und er wollte sie unbedingt den wichtigsten Menschen in seinem Leben vorstellen.

»Marl, Vincent behauptet, dass das, was ich anhabe, für heute Abend in Ordnung ist, aber ich denke, ich sollte das Outfit anziehen, das wir vorhin ausgesucht haben. Was denkst du?«

Marley musterte Remi von Kopf bis Fuß, dann drehte sie sich zu ihm um. Kevlar betete, dass sie Remi nicht ermutigen würde, sich umzuziehen. Ihm gefiel das Hemd, das sie trug, und es erinnerte ihn an die schöne Zeit, die sie in Hawaii verbracht hatten, und diese Jeans sah wahnsinnig sexy an ihr aus.

»Ich denke, du solltest dem Mann vertrauen, der dir in Hawaii das Leben gerettet hat«, sagte Marley nach einem kurzen Moment.

Kevlar ließ erleichtert die Schultern sinken.

»Bist du sicher? Das ist so ... lässig«, sagte Remi, sah an sich hinunter und fuhr sich mit den Handflächen über die Oberschenkel.

»Du gehst in eine Kneipe, Remi, nicht in ein Fünf-Sterne-Restaurant«, entgegnete ihre Freundin.

Kevlar flüsterte Marley seinen Dank zu.

Sie nickte zurück und sagte dann zu Remi: »Aber vielleicht könntest du die neuen Stöckelschuhe anziehen, die du vor deinem Urlaub gekauft hast. Das würde die Sache ein wenig aufpeppen.«

»Oh! Gute Idee. Ich bin gleich wieder da!« Remi schenkte ihm ein kleines Grinsen und machte sich dann auf den Weg zur Treppe.

Sobald sie außer Sichtweite war, drehte Marley sich zu Kevlar um, und er wappnete sich.

»Bis jetzt hast du noch nichts getan, was meine Arschloch-Antenne auslöst. Aber ich warne dich – leg dich *nicht* mit Remi an. Sie ist ein herzensguter Mensch, und sie hat so viel Liebe zu geben. Aber wenn du nur wegen ihres Geldes mit ihr zusammen bist oder weil du eine Art Urlaubsflirt willst, dann beende das jetzt. Ich meine es ernst. Sie wurde schon zu oft verarscht, als dass es so bald nach Volldepp wieder passieren sollte. Und wenn du auch nur den kleinen Finger gegen sie erhebst, breche ich ihn ab und schiebe ihn dir in den Hals, damit du daran erstickst.«

Obwohl dies ein ernstes Gespräch und es offensichtlich

war, dass Marley es völlig ernst meinte, konnte Kevlar ein kleines Lächeln nicht unterdrücken.

»Das ist nicht lustig«, warnte Marley. »Ich würde alles für Remi tun. Und dazu gehört auch, dass ich mich mit dir anlege, auch wenn ich weiß, dass ich verlieren werde. Sie ist meine beste Freundin, und sie verdient nur das Beste. Und wenn du das nicht bist, wenn dir das Angst macht, dann musst du verdammt noch mal weiterziehen, bevor sie sich zu sehr verliebt.«

Ihre Worte trafen Kevlar hart. Aber nicht so, wie Marley vielleicht dachte. Er wischte jede Spur von Humor aus seinem Gesicht. »Es macht mir keine Angst. Remi ist ... sie ist anders als alle anderen, mit denen ich bisher zusammen war, und zwar auf die richtige Art. Weißt du, dass sie kein einziges Mal in Panik geriet, als wir da draußen auf dem Meer waren und sie merkte, dass wir zurückgelassen worden waren? Sie blieb ruhig, scherzte mit mir und tat alles, was ich von ihr verlangte, ohne zu zögern. Da ging sie mir unter die Haut, und jede Minute, die ich mit ihr verbrachte, mit ihr sprach, hat mich nur noch mehr fasziniert.

Ich bin nicht wegen ihres Geldes mit ihr zusammen. Ich will keine Affäre. Und ich werde sie nie und nimmer verletzen. Ich bin nicht perfekt, sie verdient wahrscheinlich etwas Besseres als mich, und mein Job wird eine Beziehung extrem schwierig machen, aber ich will das. Sie. Mehr als ich irgendetwas anderes seit langer Zeit wollte.«

Sein Magen krampfte sich zusammen, als er abwartete, was Marley zu seiner aufrichtigen Antwort sagen würde.

Zu seiner Erleichterung schien sie sich zu entspannen, und sie lächelte sogar ein wenig.

»Gut«, war alles, was sie sagte, bevor sie Schritte auf der Treppe hörten.

»Perfekt!«, sagte Marley, als Remi wieder in den Raum trat.

Kevlar musste ihr zustimmen. Mit den schwarzen Pumps, die sie trug, war sie fast so groß wie er, und das Selbstbewusstsein, das sie damit auszustrahlen schien, törnte ihn gewaltig an. Ihr Haar war zu einem tiefen Dutt im Nacken zusammengebunden, und sie hatte etwas Lipgloss aufgetragen, als sie oben gewesen war. Sie war völlig außerhalb seiner Liga, und Kevlar war noch nie so stolz darauf gewesen, eine Frau an seiner Seite zu haben, wie in diesem Moment.

»Gut, gehen wir's an«, sagte Marley. »Wir treffen uns dann dort. Ich muss gleich nach dem Abendessen zurück zu den kleinen Teufelsbraten.«

Sein Respekt für die Frau wuchs. Sie hatte wahrscheinlich einiges zu tun, aber sie nahm sich trotzdem Zeit für Remi. Er war froh, dass Marley zur moralischen Unterstützung da sein würde, auch wenn er sicher war, dass sie sie nicht brauchen würde. Caroline und die anderen würden sie beide mit offenen Armen empfangen.

Nachdem die Frauen ihre Handtaschen ergriffen hatten, verließen sie alle das Haus und gingen gemeinsam zum Parkplatz. Marley fuhr mit ihrem Minivan los und Kevlar führte Remi zu seinem Crosstrek. Als sie drinnen waren, legte Remi ihm eine Hand auf den Arm.

»Geht es dir gut?«

»Ja, warum sollte es mir nicht gut gehen?«, fragte Kevlar verwirrt.

»Marley kann ... sehr viel sein. Ich bin sicher, dass sie etwas gesagt hat, als ich nach oben ging, vielleicht hat sie dich sogar gewarnt. Sie meint es gut. Wir haben schon viel zusammen durchgemacht.«

Kevlar entspannte sich. »Es macht mir nichts aus«, antwortete er ehrlich. »Sie beschützt dich. Das finde ich gut.«

Remi rollte mit den Augen. »Ihr tut so, als sei ich zehn Jahre alt oder so.«

»Ganz und gar nicht«, konterte er. »Wir wollen nur sicherstellen, dass dir niemand wehtut, wenn wir es verhindern können.«

»Ich kann auf mich selbst aufpassen«, argumentierte Remi.

»Natürlich kannst du das. Du bist erwachsen. Willst du mir sagen, dass du dich nicht für Marley ins Zeug legen würdest, wenn jemand auf sie losgeht?«

»Ich würde alles für Marley tun«, antwortete Remi.

»Genau.«

Sie starrten einander einen Moment lang an. »Gut. In Ordnung. Aber bei euch ist alles gut?«

»Bei uns ist alles gut«, bestätigte Kevlar.

»Puh«, sagte Remi mit einem kleinen Lächeln und wischte sich über die Stirn. »Volldepp hat sie gehasst.«

»Das liegt daran, dass er ein Arschloch ist«, sagte Kevlar sachlich.

Remi lachte prustend, was seinen Schwanz in der Hose zucken ließ. Ihr einzigartiges Lachen sollte ihn nicht anmachen, aber das tat es trotzdem. Es war so ... Remi.

Er streckte eine Hand aus, legte sie in ihren Nacken und zog sie näher zu sich. Sie kam ihm bereitwillig mit einem Lächeln auf den Lippen entgegen.

»Ich habe dich vermisst«, sagte er sanft.

»Es ist erst zwei Tage her, dass wir uns gesehen haben, und wir haben jeden Abend miteinander gesprochen«, protestierte sie.

»Hast du *mich* nicht vermisst?«, fragte er.

Ihre Wangen wurden rot. »Vielleicht«, wich sie aus.

»Dann sollte ich dich wohl daran erinnern, was du verpasst hast«, sagte Kevlar, bevor er den Mund auf ihren senkte.

Wahrscheinlich verschmierte er seine Lippen mit Lipgloss, aber das war ihm egal. Sie könnte mit Clownsschminke bedeckt sein und er würde sie trotzdem küssen wollen. Das

Knutschen mit dieser Frau machte ihn mehr an als der tatsächliche Sex mit früheren Freundinnen. Es war ein weiteres Zeichen dafür, dass sie für ihn bestimmt war.

Sie keuchten beide, als er sich widerwillig zurückzog. Mit der Hand in ihrem Haar hatte er ihren Dutt gelöst, und ihre unkontrollierten Wellen umrahmten nun ihr Gesicht. Er hatte in seinem Leben noch nie etwas Schöneres gesehen.

»Du hast mein Haar durcheinandergebracht«, beschwerte sie sich mit einem kleinen Lächeln.

»Das war es wert«, gab er zurück.

Sie atmete tief durch, lehnte sich in ihrem Sitz zurück, griff nach oben und klappte die Blende herunter. »Du solltest besser losfahren, Vincent. Wenn Marley zu früh vor uns ankommt, lässt sich nicht sagen, was sie deinen Teamkameraden oder den anderen Frauen erzählen wird, bevor wir eintreffen.«

Kevlar lachte, griff aber pflichtbewusst nach dem Schlüssel. Aus dem Augenwinkel beobachtete er, wie sie ihr Haar zurückstrich und den Dutt neu machte. Als sie sich umdrehte und ihn ansah, lächelte sie ihn an.

»Vincent?«

»Ja?«

»Danke.«

»Wofür?«, fragte er.

»Für alles. Dass du du bist.«

Er griff nach ihrer Hand und seufzte innerlich, als sie sie festhielt. »Wenn es dir heute Abend zu viel wird, sag mir einfach Bescheid, dann können wir gehen. Oder draußen eine Pause machen. Oder irgendetwas.«

»Ich komme schon klar«, versicherte sie ihm.

»Ich meine es ernst. Es wird niemanden stören, wenn wir vor ihnen gehen.«

»Ich bin zwar introvertiert, aber ich kann auch mal einen Abend ausgehen«, sagte sie ruhig.

»Ich habe nie gesagt, dass du das nicht kannst, aber es werden eine Menge Leute dort sein.«

»Es ist *okay*, Vincent. Ehrlich. Wenn es mir zu viel wird, gehe ich einfach auf die Toilette oder suche mir eine ruhige Ecke oder so. Ich hatte genügend Zeit, um zu lernen, wie man sich in sozialen Gewässern bewegt, auch wenn ich nicht gern darin schwimme. Mach dir keine Sorgen um mich.«

»Verstehst du es nicht?«, fragte Kevlar. »Ich werde mir *immer* Sorgen um dich machen. Egal ob ich mitten in einer Mission im Nahen Osten knöcheltief im Sand stecke oder am anderen Ende der Stadt in einer langweiligen Besprechung auf dem Stützpunkt sitze. Ich habe das Gefühl, dass ich immer an dich denken und mich fragen werde, ob es dir gut geht.«

»Vincent«, flüsterte sie.

Er zuckte mit den Schultern. »Ich bin intensiv, Süße. Das solltest du inzwischen über mich wissen. Wenn du damit nicht umgehen kannst, es nicht akzeptieren kannst, dann sollte vielleicht *ich* derjenige sein, der dich vor *mir* warnt. Wie ich schon zu Marley sagte, ist das keine Affäre für mich. Du hast etwas an dir, das mich sofort angezogen hat, als ich dich sah. Ich will alles mit dir, Remi. Wenn du nicht dasselbe willst, kann ich sofort umdrehen und wir können getrennte Wege gehen, bevor es zu ernst wird.«

»Ich will es«, sagte Remi sofort, während sie seine Hand drückte. »Und es ist sowieso zu spät.«

»Wofür?«

»Es ist schon ernst«, sagte sie ein wenig vorsichtig.

Kevlars Herz machte einen Salto. »Ja. Ja, das ist es«, stimmte er mit einem kleinen Grinsen zu.

»Der beste Tag meines Lebens war, als ich mit dir in diesem Meer zurückgelassen wurde«, gab sie zu.

Da konnte er nicht widersprechen, auch wenn ihm die Tatsache nicht gefiel, dass ihr Leben in Gefahr gewesen war.

»Und wenn *du* eine Pause brauchst, wenn dir der heutige Abend zu viel wird, kannst du mich gern als Ausrede benutzen und wir können von dort verschwinden«, sagte sie.

Diese Frau. Sie war perfekt für ihn.

»Wenn ich gehen will, sage ich einfach allen, dass ich fertig bin. Ich würde dich nie als Ausrede benutzen. Nicht auf diese Weise. Aber wenn ich beschließe, dass es ich nicht mag, wie meine Freunde meine Frau anstarren, wenn ich dich zu dir oder mir nach Hause bringen und wie Teenager rummachen will, ist das in Ordnung für dich?«

Sie sah ihn schüchtern an, antwortete jedoch: »Ja.«

Kevlars Schwanz zuckte wieder in seiner Jeans.

»Gut zu wissen«, neckte er.

Remi kicherte.

Irgendwie ließ die Anwesenheit dieser Frau all die Dinge verschwinden, die ihn sonst in seinen Erinnerungen verfolgten. Sie war alles wert, was er in seinem Leben gesehen und getan hatte. Hier neben ihr zu sitzen und ihre Hand zu halten ließ all den Tod und die Zerstörung in den Hintergrund treten.

Nur allzu bald fuhr er auf den Parkplatz von *Aces Bar and Grill*.

»Bist du bereit?«, fragte er.

»Auf jeden Fall.«

Widerwillig ließ Kevlar Remis Hand los, damit sie aussteigen konnten, aber er nahm sie wieder, sobald sie sich vorn an seinem Wagen trafen. Sie gingen Hand in Hand zur Tür, und Kevlar atmete tief durch, bevor er sie öffnete und ihr hineinfolgte.

KAPITEL ZEHN

Remi war wegen des heutigen Abends nervös gewesen, aber sie amüsierte sich prächtig. Und Vincent hatte recht gehabt, in Jeans und T-Shirt passte sie genau zu den anderen Frauen und Gästen der Kneipe. Sie und Marley saßen an einem Tisch mit Caroline und fünf ihrer Freundinnen, und von dem Moment an, in dem sie anfingen zu reden, war es, als würde sie sie schon ihr ganzes Leben lang kennen.

Sie hatte sich noch nie mit einer großen Gruppe von Frauen verstanden. Da sie ihr ganzes Leben lang eine Einzelgängerin gewesen war, freundete sie sich immer nur mit ein, zwei Leuten an. Aber alle Frauen waren bodenständig, freundlich und hatten kein Problem damit, sich gegenseitig – und Remi – zu necken, während sie über alles Mögliche sprachen. Die Themen reichten von der Politik der Marine über Einsätze, Kinder, das Leben nach der Pensionierung ihrer Ehemänner bis hin zu den besten alkoholischen Getränken.

Sie beantworteten bereitwillig alle Fragen, die Remi über Navy SEALs stellte, und noch mehr, von denen sie nicht einmal wusste, dass sie sie hatte.

»Einsätze sind scheiße«, sagte Jessyka, ohne um den heißen Brei herumzureden. »Es hat mir immer vor den Anrufen gegraut, die Benny bekam, bei denen ihm gesagt wurde, dass sie in drei Stunden aufbrechen würden. Er musste sich beeilen, um seine Sachen zu packen, und es war so schwer, den Kindern zu erklären, wohin Daddy geht und warum. Vor allem weil ich die Antworten nicht kannte.«

»Ja, die Ungewissheit, wann sie zurückkommen, war das Schlimmste«, stimmte Summer zu.

»Aber wenn es schwierig wurde, hatten wir einander«, fügte Fiona hinzu.

Alle nickten zustimmend.

»Erinnert ihr euch noch an die Zeit, bevor wir Kinder bekamen, als wir alle zu Caroline fuhren, in ihrem Keller abhingen und gemeinsam deprimiert waren?«, fragte Alabama.

»Das war das Beste!«, stimmte Cheyenne zu.

»Nicht das Deprimiertsein, sondern einander zu haben«, stellte Fiona mit einem kleinen Lachen klar.

Caroline stützte die Ellbogen auf den Tisch und lehnte sich näher an Remi. »Die Sache ist die. Unsere Jungs – SEALs und andere Spezialeinheiten – tun das, was sie tun, weil sie wirklich daran glauben, ihrem Land zu dienen. Sie tun es nicht für die Auszeichnungen oder das Schulterklopfen. Sie tun es, damit ihre Lieben zu Hause ein freies und relativ sicheres Leben führen können. Matthew tun zu lassen, was er liebte, worin er gut war, ohne sich um mich zu Hause Sorgen machen zu müssen, war das Wichtigste, was ich für ihn getan habe.

Eine treue, starke Frau war das, was er am meisten brauchte. Und das war für mich keine Schwierigkeit. Wenn ich mir jemals Sorgen machte oder dachte, ich schaffe es nicht, sprach ich mit meinen Freundinnen, die das Gleiche durchmachten wie ich. Wir sind für dich da, wenn du uns brauchst, Remi. Einen SEAL zu lieben ist nicht die einfachste Sache der

Welt. Unsere Männer waren oft weg. Aber zu wissen, dass sie die Welt zu einem besseren Ort machen, zu einem sichereren Ort, war das Opfer wert.«

Ihre Worte setzten sich tief in Remi fest. Sie mochte schon den Gedanken nicht, dass Vincent für längere Zeit weg war, aber es war nicht so, dass er am Strand in der Sonne herumtollte. Er verrichtete gefährliche Arbeit. Wichtige Arbeit.

»Und das wird nicht ewig so bleiben«, fügte Summer hinzu. »Irgendwann übernehmen die Jüngeren, wie Kevlar und sein Team, und die alten Säcke werden verdrängt.«

Darüber lachten alle.

»Dann sind sie die ganze Zeit zu Hause, kommen uns in die Quere, sind überfürsorglich und kommandieren uns herum«, stimmte Cheyenne zu.

»Aber du magst es doch, wenn Dude dich herumkommandiert«, stichelte Fiona.

»Stimmt«, sagte Cheyenne, ohne einen Funken Verlegenheit zu zeigen. »Er macht das so gut.«

Wieder lachten alle.

»Ich muss zugeben, dass es schön ist, Hilfe im Haus zu haben, vor allem wenn es bedeutet, dass ich ohne die Kinder einkaufen gehen kann«, sagte Alabama.

Remi hörte zu, als die anderen Frauen von den Familientreffen am Strand erzählten, und es war offensichtlich, dass die Entbehrungen, die sie während der aktiven Dienstzeit ihrer Männer ertragen hatten, das gute Leben, das sie jetzt führten, mehr als wert gewesen waren.

»Können wir jetzt über Kevlar und sein Team sprechen?«, fragte Summer und blickte durch die Kneipe, wo die Männer sich versammelt hatten.

Als Remi in diese Richtung schaute, konnte sie sich ein Lächeln nicht verkneifen. Vincent und sein Team hingen mit Wolf und seinen Freunden herum. Es war eine Mischung aus

Silberfüchsen und ihren jüngeren Gegenstücken. Remi war vorhin den Männern der Frauen vorgestellt worden – Abe, Cookie, Mozart, Dude und Benny –, aber sie wusste noch nicht genau, wer wer war. Sie waren alle noch sehr gut in Form und hatten offensichtlich hart gearbeitet, um ihren Körper schlank und durchtrainiert zu halten. Selbst in der kurzen Zeit, in der sie sie beobachtet hatte, war es nicht schwer zu erkennen, dass sie ihren Frauen völlig ergeben waren. Sie hatten sie allein gelassen, damit sie ihren Mädelsabend verbringen konnten, aber sie hatten oft nach ihnen gesehen und dafür gesorgt, dass sie etwas zu trinken hatten und niemand sonst in der Kneipe den Frauentisch belästigte.

Nicht dass das jemand getan hätte. Jessyka war die Besitzerin, und sie hatte vorhin davon gesprochen, wie hart sie daran gearbeitet hatte, den Ruf des *Aces'* von einer lauten SEAL-Abschleppkneipe in einen entspannteren Ort zu verwandeln, an dem Männer und Frauen einfach nur in Ruhe etwas trinken konnten, ohne sich Sorgen machen zu müssen, angemacht oder belästigt zu werden.

»Im Ernst, jeder SEAL in dieser Kneipe sieht so gut aus«, sagte Cheyenne mit einem zufriedenen Seufzer, während sie einen Schluck von ihrem Wein nahm.

Remi musste ihr zustimmen. Theoretisch hatte sie gewusst, dass Vincents Freunde aufgrund ihres Jobs wahrscheinlich fit und muskulös waren, aber sie hatte nicht erwartet, dass jeder von ihnen so gut aussehen würde. Sie waren alle ungefähr im gleichen Alter, Ende zwanzig bis Anfang dreißig, und ihre Körpergröße reichte bis über einen Meter neunzig. Sie hatten alle unterschiedliche Merkmale ... aber ehrlich gesagt sahen sie immer noch aus wie ein Haufen älterer, muskulöser Studenten.

Aber es lag ein Hauch von subtiler Gefahr über ihnen, der unverkennbar war. Außerdem waren sie extrem aufmerksam.

Jedes Mal wenn die Tür zur Kneipe geöffnet wurde, musterten alle sofort denjenigen, der eintrat, und hielten Ausschau nach möglichen Bedrohungen. Über ein kurzes Treffen hinaus hatte Remi jedoch keine Gelegenheit gehabt, sich mit Vincents Team zu unterhalten, da sie und Marley kurz danach von Caroline weggeführt worden waren. Aber sie schienen alle freundlich zu sein und sich für sie und Vincent zu freuen.

»Blink tut mir allerdings leid«, sagte Jessyka leise.

»Wer?«, fragte Marley.

»Blink. Er ist der Typ, der allein an der Bar sitzt. Er ist aus einem anderen Team. Er kommt fast jeden Tag her und trinkt den ganzen Abend an einem Bier. Er betrinkt sich nicht, er sitzt einfach nur da und starrt ins Leere, verloren in seinen Gedanken.«

»Weiß jemand, was passiert ist?«, fragte Fiona.

»Ich weiß es«, sagte Caroline.

Alle drehten sich zu ihr um.

»Aber ich kann es nicht sagen. Matthew hat es mir neulich Abend erzählt, und es steht mir nicht zu, darüber zu sprechen.«

»Ich habe gehört, dass einige seiner Teamkameraden gestorben sind«, sagte Summer.

»Ja, das sind sie. Andere wurden aus medizinischen Gründen aus dem Dienst entlassen. Diese letzte Mission ... sie war nicht gut«, gab Caroline zu.

»Ich glaube, er gibt sich selbst die Schuld«, sagte Jessyka.

»Sieht so aus«, stimmte Caroline mit einem Nicken zu.

»Also ... ist er nicht mehr in einem Team?«, fragte Remi. »Ist er im Urlaub oder freigestellt oder wie auch immer man das nennt?«

»Erholungsurlaub«, erklärte Caroline. »Ich glaube, dreißig Tage, aber ich bin mir nicht sicher.«

»Und was passiert dann?«, fragte Marley.

»Er wird wahrscheinlich einem anderen Team zugewiesen.

Vermutlich VmD.«

»Versetzung mit Dienstortwechsel«, erklärte Summer. »Das heißt, er wird auf einen anderen Marinestützpunkt versetzt und schließt sich dort einem Team von SEALs an.«

»Aber er braucht zuerst die Freigabe eines Psychologen«, sagte Caroline.

»Er ist nicht gerade Mr. Sympathisch«, fügte Alabama mit leiser Stimme hinzu. »Er ist ein bisschen schroff.«

»So schlimm ist er nicht«, beharrte Jessyka. »Er ist nur ... traurig.«

»Aber er kann traurig sein und es nicht an anderen auslassen«, sagte Fiona. »Er hat sogar ein paar Leute angeschnauzt, während wir hier waren.«

»Kannst du ihm das verübeln? Wenn die Leute sich wie Idioten benehmen und er daran denkt, was mit den Männern in seinem Team passiert ist, kann er wahrscheinlich nicht anders, als andere auf ihr dummes Verhalten anzusprechen«, sagte Jessyka achselzuckend.

»Stimmt, aber wenn er nicht unter Menschen sein will, warum kommt er dann in eine Kneipe?«, fragte Fiona.

Keiner sagte etwas, sondern starrte nur auf den rothaarigen Mann, der allein am Ende der Bar saß.

»Wie auch immer«, sagte Caroline und setzte sich aufrechter hin. »Du und Kevlar seid ein bezauberndes Paar, Remi.«

Es war offensichtlich, dass sie das Thema wechselte, was Remi recht war, denn sie fühlte sich nicht wohl dabei, hinter seinem Rücken über den Mann an der Bar zu sprechen. Es schien nicht richtig zu sein. Er tat ihr leid, aber sie wusste nicht genug über die Marine oder SEALs im Allgemeinen, um zu wissen, was seine Zukunft bringen könnte.

»Caroline erzählte, du und Kevlar seien beim Schnorcheln mitten im Meer zurückgelassen worden«, sagte Cheyenne.

»Aber du musst nicht darüber reden, wenn es zu viele schlechte Erinnerungen weckt«, fügte Fiona schnell hinzu.

Überraschenderweise machte es Remi nichts aus, darüber zu sprechen, was in Hawaii passiert war. Es war zwar beängstigend gewesen, im Wasser zurückgelassen zu werden, aber die Zeit mit Vincent hatte ihr auch viele gute Erinnerungen beschert.

»Es ist okay«, sagte sie zu ihren neuen Freundinnen. »Ja, ich bin dieser Meeresschildkröte gefolgt, und als ich schließlich den Kopf hob und mich umsah, war das Boot nirgends zu sehen. Ich wusste nicht, was zum Teufel los war, und dann war Vincent da. Er hat mich beruhigt. Er versicherte mir, dass er eine Art Peilsender in seinem Neoprenanzug hatte und dass sein Freund wissen würde, dass er in Schwierigkeiten steckt, und Hilfe schicken würde.«

»Tex«, sagten Caroline und Fiona gleichzeitig.

Alle lachten, außer Remi und Marley.

»Wer ist Tex?«, fragte Marley.

»Er ist ein ehemaliger SEAL, der mit seiner Frau Melody an der Ostküste lebt. Er ist besessen davon, seine Freunde und ihre Frauen im Auge zu behalten«, erklärte Caroline.

»Er ist fantastisch«, sagte Fiona sanft. »Er kümmert sich wirklich. Ich wüsste nicht, was ich ohne ihn getan hätte.«

»Ich auch nicht«, stimmte Cheyenne zu.

»Ebenso«, sagte Jessyka.

»Dieser Tex hat also Vincent verfolgt? Warum?«, fragte Marley, offensichtlich immer noch verwirrt.

»Vincent sagte, der Peilsender sei in seinem Neoprenanzug, den er auf seinen Missionen trägt. Er hatte ihn vergessen, aber er sagte, Tex würde merken, dass etwas nicht stimmt, wenn er für einen Tauchgang zu lange an einer Stelle im Meer ist«, erklärte Remi.

»Du musst doch Angst gehabt haben. Ich hätte welche

gehabt,« sagte Alabama.

»Hatte ich. Aber Vincent war ... perfekt. Er war sich so sicher, dass jemand uns holen würde. Als der Typ zurückkam, der uns zurückgelassen hatte, um sich von unserem Tod oder so zu überzeugen – ich bin mir immer noch nicht sicher, was er vorhatte, wenn er uns gefunden hätte; wahrscheinlich nichts Gutes –, zog Vincent mich unter Wasser und wir teilten uns seine Sauerstoffflasche, bis das Boot wieder weg war.«

Marleys Augen weiteten sich. »Das hast du mir nicht erzählt!«, schimpfte sie.

Remi hatte diesen Teil des erschütternden Ereignisses ihrer besten Freundin gegenüber absichtlich nicht erwähnt, weil sie durch all die anderen Dinge, die sie erzählt hatte, bereits sauer und verängstigt gewesen war.

»Es ist nicht leicht, das zu tun. Wechselatmung, meine ich«, sagte Caroline.

»Du hast es getan?«, fragte Remi.

»Ja. Mit Cookie. Es ist eine lange Geschichte, und es ist verdammt beängstigend. Man muss der anderen Person wirklich vertrauen, dass sie einem das Ding zum Atmen gibt, wenn man es braucht.«

Remi nickte. Es *war* beängstigend gewesen. Aber in Vincents Augen zu sehen, während sie seinen Atemregler hin und her reichten, hatte es ein wenig angenehmer gemacht.

»Wie auch immer, dieser Idiot hat euch offensichtlich nicht gesehen, und jemand ist gekommen, um euch zu retten?«, fragte Cheyenne.

»Ja, Baker. Er war intensiv, aber nett. Wir sind am nächsten Tag zu ihm gefahren und haben etwas Zeit mit ihm und seiner Frau Jodelle verbracht. Es war schön.«

»Warte, Baker? *Der* Baker? Ich bin so neidisch! Ich habe von einigen von Bennys Freunden, die in Hawaii stationiert sind, ein wenig über ihn gehört«, sagte Jessyka.

»Ist das der heiße Surfer, der an der Nordküste wohnt?«, fragte Fiona.

»Ja! Der!«, rief Jessyka aus.

»Ich habe gehört, dass er über Lava gelaufen ist, um einen Bösewicht zu erwischen.«

»Ich habe gehört, dass er alle Mafia-Mitglieder in New York und in anderen großen Städten kennt.«

»Und *ich* habe gehört, dass er so gut aussieht, dass er heimlich für die *GQ* modelt.«

»Wie kann das ein Geheimnis sein, wenn er sich für eine Zeitschrift fotografieren lässt?«

»Ich weiß nicht, aber er ist anscheinend ein Einsiedler, der nur selten aus dem Haus geht, außer zum Surfen.«

Remi lachte über die übertriebene Unterhaltung der Frauen. Sie unterbrach sie, um zu sagen: »Davon weiß ich nichts. Aber ich *kann* sagen, dass ich sehr froh war, als er mitten im Meer neben uns erschien. Und dass der Besuch bei ihm und seiner Frau völlig normal war, und er war freundlich und besorgt darüber, wie es mir nach meiner Tortur ging.«

»Aber er sieht doch gut aus, oder? Sag mir, dass er gut aussieht«, sagte Jessyka, deren Augen funkelten.

»Oh ja, er ist heiß. Er könnte durchaus ein Model sein, aber ich habe das Gefühl, er wäre entsetzt, wenn jemand so etwas auch nur vorschlagen würde. Er scheint nicht der Typ zu sein, der gern im Rampenlicht steht. Überhaupt nicht«, sagte Remi.

»Was hast du sonst noch gemacht, während du in Hawaii warst?«, fragte Alabama.

Remi erzählte von einigen Dingen, die sie allein unternommen hatte, und zwar »vor Vincent«, wie sie jetzt über den früheren Teil ihrer Reise dachte, und dann, was sie an ihrem letzten Tag zusammen gemacht hatten.

Die Gespräche am Tisch drehten sich um Urlaub und darum, wohin die anderen Frauen reisen wollten. Remi schaute zu den Jungs hinüber, die gerade in eine Art Billardturnier verwickelt waren. Sie hatten zwei der Tische in Beschlag genommen und lachten und scherzten miteinander.

Dann richtete sie die Aufmerksamkeit wieder auf den Mann, der allein an der Bar saß. Er tat ihr leid. Er hatte wahrscheinlich das getan, was die anderen SEALs bei jedem Einsatz taten. Und wenn er so war wie Vincent, hatte er Männer verloren, die er wie Brüder liebte. Das war beschissen. Wirklich beschissen.

»Ich gehe an die Bar und hole mir eine Limonade. Möchte jemand etwas?«, fragte Remi in einer Gesprächspause.

»Ich kann sie dir holen«, sagte Jessyka und begann aufzustehen.

Aber Remi sagte schnell: »Oh nein, bleib. Es ist schon in Ordnung. Ich muss mir sowieso die Beine vertreten. Alles gut.«

»Wenn du dir sicher bist ...«, sagte Jessyka.

»Ich bin sicher«, antwortete Remi.

Als die Unterhaltung wieder in Gang kam, beugte Marley sich vor und fragte: »Geht es dir gut? Ich weiß, dass es nicht gerade dein Ding ist, unter Leuten zu sein. Soll ich mit dir kommen?«

»Mir geht's gut, ehrlich. Ich bin gleich wieder da.«

Marley nickte, und als Remi aufstand, wurde ihre Freundin schnell wieder in das Gespräch darüber hineingezogen, was besser war: ein Urlaub irgendwo in der Kälte, wo man viel mit seinem Mann kuscheln konnte, oder ein tropischer Ort mit Badekleidung und Sonne.

Remi fing Vincents Blick ein, als sie sich ihren Weg durch den überfüllten Raum in Richtung Bar bahnte.

Er setzte seinen Billardqueue ab, offensichtlich in der Absicht, sich zu ihr zu gesellen, aber Remi winkte ihn ab und flüsterte tonlos: *Mir geht's gut.*

Er legte den Kopf schief, als wollte er sie fragen, ob sie

sicher sei, und Remi nickte.

Er nickte und wandte sich dann wieder seinem Spiel zu, aber sie spürte seinen Blick auf sich, als sie zum Ende der Theke ging. Es fühlte sich gut an. Sowohl, dass sie ein ganzes Gespräch mit ihm durch den Raum hinweg führen konnte, als auch, dass er bereit war, alles stehen und liegen zu lassen, um zu ihr zu kommen, wenn sie ihn brauchte.

So sehr sie auch Zeit mit Vincent verbringen wollte, war der Drang, mit dem Mann zu reden, den die anderen Blink nannten, im Moment stärker.

Ihr Herz brach für ihn, diesen Fremden, und sie konnte nicht anders, als sich Vincent an seiner Stelle vorzustellen. Was, wenn es *sein* Team gewesen wäre, das auf einer schrecklichen Mission gewesen war? Und dieser Typ schien niemanden zu haben, an den er sich anlehnen konnte. Sie hasste das. Sie hatte das Gefühl, dass sie sich zumindest bemühen musste, nach ihm zu sehen. Er könnte ihre Bemühungen abweisen. Er könnte sich ihr gegenüber wie ein Arsch verhalten, so wie er es offenbar schon bei anderen getan hatte. Aber sie würde nicht schlafen können, wenn sie es nicht wenigstens versuchte.

Marley hatte sie mehr als einmal als Weichei bezeichnet und war sicher, dass Remi deshalb einige ihrer weniger wünschenswerten Verabredungen gehabt hatte. Aber so war Remi nun mal. Sie mochte es nicht, wenn Menschen verletzt wurden. Sogar Fremde.

Neben dem Mann war ein leerer Platz, was wahrscheinlich kein gutes Zeichen war, aber Remi war entschlossen, wenigstens Hallo zu sagen.

Sie hievte sich auf den Barhocker, und der Mann hinter der Theke sagte ihr, dass er gleich bei ihr sei.

Jetzt, da sie hier war, war Remi nicht sicher, was sie sagen sollte. Der Mann neben ihr hatte nicht einmal einen Blick in ihre Richtung geworfen, als sie sich hingesetzt hatte.

Sie holte tief Luft und platzte heraus: »Hallo, ich bin Remi.«
Er rührte sich nicht. Er schien sie nicht einmal zu hören.

»Ich bin befreundet mit Vincent ... ähm ... Kevlar. Sie
kennen ihn vielleicht. Ich schätze, er kommt mit seinem Team,
seinen Freunden, ständig hierher.«

Daraufhin drehte er sich und sah sie an. Es war nicht
gerade ein freundlicher Blick, aber er war auch nicht feindselig.
Und er hatte ihr nicht gesagt, sie solle verschwinden, also
schenkte sie ihm ein Lächeln und sprach weiter.

»Ich bin das erste Mal hier. Es ist schön. Ich habe nicht
wirklich erwartet, dass ein Ort namens *Aces Bar and Grill* so
gehoben ist. Und das ist furchtbar und lässt mich wie ein Snob
klingen, aber ich gehe nicht oft in Kneipen. Ich meine, ich gehe
gern in Restaurants und trinke ein Glas Wein zu meinem
Essen, aber eine Kneipe? Nein. Besonders nicht in dieser Stadt.
Nichts für ungut, aber von Soldaten angebaggert zu werden,
während ich versuche, einen Drink zu genießen, ist nicht
meine Vorstellung von Spaß. Nicht dass mich überhaupt
jemand anbaggern würde. Ich meine, ich strahle es nicht wirklich aus, angemacht zu werden ... aber trotzdem.«

Er gab keinen Kommentar ab, sondern starrte sie einfach
weiter an. Aber er schickte sie noch immer nicht zum Teufel,
also fuhr Remi fort.

»Ich bin heute Abend hier, um Caroline Steel und ihre
Freundinnen zu treffen. Und die Freunde von Vincent. Und das
Team von Carolines Mann. Es sind sehr viele. Sie sind alle sehr
nett, aber da ich es gewohnt bin, zu Hause zu sitzen und mit
den Stimmen in meinem Kopf zu reden, ist es hier ... laut.«

»Antworten sie?«

Er sprach!

Remi konnte sich ein Grinsen nicht verkneifen. Sie konnte
nicht sagen, ob er sich über sie lustig machte oder nicht, aber
das war auch egal.

»Ständig«, sagte sie achselzuckend. »Ich bin Künstlerin. Na ja, Karikaturistin. *Ich denke, das ist ein Künstler, aber ich bin mir sicher, dass es da draußen viele Leute gibt, die anderer Meinung sind. Aber Pecky – er ist meine Hauptfigur – interessiert sich nicht dafür, was andere denken. Wenn er Abenteuer erleben will, sagt er es mir ganz offen und verlangt, dass ich ihn an den Orten zeichne, an die er gehen will.«

Zum ersten Mal fragte Remi sich, woher dieser Mann seinen Spitznamen hatte. »Werden Sie Blink genannt, weil Sie Starrwettbewerbe gewinnen?«, platzte sie heraus. Bei diesem Gedanken kam ihr eine Idee. »Oh! Was dagegen, wenn ich Sie in einen meiner Cartoons aufnehme? Ich kann mir vorstellen, dass Sie und Pecky einen Starrwettbewerb veranstalten, aber er würde gewinnen – tut mir leid. Pecky ist schließlich ein Taco, und ich denke, er könnte jeden im Starren schlagen, sogar Sie. Er kann gewinnen, aber anstatt wütend zu werden, nicken Sie ihm einfach auf diese typisch männliche Art zu, wie Vincent und seine Militärfreunde es bei anderen machen, und dann widmen Sie sich wieder Ihrem Drink.«

Zu ihrem Erstaunen sah sie, wie die Lippen des Mannes nach oben zuckten. Sie hatte ihn zum Lächeln gebracht! Ihr peinliches Geplapper war es so was von wert.

»Was darf ich Ihnen bringen?«, fragte der Barkeeper und lenkte ihre Aufmerksamkeit von dem Mann neben ihr ab.

»Einen Eistee, bitte.«

»Long Island?«

Remi runzelte verwirrt die Stirn. »Was?«

»Long Island Ice Tea?«

»Ist das eine Marke?«

Ein leises Geräusch lenkte Remis Aufmerksamkeit wieder auf den SEAL neben ihr. Blink, der Mann, von dem alle sagten, er sei deprimiert und mürrisch, hatte *gelacht*. Jetzt lachte er nicht, aber sie hatte es gehört.

»Ein Long Island Ice Tea ist ein alkoholisches Getränk. Er ist ziemlich stark«, erklärte er ihr.

Remi kam sich dumm vor und wurde rot. »Stimmt. Das wusste ich. Nein, nur ein normaler Eistee. Kein Alkohol. Gesüßt, wenn es geht, bitte.«

Der Barkeeper warf Blink einen langen Blick zu, nickte ihr dann zu und drehte sich um, um ihr Getränk zu machen.

»Kevlar ist ein guter Mensch«, sagte Blink zu ihr.

»Ja. Ich mag ihn. Sehr sogar.«

»Aber Sie sollten vorsichtig sein. Nicht jeder ist so ... loyal wie er.«

»Was meinen Sie damit?«, fragte Remi.

Aber anstatt ihr zu antworten, nahm Blink das Bier vor sich in die Hand, trank einen Schluck und starrte wieder ins Leere.

Remi ging das Risiko ein und berührte seinen Arm. Sie spürte, wie seine Muskeln unter ihrer Hand zuckten, aber er bewegte sich nicht. »Das mit Ihrem Team tut mir leid. Ich weiß nicht, was passiert ist, aber es muss schlimm gewesen sein. Es gibt nichts, was ich sagen kann, um Ihre Freunde zurückzubringen. Und es muss noch mehr schmerzen, weil Sie dabei waren.«

Daraufhin drehte er den Kopf, aber in seinem Blick lag kein Humor. Er sah ... leer aus.

Remi wollte am liebsten vom Barhocker rutschen und zu den anderen Frauen zurückgehen, aber sie war fest entschlossen, ihm zu sagen, was er ihrer Meinung nach vielleicht hören musste.

»Ich gehe zu weit, das weiß ich. Aber es tut mir im Herzen weh, Sie hier allein sitzen und traurig zu sehen. Wissen Sie, wenn ich sterben würde und Marley würde Trübsal blasen und sich gegenüber denen, die ihr helfen wollen, wie ein mürrischer Griesgram aufführen, wäre ich stinksauer auf *sie*. Ich meine, es würde mich nicht stören, dass sie traurig ist, weil sie meine beste Freundin ist, aber ich würde wollen, dass sie darüber hinwegkommt und lebt. Für mich. All die Dinge tut, von denen wir immer gesprochen haben und nie dazu gekommen sind. Ein Cabrio mieten und durch die westlichen Staaten fahren wie Thelma und Louise in diesem Film. Zuckerwatte essen, bis wir kotzen wollen, obwohl wir beide das Zeug gar nicht mögen. Nach Texas fahren und Fotos in einem riesigen Feld mit Blauen Lupinen machen. Ich weiß nicht ... all das dumme Zeug, das in Filmen so toll aussieht, wofür in Wirklichkeit aber niemand Zeit hat.

Ich kannte Ihre Freunde nicht, und wie gesagt, ich weiß nicht, was passiert ist, aber Sie sind ein SEAL. Und wenn ich Vincent nicht gehabt hätte, als die Kacke am Dampfen war, während ich in Hawaii war, wäre ich heute nicht hier. Sie sind ein Held. Ich weiß, dass Sie das sind. Und ich möchte nur ... Danke sagen für das, was Sie tun.«

»Ich bin kein Held«, knurrte er. Er *knurrte* wirklich.

»Das behaupten Helden immer. Aber dass Sie es sagen, macht es nicht wahr.«

»Sie sind irgendwie nervig«, sagte Blink zu ihr.

»Ich weiß«, erwiderte Remi nickend, nicht im Geringsten abgeschreckt. Sie drückte seinen Arm. »Sie dürfen traurig sein. Sie dürfen wütend sein. Sie dürfen sich fühlen, wie Sie wollen. Aber ich schätze, dass jedes Team sich glücklich schätzen würde, Sie bei sich zu haben. Dass die Ereignisse Sie vieles gelehrt haben. Wenn bei Ihrer Mission Fehler gemacht wurden, würden Sie sie nie wieder zulassen. Das allein macht Sie zu einem wertvollen Menschen, der jemandem den Rücken freihält. Ich würde sogar so weit gehen zu sagen, wenn Vincent in Schwierigkeiten wäre, würde ich Sie bei ihm haben wollen.«

Blink starrte sie mit einem seltsamen Ausdruck an. Einem, den sie nicht deuten konnte.

»Tut mir leid. Ich rede mir schon wieder den Mund fusselig.

Aber ich werde Sie *auf jeden Fall* in einem Pecky-Cartoon unterbringen. Vielleicht lasse ich Sie diesen Wettbewerb doch noch gewinnen. Denn ich muss sagen, Sie sind wirklich gut darin.«

Als Belohnung bekam sie ein paar Fältchen um seine Augen, als amüsierte er sich erneut über sie. Damit gab sie sich zufrieden.

»Eistee. Süß. Alkoholfrei«, sagte der Barkeeper, als er das Glas mit einer Serviette vor ihr abstellte.

»Danke«, sagte Remi und griff nach den Scheinen, die sie zuvor in ihre Tasche gesteckt hatte.

»Setzen Sie es auf meine Rechnung«, sagte Blink.

»Oh, ist schon in Ordnung, ich kann –«

»Meine Rechnung«, wiederholte Blink nachdrücklich.

»Wird gemacht«, sagte der Barkeeper und ging weg.

»Danke«, sagte Remi leise.

Er antwortete nicht.

Remi streckte eine Hand aus und drückte noch einmal seinen Arm, dann rutschte sie vom Barhocker. Sie machte einen Schritt von ihm weg, aber etwas ließ sie innehalten.

Sie trat an Blinks Seite, beugte sich vor und küsste die Seite seines Kopfes, nahe seiner Schläfe.

Es war eine völlig spontane Aktion, und sie war sich nicht einmal sicher, warum sie es getan hatte, außer dass sie die Traurigkeit nicht ertragen konnte, die aus jedem Molekül seines Körpers zu sickern schien.

»Es ist ein Klischee«, sagte sie leise, »aber ich werde es trotzdem sagen. Ich danke Ihnen, Blink. Für Ihren Dienst. Für das, was Sie tun. Für das, was Sie gesehen und getan haben. Für die Opfer, die Sie gebracht haben. Ich weiß sie zu schätzen. Und Sie.«

Dann drehte sie sich um und ging weg, ohne zurückzublicken. Vielleicht hatte sie bei dem Mann nichts bewirkt, aber sie fühlte sich besser, weil sie es wenigstens versucht hatte.

KAPITEL ELF

»Deine neue Freundin hat gerade Blink geküsst«, sagte Howler mit geschürzter Lippe.

Kevlar drehte sich zur Bar um, wo er Remi bereits neben dem anderen SEAL hatte sitzen sehen, und beobachtete, wie sie zurück zum Tisch mit den Frauen ging. »Was?«

»Seinen Kopf. Sie hat ihn auf den *Kopf* geküsst. Meine Güte, Howler, verpass dem Mann keinen Herzinfarkt«, sagte Safe zu ihm.

»Ein Kuss ist ein Kuss. Wenn das meine Frau wäre, würde ich nicht wollen, dass sie einen anderen Mann küsst. Schon gar nicht einen wie *ihn*«, sagte Howler.

»Lass ihn in Ruhe«, knurrte Flash.

»Er ist schon den ganzen Abend ein Arschloch«, protestierte Howler.

»Und er hat einen guten Grund dafür«, gab Flash sofort zurück. »Sei nicht so streng mit ihm.«

»Ich frage mich, was sie zu ihm gesagt hat«, überlegte Preacher. »Denn ich will verdammt sein, wenn er nicht weniger wütend auf die Welt aussieht als sonst.«

Kevlar betrachtete den SEAL, der an seinem üblichen Platz an der Bar saß, und erkannte, dass Preacher recht hatte. Blink saß immer noch mit hängenden Schultern da und starrte ins Leere ... aber er hatte eine Art halbes Lächeln auf den Lippen, das dort vorher definitiv nicht gewesen war. Verdammt, es war nicht mehr da gewesen, seit er von seiner letzten Mission zurückgekehrt war.

Es überraschte Kevlar nicht im Geringsten, dass seine Remi irgendwie durch die Schilde gekommen war, die der gebrochene SEAL um sich herum errichtet hatte, seit diese Mission so verdammt schiefgelaufen war.

»Ich würde trotzdem nicht wollen, dass meine Frau einen anderen küsst«, brummte Howler.

Aber Kevlar ignorierte die Worte seines Freundes. Er hatte heute Abend schon mehr als genug getrunken, und irgendetwas war Howler in letzter Zeit über die Leber gelaufen. Er würde sich keines seiner Worte zu Herzen nehmen.

Seit Kevlar aus Hawaii zurückgekehrt war und das Team mit den Vorbereitungen für die nächste Mission begonnen hatte, war Howler noch schwieriger als sonst. Es war immer seine Aufgabe, des Teufels Advokat zu spielen, wenn sie eine Strategie ausarbeiteten. Auf die Lücken in den Plänen hinzuweisen, Punkte anzusprechen, die im Gegensatz zu den Vorschlägen der anderen standen, aber bei dieser bevorstehenden Mission schien er eher ... verärgert über seine Rolle. Als nähme er alles persönlich, was er in der Vergangenheit nie getan hatte.

Kevlar hatte darüber nachgedacht, Flash zu bitten, Howlers Rolle zu übernehmen, um alternative Standpunkte und Vorschläge einzubringen, damit sie hundertprozentig sicher sein konnten, dass das, was sie planten, absolut das Beste für die Mission war. Howler würde das nicht gefallen, aber wenn er seine Gefühle oder was auch immer in seinem Privatleben vor sich ging, nicht aus den Planungssitzungen *heraushalten* konnte, dann musste sich etwas ändern.

»Sie passt zu dir«, sagte Smiley zu Kevlar.

»Sie sieht ständig nach dir, was verdammt niedlich ist«, fügte MacGyver hinzu.

»Ja. Sie sieht herüber, als wolle sie sich vergewissern, dass es dir gut geht«, stimmte Safe zu.

»Als müsste man auf Kevlar aufpassen«, schnaubte Howler. »Er ist mit einem Dutzend verdammter Navy SEALs unterwegs. Was glaubt sie denn, was passieren wird? Dass ein Haufen Tangos die Mauer durchbricht und uns ausschaltet?«

»Vielleicht sieht sie einfach nur gern auf seinen Arsch«, schlug Preacher vor.

Alle brachen in Gelächter aus, und Kevlar konnte nicht anders, als diesen Gedanken zu mögen.

»Dann sollte er ihr vielleicht etwas geben, das sie sich ansehen kann. Warum gehst du nicht auf die andere Seite des Tisches und versuchst, die Drei in die Ecktasche zu befördern?«, sagte Flash, wobei er anzüglich eine Augenbraue hob.

»Versuchst du, *seinen* Arsch *meiner* Frau zu zeigen?«, fragte Dude, der das Gespräch offensichtlich mitgehört hatte.

»Als würde Cheyenne irgendjemand anderen ansehen«, sagte Cookie zu seinem Freund, während er ihm auf die Schulter klopfte.

»Sie weiß es besser«, sagte Dude mit einem kleinen Grinsen.

»Ich muss mir eine unterwürfige Frau suchen«, sagte Howler. »Eine, die macht, *was* ich will und *wann* ich es will. Es muss schön sein, jemanden zu haben, der nach der eigenen Pfeife tanzt. Vielleicht werde ich die nächste Froschjägerin, die ich mit nach Hause nehme, herumkommandieren und sie auf die Knie zwingen, wo sie hingehört.«

»Pass auf, Howler«, sagte Dude mit tiefer, rauer Stimme, die nichts mehr mit dem neckischen Ton gemein hatte, den er eben noch hatte. »Die Unterwerfung einer Frau ist ein Geschenk, nicht etwas, das man ihr aufzwingt.«

»Das war ein Scherz, Mann. Fahr runter«, entgegnete Howler.

»Was hast du gerade zu mir gesagt?«, fragte Dude, legte den Billardqueue weg, den er in der Hand hielt, und machte einen Schritt auf Howler zu.

»Komm schon, Dude, es reicht«, sagte Wolf entschlossen und stellte sich vor seinen Freund.

»Wie viele Drinks hattest du, Howler?«, fragte Kevlar, der ihn ebenfalls vor Dude blockierte.

»Immer der Teamleiter, was?«, spottete Howler. »Immer das Sagen, sogar in einer Kneipe. Ich habe Neuigkeiten für dich, Kumpel, du weißt nicht alles. Nicht mal annähernd.«

»Das habe ich auch nie behauptet«, sagte Kevlar ruhig. Howler wurde immer ein wenig streitlustig, wenn er trank. Das war nichts Neues. Aber heute Abend gefiel ihm seine gemeine Art nicht. Ganz und gar nicht.

»Wie auch immer. Ich bin hier fertig. Ich habe die neue Braut kennengelernt, wie ein braver kleiner Teamkamerad. Sie entspricht nicht deinen Ansprüchen, Kevlar. Und ich bin wahrscheinlich der Einzige, der mutig genug ist, es laut auszusprechen. Sie ist altbacken und unscheinbar und hat gerade einen anderen SEAL direkt vor deiner Nase angebaggert, aber dich hat es so schlimm erwischt, dass es dir nicht einmal auffällt oder etwas ausmacht. Merk dir meine Worte – sobald sie deinen Schwanz geritten hat, ist sie weg. Genau wie all die anderen Schlampen, die hinter SEALs her sind.«

»Zu weit«, schnauzte Cookie, während er eine Hand um Kevlars Arm legte.

Kevlar hatte nicht bemerkt, dass er selbst einen bedrohlichen Schritt auf seinen Freund zu gemacht hatte, bis Cookie ihn aufhielt. »Geh nach Hause und schlaf dich aus«, stieß er zwischen zusammengebissenen Zähnen hervor.

»Oder verpiss dich einfach«, blaffte Wolf sichtlich genervt. »Remi erinnert mich sehr an meine Caroline. Frauen müssen nicht auf dem Titelblatt eines Magazins sein, um schön zu sein, Dumpfbacke. Es ist das, was *in* ihnen steckt.«

»War ja klar, dass *du* das sagst«, sagte Howler. »Ich verschwinde von hier. Ich gehe in die *Goldene Auster,* wo die Frauen wenigstens ehrlich sagen, was sie wollen. Eine Nacht mit einem großen Schwanz. Beides liefere ich gern«, sagte er, wobei er leicht lallte. »Komm nicht heulend zu uns, wenn sie dich nach der ersten Mission verlässt, mit der sie klarkommen muss, Kevlar.«

»Das werde ich nicht«, murmelte er, während er Howler beobachtete, wie er auf die Tür zusteuerte.

»Fährt er?«, fragte Mozart.

»Nein. Er nimmt jetzt immer ein Taxi, wenn wir ausgehen, weil wir ihm immer den Schlüssel wegnehmen, und er mag es nicht, wenn er sich darum kümmern muss, seinen Wagen am nächsten Tag wieder nach Hause zu holen«, erklärte Preacher.

»Das ist doch wenigstens etwas«, murmelte Benny.

»Wow, er ist ein *Arschloch*«, sagte Abe, als Howler weg war.

»Er ist nicht immer so«, verteidigte Flash ihren Teamkameraden.

Kevlar ergriff nicht das Wort, um ihn zu verteidigen. Er war angewidert von seinem Freund. Sie waren zusammen durch die Hölle gegangen, im wahrsten Sinne des Wortes, und hielten einander immer den Rücken frei. Aber wenn er hörte, wie er über Remi herzog, wollte Kevlar seinen Freund am liebsten in den Boden stampfen. Er war zu weit gegangen. Viel zu weit. Howlers Worte ließen ihn nicht daran zweifeln, mit ihr zusammen zu sein, aber sie ließen ihn *definitiv* daran zweifeln, sie in die Nähe des Teams zu lassen.

Nun, in Howlers Nähe. Und das war ätzend.

»Hör nicht auf ihn«, sagte Smiley zu ihm.

»Das tue ich nicht.«

»Sie hat Blink geküsst – auf die Schläfe, nicht *geküsst-geküsst* –, aber ich denke, wenn jemand das Mitgefühl und die Freundlichkeit einer Frau braucht, dann er«, sagte Cookie.

Kevlar widersprach dem nicht, aber nach der Konfrontation und den hässlichen Worten von Howler hatte der Abend seinen Glanz verloren.

Es schien, als hätte Howlers Abgang auch die Aufmerksamkeit der Frauen auf sich gezogen, denn sie sahen besorgt zu ihnen herüber.

»Sieht so aus, als seien die Damen mit ihrem Mädelsabend fertig«, sagte Dude. »Ich denke, ich werde Cheyenne nach Hause bringen.«

»Ich bin sicher, April wird sich freuen, ihre Mutter zu sehen«, sagte Mozart, während er zu dem Regal an der Wand ging, um seinen Stock wegzulegen.

Die anderen taten es ihm gleich, und bevor Wolf an ihm vorbeiging, klopfte er Kevlar auf die Schulter. »Sie ist die Richtige für dich. Ich wusste sofort, als ich Caroline kennenlernte, dass sie etwas Besonderes ist. Und ich hatte recht. Wenn du es weißt, weißt du es. Lass sie nicht entkommen.«

»Das habe ich nicht vor«, erwiderte Kevlar.

Wolf nickte und ging auf den Tisch zu.

»Howler *ist* ein Arschloch«, sagte Safe zu ihm, als die anderen Männer weg waren. »Er hat sich heute Abend völlig danebenbenommen.«

»Ich weiß nicht, welche Laus ihm in letzter Zeit über die Leber gelaufen ist«, antwortete Kevlar.

»Ich werde mit ihm reden«, bot Flash an.

»Ich weiß nicht, ob das hilft«, murmelte Preacher.

»Scheiß auf ihn«, sagte MacGyver entschieden. »Remi ist fantastisch. Wir mögen sie. Sie ist gut für dich, Kevlar. Ein Leben außerhalb von Missionen und der Marine zu haben ist eine gute Sache. Und wenn du es kannst, gibt es mir Hoffnung, dass wir Arschlöcher vielleicht auch jemandem ins Auge fallen können, der so süß wie Remi ist.«

»Danke«, sagte Kevlar, der sich etwas besser fühlte, aber immer noch von dort verschwinden wollte.

»Geh«, drängte Smiley. »Bring deine Frau nach Hause.«

Seine Frau. Das hörte sich fantastisch an. Er nickte seinen Freunden zu und machte sich auf den Weg dorthin, wo Remi die anderen Frauen am Tisch zum Abschied umarmte.

»Was auch immer passiert ist, es war heftig«, sagte Caroline mit leiser Stimme in Remis Ohr, während sie sie umarmte. »Ich kenne seine Teamkameraden nicht so gut, aber ich kenne meinen Mann. Und wenn das Gesagte ausgereicht hat, dass seine Miene so von Wut gezeichnet ist, dann wird dein Mann etwas Beruhigung brauchen. Also ... geh und beruhige ihn.«

Ihr Mann. Der Klang der Worte gefiel Remi.

Sie umarmte die anderen Frauen und sah zu, wie ihre Ehemänner sie in Anspruch nahmen und alle zur Tür gingen.

»Mädchen, der heutige Abend war faszinierend«, sagte Marley zu ihr. »Ich liebe die Frauen, und ihre Ehemänner sind verdammt heiß. Sie sind definitiv gut gealtert. Und Vincents Teamkameraden ...« Sie fächelte sich Luft zu. »Wow. Sie sollten sie auf ein Rekrutierungsposter setzen. Bei dem Kerl an der Bar bin ich mir nicht sicher, aber ich bewundere dich dafür, dass du ihm helfen wolltest.«

Remi war nicht überrascht, dass ihre Freundin wusste, was

sie getan hatte. Sie und Marley kannten einander zu diesem Zeitpunkt ihrer Freundschaft fast besser als sich selbst.

»Da kommt Vincent. Bring ihn nach Hause, reiß ihm die Kleider vom Leib und sag mir morgen, ob er nackt genauso gut aussieht wie in seinem Neoprenanzug.«

»Marley!«, rief Remi aus, aber sie konnte nichts hinzufügen, denn Vincent war da und legte von hinten einen Arm um ihre Taille.

»Viel Spaß!«, sagte Marley grinsend. »Ich fahre nach Hause zu meinem Mann. Ich denke, wir werden die Kinder früh ins Bett bringen. Ich bin ... inspiriert von all dem Augenschmaus heute Abend.«

Remi rollte mit den Augen. »Fahr vorsichtig. Schick mir eine SMS, damit ich weiß, dass du gut nach Hause gekommen bist.«

»Mache ich. Schick mir keine SMS, wenn *du* nach Hause kommst, denn das wäre viel zu früh am Morgen für mich.«

Remi wurde rot, aber Marley lachte nur und winkte, als sie zur Tür ging. Während sie zusah, joggte Safe durch die Menge auf sie zu und nickte Vincent zu.

»Was hat das zu bedeuten?«, fragte Remi ihn.

»Er wird sie zu ihrem Wagen begleiten. Um sicherzugehen, dass sie gut ankommt«, erklärte Vincent ihr.

»Oh, das ist nett. Danke.«

»Du musst mir nicht dafür danken, dass ich mich um die Menschen kümmere, die du liebst.«

Es war erstaunlich, dass er wirklich dachte, er täte nichts Ungewöhnliches. Aber das tat er. Und Remi war dankbar. Sie fühlte sich gesegnet, dass er mit ihr zusammen war.

»Bist du bereit zu gehen?«

»Ja.«

Ohne ein Wort zu sagen, drehte er sie zur Tür.

»Warte, ich muss noch meine Getränke bezahlen.«

»Schon erledigt«, sagte Vincent.

»Von wem?«

»Von mir. Ich habe das Recht gewonnen, heute Abend die Drinks zu bezahlen.«

»Warte, *gewonnen*? Ich bin verwirrt«, sagte Remi, als sie sich auf den Weg zum Ausgang machten.

»Wenn ein Mädelsabend stattfindet, zahlen die Jungs abwechselnd. Da du und Marley heute Abend dabei wart, hatte ich das Privileg, zu zahlen.«

»Ich bin mir nicht sicher, ob das ein Privileg ist«, bemerkte sie trocken.

»Natürlich ist es das«, konterte er.

Remi verstand Männer nicht, ganz und gar nicht. Aber sie konnte nicht anders, als ein warmes Kribbeln zu spüren, dass er sich so um sie kümmerte. Dass sie Teil einer Gruppe von so wunderbaren Menschen war. Es war nicht so, als könnte sie es sich nicht leisten, für ihre eigenen Getränke zu bezahlen; sie könnte für die Getränke *aller* bezahlen. Aber es war schön, es einmal nicht tun zu müssen.

Vincent führte sie zu seinem Wagen, und als sie auf der Straße waren, sah sie zu ihm hinüber. Er sah ... beunruhigt aus. Aber Remi glaubte nicht, dass es an ihr lag. »Bei dir und deinen Freunden sah es vorhin ziemlich heftig aus. Ist alles in Ordnung?«

Anstatt sofort Ja zu sagen und ihre Sorge abzutun, war Remi beeindruckt, als er mit den Schultern zuckte und antwortete: »Nicht wirklich.«

»Gibt es etwas, worüber du reden möchtest?«, wagte sie zu fragen.

Vincent seufzte. »Howler war ein Arschloch.«

Remi dachte über seinen Freund nach. Er schien der

Jüngste im SEAL-Team zu sein. Er hatte blondes Haar und blaue Augen und sah extrem gut aus. Der Mann könnte wahrscheinlich ein Model sein, wenn er es wollte. Er war muskulös, aber nicht übermäßig. Er war nicht so groß wie die anderen SEALs, aber Remi hatte keinen Zweifel, dass er sich im Kampf behaupten konnte.

Aber die Art, wie er sie angesehen hatte, machte Remi unruhig. Als hätte er sie den ganzen Abend taxiert und sie für nicht ausreichend befunden.

»Er hat etwas über mich gesagt, nicht wahr?«, platzte sie heraus.

Vincent drehte sich um und sah sie an, und sie wusste mit einem Blick, dass sie recht hatte.

Er seufzte. »Ja.«

Ein Wort, aber Remis Respekt vor dem Mann neben ihr stieg noch weiter an.

»Vincent, es ist in Ordnung, wenn einer deiner Freunde mich nicht mag. Das ist normal. Es macht mir nichts aus.«

Er hob eine Augenbraue, als er sie wieder ansah.

Remi schenkte ihm ein kleines Lächeln. »Ich meine, natürlich möchte ich, dass all deine Freunde sich mit mir verstehen, aber die Wahrscheinlichkeit, dass das passiert, ist gering. Ich bin ein bisschen seltsam und kann zurückhaltend sein, wenn ich zum ersten Mal Leute treffe. Das kommt daher, dass ich damit aufgewachsen bin, dass die Leute nur mit mir befreundet sein oder mit mir ausgehen wollten, weil meine Familie Geld hat. Und du kannst dir nicht vorstellen, wie viele Kondomwitze und sexuelle Anspielungen ich ertragen musste, weil ich die Tochter des Gründers von *Crown Kondome* bin. Wenn es nur mein Aussehen war, das ihm nicht gefiel, kann ich damit umgehen, denn ich bin, wie ich bin. Aber wenn es tatsächlich etwas war, was ich gesagt oder getan habe, dann sag es mir bitte, damit ich es beim nächsten Mal, wenn ich ihn sehe, in Ordnung bringen kann.«

»Es war nichts, was du getan hast«, sagte Vincent sofort. »Irgendetwas beschäftigt Howler schon eine ganze Weile, und ich kann nicht herausfinden, was es ist, und er redet nicht mit mir. Aber ich werde es früher oder später erfahren. Hoffentlich schon bald, denn wir haben eine Mission vor uns, und wenn er sich immer noch wie ein Arsch verhält, wird das Team sich gegen ihn wenden. Aber nein, du hast nichts Beleidigendes getan oder etwas, das in Ordnung gebracht werden muss.«

»Bist du sauer, weil ich mit Blink gesprochen habe?«

»Was? Nein. Warum fragst du das überhaupt?«

»Ich weiß nicht«, sagte Remi mit einem leichten Schulterzucken. »Er ist nur ... Niemand ist heute Abend zu ihm rübergegangen, um mit ihm zu reden, und er ist ein SEAL-Kamerad. Ich dachte nur, dass er vielleicht etwas so Schreckliches getan hat, dass er in euren Kreisen ein Ausgestoßener oder so etwas ist, und dass ich, wenn ich mit ihm spreche, Howler vielleicht verärgert habe.«

Sie wusste, dass sie recht hatte, als Vincent leicht zusammenzuckte.

»Es war mein Gespräch mit ihm, das deinen Freund verärgert hat, nicht wahr?«, drängte sie.

»Blink ist kein Ausgestoßener. Er tut uns allen leid, aber wir wissen nicht, was wir ihm sagen sollen, damit er mit dem, was mit seinem Team passiert ist, besser zurechtkommt. Wie ich bereits sagte, hat Howler ein Problem, das nichts mit dir zu tun hat. Und du kannst reden, mit wem du willst. Ich bin nicht der Typ Mann, der nicht will, dass seine Freundin mit jemand anderem als ihm zu tun hat. Solange ich weiß, dass du am Ende des Abends mit mir nach Hause gehst, kannst du mit jedem reden, mit dem du willst.«

Bei seinen Worten wurde ihr warm ums Herz. Aber sie wollte trotzdem die Sache mit Blink klären. »Er ist verletzt, Vincent. Ich weiß nicht, was passiert ist, aber es nagt an ihm. Er ist eigentlich ganz nett, auf eine mürrische Art und Weise. Er sah aus, als bräuchte er einen Freund. Ich habe mich total blamiert, habe alle möglichen dummen Sachen gesagt, aber er hat *gelächelt*, Vincent. Und einmal hat er sogar gelacht! Wahrscheinlich hat er mich *ausgelacht*, weil ich so eine Idiotin war, aber das ist mir egal, denn ich habe ihn zum Lächeln gebracht. Ich habe ihn nicht angemacht, ich hatte nur das Bedürfnis, ein bisschen mit ihm zu reden. Ihn wissen zu lassen, dass ich alles zu schätzen weiß, was er für unser Land getan hat ... auch wenn ich nicht weiß, was das ist.«

»Das hast du ihm gesagt?«, fragte Vincent.

»Ja. Er hat nicht geantwortet, und ich habe ihm nicht wirklich eine Chance gegeben. Es hat ihm nicht gefallen, dass ich ihn einen Helden genannt habe, aber das ist sein Pech. Er ist einer. Genau wie du und alle deine Freunde. Nein, schüttle nicht den Kopf, das *seid* ihr«, beharrte Remi fast grimmig. »Wenn du in Hawaii nicht gewesen wärst ...« Sie verstummte und erschauderte.

Vincent griff nach ihrer Hand, nahm sie in seine und drückte sie.

Remi holte tief Luft, um ihre Gefühle zu kontrollieren. Sie wollte nicht weinen. Der Abend war wirklich gut gewesen, und sie hatte sich amüsiert. Sie weigerte sich, über Was-wäre-wenn-Fragen nachzudenken.

»Ich habe ihn geküsst«, platzte es aus ihr heraus. Dann beeilte sie sich fortzufahren, damit Vincent nicht auf falsche Gedanken kam. »Ich weiß nicht, ob du mich dabei gesehen hast, aber es hatte nichts zu bedeuten. Ich meine, es hat etwas bedeutet, aber nicht so, wie wenn ich dich küsse. Es war nur an der Seite seines Kopfes. Er sollte nur wissen, dass es jemanden gibt, der sich um ihn kümmert, egal wie einsam er sich fühlt.

Als Freund. Auch wenn ich mir ziemlich sicher bin, dass er meine Nähe und mein Geplapper nur toleriert hat. Aber mehr war es nicht.«

»Entspann dich, Remi. Es ist alles in Ordnung. Ich weiß, was deine Küsse bei *mir* bewirken, und ich habe das Gefühl, dass Blink deine besondere Art der Fürsorge mehr als die meisten Menschen gebraucht hat.«

Ihre Muskeln, von denen sie gar nicht gemerkt hatte, dass sie angespannt gewesen waren, lockerten sich.

Er hielt vor ihrer Wohnung, und Remis Augen weiteten sich vor Überraschung. Die Fahrt nach Hause hatte nicht annähernd so lange gedauert, wie sie gedacht und gehofft hatte.

Ohne ein Wort zu sagen, stellte Vincent den Motor ab und griff nach seiner Tür. »Ich bringe dich nach oben«, sagte er und machte deutlich, dass er ein Nein nicht akzeptieren würde.

Remi stieg aus und lächelte ein wenig, als er ihre Hand in die seine nahm, als sie zu ihrer Tür gingen. Sie bemerkte, dass Vincent den Kopf drehte und die Gegend im Blick behielt, während sie sich ihrer Haustür näherten.

»Du solltest die Büsche um deine Tür herum zurückschneiden lassen«, sagte er fast beiläufig. »Jemand könnte sich darin verstecken, und du würdest es erst merken, wenn du die Tür öffnest und er hinter dir auftaucht und dich in die Wohnung stößt.«

Die Vision, die seine Worte in ihrem Kopf hervorriefen, ließ sie erschaudern.

Er fluchte leise vor sich hin. »Tut mir leid, ich wollte dir keine Angst machen.«

»Nein, du hast recht. Vorsicht ist besser als Nachsicht.« Remi schloss ihre Tür auf, drehte sich dann zu ihm um und fragte schüchtern: »Willst du reinkommen?«

»Ja. Aber ich werde es nicht tun.«

Remi runzelte die Stirn. »Nicht?«

Vincent trat einen Schritt vor und nahm ihr Gesicht in die Hände. Er neigte es zu seinem und starrte sie einen langen Moment an.

»Warum nicht?«, flüsterte sie. »Ich möchte, dass du es tust.« Später würde es ihr peinlich sein, wie verzweifelt sie klang, aber im Moment wollte sie einfach mehr Zeit mit diesem Mann verbringen. Ihn mit in ihr Bett nehmen und ihm zeigen, wie sehr sie ihn wollte.

»Ich will reinkommen, mehr als ich meinen nächsten Atemzug tun will. Aber weißt du, was ich noch mehr will?«

»Was?«, fragte sie und versuchte, sich nicht von der Enttäuschung überwältigen zu lassen.

»Dass du in einem Jahr in meinem Bett liegst. Dass du mich am Frühstückstisch anlächelst. Dass du auf mich wartest, wenn ich von einer Mission zurückkomme. Dass du alle meine Freunde mit deiner Freundlichkeit und Güte ansteckst. Dass du für meine SEAL-Kameraden da bist, wenn sie am Ende ihrer Kräfte sind und nach einem Grund suchen weiterzumachen.

Ich will mehr als nur eine Nacht, Remi. Ich will alles von dir. All deine Morgen, all deine Nächte, deine Tränen, dein Lachen, dich über alles plappern zu hören, was dir in den Sinn kommt, und sehen, wie du mich genauso ansiehst wie in diesem Moment, als seist du zwei Sekunden davon entfernt, mir die Kleider vom Leib zu reißen, und würdest sterben, wenn du mich nicht in dieser Sekunde haben kannst.«

Sah sie ihn etwa so an? Remi war nicht wirklich überrascht. Sie leckte sich über die Lippen und liebte es, wie sie seine Erektion an ihrem Bauch spürte. »Und das alles kannst du nicht haben, wenn du jetzt reinkommst?«, fragte sie.

»Ich weiß nicht, kann ich das? Ich will nicht, dass du aus Dankbarkeit für das, was in Hawaii passiert ist, mit mir zusammen bist. Ich will kein Lückenbüßer sein, weil du wegen allem so emotional bist. Ich will in deinem Bett sein, weil du das willst, was ich will. Eine Zukunft.«

Remi öffnete den Mund, um ihm zu versichern, dass sie das *wollte.* Aber er legte einen Finger auf ihre Lippen.

»Ich bitte dich nur darum, dass du dir sicher bist. Dass du darüber nachdenkst. Wirklich darüber nachdenkst. Es ist nicht einfach, mit einem SEAL zusammen zu sein. Ich hoffe, Caroline und die anderen haben das heute Abend deutlich gemacht. Ich bin viel unterwegs. Wenn du mich brauchst, werde ich oft nicht da sein. Du wirst den Rasen selbst mähen müssen, die Toilette reparieren, wenn sie kaputt ist, die Tränen aus dem Gesicht unseres kleinen Mädchens wischen, wenn sie fällt und sich das Knie aufschürft. Die heutige Nacht mit dir zu verbringen und dann zu erfahren, dass du es nicht kannst, dass du das Leben einer SEAL-Ehefrau nicht leben kannst ... ich habe das Gefühl, dass mich das in einer Weise verändern würde, die nicht gut wäre.«

Remi konnte das verstehen. Er hatte gerade eine schlechte Beziehung hinter sich, und sie respektierte die Tatsache, dass er nicht nur Sex wollte.

»Du bist kein Lückenbüßer«, sagte sie. »Ich war über Volldepp hinweg, lange bevor ich mich endgültig von ihm getrennt habe. Du bist *überhaupt* nicht wie er. Und wenn der Rasen gemäht werden muss oder die Toilette kaputt ist, rufe ich jemanden, der sich darum kümmert, oder mache es selbst. Und ich bin stark genug, um mich um unsere Familie zu kümmern, bis du nach Hause kommst, um unsere Wehwehchen zu küssen, unsere Tränen zu trocknen und alle Meilensteine zu feiern, die du vielleicht verpasst hast.«

Er schloss die Augen, während er sich bemühte, seine Gefühle zu kontrollieren. Sie sah es in seinem Gesicht; ihre Worte bedeuteten ihm etwas. Remi ließ die Hände über seine Brust gleiten, legte eine in seinen Nacken und zog ihn mit der anderen näher zu sich heran. Er löste die Hände von ihrem Gesicht und legte sie um ihre Taille.

»Ich bin mir sicher, Vincent. Aber ich kann warten, bis *du* dir sicher bist. Ich bin nicht wegen deines Jobs oder aus Dankbarkeit mit dir zusammen. Ich respektiere, was du tust, und bin verdammt dankbar, dass du derjenige warst, der mit mir auf diese Bootsfahrt gegangen ist. Aber ich kann auch Dankbarkeit und Respekt für andere Menschen empfinden, ohne sie in mein Bett einladen zu wollen. Ich will dich dort haben, weil du *du* bist. Wenn du bereit bist, werde ich hier sein. Ich habe noch nie für einen Mann so viel empfunden wie für dich.«

Er öffnete die Augen und starrte sie mit einer solchen Sehnsucht an, dass sie fast in die Knie ging.

»Du machst es einem extrem schwer, ein Gentleman zu sein.«

Remi lachte prustend. »Du, Vincent Hill, bist kein Gentleman. Und ich kann es kaum erwarten, jeden Teil von dir zu erleben. Sei einfach nachsichtig mit mir, denn ich habe das Gefühl, dass ich deine Erwartungen anfangs nicht erfüllen werde.« Jetzt wurde sie rot, weigerte sich jedoch, den Blick von ihm abzuwenden.

»Willst du mich verarschen? Wenn ich in deiner Nähe bin, fühle ich mich, als sei es wieder mein erstes Mal.«

Remi lächelte. »Bist du sicher, dass du nicht mit reinkommen willst?«, neckte sie ihn.

»Ich werde dich küssen, Süße.«

»Ich werde mich nicht beschweren«, entgegnete sie.

Dann waren seine Lippen auf ihren, und Remi hätte schwören können, dass sie Sterne sah. Er liebte ihren Mund, und jeder einzelne Nerv in ihrem Körper erwachte kribbelnd zum Leben. Sie wollte ihn. Tief in ihr, während er sie hart und tief mit dem Schwanz fickte, den sie immer noch an ihrem

Bauch spüren konnte. Der Kuss war nicht genug. Sie brauchte mehr. Brauchte seine Hände überall auf ihr. Seinen Mund.

Mit einem Keuchen zog sie sich zurück und starrte zu ihm auf. »Wie lange?«, fragte sie.

Er runzelte verwirrt die Stirn. »Was?«

Remi fühlte sich ein wenig besser, weil er genauso berauscht schien wie sie. »Wie lange musst du warten, bis du dir über meine Absichten dir gegenüber sicher bist? Eine Woche? Zwei? Ein Jahr? Wie lange wirst du mich warten lassen?«

Er lächelte. »Ich bin mir nicht sicher, ob es dafür einen Zeitplan gibt, Süße.«

Sie musterte ihn. Dann sagte sie: »Dreiundzwanzig Telefonate, zwei weitere Treffen mit deinem Team, vier Verabredungen zu zweit, einmal Knutschen mit Fummeln, ein Nachmittag bei meinen Eltern und ein Abendessen mit mir bei Marley. Das sollte dich überzeugen, dass ich es ernst meine.«

»Fünfzehn Telefonate, ein weiteres Treffen mit meinem Team, zwei Verabredungen zu zweit, ein Treffen mit deiner und Marleys Familie und *dreimal* Knutschen mit Fummeln«, konterte er.

»Abgemacht.«

»Verdammt, du hast nicht einmal darüber nachgedacht«, stichelte Vincent.

»Das musste ich nicht. Ich war diejenige, die dich heute Abend eingeladen hat, weißt du noch?«

Noch mehr Emotionen huschten durch Vincents Augen, bevor er sie schloss und seine Stirn an ihre legte.

»Tu mir nur nicht weh«, flüsterte Remi. »Ich könnte es nicht ertragen. Mein Herz könnte es nicht ertragen.«

Daraufhin öffnete er die Augen. »Das werde ich nicht. Ich verspreche es.«

»Danke.«

Er küsste sie erneut, und die elektrischen Ströme schossen wieder durch ihr System. Er zog sich zurück und trat zurück, bevor sie bereit war. Remi leckte sich über die Lippen und schmeckte ihn immer noch. Sie wollte mehr, aber sie respektierte ihn genug, um ihm zu geben, was er brauchte. Nämlich die Gewissheit, dass sie eine langfristige Beziehung wollte.

»Rein, Remi. Schließ die Tür ab. Wir sprechen uns bald wieder.«

Sie nickte und trat in den Türrahmen zurück.

Vincent stand auf ihrem Gehweg und sah so verdammt gut aus, dass ihr das Herz wehtat. Es war immer noch schwer zu glauben, dass er an ihr interessiert war. An der seltsamen Remi Stephenson, der Karikaturistin.

Er grinste. »Gehst du rein?«

»Ja.« Aber sie bewegte sich nicht.

»Remi«, warnte er mit einem kleinen Stirnrunzeln.

Sie kicherte, dann schloss sie langsam die Tür. Als sie zu war, schob sie den Riegel vor und spähte durch den Spion. Vincent fuhr sich mit einer Hand durch die Haare, richtete mit einer Grimasse seinen Schritt, drehte sich schließlich um und ging zu seinem Wagen zurück. Remi konnte nicht anders, als den Blick auf seinen Hintern zu senken. Er hatte definitiv einen guten. Das war ihr schon in der Kneipe aufgefallen, als er Billard spielte, aber aus der Nähe war er noch besser.

Lächelnd drehte sie sich mit dem Rücken zur Tür, wobei sie immer noch wie eine Idiotin grinste. Ihr Körper brummte noch immer von seinen Küssen. War sie enttäuscht, dass sie jetzt nicht in ihrem Bett lag und sich mit Vincent herumwälzte? Ja. Aber tief in ihrem Inneren war sie zufrieden damit, wie der Abend verlaufen war. Der Respekt, den er ihr entgegenbrachte, weil er sicher sein wollte, dass es sich nicht um eine kurzfristige Affäre handelte, fühlte sich fantastisch an.

Ihr Telefon klingelte, als sie immer noch dastand und

den Abend Revue passieren ließ, und Remi kramte in ihrer Handtasche danach. Sie runzelte die Stirn, als sie sah, dass es Vincent war, und ging ran. Ohne ihm die Chance zu geben, ein Wort zu sagen, fragte sie:»Geht es dir gut?«

»Ja. Das ist Nummer eins. Ich will sie erledigen.«

»Nummer eins?«, fragte sie verwirrt.

»Ein Telefonat. Wir hatten uns auf fünfzehn geeinigt.«

Remi verzog die Lippen zu einem breiten Lächeln. »Richtig. Nummer eins. Wo bist du?«

»Ich bin gerade von deinem Parkplatz weggefahren.«

»Oh.«

»Ich vermisse dich jetzt schon.«

»Nun, ich möchte darauf hinweisen, dass du immer noch hier sein könntest.«

»Ich zweifle schon an meinem Verstand«, erwiderte Vincent.

»Ich denke, du hast das Richtige getan«, gab sie zu.

Er hielt inne, dann sagte er: »Ja. Ich glaube, die Tatsache, dass ich so sehr will, dass diese Beziehung funktioniert, hat mich nervös gemacht«, sagte Vincent. »Vorsichtig.«

»Vorsicht ist nichts Schlechtes«, erwiderte sie.

»Was hast du morgen vor?«, fragte er.

»Ich muss wirklich etwas Zeit zum Zeichnen finden. Ich habe einen Abgabetermin, und mir schwirren eine Menge Ideen für Pecky und seine Freunde im Kopf herum. Was ist mit dir?«

»Noch mehr Treffen für diese Mission, die bald ansteht.«

»Aber es ist Sonntag«, protestierte Remi.

»Lektion Nummer eins, wenn man mit einem SEAL zusammen ist ... so etwas wie Wochenenden gibt es nicht.«

»Richtig«, sagte sie mit einem Nicken.

»Ich weiß nicht, wie lange wir morgen brauchen werden.

Aber wenn ich früh genug vom Stützpunkt wegkomme, möchtest du dann zu Abend essen? Mit mir?«

Remi grinste darüber, wie nervös er klang. »Ja. Ich kann für uns kochen.«

»Wie wäre es, wenn ich dich abhole und zu mir nach Hause bringe? Es ist nichts Besonderes, aber ich kann Hähnchen grillen oder Steaks oder Gemüse, wenn du das möchtest.«

»Klingt perfekt.«

»Was davon?«

»Alles davon.«

Vincent lachte. »Na gut. Ich melde mich morgen per SMS und sage dir, wie der Plan aussieht.«

»Okay.«

»Remi?«

»Ja?«

»Danke.«

»Wofür?«

»Für dein Verständnis. Dafür, dass du so toll bist. Dafür, dass du heute Abend für Blink da warst. Ich habe in der Vergangenheit versucht, mit ihm zu reden, aber ohne Erfolg. Aber es ist offensichtlich, dass ich mich hätte mehr anstrengen müssen. Wir alle müssen ihm zeigen, dass er nicht allein ist. Dass wir für ihn da sind.«

»Dafür musst du mir nicht danken«, protestierte Remi.

»Muss ich. Und das habe ich.«

»Gern geschehen.«

»Wir sprechen uns morgen. Schlaf gut, Süße.«

»Du auch. Fahr vorsichtig. Sagst du mir Bescheid, wenn du zu Hause bist?«

»Ja. Danke für den schönen Abend.«

»Ich danke *dir*. Bis dann.«

»Bis dann.«

Remi legte auf und bemerkte, dass sie ein albernes Lächeln

im Gesicht hatte. Sagte man nicht immer, dass Vorfreude die Dinge besser machte? Sie wusste nicht, wer »man« war oder was diese »Dinge« waren, über die derjenige sprach, aber sie hoffte, dass es im Hinblick auf Intimität mit Vincent stimmte.

Brandon »Howler« Starrett starrte an die Decke, während die Froschjägerin, die er in der *Goldenen Auster* aufgegabelt hatte, auf seinem Schwanz auf und ab hüpfte. Er erinnerte sich nicht an ihren Namen, aber das war auch egal. Er musste kommen, und sie wollte einen SEAL ficken. Sie bekamen beide, was sie wollten. Aber Howlers Gedanken waren nicht bei dem, was die Schlampe tat.

Er konnte nicht aufhören, darüber nachzudenken, wie unfair die Dinge auf der Arbeit geworden waren. Er hatte sich den Arsch aufgerissen, während Kevlar in Hawaii herumalberte. Er hatte sich über die Lage im Tschad informiert, wohin sie für ihren nächsten Einsatz reisten. Er hatte getan, was er konnte, um die Informationen zu bekommen, die ihr Kommandant wollte, doch sobald Kevlar zurückkehrte, hatten alle seine harte Arbeit vergessen und sich stattdessen an Kevlar gewandt, um Informationen zu bekommen.

Er war es leid, übersehen zu werden. Dass Kevlar die ganze Aufmerksamkeit und Anerkennung bekam.

»Oooh, Baby, du bist so hart. So groß. Berühr mich, drück meine Titten«, stöhnte die Frau über ihm.

Scheiß drauf. Er tat, was er wollte und wann er wollte. *Er hatte das Sagen, nicht sie.* Er wollte ihre Stimme nicht hören. Er wollte nur ficken.

Er packte ihre Hüften und stieß sie von sich. Sein Schwanz rutschte mit einem feuchten Geräusch aus ihrer Muschi, und er ging sofort auf die Knie und drückte ihr Gesicht in die Bettdecke.

Er zog ihren Arsch hoch und schlug ihn hart. Er konnte sehen, wie sein Handabdruck sich auf ihrer weißen Haut abzeichnete. Er richtete seinen Schwanz aus und drang wieder in ihre Muschi ein. Sie stöhnte in die Decke und krümmte den Rücken. Sie genoss das. Sie liebte seine Dominanz.

Howler hielt ihre Hüften fest umklammert, während er sich in ihrem willigen Körper hinein- und hinausbewegte. Aber obwohl sie sich so gut anfühlte, war er noch weit vom Höhepunkt entfernt. Er hatte mehr davon, die Kontrolle zu haben, als vom eigentlichen Ficken. Er sehnte sich nach der Kontrolle.

Denn als SEAL hatte er überhaupt keine Kontrolle. Er war ein Landser. Nur ein weiterer warmer Körper, der eine Waffe trug und tat, was jemand anderes befahl.

Er wollte derjenige sein, der das Sagen hatte. Derjenige, der alle anderen herumkommandierte. Derjenige, der die Einsätze plante. Er war genauso gut wie der verdammte Kevlar. Er hatte die gleiche Ausbildung durchlaufen. Verdammt, er hatte Kevlar durch die Höllenwoche *getragen*, mehr als der Mann ihm geholfen hatte.

Warum war *er* dann zum Teamleiter ernannt worden und nicht Howler?

Er stieß fester in die Frau, als er immer wütender über sein beschissenes Leben wurde. Er hörte kaum ihr Stöhnen, das wahrscheinlich ohnehin nur vorgetäuscht war.

Er hatte gedacht, er hätte sich um das Problem gekümmert. Deshalb hatte er monatelang so hart gearbeitet, um seinem Kommandanten zu zeigen, dass er als Teamleiter genauso gut, ja *besser* sein würde – er hatte angenommen, dass Kevlar nicht aus Hawaii zurückkehren würde.

Weil er alles in seiner Macht Stehende getan hatte, damit das geschah.

Woher sollte er wissen, dass das Arschloch seinen

Neoprenanzug mit in den Urlaub nehmen würde? Und dass er diesen verdammten Peilsender haben würde, mit dem Tex sie überwachte?

Die Peilsender waren beschissen. Howler wollte oder brauchte niemanden, der auf ihn aufpasste. Wenn er das Sagen hatte, würde er seinem Team befehlen, den Scheiß zu Hause zu lassen. Er brauchte keinen alten Sack in seinem Keller in Pennsylvania, der jeden seiner Schritte beobachtete. Das war feige, und natürlich hatten dieser verdammte Kerl und seine Peilsender seine Pläne durchkreuzt.

Er hatte gehofft, dass Kevlar in diesem Meer sterben würde. Der Kapitän sollte ihn *dreißig* Kilometer vor die Küste bringen und dort zurücklassen. Er hatte gewusst, dass Kevlar ein gottverdammter SEAL war. Stattdessen hatte Howler erfahren, dass der Kapitän faul und gierig geworden war und nicht seinen ganzen Treibstoff verbrauchen wollte. Er hatte ihn zwölf Kilometer vor Oahu abgesetzt.

An jenem Tag hatte er ungeduldig auf einen Anruf seines Kommandanten gewartet, dass Kevlar als vermisst gemeldet worden war. Er war bereit gewesen, sofort nach Hawaii zu fliegen, um die Suche nach seinem Freund und Teamkameraden zu organisieren und allen zu beweisen, dass er in der Lage war, Teamleiter zu sein ...

Aber stattdessen bekam er den Anruf, dass das Arschloch *gerettet* worden war.

Und nicht nur das, die Passagierin, die mit ihm auf dem Boot war und eigentlich nur ein Kollateralschaden hätte sein sollen, stammte tatsächlich aus der Gegend – und jetzt bildete Kevlar sich ein, verliebt zu sein.

Alles war schiefgelaufen.

Howler war nicht der neue Teamleiter. Er war immer noch ein verdammter Landser.

Kevlar war nicht tot. Er war sehr lebendig und glücklicher denn je mit der neuen Schlampe in seinem Leben.

Das war verdammt unfair!

Howler *verdiente* es, Teamleiter zu sein. Er war so wütend und eifersüchtig, dass er nicht mehr klar denken konnte. Er war genauso schlau wie der verdammte Kevlar, und trotzdem sahen alle in *ihm* den Anführer. Selbst jetzt rissen die anderen im Team sich ein Bein aus, um ihm zu gefallen. Sie freuten sich so verdammt für ihn, dass er eine neue Muschi gefunden hatte. Es war ekelhaft.

Aber wichtiger als all das war, dass Kevlar Tex und diesen alten SEAL in Hawaii hatte, die herauszufinden versuchten, wer den Kapitän angeheuert hatte, ihn mitten im Ozean zurückzulassen.

Sie durften nicht herausfinden, dass er es war. Wenn sie das täten, wäre seine SEAL-Karriere vorbei. Und das war inakzeptabel.

Howler hatte seine Spuren verwischt, denn er war zu verdammt schlau, um Spuren zu hinterlassen, dass er derjenige war, der Kevlars Verschwinden arrangiert hatte. Und er hatte sich um die eine Sache gekümmert, die ihn mit den Ereignissen in Hawaii in Verbindung bringen konnte.

Der Kapitän.

Tex hatte sicher gewusst, wer das Boot gesteuert hatte, bevor Kevlar überhaupt gerettet worden war. Und als der Kapitän anrief, um Howler mitzuteilen, dass Kevlar und Remi von Baker aus dem Meer geholt worden waren, wusste er, was zu tun war.

Er rief sofort den Mann an, der dem Kapitän das Wegwerfhandy geliefert hatte ... aber anstatt ihm den Rest des Geldes für den Job zu liefern, wie der Kapitän es verlangt hatte, war sein Kontaktmann in die beschissene Wohnung des Mannes gegangen und hatte ihn zum Schweigen gebracht – für immer.

Wie geplant hatte die Polizei seinen Tod als versehentliche Überdosis mit Fentanyl eingestuft. Das Arschloch würde nie wieder mit Tex oder Baker oder *sonst* jemandem sprechen.

Und Howlers Kontaktperson in Hawaii? Keiner würde ihn finden. Er war ein Geist, der sich in Luft auflöste.

Howler lächelte bei dem Gedanken und blickte nach unten. Er wusste nicht, wie lange er die Froschjägerin gevögelt hatte, aber sie täuschte kein Stöhnen mehr vor. Tatsächlich sah sie desinteressiert aus, während er in sie stieß und wieder herausglitt. Verdammte Schlampe.

Howler packte sie an den Haaren und sie schrie auf, als er ihren Kopf hochzog. »Gelangweilt?«, spottete er.

»Nein! Du fühlst dich großartig an. Fantastisch. Oh, Baby!«, wimmerte sie.

Sie war eine verdammte Lügnerin. Sie sagte das, von dem sie dachte, dass er es hören wollte. So wie es alle mit dem verdammten Kevlar taten. Sie krochen ihm in den Arsch.

Wenn Howler ihn nicht umbringen konnte, musste er ihm einen Dämpfer verpassen. Ihn auf eine Weise verletzen, die ihn außer Gefecht setzte, die Howler die Chance gab, dem Kommandanten und allen anderen zu zeigen, dass er das Team genauso gut führen konnte.

Ein gebrochenes Bein wäre perfekt, ein gebrochener Rücken oder ein gebrochenes Genick noch besser, aber Howler war sich nicht sicher, wie er das anstellen sollte, ohne selbst hineingezogen zu werden.

Er dachte an den Abend im *Aces* ... an Kevlars neue Frau, die Blink, diesen erbärmlichen Verlierer, küsste ...

Er beobachtete das Arschloch nun schon seit ein paar Wochen. Er hatte gesehen, wie kaputt er nach einer einzigen schlechten Mission war – was ihn in Howlers Augen zu einer traurigen Ausrede von einem SEAL machte. Wenn er mit der dunklen Seite ihres Jobs nicht zurechtkam, dann sollte er nicht Teil der Spezialeinheit sein.

Aber der Mann brachte Howler auf eine Idee.

Er erkannte, dass es genauso effektiv sein würde, Kevlar *emotional* zu brechen, wie ihn physisch zu brechen.

Selbst Howler konnte sehen, wie verliebt Kevlar bereits in seine neueste Muschi war. Er könnte diese Tatsache zu seinem Vorteil nutzen ...

Er zog die Lippen zurück und spürte, wie seine Eier sich an seinen Körper zogen, während er über Möglichkeiten nachdachte. Eine Entführung vielleicht. Kevlar wäre damit beschäftigt, die Schlampe zu finden, die er zu lieben glaubte. Das würde ihn aus der Bahn werfen, er wäre nicht mehr in der Lage, in seiner Rolle als SEAL zu funktionieren. Aber die Mission im Tschad würde trotzdem weitergehen müssen.

Howler würde sich freiwillig melden, das Team zu übernehmen und es nach Afrika zu führen.

Zufrieden damit, dass er Remi benutzen konnte, um Kevlar auszuschalten, auch wenn er schnell würde zuschlagen müssen, zog Howler sich aus der knienden Schlampe zurück und rieb heftig seinen Schwanz, während er sich vorstellte, wie er als der verantwortliche SEAL im Tschad anderen in den Arsch trat. Die Auszeichnungen würden eintrudeln, er würde den Respekt bekommen, den er verdiente, und Kevlar und der Rest des Teams würden endlich sehen, wie sehr sie ihn unterschätzt hatten.

Remi Stephenson wäre ein Kollateralschaden. Aber in der Liebe und im Krieg war alles erlaubt, und Howler würde sich seinen rechtmäßigen Platz an der Spitze des Haufens erkämpfen, egal wer dabei verletzt würde.

Als sein Orgasmus schließlich kam, stöhnte Howler und sah zu, wie sein Samen über den Arsch und den Rücken der

Froschjägerin spritzte. Sobald er fertig war, schubste er die Frau und sie fiel auf die Seite.

»Raus«, knurrte er.

»Was?«, fragte sie und sah ihn verwirrt an.

»Habe ich gestottert?«, fragte Howler. »Ich sagte, raus.«

»Arschloch«, murmelte sie.

Howler bewegte sich, bevor die Frau blinzeln konnte. Er packte sie am Hals und drückte sie in die Matratze. »Wie hast du mich genannt?«, zischte er.

Sie kratzte an seiner Hand und versuchte, seine Finger von ihrem Hals zu lösen. »Nichts«, krächzte sie.

Er liebte den Ausdruck der Angst in ihren Augen. »Richtig so, Schlampe. Ich habe das Sagen. Ich könnte jetzt mit dir machen, was ich will, und niemand würde es wissen. Niemand würde sich für eine Hure wie dich interessieren. Du hast einen SEAL abgeschleppt, jetzt verpiss dich. Und wenn ich höre, dass du dich über das beschwerst, was heute Abend hier passiert ist, wirst du es bereuen. Du hast genau das bekommen, wofür du hergekommen bist. Du hast mich angefleht, dich mit nach Hause zu nehmen. Du hast um meinen Schwanz gebettelt. Tu nicht so, als sei es etwas anderes als das, was es war, verstanden?«

Er lockerte seinen Griff so weit, dass sie nicken konnte. Howler zog sich zurück, während er das Gefühl der Macht genoss, die er über die Schlampe hatte.

Er legte sich auf die Matratze und grinste sie an, als sie von ihm weghuschte und mit ihren Klamotten herumfummelte. Er liebte es, dass sie sich durch sein Starren unwohl fühlte. Er liebte es, ihre Titten wackeln zu sehen, während sie versuchte, ihr Hemd anzuziehen. Sein Sperma war immer noch auf ihrem Hintern und ihrem Rücken, und Howler verspürte einen dunklen Nervenkitzel angesichts der Tatsache, dass sie sein Mal auf sich hätte, bis sie nach Hause kam und duschte.

Sie blickte nicht zurück, als sie sein Schlafzimmer verließ. Er hörte die Wohnungstür zuschlagen, und Howler lächelte, als er sich auf den Rücken drehte. Eine Hand hinter dem Kopf, die andere auf dem Bauch, stellte er fest, dass er sich fantastisch fühlte. Voller Energie.

Er hatte eine Menge zu überlegen, zu planen und wenig Zeit dafür, aber er würde es schaffen. Kevlar würde ausgeschaltet werden, Howler würde die Beförderung bekommen, die er verdiente, und alles würde so laufen, wie es sein sollte.

Seine Zeit, das Sagen zu haben, war gekommen, und er konnte es verdammt noch mal kaum erwarten.

KAPITEL ZWÖLF

Kevlar fuhr sich frustriert mit einer Hand durch die Haare. Es war schon eine ganze Woche her, dass er Remi gesehen hatte. Seit er sie vor ihrer Wohnungstür abgesetzt und geküsst hatte ... und seit er den Verstand verloren und sich geweigert hatte, in ihre Wohnung zu gehen. Er wusste nicht, was über ihn gekommen war, es war offensichtlich, dass sie ihn einlud, mehr zu tun als nur zu reden. Aber während er dort stand, hatte er den überwältigenden Drang verspürt, die Dinge zu verlangsamen. Er wollte es nicht überstürzen, mit ihr intim zu werden.

Auf keinen Fall sollte sie denken, es handele sich um eine kurze Affäre. Einen One-Night-Stand. Dieser Mann war er nicht mehr. Mit Remi wollte er mehr. Er wollte alles.

Als er sie mit seinen Teamkameraden, mit Wolfs Frau und ihren Freundinnen, mit Blink gesehen hatte, war ihm klar geworden, dass er an der Schwelle zu etwas Besonderem stand, und er wollte nichts tun, was es vermasseln könnte. Also war er auf die dumme Idee gekommen, den Sex zu verschieben, damit sie sicher sein konnte, dass er nicht nur das von ihr wollte.

Aber jetzt, eine Woche später und da das Universum sich

gegen ihn verschworen hatte, bereute er, ihr Angebot nicht angenommen zu haben, als er die Chance dazu hatte. Er wusste es besser. Er wusste, dass sein Zeitplan unberechenbar war. Er wusste, dass die Bösewichte der Welt jederzeit ausrasten und seine gut geplanten Absichten zunichtemachen konnten.

Fünfzehn Telefonate. Was für ein Witz. Er hatte mit Remi schon mindestens doppelt so viel gesprochen. Aber er hatte keine Fortschritte bei den anderen Punkten gemacht, auf die sie sich geeinigt hatten, bevor sie den nächsten Schritt in ihrer Beziehung machten. Es war schwer, ihre Eltern und die Familie ihrer besten Freundin zu treffen, wenn er nur spät abends oder früh morgens von der Arbeit wegkam.

Er war frustriert, vermisste Remi, war müde und hatte die kleinlichen Streitereien satt, die Howler bei ihren Planungs- und Informationstreffen immer wieder anzettelte. Er hatte sich in der letzten Woche fast ungehorsam verhalten – und Kevlar war fertig. Er musste herausfinden, welche Laus seinem Freund über die Leber gelaufen war. *Sofort.*

Seufzend schaute Kevlar auf die Uhr und zuckte zusammen. Zwanzig Uhr dreißig. Er hatte keine Ahnung gehabt, dass es schon so spät war. Er war an diesem Morgen gegen acht Uhr zur Arbeit gekommen und war immer noch da. Dies war das erste Mal, dass er durchatmen konnte. Er und seine Teamka-meraden waren gerade dabei, die letzten Informationen für die Mission im Tschad zu sammeln. Ihr Kommandant sowie einige Kapitäne und sogar ein Konteradmiral waren heute in die Besprechungen einbezogen worden. Kevlar hatte nicht einmal mehr als ein paar Augenblicke Zeit gehabt, Remi zu schreiben und sie wissen zu lassen, dass er an sie dachte.

Je länger er sie nicht sah, desto mehr Sorgen machte er sich, dass sie alles zwischen ihnen überdenken würde. Gesagt zu bekommen, dass er viel weg sein würde, und es am eigenen

Leib zu erfahren, bevor sie eine Chance hatten, ihre Beziehung wirklich zu festigen, waren zwei sehr unterschiedliche Dinge. Und auf keinen Fall wollte er, dass sie die Beziehung beendete, bevor sie überhaupt richtig begonnen hatte.

Er konnte nicht umhin, sich an all die Dinge zu erinnern, die Bertie gesagt hatte, als sie mit ihm Schluss gemacht hatte. Wie verlassen sie sich gefühlt hatte. Wie er nicht für sie da gewesen war, als sie ihn am meisten gebraucht hatte. Das Echo ihrer Worte schwirrte in seinem Kopf herum, und es reichte fast aus, um ihn dazu zu bringen, das Handtuch zu werfen und den Versuch zu vergessen, eine Beziehung mit *irgendjemandem* einzugehen.

»Wir sitzen schon seit Stunden dran. Nehmen Sie sich morgen früh frei«, sagte ihr Kommandant, nachdem der Konteradmiral den Konferenzraum verlassen hatte. »Wir treffen uns nach dem Mittagessen wieder. Vielleicht haben wir dann bessere Erkenntnisse darüber, wo das hochrangige Ziel sich versteckt hält, und können konkrete Pläne schmieden.«

Die Pause war dringend nötig. Kevlar fragte sich, ob er es irgendwie schaffen könnte, Remi am Morgen zu sehen, bevor er zum Stützpunkt zurückkehren musste.

Als hätten seine Gedanken sie heraufbeschworen, klingelte sein Telefon und ihr Name erschien auf dem Display.

Lächelnd nahm Kevlar ab. »Hey, ich habe gerade an dich gedacht.«

Zu seiner Überraschung – und Sorge – hörte er einen Moment lang nur Geschrei. Dann sagte Remi seinen Namen mit zittriger Stimme. »Vincent? Bist du mit deinen Besprechungen für heute fertig?«

»Was ist los? Wer schreit denn da?«, fragte Kevlar.

»Es ist Volldepp. Er ist hier. Und er ist wirklich sauer.«

»Wo ist er?«, fragte Kevlar.

»Hier. Vor meiner Wohnung. Er wollte reinkommen und

mit mir reden, aber ich habe die Tür nicht aufgemacht. Jetzt ist er sauer und geht nicht mehr weg.«

»Ich bin unterwegs. Mach die Tür *nicht* auf.« Safe und Howler waren die einzigen beiden Mitglieder seines Teams, die sich noch im Raum befanden. Er legte eine Hand auf das Telefon und sagte eindringlich:»Ich brauche euch, Jungs.«

Zu seiner Erleichterung nickten beide Männer sofort. Das Verhältnis zwischen ihm und Howler war in letzter Zeit angespannt, und so war Kevlar etwas überrascht, als er nicht einmal zögerte, ihm den Rücken zu stärken, ohne Fragen zu stellen.

»Ich habe nicht vor, die Tür zu öffnen, aber er hämmert ziemlich heftig dagegen«, sagte Remi.

Kevlar konnte das Klopfen laut und deutlich über die Telefonleitung hören. Er konnte auch die Angst in Remis Stimme hören. Er war bereits auf dem Weg, seine Freunde auf den Fersen. »Worüber ist er sauer?«, fragte er, da er Antworten brauchte.

»Er behauptet, ich hätte die Bullen auf ihn gehetzt. Er sagt, sie seien zu seinem Arbeitsplatz gekommen und hätten ihn beschuldigt, mich umbringen zu wollen. Er sagt, wenn er gefeuert wird, ist es meine Schuld.«

»In Ordnung, atme mal durch, Schatz. Hast du den Notruf gewählt?«

»Nein, ich habe zuerst dich angerufen.«

Es fühlte sich unglaublich an, dass er der Erste war, den sie um Hilfe bitten wollte, wenn sie sich bedroht fühlte, aber er war zu weit weg. Es würde mindestens zehn Minuten dauern, bis er und seine Freunde bei ihrer Wohnung waren. »Du musst auflegen und die Polizei rufen«, sagte er. Es war eines der schwierigsten Dinge, die er je getan hatte. Er wollte sie in der Leitung halten und wissen, dass es ihr gut ging. Aber noch wichtiger war ihm, dass sie in Sicherheit war.

»Okay.« Sie klang verloren. Und so weit weg.

»Ich komme, Remi. Hörst du mich? Ich komme. Ich werde bald bei dir sein, aber die Polizei kann schneller da sein.«

»Ja«, stimmte sie zu.

»Wenn du dich verstecken musst, dann tu das. Kannst du dich irgendwo verstecken?«

»Nicht wirklich. Vielleicht im Bad.«

»Dann geh dorthin. Schließ die Tür ab. Bleib unten.« Er wollte ihr sagen, dass sie eine Waffe nehmen sollte, aber er wollte nicht daran denken, dass sie sie benutzen musste. Er wusste nicht, ob sie es *konnte*.

»Gut. Ich nehme auch ein Messer aus der Küche mit.«

So viel zu seinem Gedanken, sie könne sich nicht verteidigen. Zu seiner Erleichterung schien es ihr jedoch Selbstvertrauen zu geben, wenn er ihr sagte, was sie tun sollte. Jetzt, da sie eine Art Plan hatte, schien ihr Gehirn zu arbeiten.

»Es tut mir leid, dass ich dich gestört habe. Ich war mir nicht sicher, was ich tun sollte.«

»Du könntest mich *niemals* stören, Süße«, sagte Kevlar nachdrücklich. »Jetzt geh nach oben. Ruf die Polizei an. Ich komme, so schnell ich kann.«

»Okay. Fahr vorsichtig.«

Er hätte am liebsten gelacht. Da war sie, zu Tode verängstigt, mit ihrem Ex, der sie anschrie und an ihre Tür hämmerte. Sie fühlte sich bedroht, war besorgt genug, um ihn um Hilfe zu bitten, und sie sagte *ihm*, er solle vorsichtig fahren. »Halte durch, Remi. Bleib stark.«

»Ich werde es versuchen«, flüsterte sie, dann legte sie auf.

Er war in Safes Jeep Wrangler gesprungen, während er mit Remi gesprochen hatte, und Howler war auf den Rücksitz gestiegen. Safe fuhr wie ein Verrückter, was Kevlar zu schätzen wusste.

»Lagebericht«, sagte Howler, sobald Kevlar das Telefon vom Ohr nahm.

»Remis Ex ist vor ihrer Wohnung und nicht erfreut darüber, dass die Polizei gekommen ist, um ihn wegen Hawaii zu befragen«, sagte er knapp. »Sie wählt jetzt den Notruf.«

»Sie hat dich vor der Polizei angerufen?«, fragte Safe und warf einen kurzen Blick auf Kevlar.

»Anscheinend.«

»Du steckst da so was von drin«, sagte er mit einem kleinen Grinsen.

»Das ist mir scheißegal, ich will nur, dass sie in Sicherheit ist«, stieß Kevlar zwischen zusammengebissenen Zähnen hervor.

»Wenn wir dort sind, sollten wir uns aufteilen«, sagte Howler. »Ich gehe zum Ex nach vorn. Kevlar, du und Safe könnt um das Haus herumgehen, um sicherzustellen, dass er nicht versucht zu entkommen. Vielleicht gibt es eine Hintertür, die nicht verschlossen ist, damit ihr hineingehen und mit Remis Hysterie fertigwerden könnt. Sobald der Tango außer Gefecht ist, können wir unsere nächsten Schritte planen.«

»Auf keinen Fall«, sagte Kevlar zu seinem Teamkameraden. »Es gibt keinen Grund, um das Haus herumzugehen, wenn Volldepp vorn ist. Und es gibt keinen Grund für dich, ihn allein zu konfrontieren. Ich weiß einen Scheißdreck über diesen Kerl. Ich weiß nicht, ob er ein Kämpfer ist, ob er bewaffnet ist. Zu dritt ist es einfacher, ihn auszuschalten. Dann rufe ich Remi an, wenn es sicher ist, damit sie runterkommt und die Tür aufschließt. Aber ich hoffe, dass die Polizei die Situation bereits unter Kontrolle hat, wenn wir dort ankommen.«

»Und wenn es nicht so ist?«, fragte Safe.

»Dann werden wir die Situation beurteilen. Es gibt keinen verdammten Grund, um das Haus herumzuschleichen wie Schauspieler in einem schlechten Film. Ich habe das Gefühl, wenn er uns sieht, wird dieses Arschloch sich in die Hose pissen und versuchen, von dort zu verschwinden.«

Er hoffte es. Je näher sie Remis Wohnung kamen, desto nervöser wurde Kevlar. Er hatte keine Ahnung, was sie bei ihrem Eintreffen vorfinden würden. Er hoffte inständig, dass die Polizisten schon da waren, wie er es Howler gesagt hatte, und die Dinge unter Kontrolle hatten.

Safe bog scharf in Remis Straße ein, und zu Kevlars Erleichterung konnten sie Blaulicht in der dunklen Nacht sehen. Wegen der vielen Streifenwagen konnten sie nicht in der Nähe von Remis Wohnung parken, also fuhr Safe in eine Parklücke in der Nähe des Eingangs zum Grundstück, und Kevlar war bereits ausgestiegen und in Bewegung, bevor die Reifen überhaupt zum Stehen kamen.

»Ich bin hinter dir«, sagte Howler, während sie liefen.

Kevlar hörte ihn kaum. Er konnte nur daran denken, zu Remi zu gelangen. Sicherzustellen, dass es ihr gut ging.

Ein Mann lag mit dem Gesicht nach unten im Gras und hatte das Knie eines Polizisten im Rücken. Miles, nahm er an. Er schrie, dass seine Rechte verletzt wurden, dass er nichts falsch gemacht hatte. Noch während Kevlar vorbeilief, zogen die Beamten Miles in eine aufrechte Position, die Hände nun auf dem Rücken gefesselt, und führten ihn zu einem ihrer Fahrzeuge.

»Verdammt, wir haben den ganzen Spaß verpasst«, beschwerte Howler sich.

Kevlar wollte protestieren, dass dies kein Spaß war, ganz und gar nicht, aber er war an Remis Wohnungstür angekommen und hatte keine Gelegenheit dazu.

»Halt!«, befahl der dort stehende Beamte.

»Wo ist Remi?«, blaffte Kevlar.

»Sie können da nicht rein«, sagte derselbe Beamte streng zu ihm.

»Officer, das ist meine Freundin da drin.«

»Ja, aber der Typ behauptet auch, *er* sei ihr Freund«, sagte der Beamte mit zusammengekniffenen Augen und deutete auf den Streifenwagen, zu dem Volldepp geführt worden war.

»Er ist ihr Ex. Bitte, ich muss sie sehen«, flehte Kevlar.

Der Beamte musste etwas in seiner Stimme gehört haben, denn seine nächsten Worte waren etwas sanfter. »Wir durchsuchen gerade das Haus und stellen sicher, dass keine weiteren Täter drinnen sind, nur für den Fall. Wenn wir sicher sind, dass alles sauber ist, reden wir mit dem Opfer und fragen, ob wir Sie reinlassen dürfen.«

Kevlar wollte sich vorbeidrängen und zu Remi gehen, aber er spürte eine Hand auf seinem Arm, die ihn von der Eingangstür wegzog. Der Drang, seinen Freund abzuwimmeln, war stark, aber er wusste, dass er ruhig bleiben musste. Remi brauchte ihn, und er konnte nicht riskieren, die Polizisten zu verärgern und ebenfalls festgenommen zu werden.

»Wir hätten ihn auf jeden Fall ausschalten können«, murmelte Howler von Kevlars anderer Seite. »Wäre kein Problem gewesen, wenn wir ihn zuerst erwischt hätten.«

Zum ersten Mal seit einer Woche stimmte Kevlar mit seinem Teamkameraden überein.

Die Zeit schien in Zeitlupe zu vergehen, während er auf die Entwarnung wartete. Schließlich steckte eine Polizistin den Kopf aus der Eingangstür von Remis Wohnung und fragte: »Ist einer von Ihnen Vincent?«

»Das bin ich«, sagte Kevlar und trat vor.

Die Frau nickte. »Miss Stephenson hat nach Ihnen gefragt.« Sie gab ihm ein Zeichen hereinzukommen.

»Wir werden hier sein, falls du etwas brauchst«, sagte Safe.

»Warum sollten wir bleiben? Es geht ihr jetzt gut, und morgen früh haben wir zum ersten Mal seit Ewigkeiten frei. Ich wollte jetzt eigentlich in die Kneipe gehen.«

Als er den Eingangsbereich betrat, hörte Kevlar, wie Safe Howler einen Klaps auf den Kopf gab, und normalerweise hätte ihn das zum Lächeln gebracht, aber seine ganze Konzentration war darauf gerichtet, zu Remi zu gelangen. Sich selbst davon zu überzeugen, dass es ihr gut ging.

Er folgte der Beamtin in den Hauptwohnbereich. Remi saß auf ihrer Couch, eine Decke um die Schultern, und sie sah ... klein aus. Ihre Schultern waren gekrümmt und sie hatte einen leeren Ausdruck im Gesicht.

»Remi«, sagte er.

Sie drehte den Kopf, als sie seine Stimme hörte, und der verlorene Blick verschwand aus ihrem Gesicht und wurde durch eine solche Erleichterung ersetzt, dass Kevlar innehalten musste. Sie warf die Decke von sich, eilte auf ihn zu und warf sich ihm an den Hals.

Er schlang die Arme so fest um sie, dass er nicht sicher war, ob er sie jemals wieder loslassen könnte. »Schhhh«, murmelte er, als er spürte, wie sie an ihm zitterte. »Es geht dir gut. Du bist in Sicherheit.«

Aber ihr Blick der Erleichterung ging ihm nicht aus dem Kopf. Als ginge es ihr nicht gut, bis sie ihn gesehen hatte. Er war noch nie eine Zuflucht für jemanden gewesen. Er war noch nie der sichere Ort für jemanden gewesen. Es war beängstigend und berauschend zugleich.

Er spürte, wie sie tief einatmete, dann nickte sie gegen seine Brust. Sie lehnte sich zurück, ließ ihn aber nicht los. »Du bist gekommen«, flüsterte sie.

»Natürlich bin ich das«, sagte er. »Wenn es in meiner Macht steht, werde ich immer kommen.«

Daraufhin schloss sie die Augen, und als sie sie wieder öffnete, schien sie ihre Gefühle besser im Griff zu haben. »Danke«, flüsterte sie.

Er öffnete den Mund, um sich für all die Male zu entschuldigen, die er in Zukunft nicht da sein konnte, wenn sie ihn brauchte, aber ein Beamter hinter ihm ergriff das Wort, bevor er es tun konnte.

»Wir brauchen eine Aussage von Miss Stephenson.«

Remi drehte sich um, aber Kevlar ließ sie nicht los. Sie gingen zurück zur Couch, und nachdem sie sich gesetzt hatte, nahm er die Decke und legte sie um ihre Schultern.

»Erzählen Sie mir, was heute Abend passiert ist«, befahl der Mann.

»Ich saß da und sah fern, als es an meiner Tür klopfte. Ich hatte niemanden erwartet und war deshalb erschrocken. Ich ging hinüber, schaute durch den Spion und sah, dass es mein Ex war.«

»Sein Name?«

»Volldepp«, antwortete Remi, ohne zu zögern.

Kevlars Lippen zuckten, bevor er sagte: »Miles Barton.«

Er glaubte, Belustigung in den Augen des anderen Mannes zu sehen, aber dieser unterdrückte es und bedeutete Remi fortzufahren.

»Er sagte etwas davon, dass er wüsste, dass ich zu Hause sei, was unheimlich ist, denn er muss mich beobachtet oder durch meine Fenster geschaut haben, was ich ihm zutraue. Jedenfalls habe ich ihm gesagt, dass er verschwinden soll, dass ich ihm nichts zu sagen habe. Er rastete irgendwie aus und schrie mich an, dass er die Tür aufbrechen würde, wenn ich sie nicht öffne. Dass er *mir* viel zu sagen hätte. Dann schimpfte er über die Polizisten, die zu ihm in die Firma kamen, um mit ihm darüber zu sprechen, was mir in Hawaii passiert ist, und wie sie ihn beschuldigten. Er wollte, dass ich ›meine Schläger‹ zurückrufe, und sagte, er wisse, dass sie ihn beobachteten. Ich weiß nicht, wovon er redet, denn ich habe *niemanden* beauftragt, ihn zu beschatten. Ich will nur, dass er verschwindet.«

»Hawaii?«, fragte der Detective.

Remi seufzte. Dann verbrachte sie die nächsten zehn

Minuten damit, dem Beamten von der Trennung von ihrem Ex zu erzählen, von der Reise, die sie nach Hawaii geplant hatten, wie wütend er gewesen war, als sie ohne ihn abgereist war, und schließlich davon, dass sie beim Schnorchelausflug im Meer zurückgelassen worden war.

»Ich war bei ihr«, warf Kevlar schließlich ein. »Wir wurden beide zurückgelassen. Ich bezweifle nicht, dass ein Detective mit ihm über die Geschehnisse und seine mögliche Rolle dabei gesprochen hat – immerhin hatte er zu Remi gesagt, dass er hofft, dass sie bei ihrem Schnorchelausflug im Meer zurückgelassen wird, was zu spezifisch scheint, um Zufall zu sein. Aber als Navy SEAL habe ich einige Verbindungen, die herauszufinden versucht haben, ob ihr Ex oder meine hinter dieser Sache steckt. Bis jetzt haben sie noch nichts Konkretes herausgefunden. Ich bezweifle, dass meine Kontakte so leichtsinnig wären, jemanden anzuheuern, der sich beim Verfolgen einer Zielperson entdecken lässt, also denke ich, dass Miles einfach paranoid ist. Er ist sauer, dass Remi mit ihm Schluss gemacht hat. Er geht auf sie los, weil sie ein bequemes Ziel ist.«

Der Beamte hatte sich mehrere Notizen gemacht, während Kevlar sprach. Schließlich sah er auf und musterte Kevlar, dann wurde sein Blick etwas weicher, als er Remi ansah. »Schreien ist nicht gerade ein Verbrechen«, sagte der Mann nach einem Moment. »Hat er Ihnen gedroht, Sie zu verletzen?«

»Nein«, sagte Remi mit einem leichten Kopfschütteln, »aber er war so wütend. Er hat mir immer wieder befohlen, die Tür zu öffnen, damit er mit mir reden kann. Er sagte mir, wenn ich nicht die Polizei anrufe und den Beamten sage, dass er nichts mit Hawaii zu tun hat, könne er seinen Job und seinen Ruf verlieren, und alles sei meine Schuld. Er hat geschworen, dass er nichts damit zu tun hat.«

»Glauben Sie ihm?«, fragte der Beamte.

Remi presste die Lippen aufeinander. »Ich weiß es nicht.«

»Gut. Also, hier ist der Stand der Dinge. Wir können ihn wegen Ruhestörung vorladen, und wenn Sie wollen, können Sie morgen eine einstweilige Verfügung gegen ihn erwirken, damit er sich immer hundert Meter von Ihnen entfernt halten muss. Aber da er nicht ausdrücklich gedroht hat, Ihnen etwas anzutun, können wir ihn nicht verhaften.«

Kevlar versteifte sich. »Er hat ihr nicht gedroht? Er hat an ihre Tür gehämmert und versucht, sie aufzubrechen. Er wiegt mindestens fünfundzwanzig Kilo mehr als Remi. Wenn er es geschafft hätte hineinzukommen, hätte er ihr wehgetan, daran habe ich keinen Zweifel.«

»Hat er aber nicht«, sagte der Beamte ruhig.

»Es ist in Ordnung«, sagte Remi und legte eine Hand auf Kevlars Oberschenkel.

Es war nicht in Ordnung. Es war alles andere als in Ordnung.

»Bleiben Sie wachsam und rufen Sie uns an, falls noch etwas passiert. Falls er heute Nacht zurückkommt.«

»Mache ich. Danke«, sagte Remi leise.

Der Beamte erhob sich von seinem Stuhl, und Remi tat es ihm gleich. Kevlar hatte keine andere Wahl, als mit ihnen aufzustehen. Er ging mit Remi zur Tür und war froh, dass Miles nirgends zu sehen war.

Howler und Safe waren immer noch da, zusammen mit ein paar anderen Beamten. Die meisten Nachbarn waren wieder ins Haus gegangen, jetzt, da die Aufregung vorbei zu sein schien.

»Was machen sie hier?«, fragte Remi und sah zu Kevlar auf.

»Wer?«

»Safe und Howler.«

»Oh, Safe hat mich hergefahren, und Howler war noch im Konferenzraum, als ich deinen Anruf erhielt, und bot an mitzukommen.«

»Habe ich eure Besprechung gestört?«, fragte sie stirn-runzelnd.

»Wir waren fertig«, beruhigte Safe sie, als er und Howler sich näherten.

»Und wir haben den Vormittag frei«, sagte Howler grinsend.

»Oh. Und ihr wurdet in mein Drama hineingezogen. Es tut mir so leid.«

»Wir wurden nirgendwo hineingezogen«, beruhigte Safe sie. »Ich würde mich nirgendwo anders aufhalten wollen. Ich vermute sogar, dass die anderen Jungs sauer sein werden, dass sie nicht mehr da waren, als du angerufen hast, damit sie auch für dich da sein konnten.«

»Ich meine, ich wäre vielleicht lieber in der Kneipe«, murmelte Howler.

Kevlar versteifte sich, aber Remi kicherte nur. »Nun, ich weiß es trotzdem zu schätzen, dass du hier bist. Aber du kannst jetzt gehen. Mir geht es gut.«

Howler nickte und drehte sich um, um sofort auf den Park-platz und zu Safes Jeep zu gehen.

Aber Safe rührte sich nicht. »Bist du sicher?«, fragte er.

»Ja.«

»Denn ich bleibe gern hier, halte Wache und sorge dafür, dass dieses Arschloch nicht zurückkommt, wenn alle Polizisten weg sind.«

Remi legte den Kopf schief, als sie die Stirn runzelte. »Du willst nicht mit Howler in die Kneipe gehen?«

Er schnaubte. »Nein.«

»Und du wärst bereit, ein paar Stunden lang in deinem Wagen auf meinem Parkplatz zu sitzen, um nach Volldepp Ausschau zu halten?«

»Nicht nur ein paar Stunden. Die ganze Nacht«, erwiderte Safe.

»Warum?«

»Weil du für Kevlar wichtig bist, also bist du auch für uns wichtig. Außerdem mag ich keine Tyrannen. Und dein Ex klingt wie ein verdammter Tyrann.«

»Ich ... ähm ... wow.«

Sie löste sich von Kevlar und ging auf Safe zu. Als sie ihn umarmte, wollte Kevlar über den überraschten Gesichtsausdruck seines Freundes lachen. Unbeholfen erwiderte er ihre Umarmung, aber sie schien nicht einmal zu bemerken, dass sie ihn schockiert hatte. Remi trat zurück, und Kevlar zog sie wieder an seine Seite.

»Ich weiß das Angebot zu schätzen, aber du hast wirklich hart gearbeitet und musst erschöpft sein. Ich bin sicher, Volldepp ist zu verängstigt, um heute Abend zurückzukommen. Er wäre sowieso ein Idiot, wenn er das täte. Fahr nach Hause, Safe. Schlaf ein wenig. Genieße das Ausschlafen.« Sie grinste. »Du musst weiter planen, wie du morgen die Welt retten kannst.«

Safe lachte, dann wurde er ernst. »Bist du sicher?«

»Ich bin sicher.«

Er sah Kevlar an. »Willst du, dass ich bleibe?«

Kevlar schüttelte den Kopf. Er war in dieser Sache derselben Meinung wie Remi. Miles war sauer gewesen, als er in Handschellen auf dem Boden lag ... aber mehr als das, hatte er die Hose voll gehabt. Er würde nicht riskieren, tatsächlich verhaftet zu werden, indem er zurückkehrte.

Außerdem hatte Kevlar nicht die Absicht, Remi hierbleiben zu lassen. Miles mochte wissen, wo sie wohnte, aber er hatte keine Ahnung, wo *seine* Wohnung war.

»Alles in Ordnung«, sagte er zu Safe.

Sein Teamkamerad nickte ihm zu, drehte sich um und ging zu seinem Jeep, wo Howler wartete.

Der Beamte sagte ihnen noch einmal, dass sie nicht zögern sollten anzurufen, wenn sie etwas brauchten, bevor er zusammen mit den wenigen verbliebenen Polizisten zu seinem Wagen ging.

Kevlar schloss die Tür hinter sich und Remi ab und holte tief Luft, bevor er sie in seine Umarmung zog. Er hielt sie fest, wahrscheinlich zu fest, und seufzte erleichtert, als sie sich ebenso verzweifelt an ihn zu klammern schien.

»Du hast mich zu Tode erschreckt«, murmelte er in ihr Haar.

»Es tut mir leid.«

»Nein«, sagte Kevlar und zog sich zurück, damit er ihr in die Augen sehen konnte, »wenn du mich brauchst, rufst du an. Wenn du mich nicht erreichen kannst, rufst du Safe an. Oder Smiley, Preacher, MacGyver, Flash oder Howler.«

»Ich glaube, Howler mag es nicht, wenn seine neueste Affäre aus der Kneipe gestört wird«, scherzte sie.

Aber Kevlar war nicht in der Stimmung für Witze. »Ich meine es ernst, Süße. So sehr es mich auch schmerzt, das zu sagen, ich werde nicht immer hier sein, wenn du mich brauchst. Aber wenn mein Team und ich nicht verfügbar sind, sorge ich dafür, dass du die Nummern von mindestens einem Dutzend anderer SEALs hast, die nicht zögern werden, alles stehen und liegen zu lassen, um zu dir zu kommen.«

»Es geht mir gut. Wirklich. Normalerweise bin ich viel ... unerschütterlicher, als ich es heute Abend war. Es ist nur ... nach Hawaii ... glaube ich, dass ich meine Sterblichkeit ein bisschen mehr spüre. Und da wir nicht wissen, ob es Volldepp oder deine Ex war, die dafür gesorgt hat, dass wir mitten im Ozean zurückgelassen wurden ... Ich weiß nicht. Ich hatte Angst.«

»Du hast das Richtige getan. Es lässt sich nicht sagen, was er getan hätte, wenn er reingekommen wäre.«

»Ich weiß.«

»Wir werden nicht hierbleiben.«

»Was?«, fragte sie.

»Ich bringe dich in meine Wohnung. Sie ist nicht so schön wie deine, aber Miles weiß nicht, wo sie ist. Dort bist du sicher.«

»Ich will nicht, dass er mich aus meiner Wohnung vertreibt«, warf Remi ein.

»Das tut er nicht. Das wird er nicht. Das ist nur für heute Nacht. Du musst schlafen, und wenn du hierbleibst, wird jedes kleine Geräusch dich wach halten. Du wirst dich fragen, ob er es ist.«

»Ist dir das schon mal passiert?«, fragte sie mit etwas zu viel Einblick in seine Psyche.

Er hätte lügen können. Einen Scherz machen können. Aber er tat es nicht. Sie war zu wichtig. »Ja. Nach intensiven Einsätzen ist es manchmal schwer, ins normale Leben zurückzukehren und sich an die alltäglichen Geräusche auf der anderen Seite meines Fensters zu gewöhnen. Laute Knallgeräusche, schreiende Kinder, bellende Hunde – all das bedeutet etwas anderes, wenn ich in meiner Wohnung in Sicherheit bin, als wenn ich im SEAL-Modus bin.«

»Darauf wette ich. Okay.«

»Okay was?«

»Ich komme heute Nacht mit in deine Wohnung. Aber wenn ich mich morgen weigere zu gehen, weil ich mich dort sicher fühle, kannst du mir das nicht übel nehmen.«

Ihre Worte hatten eine tiefe Wirkung auf Kevlar. Der Gedanke, dass sie einzog und nie wieder ging, klang ... perfekt.

Der Gedanke hätte ihn eigentlich erschrecken müssen. Normalerweise brachte er keine Frauen mit nach Hause, Punkt. Selbst Bertie hatte in dem ganzen Jahr, in dem sie zusammen gewesen waren, nie bei ihm übernachtet. Natürlich war sie bei den wenigen Gelegenheiten, zu denen er sie in seine Wohnung eingeladen hatte, nicht von der Umgebung beeindruckt gewesen und fühlte sich in seinem schlichten, zweckmäßigen Raum sichtlich unwohl. Sie hatte gar nicht schnell genug gehen können. Kevlar hatte den Großteil ihrer gemeinsamen Zeit in ihrer überdekorierten Wohnung verbracht.

Aber der Gedanke an Remi in seinem Raum, in seinem Bett, ließ eine tiefe Sehnsucht in ihm aufsteigen.

»Pack so viel ein, wie du willst, Süße. Wenn du eine Woche, einen Monat oder für immer bleiben willst, werde ich mich nicht beschweren.« Die Worte kamen aus seiner Seele. Aus seinem Herzen. Aus dem Ort, von dem er geglaubt hatte, dass er schon lange aufgegeben hatte, jemanden zu finden, mit dem er sein Leben verbringen wollte.

»Vincent«, flüsterte sie überwältigt.

»Hör auf zu denken. Geh einfach packen«, befahl er.

Sie lächelte ihn an, bevor sie nickte und sich zurückzog.

Kevlar sah ihr nach, bis sie die Treppe hinauf verschwand, dann holte er tief Luft. Er hatte keine Ahnung, was gerade passiert war, aber irgendwo tief in seinem Inneren gab es eine deutliche Veränderung. Er hatte sich damit begnügt, langsam vorzugehen. Zu warten. Um zu sehen, wie die Dinge sich zwischen ihm und Remi entwickeln würden. Aber das änderte sich in dem Moment, in dem er ihre verängstigte Stimme am Telefon gehört hatte. Als ihm klar wurde, dass sie in Gefahr war.

Das Leben war kurz, das wusste er besser als jeder andere. Und es war nicht garantiert. An einem Tag konnte man denken, man hätte sein ganzes Leben vor sich, und am nächsten Tag konnte man tot auf der Straße liegen.

Er würde Remi nicht drängen, aber er würde ihr unmissverständlich zu verstehen geben, dass er bereit war, ihre Beziehung voranzutreiben. Dass er alles wollte, was sie zu geben hatte.

KAPITEL DREIZEHN

Remi fühlte sich seltsam. Sie war zittrig und konnte nicht aufhören, über ihre Schulter zu schauen. Sie hasste es, dass Volldepp sie so beeinflusste. Sie hatte ihn schon früher schreien hören, aber der drohende Tonfall in seiner Stimme heute Abend war etwas Neues gewesen. Sie war sich nicht sicher, was er getan hätte, wenn er es geschafft hätte, in die Wohnung zu kommen, oder wenn sie ihm die Tür geöffnet hätte.

Ihr erster Anruf hätte der Polizei gelten sollen, aber daran hatte sie nicht gedacht, als sie auf Vincents Namen getippt hatte. Sie hatte nicht daran gedacht, dass sie eine wichtige Besprechung unterbrechen würde oder dass er sich vielleicht nicht in einen Streit zwischen ihr und Volldepp einmischen wollte. Sie hatte nur daran gedacht, wie sicher sie sich fühlte, wenn sie bei ihm war. Es spielte keine Rolle, dass die Polizei zuerst eingetroffen war.

Sie hatte gehört, wie er ihren Namen rief, als er sich ihrer Wohnung näherte. Und das bedeutete ihr alles.

Er war gekommen.

So schnell er konnte, würde er kommen, wenn sie ihn brauchte.

Das Gefühl in ihrer Brust drohte sie zu überwältigen. Sie hatte die Beamten angefleht, ihn hereinzulassen. Sie hatte ihn sehen, ihn berühren müssen. Sie hatte ihn gebraucht, um sie zu erden.

Und in der Sekunde, in der er die Arme um sie schloss, fühlte sie sich endlich sicher.

Sie war bereit gewesen, ihn anzuflehen, die Nacht zu bleiben, aber das war nicht mehr nötig, als er ihr sagte, dass er sie zu sich nach Hause bringen würde. Er hatte nicht gefragt. Er hatte es ihr *gesagt*.

Das war für sie völlig in Ordnung.

Sie wollte diesen Mann. Alles in ihr schrie, dass er der Eine war. Der Mann, auf den sie ihr ganzes Erwachsenenleben lang gewartet und nach dem sie gesucht hatte. Es war ihm egal, dass sie kein Make-up trug. Es war ihm egal, dass sie prustend lachte. Er respektierte ihre Karriere, bezeichnete sie nicht als Hobby und machte sich nicht darüber lustig, dass sie ihren Lebensunterhalt damit verdiente, einen sprechenden Taco zu zeichnen. Und er hatte keine einzige abfällige Bemerkung darüber gemacht, dass ihre Eltern in der Kondomindustrie tätig waren.

Aber es war mehr als all das. Es war die Güte, die aus jeder Pore von Vincents Körper strömte, das konnte sie spüren. Er war mutig und beschützend. Ja, er war auch ein wenig rau und sehr unverblümt, aber das nahm sie ihm nicht übel. Er hatte gelernt, so zu sein, weil er ein SEAL war.

Seine Freunde waren auch so. Sie konnte in allen von ihnen eine Dunkelheit spüren, aber diese Dunkelheit wurde durch ein starkes Bedürfnis zu beschützen gemildert. Drachen zu töten. Es war kein Wunder, dass sie sich alle so nahestanden. Gleich und gleich gesellte sich gern, und Vincent und seine Teamkameraden waren alle aus demselben Holz geschnitzt.

Safe war ein gutes Beispiel dafür. Sie hatte ihn nicht gebeten zu bleiben. Sie hatte nicht einmal angedeutet, dass sie sich ein wenig unwohl fühlen könnte, weil sie sich fragte, ob Volldepp zurückkommen würde. Aber er hatte es irgendwie gewusst und sich freiwillig gemeldet, die ganze Nacht auf ihrem Parkplatz zu sitzen und Wache zu halten. Er musste müde sein, nach Hause in sein eigenes Bett gehen und den freien Morgen genießen wollen. Aber stattdessen hatte er sich freiwillig gemeldet, für ihre Sicherheit zu sorgen.

Ehrlich gesagt trieb ihr das fast Tränen in die Augen.

Nun, vielleicht war es alles, was passiert war. Aber sie würde nicht weinen. Sie war stärker als das. Sie war nicht verletzt, Volldepp hatte sie nicht angerührt. Und jetzt würde sie zu Vincents Wohnung fahren. Seit sie wieder in Kalifornien waren, war sie neugierig, wo er wohnte. Sie konnte es kaum erwarten, es mit eigenen Augen zu sehen.

Als könnte er ihre Gedanken lesen, griff Vincent nach ihrer Hand, sobald sie unterwegs waren. »Ich hoffe, du erwartest nichts Besonderes«, sagte er ein wenig verlegen. »Meine Wohnung ist nichts Weltbewegendes.«

»Ich bin sicher, sie ist in Ordnung.«

Er stieß einen Atemzug aus. »Sie ist angemessen. Das ist alles.«

»Vincent, es ist mir egal, wo du wohnst. Es ist mir egal, wie viel du für deine Möbel bezahlt hast. Es ist mir sogar egal, ob dein Schlafzimmer voller ausgestopfter Tierköpfe an den Wänden und mit Pistolen und Messern auf jeder verfügbaren Oberfläche ausgestattet ist. Mich interessiert nur, dass *du* da bist.«

Er lachte und drückte ihre Finger. »Keine toten Tiere an den Wänden, und meine Waffen sind in Schließfächern.«

Sie lächelte ihn an.

»Ich möchte nur, dass du dich wohlfühlst. Dass du dich sicher fühlst.«

»Wenn ich bei dir bin, fühle ich mich sicher«, sagte Remi in der Hoffnung, dass sie nicht zu rührselig war.

Das Lächeln auf seinem Gesicht versicherte ihr, dass sie es nicht war.

»Das bist du, weißt du. Wenn du bei mir bist, bist du absolut sicher. Ich werde dir nie wehtun, Süße. Weder mit Worten noch mit Fäusten. Und ich werde alles in meiner Macht Stehende tun, um andere davon abzuhalten, das zu tun. Aber die Wahrheit ist, dass ich nicht immer in der Nähe sein werde. Ich weiß, dass ich das immer wieder erwähne, aber du musst dir dessen bewusst sein.«

Seine Sorge war deutlich zu hören. Und dadurch verliebte sie sich nur noch mehr in ihn, nicht weniger.

»Ich habe lange Zeit allein gelebt, Vincent. Ich bin daran gewöhnt. Meine Eltern sind nicht weit weg, und glaub mir, sie kennen eine Menge Leute. Wenn ich wirklich etwas brauche, genügt ein Anruf bei ihnen, und sofort ist ein Handwerker oder Klempner auf dem Weg zu mir nach Hause. Und ob du es glaubst oder nicht, mein Leben ist eigentlich ziemlich langweilig. Abgesehen von heute Abend und dass ich im Meer zurückgelassen wurde. Ich kann mit deinem Job umgehen, versprochen.«

»Ich hasse es, nicht für dich da zu sein«, gab er zu. »Bei anderen Freundinnen habe ich mir darüber nie Gedanken gemacht, aber bei dir? Da juckt es mich innerlich. Ich liebe es, ein SEAL zu sein, aber die letzte Woche hat mir gezeigt, wie viel andere für mich opfern. Ich hätte schon längst deine Familie kennenlernen sollen. Mit dir und Marley abhängen. Dich zum Essen einladen. Auf deiner Couch sitzen und einen Film sehen sollen. Und wir haben noch nicht einmal annähernd das versprochene Knutschen mit Rumfummeln hinter uns gebracht.«

»Das ist kein Opfer, das ist ein Teil des Lebens. Es wird Zeiten geben, in denen ich unter Zeitdruck stehe und nicht mit dir reden kann. Ich werde nicht mit dir reden *wollen*. Dann schließe ich mich in meinem Zimmer ein, um mich auf das zu konzentrieren, was ich tue. Ich bin Perfektionistin, und ich ärgere mich über mich selbst und alle anderen, wenn ich abgelenkt werde. Ganz ehrlich? Wenn du Buchhalter oder Autoverkäufer wärst, wäre ich jetzt schon genervt, wenn wir noch keine Verabredung gehabt hätten oder wenn ich denken würde, dass du dich vor den Leuten drückst, die mir am wichtigsten sind. Aber das tust du nicht. Du bist ein verdammter SEAL. Du planst eine sehr wichtige Mission an einem gefährlichen Ort, um andere in Sicherheit zu bringen. Darüber werde ich nie und nimmer sauer sein, Vincent. Ich bin stolz auf dich und deine Teamkameraden.«

Er warf ihr einen Blick voller Emotionen zu, die sie nicht deuten konnte. Aber er sagte nichts, drückte nur ihre Hand und richtete seine Aufmerksamkeit wieder auf die Straße vor ihnen.

Sie fuhren auf einen kleinen Parkplatz hinter seinem Gebäude, und er stellte den Motor ab, bevor er seine Tür öffnete. Remi folgte ihm, und er hatte ihren Koffer bereits in der Hand, bevor sie auch nur versuchen konnte, ihn zu greifen. Dann kam er an ihre Seite und nahm ihre Hand in seine, bevor er recht schnell auf das Gebäude zuging.

Remis Lippen zuckten. Er war herrisch, ohne ein Wort zu sagen. Das war eigentlich ziemlich beeindruckend. Aber da es ihr nichts ausmachte, sprach sie ihn nicht darauf an. Es fühlte sich gut an, ihm die Kontrolle zu überlassen, selbst wenn es um etwas so Einfaches ging wie das Tragen ihrer Tasche und das Begleiten zu seiner Wohnung.

Er führte sie eine Treppe hinauf und den äußeren Weg hinunter. Seine Wohnung war die letzte am Ende einer langen Reihe, und er ließ ihre Hand nur lange genug los, um seine Tür aufzuschließen, bevor er seinen Schlüssel einsteckte, sie erneut packte und hineinzog.

Remi schaute sich neugierig um. Vincent betätigte keinen Schalter, aber da er das Licht in der Küche angelassen hatte, konnte sie gut sehen. Sie erhaschte einen Blick auf ein riesiges, mit Büchern vollgestopftes Regal, einen großen Fernseher an der Wand und ein altes, abgenutztes Sofa, das äußerst bequem aussah, bevor Vincent sie in einen kleinen Flur führte.

»Vincent?«, fragte sie, verwirrt darüber, warum er nicht gesprochen hatte. Er hatte immer noch ihren Koffer in der Hand, also dachte sie, dass er sie vielleicht in ein Gästezimmer brachte.

Aber als er die Tür am Ende des Flurs aufstieß, wurde ihr klar, dass sie sich nicht in einem Gästezimmer befanden. Dies war *sein* Schlafzimmer. Sie wusste es, ohne dass er ein Wort sagte, denn es roch nach ihm. Der dunkle, holzige Geruch, den sie ihm zuschrieb, war stark in dem mittelgroßen Raum.

»Vincent?«, fragte sie erneut, als er stehen blieb und ihren Koffer auf den Boden stellte. Aber er sagte kein Wort, drehte sich einfach zu ihr um und nahm ihr Gesicht in die Hände. Dann küsste er sie. Es war kein kurzer, sanfter Kuss. Er war hart und rau ... und fordernd.

Als er sich zurückzog, konnte sie nicht mehr klar denken. Er hatte ihr mit einem einfachen Kuss das Gehirn durcheinandergebracht. Nein, nicht einfach. An diesem Kuss war nichts einfach gewesen.

»Du hast die Wahl«, sagte er mit leiser Stimme. »Du kannst hier schlafen, in meinem Bett, ganz allein. Ich schlafe draußen auf der Couch, und am Morgen mache ich uns Frühstück und bringe dich zurück in deine Wohnung, bevor ich zu meinen Besprechungen auf den Stützpunkt zurückfahre.«

Als er nicht weitersprach, fand Remi den Mut zu fragen: »Oder?«

»Oder wir können beide hier drin sein. Und ich werde dich die ganze Nacht lang langsam lieben. Ich werde jeden Zentimeter deiner Haut kosten und so tief in dich eindringen, dass du dich fragen wirst, wie du jemals ohne mich überlebt hast. Morgen früh duschen wir zusammen, ich mache Frühstück, richte mein Gästezimmer als deinen Arbeitsplatz ein und du kannst hierbleiben, während ich zum Stützpunkt fahre, um meine Besprechungen abzuhalten. Und wenn ich fertig bin, komme ich zu dir nach Hause und wir machen da weiter, wo wir aufgehört haben.«

Remi konnte spüren, wie ihr Körper kribbelte, um sich auf alles vorzubereiten, was er gerade angeboten hatte.

»Ich brauche dich, Remi«, gab Vincent zu, »aber alles, was ich letzte Woche gesagt habe, gilt immer noch. Wenn wir das tun, wenn du mich reinlässt, dann lasse ich dich nicht wieder gehen. Ich bin nicht wie dein Idiot von Ex. Ich erkenne eine gute Sache, wenn ich sie sehe, und ich bin mir auch bewusst, dass du etwas so viel Besseres haben könntest als mich. Aber ich werde den Rest meines Lebens damit verbringen, dafür zu sorgen, dass du es nicht bereust, mich gewählt zu haben. Ich werde dafür sorgen, dass die Zeit, in der wir zusammen sind, sich für dich lohnt, damit dir die Zeit, in der wir getrennt sind, hoffentlich nicht ganz so schlimm vorkommt.«

Remi konnte nicht anders, sie musste lachen. Sie prustete sogar.

Vincent runzelte die Stirn.

»Ich lache nicht über dich«, versicherte sie ihm, während sie die Arme um seinen Hals schlang. »Ich lache über die Tatsache, dass du auch nur eine Sekunde lang glaubst, ich würde mich für Option Nummer eins entscheiden. Ich will dich, Vincent. Alles von dir. Meine Eltern werden dich lieben, und Marley hat mir schon gesagt, wenn ich nicht bald über dich herfalle, wird sie dafür sorgen, dass wir zusammen in einem Zimmer in irgendeiner Berghütte eingesperrt werden, während der Schneesturm des Jahrhunderts naht.« Sie rümpfte die Nase. »Sie liest zu viele Liebesromane mit erzwungener Nähe, aber das ist Teil ihres Charmes, und ich kann nicht behaupten, dass das von ihr vorgeschlagene Szenario so schrecklich ist.«

Als sie merkte, dass sie plapperte und der besorgte Ausdruck auf Vincents Gesicht sich nicht verflüchtigt hatte, sagte sie schnell: »Ich wähle *dich*, Vincent. Dein Bett. Uns beide. Dich in mir, hart, tief und langsam. Oder schnell. Wie auch immer.«

Wenn sie nicht halbwegs in diesen Mann verliebt gewesen wäre, hätte der intensive Blick auf seinem Gesicht sie vielleicht erschreckt, aber dies war Vincent. Der Mann, der ihr in Hawaii das Leben gerettet hatte. Der nicht einmal zusammenzuckte, wenn sie prustend lachte. Der sich einen Dreck um ihr Bankkonto scherte. Der heute Abend so schnell gekommen war, wie er konnte, als sie ihn anrief.

Er begann, sie nach hinten zu schieben. »Brauchst du etwas aus deinem Koffer?«

»Ähm, nein?«

»Gut. Ich bin nämlich kurz davor, dir die Kleider vom Leib zu reißen und dich zu vernaschen.«

Remi lächelte. »Von mir aus.«

Bevor sie blinzeln konnte, hatte er genau das getan. Er riss ihr zwar nicht buchstäblich die Kleider vom Leib, aber er schaffte es irgendwie, ihr Hemd und ihre Jeans in Sekundenschnelle auszuziehen. Sie hätte sich eigentlich schämen sollen, aber sie verspürte nichts als das Bedürfnis, ihn genauso nackt zu sehen wie sie selbst. Es gelang ihr nicht so leicht, ihm sein Hemd über den Kopf zu ziehen, aber zum Glück half er nach. Dann stieß er sie auf sein Bett.

Remi rutschte nach hinten und konnte den Blick nicht von dem Mann abwenden, der über sie kroch.

Vincent war umwerfend. Und er gehörte ganz ihr. Es war kaum zu glauben, aber der Ausdruck der Lust in seinen Augen galt *ihr*. Es war ein erregendes Gefühl.

Remi fühlte sich zum ersten Mal selbstbewusst, krümmte den Rücken und legte die Arme über den Kopf, während sie sich für ihren Mann räkelte.

»*Verdammt*«, murmelte Vincent, während er den Blick über ihren Körper wandern ließ. »Ich weiß nicht, was ich zuerst anschauen oder anfassen soll. Ich wusste, als ich dich in diesem Neoprenanzug sah, dass du perfekt für mich bist, aber ich wusste nicht, *wie* perfekt.«

Mit jedem Wort verliebte Remi sich noch mehr.

Dann kroch er über sie und positionierte sich über ihren Hüften. Sein Schwanz drückte hart gegen ihren Bauch, und er war wegen seines nackten Körpers bestimmt nicht verunsichert, aber warum sollte er auch? Er bestand aus schlanken, harten Muskeln.

Er lächelte nicht, hatte einen konzentrierten Gesichtsausdruck, als er eine Hand hob und mit der Fingerspitze leicht ihre Brustwarze nachzeichnete. Als hätte sie einen eigenen Willen, und als hätte sie auf seine Berührung gewartet, wurde sie hart.

Ein kleines Lächeln bildete sich auf seinen Lippen, während er sie beobachtete.

»Wunderschön«, flüsterte er, während er weiter mit ihrer Brustwarze spielte. Er fuhr fort, einen Finger zu benutzen, und Remi sehnte sich nach mehr.

»Vincent, bitte«, flehte sie.

»Bitte was?«, fragte er.

Ihr Magen zog sich bei dem zufriedenen Klang seiner Stimme zusammen. »Berühre mich.«

»Wo?«

»Irgendwo. Überall!«

»Ich überstürze es vielleicht, dich in mein Bett zu bringen, aber ich will verdammt sein, wenn ich unser erstes Mal überstürze.«

»Es gibt Überstürzung und es gibt Langsamkeit wie ein Opa«, brummte sie, legte die Hände auf seine Oberschenkel und streichelte auf und ab. Zu ihrer Freude zuckte sein Schwanz und an der Spitze bildete sich eine kleine Perle aus Sperma.

»Es wird *gar nichts* Langsames geben, wenn du mich weiter anfasst«, brummte er.

»Wenn du glaubst, dass ich mich darüber beschweren werde, liegst du falsch«, sagte sie. Das machte sogar irgendwie Spaß. Es war schwer zu glauben, dass irgendetwas an Nacktheit mit einem Mann Spaß machte. In der Vergangenheit war sie immer zu nervös gewesen, zu verlegen für irgendwelche Neckereien. Aber da war es. Der Beweis dafür, dass Vincent wirklich für sie geschaffen war.

Er spannte seine Oberschenkelmuskeln unter ihren Handflächen an und griff nach ihren Brüsten. Seine großen Hände bedeckten sie vollständig, und das Gefühl seiner schwieligen Haut an ihren Brustwarzen veranlasste Remi erneut dazu, den Rücken zu krümmen.

»Mehr?«, fragte er.

»Ja. Bitte«, hauchte sie.

Er knetete und streichelte ihre Brüste, als könnte er nicht genug bekommen. Andere Partner hatten sie auf die gleiche Weise berührt, aber nur für Sekunden, bevor sie ihren Körper hinaufkrochen und in sie eindrangen. Vincent war zufrieden damit, sich Zeit zu lassen. Remi konnte die feuchte Stelle auf ihrem Bauch spüren, wo sein Schwanz ruhte, aber er schien es nicht eilig zu haben, »zum guten Teil zu kommen«, wie ein Ex den Sex genannt hatte.

Minuten später rutschte er nach hinten, und Remi hielt den Atem an, da sie dachte, dass es jetzt so weit war ... aber anstatt in sie zu stoßen, senkte er den Kopf.

Die nächsten zehn Minuten waren atemberaubend und eine völlig neue Erfahrung für Remi. Vincent tat sein Bestes, um jeden Zentimeter ihrer Brust zu lecken und zu saugen, er kniff und knabberte an ihr, als sei sie eine Mahlzeit, die es zu genießen galt.

Jedes Mal wenn er sie in die Brustwarze zwickte, härter, als sie es je für möglich gehalten hätte, schoss ein entsprechender Stich zwischen ihre Beine. Es dauerte nicht lange, bis sie sich unter ihm krümmte. Ihre Beine waren weit gespreizt und sie rieb sich verzweifelt an ihm.

Es wäre ihr peinlich gewesen, aber jedes Mal, wenn sie in seine Augen blickte, sah sie nichts als Lust und Vergnügen. Er tat alles, was in seiner Macht stand, um sie zu erregen ... und es funktionierte.

»Vincent, bitte! Ich brauche mehr. Ich brauche dich in mir.«

Als Antwort setzte er sich schließlich auf und griff zu dem kleinen Tisch neben dem Bett. Er öffnete die Schublade und zog ein Kondom heraus. Schnell rollte er es über seinen Schwanz und Remi konnte den Blick nicht von ihm abwenden. Wenn sie ihn schon vorher für groß gehalten hatte, so war das nichts im Vergleich zu dem Monster zwischen seinen Beinen jetzt. Er war größer und dicker als jeder andere, den sie je aufgenommen hatte, und sie begann, sich zu fragen, ob es überhaupt funktionieren würde.

Sie zuckte zusammen, als etwas Kaltes auf ihre Brust tropfte.

»Tut mir leid«, murmelte er. »Das wird am Anfang kalt sein.«

Sie war sich nicht sicher, wovon er sprach. Dann sah sie die Flasche mit Gleitmittel in seiner Hand.

Als sie eine fragende Augenbraue hob, zuckte er mit den Schultern. »Masturbieren ist besser mit Gleitgel«, erklärte er. Überrascht, dass er so offen über etwas so Persönliches sprach, konnte Remi ihm nur ein kleines Lächeln schenken.

Er spritzte einen Klecks in seine Hand und erklärte: »In Zukunft werde ich dich bis zum Orgasmus vernaschen, damit du feucht genug bist, um mich zu nehmen. Aber ich kann nicht warten. Ich muss jetzt sofort in dir sein. Aber ich will dir nicht wehtun, also muss ich sicher sein, dass du bereit bist.«

Remi wollte ihm versichern, dass sie bereit war, feuchter als je zuvor, aber er war bereits zurückgerutscht, sodass er über ihren Oberschenkeln war, und eine Hand befand sich zwischen ihren Beinen. Bei der ersten Berührung zuckte sie zusammen und er sagte: »Ganz ruhig, Süße. Ich habe dich.«

Und das hatte er. Mit den Fingern verteilte er das Gleitmittel auf ihren Schamlippen, dann begann er, ihre Klitoris zu streicheln. Remi schnappte nach Luft und versuchte, die Oberschenkel zu spreizen, um ihm mehr Platz zu geben, aber er bewegte seine Beine nicht.

»Du bist so schön. So empfindlich. Fühlt sich das gut an?«, fragte er, während er langsam mit einem Daumen über ihre Klitoris fuhr.

Remi konnte nur stöhnen. Sie griff nach unten und hielt sich an einem seiner Oberschenkel fest, während er sie streichelte.

Sie hörte vage sein Lachen, aber alle ihre Sinne konzentrierten sich auf ihre Beine. Ihre Brustwarzen waren steinhart und sie fühlte sich, als würde sie in Millionen Stücke zerspringen.

»Du bist nahe dran, nicht wahr?«, fragte er, und sie hörte die Überraschung in seiner Stimme.

Sie weigerte sich, Verlegenheit zu empfinden. Verdammt, er hatte sie in den letzten fünfzehn Minuten gereizt. Er hatte sie aufgeheizt und erregt. *Natürlich* war sie kurz vor dem Höhepunkt. Sie war in Vincent Hills Bett, und er wollte sie.

»Ja«, sagte sie und sah zu ihm auf. »Härter«, befahl sie.

Er lächelte. »Ja, Ma'am.«

Er gab mehr Gleitmittel auf seinen Finger, dann überraschte er sie, indem er ihn langsam in ihren Körper einführte, während er mit der anderen Hand ihre Klitoris liebkoste.

»Oh!«, rief sie aus und drückte seinen Finger mit ihren inneren Muskeln zusammen.

Diesmal stöhnte er. »So heiß. So eng. Du wirst mich so verdammt hart drücken, wenn ich meinen Schwanz da drin habe.«

Es waren vulgäre Worte, und Remi war noch nie so erregt gewesen.

»Komm für mich, Remi. Übergieße meine Finger mit deinem Honig, damit ich dir meinen Schwanz geben kann.«

Sie wollte das. Wollte *ihn*. Sie krümmte den Rücken, als ihr Orgasmus näher rückte, und dachte nicht daran, was da wackeln oder was ihr Liebhaber darüber denken könnte. Sie konnte sich nur auf die Hände zwischen ihren Beinen konzentrieren und wie gut sie sich fühlte. Durch das Gleitmittel und ihre Erregung war sie feuchter als je zuvor in ihrem Leben.

Als sie über den Abgrund stürzte, spürte sie, wie Vincent sich bewegte. Dann war er da. Er drang zwischen ihre Beine, während sie zitterte und den intensivsten Orgasmus aller Zeiten erlebte.

Es kostete Kevlar alles, um nicht auf der Stelle zu kommen. Er war noch nie mit einer Frau zusammen gewesen, die so sinnlich war wie Remi, mit ihren über den Kopf geworfenen Armen und ihrem Körper, der sich seiner Berührung entgegenwölbte, während sie während ihres Orgasmus stöhnte.

Er war ein großer Mann, und auf keinen Fall wollte er sie verletzen. Deshalb hatte er auch das Gleitmittel besorgt. Er wollte sicherstellen, dass sie schön feucht war, damit er in sie eindringen konnte, ohne ihr Schmerzen zu bereiten. Er hatte nicht erwartet, dass sie zum Orgasmus kommen würde, aber sobald er ihre Klitoris berührte, konnte er sehen, dass sie kurz davor war.

Er hatte in seinem Leben noch nie etwas gesehen, das so verdammt sexy war. Als ihre Oberschenkel zitterten und sie aufschrie, bewegte er sich, ohne nachzudenken. Er drückte seinen Schwanz zwischen ihre Beine und schob ihn hinein.

Sie war eng. Fast zu eng. Und die Tatsache, dass sie einen Orgasmus hatte, war nicht gerade hilfreich, denn ihre Muskeln waren verkrampft und arbeiteten gegen ihn. Aber Kevlar konnte nicht aufhören. Die Art, wie sie seinen Schwanz drückte, ließ seine Augen in seinem Kopf zurückrollen. Er war doppelt dankbar, dass er sie so feucht und glitschig gemacht hatte, bevor er versuchte, in sie einzudringen.

Sie fühlte sich winzig unter ihm an, um ihn herum, aber er konnte nicht aufhören, bis er vollständig in ihr vergraben war. Erst als er spürte, wie seine Schamhaare sich mit ihren vermischten, öffnete er die Augen und wagte es, nach unten zu schauen. Er hielt still und genoss das Gefühl der kleinen Kontraktionen tief in ihrem Körper, die seinen Schwanz massierten.

Remi hatte seine Arme ergriffen, als er in sie eindrang, und er konnte spüren, wie ihre Fingernägel sich in seine Haut gruben. Sein Herz schlug so heftig, dass er sicher war, sie konnte sehen, wie das Blut in seiner Halsschlagader pulsierte.

»Vincent«, flüsterte sie.

Er würde es nie müde werden, seinen Namen aus ihrem Mund zu hören. Die Art, wie sie ihn sagte, machte ihn jedes Mal an.

»Remi«, erwiderte er und klang dabei genauso atemlos.

»Bist du ... ganz drin?«

Er lächelte zu ihr hinunter und nickte.

»Du bewegst dich nicht«, bemerkte sie.

»Du bist eng, Süße. Ich gebe dir Zeit, dich anzupassen.«

Sie holte tief Luft. »Ja, okay. Danke. Ich, ähm ...«

Ihre inneren Muskeln spannten sich um ihn an und diesmal holte Kevlar Luft. »Mach das noch mal«, befahl er.

»Was? Das?«, fragte sie grinsend.

Diesmal drückte sie ihn rhythmisch mehrmals hintereinander.

»Verdammt, Frau! Das fühlt sich ... du hast keine Ahnung, wie gut du dich anfühlst. Du bist wie ein Ofen, so heiß um mich herum.« Kevlar spannte den Hintern an und bewegte sich in ihr.

Diesmal schnappte sie wieder nach Luft.

»Geht es dir gut? Ich tue dir nicht weh?«

Sie hob eine Hand und fuhr damit durch sein Haar. »Nein. Du tust mir definitiv nicht weh. Du bist groß und ich fühle mich voll. Fast zu voll, aber es ist so gut.«

Kevlar konnte die Befriedigung nicht aufhalten, die ihn durchströmte. »Ich will mich bewegen. Darf ich mich bewegen?«, bettelte er. Das war nicht seine Art. Er war ein Mann, der sich nahm, was er wollte, was er brauchte. Aber er hätte eher seinen eigenen Schwanz abgeschnitten, bevor er dieser Frau wehtat.

»Ja. Bitte, Vincent. Beweg dich!«

Langsam zog er seinen Schwanz aus ihrem warmen Körper, bis nur noch die Spitze übrig war, dann sank er wieder hinein. Sie stöhnte. »Mehr! Härter«, verlangte sie.

Kevlar begann, in sie zu stoßen, und ihm wurde klar, dass sein Leben sich vollkommen und völlig verändert hatte. Sie gehörte ihm. Er würde nie wieder mit jemand anderem als Remi intim sein, und der Gedanke daran ließ ihn vor Ekstase stöhnen. Er brauchte niemand anderen. Nur sie. Nur diese Muschi. Sie war wie geschaffen für ihn.

»Vincent, *härter*«, befahl sie und grub ihre Fingernägel in seinen Hintern.

Der kleine Schmerz ließ Lust in seinen Schwanz schießen. Seine Hoden entließen einen Schwall Sperma in das Kondom. Er wollte nicht, dass es schon vorbei war. Er brauchte mehr. Wollte so lange wie möglich in ihrem heißen, nassen Körper bleiben. Aber er wollte auch Remi befriedigen. Er wollte ihr die angenehmste Erfahrung bieten, die sie je gemacht hatte.

Er rutschte weiter nach oben und spreizte ihre Beine noch weiter um seine Hüften. Dann lehnte er sich zurück.

Remi stöhnte aus Protest auf. »Vincent, bitte! Ich will es hart. Ich will dich tief in mir spüren.«

»Das wirst du«, versprach Kevlar. »Aber zuerst will ich, dass du wieder kommst. Diesmal um mich herum.«

»Ich kann nicht«, protestierte sie. »Ich bin zu empfindlich.«

Kevlar wusste, dass er ein Arsch war, ihre Proteste zu ignorieren. Er wollte nur spüren, wie sie um seinen Schwanz herum erzitterte. Er ließ eine Hand sinken und stellte fest, dass sie immer noch äußerst feucht war von dem Gleitmittel, das er vorhin benutzt hatte. Er strich mit dem Daumen über ihre Öffnung, bis sie glitschig war, und machte sich daran, sie wieder zum Kommen zu bringen.

Bei der ersten Berührung seines Daumens an ihrer Klitoris

zuckte sie unter ihm zusammen, und er konnte sich ein Lächeln nicht verkneifen.

»Nein, zu viel!«

Aber er ignorierte sie weiterhin. Er hatte nicht geahnt, dass er so etwas in sich hatte. Er hatte Pornos gesehen, in denen erzwungene Orgasmen gezeigt wurden, aber er hatte gedacht, dass die Frauen nur schauspielerten. Es hatte ihn weder erregt noch abgetörnt, es war nur von leichtem Interesse. Aber jetzt, da Remi unter ihm lag, um seinen Schwanz herum zuckte und versuchte, sich seiner Berührung zu entziehen, was ihr nicht gelang, tropfte noch mehr Sperma aus seiner Spitze.

Er würde nicht mehr lange durchhalten, nicht als er nach unten blickte und sah, dass er bis zum Anschlag in ihr vergraben war. Ihr Fleisch war um den Ansatz seines Schwanzes gedehnt, und es war schwer zu glauben, dass sie ihn in diese enge Muschi hatte aufnehmen können. Und sie nahm ihn *immer noch* auf.

»Es ist nicht zu viel«, sagte er.

Ihre Hüften zuckten jetzt unaufhörlich, und ihre beiden Hände lagen auf seinen Oberschenkeln, wo sie die Fingernägel hineingrub, während er sie weiter streichelte.

»Ahhhh!«, schrie sie, während sie sich unter ihm wand.

Kevlar schloss die Augen, als er ihren Orgasmus um ihn herum und unter ihm spürte. Dann fiel er nach vorn, stützte sich auf die Unterarme und fickte sie hart, schnell und tief, genau wie sie es sich gewünscht hatte.

Und mit jedem Stoß stöhnte sie in sein Ohr, ihre Muschi melkte ihn, während sie weiter kam. Jedes Mal wenn er sich vollständig in ihr vergrub, rieb er an ihrer Klitoris und verlängerte so ihren Orgasmus. *Nichts* fühlte sich so an wie das hier. Nicht der Adrenalinrausch, den er bei einer Mission bekam. Nicht der Stolz, den er empfand, als er sich seine Budweiser-Nadel verdient hatte. Nichts.

Stöhnend schob er sich so tief wie möglich hinein und ließ los. Spritzer um Spritzer verließ sein Schwanz. Der Orgasmus schien immer weiterzugehen, und er konnte sich nur mit Mühe aufrecht halten, um nicht auf Remi zu fallen und sie unter sich zu zerquetschen. Seine Arme zitterten, er sah schwarze Flecke vor den Augen, und trotz allem spürte er Remis Hände auf seinem Rücken, auf seinem Hintern, wo sie ihn streichelte und ihn näher zu sich zog.

Als er schließlich wieder atmen konnte, drehte Kevlar sich auf den Rücken und nahm Remi mit sich, sodass sie auf seinem Körper war, sein Schwanz immer noch tief in ihr. Sie kicherte an seiner Brust, als er sich niederließ, zog sich jedoch nicht zurück.

Erleichterung strömte durch Kevlars Adern. Niemals wollte er diese Frau verletzen, und einen Moment lang dachte er, er sei zu weit gegangen. Sie zum Orgasmus zu zwingen, sie so hart zu nehmen, wie er es getan hatte, aber als er dieses süße Kichern hörte, seufzte er erleichtert.

»Das war ... wow«, flüsterte sie.

»Ja«, stimmte er zu.

Sie lag schlaff auf ihm, und Kevlar hatte den befriedigenden Gedanken, dass genau *das* auf ihn warten würde, wenn er von seiner nächsten Mission nach Hause kam. Nicht nur der Sex, sondern seine Frau, die sich an ihn schmiegte, Haut an Haut, ihn mit ihren weichen Händen streichelte, glücklich, bei ihm zu sein. Nicht wegen dem, was er für sie tun konnte, nicht weil er ein SEAL war. Sondern seinetwegen. Nur seinetwegen.

Er würde kämpfen und töten, um das zu behalten.

»Ich muss aufstehen«, sagte er nach einem langen Moment.

»Oh, ähm, okay«, entgegnete sie unsicher.

Es kam Kevlar in den Sinn, dass sie nicht wusste, warum er sich bewegen musste. »Das Kondom. So sehr ich auch bleiben möchte, wo ich bin, mit meinem Schwanz in deinem Körper, ich muss das Kondom entsorgen.«

»Oh! Richtig. Ja«, sagte sie und hob ein Bein, um von ihm herunterzuklettern.

Aber Kevlar drückte sie an sich, noch nicht bereit, sich aus ihr zurückzuziehen. Es war dumm und könnte ernste Folgen haben, aber er wollte ihre Wärme nicht verlassen.

»Ich dachte, du hättest gesagt, du müsstest dich bewegen«, sagte sie mit einem kleinen Schnaufen.

»Das habe ich. Das muss ich. Aber zuerst musst du mir sagen, dass es dir gut geht. Dass ich dir nicht wehgetan habe.«

»Mir geht es mehr als gut«, versicherte sie ihm sofort. »Das war ... intensiv, aber großartig. Wirklich unglaublich.«

»Ich habe dich dazu gebracht, etwas zu tun, von dem du nicht sicher warst, ob du es tun willst«, beharrte er. Kevlar hatte keine Ahnung, warum er so darauf drängte, er wollte nur ganz sicher sein, dass er nichts getan hatte, was sie ihm später übel nehmen würde.

»Es war ein bisschen unangenehm. Es hat ein wenig wehgetan, aber auf eine gute Art«, entgegnete sie schnell, als sie sein Stirnrunzeln sah. »Das hat noch nie jemand mit mir gemacht. So habe ich mich noch nie gefühlt, niemals. Ich hatte noch nie einen so intensiven Orgasmus. Und dich in mir zu haben, als es passierte ... ja, es war fantastisch, Vincent, ehrlich.«

Sie war knallrot, als sie zu Ende gesprochen hatte, aber er hätte nicht stolzer – auf sie und auf sich – sein können als in diesem Moment. »In Ordnung«, sagte er. »Ich wollte nur sicher sein.«

»Ich bin sicher. Ich bin *wirklich* sicher«, erwiderte sie.

Kevlar küsste sie innig. »Heb dein Bein, Süße. Ich bin gleich wieder da.«

Sie tat, was er verlangte, und sie stöhnten beide, als er aus ihrem Körper glitt.

Als er aufstand, bemerkte Kevlar, dass sein Sperma aus dem Ende des Kondoms herauslief, und zog eine Grimasse. Er ging ins Badezimmer, zog das Kondom ab und warf es weg. Dann machte er einen Waschlappen nass und reinigte sich schnell, bevor er den Lappen auswusch und zurück ins Schlafzimmer ging.

Remi hatte sich mit seiner Bettdecke zugedeckt, und er war einen Moment lang bestürzt, dass sie sich vor ihm versteckt hatte, aber er verdrängte es. Es würde Zeit brauchen, bis sie sich in seiner Nähe wohlfühlte. Wenigstens war sie nicht aus dem Bett gesprungen, um sich wieder anzuziehen.

Er kroch zu ihr unter die Decke und stützte sich auf einen Ellbogen, während er den warmen Waschlappen auf ihren Bauch legte.»Darf ich?«, fragte er leise.

Remi nickte schüchtern, und Kevlar konnte sich nur schwer beherrschen, als er das überschüssige Gleitmittel und ihre Erregung zwischen ihren Beinen abwischte. Er warf den Waschlappen auf den Boden und zog sie wieder an sich. Zu seiner Freude legte sie ein Bein über seinen Oberschenkel und schlang einen Arm um seine Brust.

Sie fühlte sich an ihm so richtig an.

»Vincent?«

»Ja, Süße?«

Sie zögerte einen langen Moment. Dann ...»Nichts.«

Er drehte sich ein wenig, sodass sie mehr auf dem Rücken lag, und starrte auf sie herab.»Was, Remi? Du kannst mir alles sagen. Mich alles fragen.«

»Ich ... ich habe Angst.«

»Wovor? Vor mir?«, fragte Kevlar entsetzt.

»Nein! Ich meine, vielleicht? Aber ich bin es, nicht du. Ich ... das war einfach so gut. Du bist so unglaublich. Ich fürchte, es ist *zu* gut.«

Kevlar entspannte sich. Er kannte dieses Gefühl nur allzu

gut. Er ließ sich auf den Rücken fallen und ermutigte sie, sich wieder an ihn zu schmiegen. »Mir geht es genauso«, gab er zu.

»Mit *mir*?«

Sie klang so überrascht. So verblüfft, dass er nur lachen konnte.

»Ja, mit dir. Du machst mir eine Heidenangst, Süße. Ich habe Angst, dass du zur Vernunft kommst und feststellst, dass das Zusammensein mit mir mehr nervt, als du bereit bist zu ertragen.«

»Ich bin nicht sie«, sagte Remi grimmig. »Oder eines der anderen dummen Miststücke, mit denen du ausgegangen bist und die eine gute Sache nicht erkannten, als sie sie hatten. Ich kann mit dir und deinem Job umgehen, Vincent.«

Ihre Worte setzten sich in seiner Psyche fest, und sie wurden mit einer solchen Überzeugung ausgesprochen, dass er nicht anders konnte, als ihr zu glauben. »Okay. Wir sind uns also einig, dass es nichts gibt, wovor wir Angst haben müssten, richtig?«

»Richtig«, erwiderte sie mit einem Seufzer.

»Schlaf, Süße«, flüsterte er.

»Du auch?«, fragte sie.

»Ich auch«, stimmte er zu.

Kevlar schlief mit einem Lächeln im Gesicht und dem tiefen Wissen ein, dass seine Welt gerade auf ihrer Achse gekippt worden war ... und er war noch nie so glücklich darüber gewesen, auf dem Kopf zu stehen, wie in diesem Moment.

Howler ging aufgeregt in seiner kleinen Wohnung umher. Er hatte sich von Safe vor der *Goldenen Auster* absetzen lassen, aber er war nicht geblieben. Sobald sein Teamkamerad gefahren war, hatte er ein Taxi bestellt und war nach Hause gefahren.

Er war beunruhigt. Tex untersuchte offensichtlich Remis Ex, aber er würde nichts finden, weil es dort nichts zu finden gab. Und wenn er nichts fand, würde er sein Netz ausweiten. So vorsichtig Howler auch gewesen war, die Möglichkeit, dass Tex etwas finden würde, was ihn mit Hawaii in Verbindung bringen könnte, machte ihn zunehmend paranoid.

Ja, er hatte sich um den Bootskapitän gekümmert und er vertraute seinem Kontakt in Hawaii, aber es bestand immer noch eine winzige Chance, dass eine verbleibende Verbindung zurückkommen und ihn in den Hintern beißen könnte. Und die Zeit wurde knapp. Der Tag, an dem sie zu ihrer Mission in den Tschad aufbrechen würden, rückte immer näher. Wenn er Teamleiter sein wollte, wenn er wollte, dass Kevlar emotional zu instabil war, um die Rolle weiterhin innezuhaben, die eigentlich Howler zugedacht war, musste er jetzt handeln.

Er hatte seinen Plan, war bereit, ihn umzusetzen, hatte die Vorbereitungen abgeschlossen. Aber er hatte den letzten Schritt noch nicht geschafft – an Remi heranzukommen.

Das erwies sich als der schwierigste Teil, und das lag alles an diesem verdammten Kevlar. Das Arschloch hielt sie alle von morgens bis abends in Besprechungen über ihre bevorstehende Mission, Tag für Tag. Als hätten sie nicht schon alles geplant, angefangen bei dem, was sie essen würden, bis hin zu dem Ort, an dem sie scheißen würden. Ein hochrangiges Ziel auszuschalten war nicht so schwierig. Wenn *er* Teamleiter wäre, hätten sie den Mistkerl schon längst getötet und wären auf dem Heimweg.

Das war nur ein weiterer Grund, warum Kevlar gehen musste. Auf der Stelle.

Er musste ein wenig kreativer sein, wenn er an Remi herankommen wollte, bevor sie zu ihrer Mission aufbrachen.

Während er auf und ab ging, kehrten seine Gedanken wieder zum *Aces* zurück ... und plötzlich wusste er genau, wie er es anstellen musste.

Blink.

Der SEAL war immer noch ein Wrack. Jeder wusste, dass er, wenn er nicht im *Aces* war, zu Hause saß und sich in Selbstmitleid suhlte. Wahrscheinlich ging ihm immer wieder durch den Kopf, wie er die Mission vermasselt hatte, bei der die Hälfte seines Teams ums Leben gekommen war. Howler hatte durch die Gerüchteküche erfahren, dass der Mann wie besessen jeden beobachtete, der in seinem Wohngebäude ein- und ausging, als könnte jemand eine Bombe auf dem Parkplatz platzieren oder so einen Scheiß. Und praktischerweise für Howler wohnte Blink im selben Gebäude in der Nähe des Stützpunktes wie mehrere andere Militärangehörige – einschließlich Kevlar.

Alles Ungewöhnliche, das außerhalb von Blinks Wohnung passierte, würde dem Mann wahrscheinlich auffallen. Und er schien eine Schwäche für Remi Stephenson zu haben. Das brachte Howler fast zum Kotzen, aber egal. Er konnte damit arbeiten. Wenn unter seiner Aufsicht etwas mit der Frau passierte, würde er sicher das Bedürfnis verspüren, sich in die Situation einzumischen.

Zumindest rechnete Howler damit.

Sein Plan war knifflig ... und würde vielleicht nicht einmal funktionieren. Aber wenn Blink das tat, was Howler erwartete, hätte er einen psychisch Labilen, auf den er zeigen konnte; jemanden, den er für das verantwortlich machen konnte, was mit Kevlars Schlampe passieren würde. Einen praktischen Sündenbock. Jemanden, den er nicht einmal *bezahlen* müsste.

Ein Kollateralschaden. Als SEAL wusste Howler, dass das unvermeidlich war. Um den Job zu erledigen, gab es immer Kollateralschäden. Und genau das würde Blink werden. Wäre er ein stärkerer Mann, ein besserer SEAL, würde er sich nicht einmischen. Aber er war schwach. Perfekt für Howlers Plan. Und Remi Stephenson war nur eine weitere Froschjägerin. Sie mochte es vielleicht nicht zugeben, aber sie war genauso wie jede andere Schlampe, die einen SEAL ficken wollte. Sie würde bekommen, was sie verdiente – genau wie Kevlar.

KAPITEL VIERZEHN

Remi wachte durch das Klingeln eines Telefons auf. Sie streckte eine Hand aus, um auf ihr Handy zu schlagen, das sie immer neben ihrem Bett aufbewahrte, aber sie schreckte schnell auf, als sie nicht auf ihren Tisch, sondern auf warmes Fleisch stieß.

»Morgen«, murmelte Vincent schläfrig.

Mein Gott, war der Mann heiß. Selbst im Halbschlaf war er wunderschön. Und obwohl sie schon einmal mit ihm im selben Zimmer aufgewacht war, war es dieses Mal ganz anders. Sie lag in seinem Bett, sie waren beide nackt, und sie konnte ihn immer noch zwischen ihren Beinen spüren. Sie hatte Muskelkater, was nicht verwunderlich war, wenn man seine Größe bedachte. Aber es war ein guter Schmerz. Ein Schmerz, der sie an die umwerfende Art und Weise erinnerte, wie er mit ihr Liebe gemacht hatte.

Er hatte sie mitten in der Nacht geweckt, und sie hatten eine zweite Runde vollführt. Es war weniger intensiv gewesen, fast süß. Er hatte dennoch dafür gesorgt, dass sie feucht genug war, um ihn ohne Schmerzen nehmen zu können, und er hatte darauf bestanden, dass sie kam, bevor er es tat.

»Morgen«, murmelte sie an seiner Brust. Dann hob sie den Kopf und sagte:»Dein Telefon klingelt.«

»Ich weiß.«

»Willst du nicht rangehen? Es könnte ein Notfall sein. Könnte es nicht sein, dass es dein Chef ist, der dich anruft? Dass du früher zu deiner Mission aufbrechen musst?«

»Würde dich das stören?«

Remi runzelte die Stirn.»Ja, aber nur, weil ich mir Sorgen machen würde, dass du Ärger bekommst, wenn du das Telefon ignorierst, das schon vier Millionen Mal geklingelt hat, und die Person *immer* noch nicht aufgibt.«

Er lachte, und das Geräusch durchdrang sie.»Es ist nicht die Arbeit.«

»Woher weißt du das?«

»Weil ich einen anderen Klingelton für mein Team und den Kommandanten eingestellt habe.«

»Oh.«

Ein Moment verging. Das Telefon klingelte wieder. Remi konnte nicht anders, als ihn zu drängen.»Aber bist du nicht neugierig? Es könnte etwas passiert sein.«

»Es ist nur eine Sache passiert, und das ist mein einer Morgen zum Ausschlafen, der von einer Person gestört wird, die nicht begreift, dass ich nicht mit ihr reden will«, brummte er.

Remi grinste.

Vincent seufzte und drehte sich um, um nach seinem Telefon zu greifen, aber er ließ Remi nicht los, als er das tat, also bewegte sie sich mit ihm.

Sie lachte immer noch, als er knapp antwortete:»Was?«

»Ich kann es nicht fassen!«

Remi blinzelte angesichts der Boshaftigkeit, die von der

weiblichen Stimme durch das Telefon kam. Obwohl Vincent das Gespräch nicht auf Lautsprecher gestellt hatte, konnte sie deutlich hören, was die Frau sagte.

»Du hast Nerven, die Polizei zu mir nach Hause zu schicken, um mich zu beschuldigen, dass ich dich umbringen wollte! Bist du wahnsinnig?«

»Hallo Bertie«, sagte Vincent mit einem Seufzer.

Remis Augen weiteten sich.

»Ich meine es ernst! Warum sollte ich das tun? Ich meine, du bist ein Arschloch, weil du mich nicht mit meiner Freundin nach Hawaii hast fliegen lassen, und wahrscheinlich geschieht es dir recht, aber *ernsthaft*? Glaubst du, ich würde jemanden dafür bezahlen, dich im Meer zu lassen? Du könntest mit einer Hand auf den Rücken gebunden zurück zum Ufer schwimmen – das hast du zumindest immer gesagt. Hast du gelogen? Vielleicht wärst du wirklich fast gestorben und bist sauer, weil dein wertvoller Ruf in Gefahr ist, wenn jemand auf dem Stützpunkt herausfindet, dass du nicht so ein Macho bist, wie du behauptest.«

»Das ist reine Routine, Bertie. Nichts Persönliches.«

»Nicht persönlich?«, kreischte sie. »Sie sagten, da ich deine Ex und sauer auf dich bin, hätte ich ein Motiv. Wenn ich dich umbringen wollte, würde ich zu deinem Haus kommen und dich in dem Moment wegpusten, in dem du die Tür öffnest!«

Remi versteifte sich an Vincent, aber er schien nicht im Geringsten besorgt zu sein.

»Vorsicht, das könnte als Drohung aufgefasst werden«, murmelte er.

»Es *war* eine Drohung!«, schrie sie praktisch. »Du bist ein Arschloch! Wenn sich herumspricht, dass ich verhört werde, bin ich ruiniert! Du musst das in Ordnung bringen. Sag den Bullen, dass ich nichts mit deinen Scheißproblemen zu tun habe!«

»Aber ich weiß nicht, dass du es nicht getan hast.«

»Vielleicht solltest du sie nicht verärgern«, flüsterte Remi.

»Wer war das? Oh mein Gott, hast du eine Tussi bei dir? Es ist sieben Uhr morgens ... Warte – sie hat bei dir übernachtet? Du hast *mich* nie bei ihr übernachten lassen! Du bist ja schnell weitergezogen. Du hast mich wahrscheinlich die ganze Zeit betrogen. Ihr verdammten Navy SEALs ... solche Arschlöcher! Vielleicht hat *sie* dich reingelegt. Hey, Schlampe«, rief sie laut, offensichtlich zu Remi sprechend, »er ist es nicht wert. Er mag einen großen Schwanz haben, aber er weiß nicht, wie man ihn benutzt!«

Remi wusste, dass ihre Augen weit aufgerissen waren. Machte diese Frau Witze?

»Sie hat mich nicht reingelegt. Sie war *mit* mir im Meer gestrandet«, sagte Vincent ruhig, den Blick auf Remi gerichtet, während er sprach.

Bertie lachte, ein bitterer, hässlicher Laut. »Richtig, dein Heldenkomplex hat eingesetzt, und sie sieht dich als ihren Retter. Lass es dir gesagt sein, mysteriöse Frau, er ist kein Held. Nicht mal annähernd. Lauf weg, solange du noch kannst. Bevor er dich auch noch beschuldigt und die Bullen auf dich hetzt!«

»Kein Held? Willst du mich verarschen?«, sagte Remi. Sie konnte es nicht lassen. Sie war stinksauer.

»Sie muss eine goldene Muschi haben, um sich das Privileg zu verdienen, in deinem Bett zu schlafen«, fauchte Bertie. »Aber das ist mir scheißegal. Lass mich in Ruhe, Kevlar. Ich meine es ernst. Ruf die Bullen zurück, oder du wirst es bereuen, dich jemals mit mir eingelassen zu haben.«

»Das tue ich bereits«, versicherte Vincent ihr. »Dieses Gespräch ist beendet. Wenn du nichts getan hast, brauchst du dir keine Sorgen zu machen. Beantworte einfach die Fragen der Polizei, und die Sache ist erledigt. Je wütender du wirst, desto mehr werden die Beamten denken, dass du es warst. Leb wohl, Bertie. Ruf mich nie wieder an.«

Er legte auf und unterbrach damit Berties verärgertes Stottern. Dann drückte er noch ein paar Tasten, bevor er das Telefon auf den Tisch warf, sich umdrehte und Remi auf den Rücken drückte.

»Ich habe ihre Nummer gesperrt, damit sie nicht zurückrufen kann. Geht es dir gut?«

»Mir? Geht es *dir* gut? Sie hat ein paar gemeine Sachen gesagt.«

Zu ihrer Überraschung lächelte Vincent.

»Das ist nicht lustig«, sagte sie stirnrunzelnd.

»Es ist ein bisschen lustig«, gab er zurück. »Dein Ex hat einen Anfall bekommen. Meine tut dasselbe. Klingt wie etwas, das eine schuldige Person tun könnte.«

»Was glaubst du denn, wer es war?«, flüsterte sie und blickte zu ihm auf.

»Ehrlich?«

»Natürlich.«

»Keiner von beiden.«

Remi spürte, wie seine Antwort sie mit Erleichterung erfüllte, aber gleichzeitig war sie auch verwirrt. »Wenn es keiner von ihnen war, wer hat es dann arrangiert und warum?«

»Ich weiß es nicht. Tex geht der Sache noch nach. Aber ich weiß, dass es niemand aus deinem Leben ist.«

»Woher weißt du das?«, fragte sie.

»Weil du zu nett bist. Du findest überall Freunde, wo du hingehst. Ich glaube, du warst einfach zur falschen Zeit am falschen Ort. Du bist in meinen Mist reingeraten, und das werde ich mir nie verzeihen.«

»Du bist auch nett. Wer würde dir etwas antun wollen?«

Vincent stieß ein Lachen aus. »Ich bin nicht nett, Remi.«

»Doch, das bist du«, protestierte sie.

»Gott, du bist zu gut für mich«, sagte er. »Aber ich werde dich nicht gehen lassen. Du kannst ruhig weiter denken, dass ich ein netter Mensch bin. Aber du musst mir einen Gefallen tun.«

»Jeden«, sagte sie, ohne zu zögern.

Er lächelte ein wenig traurig. »Siehst du? Zu gut für mich. Wenn jemand aus irgendeinem Grund wütend auf mich ist, musst du besonders vorsichtig sein. Allein meine Nähe könnte dich in Gefahr bringen.«

Ein Schauer durchlief Remi. Nicht bei dem Gedanken, dass jemand ihr etwas antun wollte, um an Vincent heranzukommen, sondern weil da draußen jemand sein könnte, der einen Rachefeldzug gegen ihn führte. »Okay.«

»Ich meine es ernst«, warnte er.

»Und ich habe dich gehört. Vincent, ich gehe nirgendwo hin. Wenn du willst, dass ich hier in deiner Wohnung abhänge, werde ich das tun. Das ist keine Strafe. Ich kann Pecky überall zeichnen. Ich kann Marley dazu bringen, mit mir zu gehen, wenn ich zum Laden muss oder so, und im schlimmsten Fall kann ich auf dem Anwesen meiner Eltern abhängen. Die haben genügend Sicherheitsvorkehrungen, um selbst eine Kakerlake vom Furzen abzuhalten.«

Vincent starrte sie an, ohne ein Wort zu sagen.

»Vincent?«, fragte sie besorgt.

Er antwortete: »Ich weiß, dass du Muskelkater hast, aber wie viel Muskelkater hast du *genau*?«

»Oh, ähm ... nicht genug, um Nein zu sagen«, erwiderte sie.

»Ich brauche dich. Ich muss dir zeigen, wie viel du mir bedeutest.«

»Okay«, sagte sie, da sie damit völlig einverstanden war.

»Ich bin dran«, sagte er. »Tex wird schon etwas finden. Ich möchte nur, dass du in der Zwischenzeit auf der Hut bist. Ich glaube, dass derjenige, der die Sache in Hawaii eingefädelt hat, ein Feigling ist. Er will mich nicht direkt konfrontieren. Was bedeutet, dass du wahrscheinlich sicher bist, aber sei trotzdem vorsichtig.«

»Das werde ich.«

Dann setzte er sich auf und warf die Decke zurück, um ihren Körper im Morgenlicht zu entblößen.

»Hast du ein Problem mit Oralverkehr?«, fragte er, während er sich über sie beugte.

Remi lächelte. »Nein. Solange ich auch mitmachen darf.«

»Willst du meinen Schwanz lutschen, Remi?«, knurrte er.

Vincent hatte eine Art, ihr das Gefühl zu geben, völlig schüchtern zu sein und sie gleichzeitig zu erregen. »Ja, obwohl ich dich auf keinen Fall ganz nehmen kann. Du bist zu groß.«

»Allein der Gedanke an deine Zunge an mir macht mich steinhart. Du kannst tun, was du willst, nimm so viel oder so wenig, wie du willst ... nachdem ich mit dir fertig bin.«

Er packte ihre Hüften und zog sie nach unten, woraufhin ein kleiner Schrei aus Remis Mund drang. Dann lachte sie prustend, als er Motorbootgeräusche an ihrem Bauch machte. Aber sie lachte nicht mehr, als er ihre Beine spreizte und den Kopf senkte.

Stunden später, nachdem Remi ihm den besten Blowjob gegeben hatte, den er je bekommen hatte, nachdem sie zusammen geduscht hatten, nachdem er ihnen ein spätes Frühstück gemacht und sie an seinem Schreibtisch im Gästezimmer seiner Wohnung untergebracht und ihr das Versprechen abgenommen hatte, da zu sein, wenn er am Abend nach Hause kam, fuhr Kevlar zum Stützpunkt, wobei er so glücklich war ... und so besorgt wie noch nie in seinem Leben.

Etwas, das Bertie gesagt hatte, ging ihm immer wieder

durch den Kopf. Nicht der Scheiß über ihn oder die Art und Weise, wie sie versucht hatte, Remi zu warnen, sondern etwas, das sie darüber gesagt hatte, die Hawaii-Sache eingefädelt zu haben – dass sie wusste, wozu er fähig war. Er hatte nicht geprahlt, als er ihr erzählt hatte, dass er mindestens dreißig Kilometer schwimmen könnte, wenn er müsste. Sie hätte gewusst, dass es ihn nur wütend machen würde, im Meer vor Oahu zurückgelassen zu werden. Er war sich sicher, dass sie für das Geschehene nicht verantwortlich war.

Wenn sie es also nicht war, und wenn es nicht Volldepp war – er glaubte wirklich nicht, dass dieser Trottel den Verstand hatte, so etwas zu planen –, wer war es dann gewesen? Kevlar fiel niemand ein, der versuchen könnte, ihn loszuwerden, indem er ihn im Meer aussetzen ließ. Jedenfalls niemand, der seine Fähigkeiten im Wasser kannte. Eine andere Ex-Freundin? Ein anderer eifersüchtiger Freund? Beides machte keinen Sinn, da er vor Bertie seit Monaten mit niemandem zusammen gewesen war, und Remi sagte, dass sie kaum Partner gehabt hatte.

Er war ehrlich zu Remi gewesen, er war sicher, dass es jemand war, der *ihn* ärgern wollte, nicht jemand, der es auf *sie* abgesehen hatte. Sie war durch und durch gut. Bisher hatte er nicht daran gedacht, dass sie in seiner Nähe in Gefahr sein könnte, aber jetzt ließ der Gedanke ihn nicht mehr los. Er überlegte kurz, ob er mit ihr Schluss machen sollte, zu ihrem eigenen Besten ... aber scheiß drauf. Er würde nicht riskieren, das Beste, was ihm je passiert war, wegen einer unbestätigten Drohung zu verlieren.

Nein, er würde einfach herausfinden müssen, was es mit dieser Hawaii-Sache auf sich hatte, und es im Keim ersticken.

Er musste Tex anrufen, aber im Moment hatte er keine Zeit. Er war ohnehin schon fast zu spät dran, zum Stützpunkt zu kommen. Er hatte sich zu lange damit aufgehalten, sich zu

SUSAN STOKER

vergewissern, dass er für Remi in seiner Wohnung alles vorbereitet hatte und alles einsatzbereit war. Bis er mit seinem Freund Kontakt aufnehmen konnte, musste er einfach besonders wachsam sein und sich öfter bei Remi melden. Bei dem kleinsten Hinweis darauf, dass etwas nicht stimmte, würde er handeln. Und Kevlar wusste, wenn Tex etwas Wichtiges erfuhr, würde er sich zuerst an ihn wenden.

Er hoffte, dass der Mann etwas herausfand, denn Kevlar hatte das Gefühl, dass er und sein Team schon bald nach Afrika aufbrechen würden. Und er würde es vorziehen, noch vor seiner Abreise Antworten zu haben. Wenn Remi seinetwegen etwas zustieß, würde er sich das nie verzeihen. Niemals.

258

KAPITEL FÜNFZEHN

Drei Tage später konnte Remi nicht aufhören zu lächeln. Sie war noch nie so glücklich gewesen wie jetzt. Sogar Marley hatte bemerkt, dass sie sich nicht erinnern konnte, Remi jemals so zufrieden gesehen zu haben. Sie und Vincent hatten endlich die Gelegenheit gehabt, in Marleys Haus mit ihrer Familie zu Abend zu essen. Vincent hatte die meiste Zeit mit ihrem Mann und ihrem Sohn im Garten verbracht und einen Football hin- und hergeworfen. Nach dem Abendessen hatte er dann mit ihrer Tochter Gin Rommé gespielt und sich fertigmachen lassen.

Natürlich hatte er sich perfekt eingefügt und nicht nur von Marley, sondern von der ganzen Familie Zustimmung bekommen. Als sie auf die Toilette gegangen war, bevor sie und Vincent gingen, hatte Marley sie oben abgefangen, um ihr zu sagen, wie sehr sie sich für sie freute. Sie wusste einfach, dass die Sache mit ihr und Vincent gut laufen würde.

Remi hoffte, dass ihre Freundin recht hatte. Sie befanden sich immer noch in der Flitterwochenphase ihrer Beziehung, und Remi machte sich keine Illusionen darüber, dass alles rosig bleiben würde, aber sie hoffte, dass sie alle Stürme überstehen würden, die auf sie zukommen könnten.

Sie hatte gestern Abend mit ihren Eltern gesprochen, und Vincent hatte die Gelegenheit gehabt, sie kennenzulernen ... irgendwie ... am Telefon. Er war höflich und respektvoll gewesen, und Remi hatte große Hoffnungen, dass es genauso gut laufen würde, wenn sie sich endlich persönlich trafen.

Der Plan für heute sah vor, dass sie am Vormittag eine Zeichnung fertigstellte, dann wollte Caroline sie abholen und ins *Aces* bringen, wo sie Vincent zum Mittagessen treffen würden. Sie hatte argumentiert, dass er einfach in seine Wohnung kommen könnte, aber er erwiderte, dass er sie nicht in seiner Wohnung gefangen halten wollte, und erwähnte, dass Wolf gesagt hatte, dass Caroline gern wieder mit ihr abhängen würde.

Dazu konnte sie nicht Nein sagen.

Es war keine Belastung, in Vincents Wohnung zu sein. Ja, seine Wohnung war kleiner als ihre, aber sie passte ganz zu Vincent – kein Schnickschnack. Sie hatte ein paar Stunden damit verbracht, die Bücher in seinen Regalen zu studieren und sich die Sendungen anzusehen, die er auf den Streaming-Apps im Fernseher gespeichert hatte. Sie waren sich erstaunlich ähnlich in ihren Vorlieben und Abneigungen, und wie sie ihm gesagt hatte, konnte sie überall zeichnen. Und sie mochte es, von seinen Sachen umgeben zu sein. Sie mochte es, da zu sein, wenn er abends nach Hause kam. Es war offensichtlich, dass er wegen der Mission gestresst war, die er und sein Team planten, aber sie hoffte, dass es zumindest ein wenig half, für ihn da zu sein, über ihren Tag zu sprechen, um ihn abzulenken, und für ihn zu kochen.

Und die Nächte ... sie hatte noch nie so gut geschlafen und war noch nie so sehr geliebt worden. Sie hatte keinen Zweifel daran, dass Vincent sie gern in seinem Bett hatte, obwohl er ihr nie das Gefühl gab, dass sie nur für den Sex da war. Er hatte sogar zugegeben, dass sie die erste Frau war, die jemals eine Nacht in seinem Bett verbracht hatte.

Remi wäre mehr als einmal fast damit herausgeplatzt, dass sie ihn liebte, aber sie wollte nicht klischeehaft sein. Wollte ihn nicht verschrecken. Obwohl sie ihn dabei ertappt hatte, wie er sie mit einer Sehnsucht in den Augen ansah, von der sie sicher war, dass sie sich in ihrem eigenen Blick spiegelte, hielt etwas sie davon ab, die Worte auszusprechen. Vielleicht würde sie sich nach seinem ersten Einsatz mehr trauen, ihm ihre Gefühle mitzuteilen.

Bis dahin würde sie ihm nonverbal zeigen, dass sie sich ihm voll und ganz hingab.

Vor zwei Abenden hatte sie Kevlar schüchtern den Cartoon gezeigt, in den sie ihn hineingezeichnet hatte, und er hatte zwei Minuten lang geschwiegen, während er ihn auf sich wirken ließ. Gerade als sie befürchtete, dass er es hasste, dass er es für albern und dumm hielt, hatte er das Papier weggelegt – darauf bedacht, es nicht zu zerknittern – und sie dann in ihr Schlafzimmer gezerrt und ihr gezeigt, wie *viel* es ihm bedeutete, in ihre Welt gezeichnet zu werden.

Remi überprüfte noch einmal ihr Aussehen im Spiegel. Vincent hatte sich nie über ihre Vorliebe für T-Shirts und Jogginghosen beschwert, wenn sie im Haus war. Er mochte es sogar, dass sie keinen BH trug, denn so hatte er sofortigen Zugang zu ihren Brüsten. Das war so eine Männersache, aber da Remi von dem Vergnügen profitierte, das er ihr bereitete, wenn er sie berührte, beschwerte sie sich nicht.

Aber heute wollte sie gut aussehen. Sich die Mühe machen, ihm zu zeigen, dass es ihr wichtig war, wie sie aussah, wenn sie mit ihm ausging. Sie trug ihre übliche Jeans, aber sie hatte eine neue Röhrenjeans gewählt, die sich mehr an ihre Kurven schmiegte, als ihr normalerweise lieb war. Doch mit Vincent als Liebhaber begann sie, ihren Körper zu lieben. Er hatte ihr unmissverständlich gezeigt, wie sehr er ihre Kurven schätzte.

Sie hatte ihre Jeans mit einem Hemd mit V-Ausschnitt kombiniert, der tief genug reichte, um ein wenig Dekolleté zu zeigen, aber nicht so tief, um anzüglich zu sein. Es war gelb mit hellblauen Blumen darauf und gab ihr das Gefühl, hübsch und feminin zu sein.

Ein Blick auf die Uhr zeigte Remi, dass sie zu früh fertig war. Caroline würde erst in dreißig oder vierzig Minuten da sein. Die Vorfreude darauf, Vincent mitten am Tag zu sehen, war zu groß, als dass sie hätte widerstehen können, und sie hatte sich viel früher fertig gemacht als nötig.

Sie hatte sich gerade auf die Couch gesetzt, um sich für die nächste halbe Stunde etwas zum Anschauen zu suchen, als ihr Telefon klingelte. Sie lächelte. Vincent meldete sich so oft wie möglich bei ihr, meistens in den Pausen seiner Besprechungen.

Aber es war nicht Vincents Name auf dem Display – es war der von Howler. Stirnrunzelnd und mit der Frage, warum er anrief, spannte Remi sich unbewusst an, als sie abnahm. »Hallo?«

»Hey, Remi, ich bin's, Howler. Kevlar wurde verletzt. Ich bin auf dem Weg zu dir, um dich zu ihm zu bringen. Ich bin in zwei Minuten da. Triff mich auf dem Parkplatz.«

»Was? Was ist passiert?«

»Ich habe jetzt keine Zeit zu reden. Ich werde dir alles erzählen, wenn ich da bin. Sei bereit, Remi. Es ist ernst.«

»Das werde ich. Fahr vorsichtig – pass auf, dass *du* keinen Unfall baust oder so.«

Sie konnte den Tonfall seiner Stimme nicht deuten, als er sagte, dass er schon klarkäme, und dann abrupt auflegte. Aber Remi konnte sich nicht damit befassen. Sie machte sich Sorgen wegen Vincents Verletzung. Es musste etwas Ernstes sein, wenn Howler kam, um sie zu holen, wenn Vincent nicht selbst angerufen hatte, um die Nachricht zu überbringen.

Remi stand auf, dann drehte sie sich auf der Stelle und wusste eine Sekunde lang nicht, was sie tun sollte. Dann nahm sie einen tiefen Atemzug. Sie musste sich zusammenreißen. Sie musste für Vincent ruhig bleiben. Er würde wieder gesund werden. Das musste er.

Sie schnappte sich eine langärmelige Strickjacke von der Couchlehne in der Annahme, dass es in Krankenhäusern öfter kalt war und sie sie wahrscheinlich brauchen würde, bevor sie zur Tür ging. Sie scherte sich nicht um ihre Handtasche. Ihr einziger Gedanke war, nach unten zu gehen, um Howler zu treffen. Um zu Vincent zu gelangen. Alles andere war unwichtig.

Nate »Blink« Davis beobachtete, wie Kevlars Freundin auf dem Parkplatz vor seiner Wohnung auf und ab ging. Er und Kevlar wohnten im selben Gebäude, obwohl ihre Wege sich nicht oft kreuzten, wahrscheinlich weil Blink die meiste Zeit in seiner Wohnung oder im *Aces* verbrachte.

Aber heute hatte er auf sein Fahrzeug gestarrt ... und darüber nachgedacht, ob er zum Stützpunkt fahren sollte, um zu trainieren, etwas, das er seit Wochen nicht mehr getan hatte. Er hatte die Nase voll von sich selbst. Er hatte die Nase voll davon, so viel Zeit in seinem eigenen Kopf zu verbringen.

Theoretisch wusste er, dass er bei dieser letzten Mission nichts falsch gemacht hatte. Die Mission, bei der so viele seiner Teamkameraden ums Leben gekommen waren. Manchmal gingen die Dinge einfach schief. Es war Pech, zur falschen Zeit am falschen Ort zu sein. Und genau das war im Iran passiert.

Es hatte lange auf sich warten lassen, aber Blink kam endlich wieder in die Gänge.

Dank Remi Stephenson.

Sie war im *Aces* auf ihn zugegangen, hatte seiner schlechten Laune und seinen eisigen Blicken getrotzt und über alles und nichts geplappert. Sie war nervös gewesen, so viel war klar. Aber sie hatte sich nicht beirren lassen. Sie hatte sogar aufrichtig geklungen, als sie ihn einen Helden nannte.

Blink fühlte sich nicht wie ein Held. Weit gefehlt. Er wollte so etwas nicht hören, weder von ihr noch von jemand anderem. Aber das war es nicht, was den Nebel in seinem Kopf endlich lichtete.

Es war ihre Ahnungslosigkeit bezüglich des Long Island Ice Teas. Und ihr Lachen. Und die Art, wie sie Kevlar ansah, wenn sie dachte, dass niemand es bemerkte. Die Frau hatte keinen einzigen künstlichen Knochen in ihrem Körper. Sie war genau das, was sie zu sein schien – süß, freundlich und bereit, alles zu tun, was nötig war, um das gebrochene Herz eines Fremden zu heilen.

Aber es war ihre Berührung, die ihn wirklich erweichte.

Seit Wochen hatte ihn niemand mehr berührt. Es war, als hätten die Menschen Angst davor. Ja, er hatte einen verdammt guten Schutzschild aufgebaut, der jeden von ihm fernhielt, auch seinen eigenen Zwillingsbruder. Aber es war, als hätte Remi seine Abgeschiedenheit gar nicht bemerkt. Oder es war ihr einfach egal. Ihre sanfte Hand auf seinem Arm durchbrach seine Schutzschilde, als seien sie aus Papier. Und dann hatte sie ihn geküsst. *Ihn.* Den verkorksten SEAL, vor dem sich zu nähern andere Angst hatten.

Aber nicht Remi. Sie hatte es, ohne zu zögern, getan. Es war nichts Sexuelles. Es war eine kleine Geste der Freundschaft, der Fürsorge ... durch die Blink sich zum ersten Mal wieder menschlich fühlte, seit diese Mission schiefgelaufen war.

Jetzt starrte er sie an, wie sie aufgeregt vor seiner Wohnung auf und ab ging, und er wusste, dass etwas nicht stimmte. Etwas Großes.

Als Blink sah, dass Howlers alter Pick-up auf den Parkplatz fuhr, stellten seine Nackenhaare sich auf.

Auf keinen Fall würde Kevlar *Howler* schicken, um sein Mädchen zu holen. Er hatte die Gerüchte gehört. Er hatte aus erster Hand erlebt, wie respektlos Howler gegenüber seinem Teamkameraden und Freund war.

Nein. Der Mann führte nichts Gutes im Schilde.

Er traf eine blitzschnelle Entscheidung, verließ sich auf die Fähigkeiten, die er sein ganzes Erwachsenenleben lang verfeinert und in den letzten Wochen doch ignoriert hatte, und ging zur Tür. Was immer auch geschah, er wollte dabei sein. Er mochte zwar kein Team mehr haben, aber er wollte verdammt sein, wenn er jemals wieder zusehen würde, wie guten Menschen schlechte Dinge widerfuhren.

Remi kaute auf ihrem Daumennagel, während sie auf und ab ging und ungeduldig auf Howler wartete. Mit jeder Sekunde, die verging, drohte ihre Fantasie sie zu überwältigen. Sie konnte sich nicht vorstellen, was passiert sein könnte. War Vincent in einen Autounfall geraten? Hatte es auf dem Stützpunkt eine Schießerei gegeben, in die er verwickelt gewesen war? Sie hatte keinen Alarm auf ihrem Telefon gehört, aber das bedeutete nicht, dass nichts Großes passiert war.

Als sie schließlich sah, wie Howlers älterer Pick-up auf den Parkplatz fuhr, war sie sowohl erleichtert als auch noch mehr verängstigt. Sie ging auf die Beifahrerseite zu und ignorierte das Geräusch einer hinter ihr zuschlagenden Wohnungstür. Sie versuchte es mit dem Griff und war verärgert, als die Tür sich nicht sofort öffnete.

Sie wartete darauf, dass Howler die Tür entriegelte, und als er es endlich tat, öffnete sie sie schnell und stieg, ohne zu zögern, ein. »Was ist passiert? Wo ist Vincent?«

Howler hatte keine Gelegenheit zu antworten, denn plötzlich öffnete sich die Tür hinter ihr und jemand rutschte auf den Rücksitz.

Remi drehte sich um und sah, dass es Blink war. Der SEAL aus dem *Aces*. Derjenige, von dem manche behaupteten, er stehe kurz vor der Einweisung, weil er sich nicht von dem erholen konnte, was bei seinem letzten Einsatz passiert war.

»Raus«, sagte Howler zu ihm.

»Ich will dabei sein«, sagte Blink.

»Nein.«

»Ich will dabei sein«, wiederholte Blink nachdrücklich. »Was auch immer es ist, ich bin *dabei*.«

Remi schaute von Blink zu Howler und dann wieder zu Blink. Sie verstand die negative Energie zwischen den beiden Männern nicht.

»Wenn dir genügend ins Gesicht gespuckt wird, willst du dem Spucker zeigen, dass du mehr bist als der Dreck unter seinem Schuh. Ich weiß nicht, was hier los ist, aber ich bin dabei. Ich habe dich beobachtet, Howler. Du bist besser als das Blatt, das dir gegeben wurde. Du bist ein geborener Anführer. Wenn ich noch in der Lage wäre, in einem Team zu sein, würde ich in deinem sein wollen.«

Remi zog verwirrt die Augenbrauen zusammen. Sie hatte keine Ahnung, wovon Blink sprach. Wer hatte ihn angespuckt? Und er wollte in einem Team sein? *Welches* Team? Leitete Howler jetzt ein Team? Sie war so verwirrt.

»Wenn du denkst, ich habe Angst, mir die Hände schmutzig zu machen, liegst du falsch. Sie sind schon schmutzig. Dreckig.

Ich folge einem guten Anführer überall hin, wo er mich hinführen will«, sagte Blink ruhig.

Ein seltsames Lächeln bildete sich auf Howlers Lippen. Ein Lächeln der ... Genugtuung? »Ich wollte das eigentlich allein machen, aber ich glaube, ich könnte tatsächlich etwas Hilfe gebrauchen. In Ordnung, du kannst bleiben. Aber du tust, was ich sage, wenn ich es sage. Hast du verstanden?«

»Ja«, stimmte Blink zu und schloss die Tür hinter sich.

»Was ist los?«, fragte Remi.

»Ich werde es dir sagen, aber zuerst muss ich einen Zwischenstopp einlegen«, sagte Howler.

»Einen Zwischenstopp?«, schrie Remi fast. »Nein! Wir müssen zu Vincent fahren.«

»Und das werden wir auch, nachdem ich einen Zwischenstopp eingelegt habe«, erwiderte Howler etwas unwirsch.

»Aber –«

Mehr brachte sie nicht heraus, bevor Blink mit tiefer, beängstigender Stimme sagte: »Still.«

Remi drehte sich zu ihm um, sah die Kälte in seinen blauen Augen und tat das Einzige, was ihr in diesem Moment klug erschien – sie blieb still.

Sie schwieg, als Howler sie ein paar Straßen weiter zu einem anderen Wohnhaus fuhr, das nicht weit von Vincents entfernt war. Er parkte und reichte Blink sein Handy. »Nimm das und dein Handy mit in meine Wohnung. Nummer null-null-zwei. Erdgeschoss. Geh zur Schiebetür auf der Rückseite, sie ist nicht verschlossen. Lass beide Handys eingeschaltet, aber lege sie auf den Tisch in der Küche.«

Ohne zu zögern, nickte Blink und streckte eine Hand nach Howlers Telefon aus.

»Dies ist ein Test«, sagte er mit harter Stimme, bevor er dem Mann das Handy übergab.

»Und ich werde ihn bestehen«, versicherte Blink ihm, bevor er die Tür öffnete und auf die Seite des Gebäudes zuging.

»Howler, im Ernst, was ist los? Warum lässt du dein Handy zurück? Was ist, wenn jemand versucht, dich wegen Vincent anzurufen?«

»Darüber musst du dir keine Sorgen machen«, erwiderte er.

Aber Remi war sehr besorgt. Howler benahm sich seltsam, Blink schien nicht mehr derselbe Mann zu sein, den sie neulich in der Kneipe getroffen hatte, und sie machte sich große Sorgen darüber, was mit Vincent passiert sein könnte.

Wenige Augenblicke später sah sie Blink wieder in ihre Richtung gehen. Sie war erleichtert, dass er so schnell zurück- gekommen war, dass sie endlich auf dem Weg zu Vincent sein würden und sie selbst herausfinden konnte, ob es ihm gut ging.

Blink stieg wieder in den Wagen und sagte: »Erledigt.«

Howler lächelte. Dann legte er den Rückwärtsgang ein und fuhr aus der Parklücke.

»Kannst du mir jetzt sagen, wo Vincent ist und was mit ihm passiert ist? Ob es ihm gut geht?«, fragte Remi.

Howler antwortete nicht. Es war, als sei sie gar nicht da.

Zum ersten Mal fühlte Remi sich ernsthaft unwohl. Aber ... Howler war ein Mitglied von Vincents Team. War einer seiner ältesten SEAL-Kameraden. Sie hatten die legendäre Höllen- woche zusammen durchgestanden. Sie hatte nicht gezögert, in seinen Wagen zu steigen, denn warum sollte sie das tun?

»Howler?«, fragte sie.

»Was?«, antwortete er schroff.

Remi zuckte zusammen. »Was ist mit Vincent passiert? Du bringst mich doch zu ihm, oder?«

»Natürlich. Geduld, Remi. Es wird sich bald alles aufklären.«

Seine Worte beruhigten sie nicht. Ganz und gar nicht.

Als sie merkte, dass sie immer noch ihr Handy in der Hand

hielt, entschied sie sich im Bruchteil einer Sekunde, Vincent anzurufen – was sie schon längst hätte tun sollen. Vielleicht ging er ran oder einer seiner anderen Freunde, und sie konnte ihnen sagen, dass sie Vincent Bescheid geben sollten, dass sie unterwegs war.

Sie entsperrte das Telefon und hatte gerade auf das Symbol getippt, das die Tastatur öffnete, als etwas sie ins Gesicht traf.

Es war plötzlich und unerwartet, und Remi schrie vor Schmerz auf.

»Gib mir das!«, befahl Howler.

Verwirrt blinzelte sie und sah zu Howler hinüber. Er starrte sie finster an. Als sie ihn anschaute, flog seine Faust auf sie zu – und in der Sekunde, bevor sie getroffen wurde, wurde ihr klar, dass es das war, was sie beim ersten Mal im Gesicht erwischt hatte. Howler hatte sie geschlagen.

Sie versuchte, seiner Faust auszuweichen, aber es war sinnlos. Seine Fingerknöchel trafen erneut ihre Wange, und zwar an derselben Stelle wie zuvor.

Remi stöhnte, benommen und unfähig, sich zu wehren, als Howler ihr das Telefon aus der Hand riss.

Dann schrie sie erschrocken auf, als Arme von hinten nach ihr griffen und sie auf den Rücksitz des Pick-ups manövrierten. Sie hatte sich vorhin nicht angeschnallt, da sie es in ihrer Panik völlig vergessen hatte.

Sie reagierte nur langsam darauf, dass sie über den Sitz geschleift wurde, aber jetzt wehrte sie sich. Sie hatte keine Ahnung, was geschah, aber es war nicht gut.

»Ich habe sie«, sagte Blink, während sie sich vergeblich gegen ihn wehrte. Er war größer und stärker als sie, und sie fand sich schnell auf seinem Schoß wieder, mit dem Rücken an seiner Brust, seine Arme um sie geschlungen wie Stahlbänder. Sie wackelte und zappelte, aber da ihre Arme an den Seiten fixiert waren, hatte sie keine Möglichkeit, sich gegen den muskulösen SEAL zu wehren.

»Lass mich los! Hör auf!«, schrie sie.

Dann bedeckte Blink mit einer Hand ihren Mund und unterband damit jeden weiteren Protest.

»*Scheiße.* Was für ein Miststück«, murmelte Howler vom Fahrersitz aus. Er begegnete Remis Blick im Rückspiegel für einen Moment, bevor er die Aufmerksamkeit wieder auf die Straße richtete. Sie erstarrte angesichts des puren Hasses, den sie in seinen Augen sah. War das derselbe Mann, den sie im *Aces* getroffen hatte? Der Typ, von dem Vincent sagte, er sei einer seiner besten Freunde?

»Das ist *deine* Schuld«, sagte Howler. »Wenn du dich benommen hättest, hätte ich dich nicht schlagen müssen.«

Wut strömte durch Remis Adern. Klar, dass er *ihr* die Schuld an seiner Gewaltbereitschaft geben würde. Sie versuchte wieder, Blinks Arme zu lockern, aber es war vergeblich. Er hatte sie fest im Griff und sie ging nirgendwo hin.

Das Gefühl des Verrats traf sie aus heiterem Himmel. Sie hatte gedacht, Blink sei ein guter Kerl. Sie hatte ihr Bestes getan, um sich mit ihm anzufreunden, um nett zu ihm zu sein. Und so zahlte er es ihr zurück? Was für ein Arschloch!

Ihre Wut fachte ihren Widerstand an. Sie belegte ihn und Howler mit allen Schimpfwörtern, die ihr einfielen, aber die Hand über ihrem Mund ließ ihre Bemühungen ein wenig scheitern, da die Männer sie nicht verstehen konnten.

»Ruhig, Remi«, knurrte Blink ihr ins Ohr.

Aus irgendeinem Grund erstarrte sie.

»Hast du sie?«, fragte Howler vom Beifahrersitz aus. »Ich kann es nicht gebrauchen, dass die Schlampe freikommt.«

»Es geht ihr gut«, antwortete Blink.

Während sie versuchte, ihre panische Atmung unter Kontrolle zu bekommen, wurde Remi klar, dass Blink sie zwar festhielt, aber nicht verletzte. Die Hand über ihrem Mund bedeckte nicht ihre Nase, sodass sie leicht atmen konnte. Sein Arm um sie war fest, aber nicht schmerzhaft. Er hatte außerdem eines seiner Beine um ihres geschlungen, sodass sie ihn nicht treten oder mit den Füßen versuchen konnte zu entkommen.

Sie war verwirrter denn je.

Sie dachte an Vincent. War er okay? Hatte sein sogenannter *Freund* ihn auch verletzt?

»Vincent?«, murmelte sie hinter Blinks Hand. Irgendwie verstand Howler sie.

»Kevlar geht es gut. Fürs Erste«, murmelte er düster. »Ich brauchte nur eine Möglichkeit, um dich kurzfristig dazu zu bringen, mit mir zu kommen. Wir haben nicht viel Zeit, um das hier zu erledigen. Ich muss für die Nachmittagsbesprechungen wieder auf dem Stützpunkt sein. Du musst also kooperieren. Verstehst du mich?«

Kooperieren, von wegen. Wenn er irgendwo sein sollte und sie das verhindern konnte, damit jemand Fragen stellen konnte, war sie dabei. Und jetzt, da sie wusste, dass es Vincent gut ging, war sie umso entschlossener, von diesen Psychopathen wegzukommen.

Sie stellte fest, dass sie nach Westen fuhren, und Howler fuhr eindeutig zu schnell. Sie betete, dass er angehalten werden würde, das wäre ihre beste Chance zu entkommen. Aber je weiter sie sich von der Stadt entfernten, desto geringer wurden ihre Hoffnungen.

»Was ist der Plan?«, fragte Blink nach ungefähr zehn Minuten.

»Ich habe schon einen Platz vorbereitet. Wir lassen sie dort und fahren dann zurück in die Stadt. Unsere Handys sind unsere Alibis. Wir lassen ihres bei ihr, damit sie gefunden wird. Ich schließe mich den Suchtrupps an. Wenn ihre Leiche gefunden wird, werde ich natürlich genauso erschüttert sein wie alle anderen auch.« Ein böses Lächeln breitete sich auf Howlers Gesicht aus. »Aber die Show muss weitergehen, nicht wahr? Wir sollen in drei Tagen zu dieser Mission im Tschad aufbrechen. Kevlar wird zu erschüttert sein, um mitzukommen, da bin ich mir sicher. Also übernehme ich die Leitung des Teams. Wir werden einen siebenten Mann brauchen. Bist du dabei? Bist du über den Mist hinweg, der dich so fertiggemacht hat?«

Es gab viel zu analysieren in seiner kleinen Rede, von der Remi nichts gefiel. Ihr Herz schlug so schnell wie das eines Kaninchens, und sie konnte nicht glauben, dass Howler ... was tat er da? Es hörte sich an, als würde er sie irgendwohin bringen, um *sie zu töten!*

Nein. Das konnte nicht stimmen. Und warum? Nur damit er Vincents SEAL-Team übernehmen konnte? Das war ... völlig verrückt!

»Wie ich schon sagte, ich bin dabei«, sagte Blink mit ruhiger, gleichmäßiger Stimme.

»Alle haben gesagt, du seist erledigt, Mann. Dass du ausgemustert wirst. Aber ich hatte das Gefühl, dass sie sich geirrt haben. Ich habe etwas in dir gesehen, was ich in mir selbst wiedererkannt habe. Ich brauche starke Leute in meinem Rücken, denn das verdammte Team, in dem ich jetzt bin, ist weiß Gott ein Haufen Weicheier. Sie würden lieber wie alte Männer im *Aces* rumsitzen, als sich woanders am Muschi-Buffet zu bedienen. Ich weiß nicht, warum du dich in diesem Ort gesuhlt hast. Alles scheint besser zu sein, wenn dein Schwanz tief im Loch einer Tussi steckt.« Er grinste Blink im Rückspiegel an. »Vielleicht drehe ich eine Runde mit Kevlars Schlampe, mal sehen, wie sie ihn so schnell um den kleinen Finger gewickelt hat.«

Remi versteifte sich. Ihre Wut verflog und die Panik kehrte

schnell zurück. Sie hatte keine Chance, Howler zu überwältigen. Schon gar nicht, wenn Blink sie so mühelos festhielt, als sei sie ein Kind.

»Ich denke, dafür haben wir keine Zeit«, sagte Blink zu dem anderen SEAL.

»Verdammt. Das ist wahrscheinlich wahr. Ich habe hier einen Zeitplan, etwas mehr als eine Stunde, um diesen Mist zu erledigen und zum Stützpunkt zurückzukehren«, murmelte Howler.

»Du warst also für die Sache in Hawaii verantwortlich«, sagte Blink fast schon beiläufig.

»Ich weiß nicht, wovon du redest«, erwiderte er.

»Richtig. Nun, es war brillant, wenn du mich fragst.«

»Verdammter Kapitän«, murmelte Howler. »Hätte er es nicht vermasselt und zu früh angelegt, hätte es funktioniert.«

»Kevlar ist einer der besten Schwimmer im Team«, argumentierte Blink.

»Das ist er. Aber dreißig Kilometer wären selbst im besten Fall hart. Er hatte seinen Neoprenanzug und seine Tauchausrüstung dabei, aber die hätten ihm gegen einen Hai nicht geholfen. Und wenn der Kapitän seinen Job gemacht hätte, wäre es schon dunkel gewesen, bis Kevlar überhaupt in Ufernähe kam. Schlimmstenfalls wäre er erschöpft, vielleicht sogar verletzt und nicht in der Lage gewesen, seinen Dienst zu erfüllen. Im besten Fall ... Na ja, du weißt schon.«

Remi wurde schlecht. Die Dinge, die Howler sagte – sie waren furchtbar. Besonders über jemanden, der eigentlich sein Freund sein sollte. Sein Teamkamerad.

»Verdammtes Arschloch von Kapitän«, murmelte Howler, während er fuhr. »Hätte er einfach auf die Anweisungen gehört, die ihm gegeben wurden, wären wir jetzt nicht hier.« Er blickte im Rückspiegel zu Remi. »Mit dir an seiner Seite hätte Kevlar den tapferen Helden gespielt, für den er sich hält, was bedeutet hätte, dass ihr *beide* da draußen gestorben wärt. Du warst nicht Teil des Plans, aber ehrlich gesagt hätte ich von Anfang an daran denken sollen, eine Zivilistin mit hineinzuziehen. Ein hilfloses Mädchen, jemanden, den er nicht zurücklassen kann, um seinen eigenen Arsch zu retten. Kevlar war schon immer der Edle, was ihn zu einem beschissenen Teamleiter macht.«

Remi ballte die Fäuste. Sie war wieder stinksauer, ihre Emotionen waren völlig durcheinander.

Dann spürte sie etwas an ihrem Arm und ihr stockte der Atem. Sie wollte nach unten sehen, um sich zu vergewissern, dass sie wirklich das fühlte, was sie glaubte, aber Blink hielt ihr immer noch den Mund zu. Sie konnte den Kopf, der auf seiner Schulter ruhte, nicht bewegen. Sie konnte nur geradeaus starren.

Dann spürte sie es wieder.

Blinks Daumen ... er streichelte sanft ihren Arm. Als versuchte er, sie zu beruhigen.

Aber das konnte doch nicht richtig sein, oder? Remi war völlig verwirrt.

Howler fuhr jetzt noch schneller. Ihr Gesicht pochte an der Stelle, wo er sie geschlagen hatte – zweimal –, und er brachte sie wer weiß wohin, um wer weiß was zu tun, bevor er zum Stützpunkt zurückkehrte und so tat, als sei er genauso besorgt wie alle anderen, wenn entdeckt würde, dass sie vermisst wurde.

Nun, scheiß drauf. Wenn sie eine Chance bekam, würde sie sie ergreifen. Sie würde nicht kampflos untergehen. Zumindest würde sie Howlers DNA unter ihren Fingernägeln haben, damit das Kriminallabor wusste, dass sie mit jemandem gekämpft hatte. Wenn sie könnte, würde sie abhauen, aber mit Blinks Hilfe war sie sich nicht sicher, ob das passieren würde.

Scheiß auf ihn. Scheiß auf sie beide.

»Danke, dass du *das* ... unter Kontrolle gebracht hast«, sagte

Howler und ließ den Blick zu Blink schweifen.

»Es wäre schwer gewesen, zu fahren und sie zu bändigen«, antwortete er emotionslos.

»Stimmt. Ich denke, es war gut, dass du aus deiner Scheiße herausgekommen bist und dich entschlossen hast mitzukommen.«

»Ich auch«, sagte Blink.

Remi wollte Howler anflehen, sie gehen zu lassen. Versprechen, dass sie die Gegend um Riverton verlassen würde. Dass sie Vincent nicht mehr sehen würde. Alles, was ihr Leben verlängern könnte. Aber sie konnte nichts sagen, weil Blink ihr die Hand vor den Mund hielt, und sie glaubte nicht, dass sie irgendetwas sagen konnte, das Howlers Pläne ändern würde.

Aber vor allem wusste sie, dass sie Vincent niemals aufgeben konnte.

Sie schluckte schwer und Tränen stiegen ihr in die Augen, aber sie blinzelte sie zurück. Sie musste wachsam bleiben, bereit für alles. Für die kleinste Chance zu entkommen. Remi hatte keine Ahnung, was Blink tun würde, wenn sie weglief, aber sie hatte keinen Zweifel, dass Howler alles tun würde, um sie an der Flucht zu hindern.

Die nächsten sechzig Minuten würden die wichtigsten in ihrem Leben sein. Sie konnte aufgeben und akzeptieren, was auch immer Howler geplant hatte, oder sie konnte kämpfen. Und obwohl sie ein introvertierter Nerd sein mochte, war sie nicht bereit zu sterben.

»Was meinst du damit, sie ist nicht da?«, fragte Kevlar Caroline verwirrt. Sie sollte Remi in seiner Wohnung abholen und sie zum *Aces* fahren, wo er sie zum Mittagessen treffen wollte.

Das war jedenfalls der Plan. Aber die Besprechungen

hatten sich an diesem Morgen verspätet und er hatte absagen müssen. Das machte ihn wütend, aber es war nicht zu ändern. Es sah so aus, als würden sie in spätestens sechsunddreißig Stunden aufbrechen, und er war mit den letzten Informationen, die sie erhalten hatten, nicht zufrieden. Er schickte sein Team nicht in eine Situation, in der es nicht über möglichst viele konkrete Fakten verfügte, wenn er es vermeiden konnte.

Das hochrangige Ziel, das sie neutralisieren sollten, hatte mehrere Unterschlüpfe in der Stadt, und obwohl sie gute Informationen über das Haus hatten, in dem er sich am ehesten verstecken würde, mussten sie die Grundrisse aller Häuser kennen. Nur für den Fall der Fälle. Es gab Dutzende von Dingen, die schiefgehen konnten, und es war seine Aufgabe als Teamleiter, so viele Hindernisse wie möglich aus dem Weg zu räumen.

Er hatte sowohl Caroline als auch Remi vor zwanzig Minuten eine SMS über die Planänderung geschickt ... und jetzt, da er darüber nachdachte, hatte Kevlar von Remi nichts mehr gehört, nachdem er die SMS geschickt hatte. Was ungewöhnlich war. Er war so sehr damit beschäftigt gewesen, Fluchtwege für das Team zu finden, dass ihm erst jetzt auffiel, dass sie ihm nicht zurückgeschrieben hatte.

»Sie ist nicht hier«, sagte Caroline ihm erneut. »Ich bin bei dir, und sie macht nicht auf. Aber ihr Wagen ist hier. Vielleicht wurde sie von jemand anderem gefahren?«

Aber Kevlar schüttelte bereits den Kopf. Nein, das würde sie nicht tun, ohne ihm Bescheid zu sagen. Als er ihren SMS-Verlauf aufrief, war seine Nachricht an sie die letzte.

Kevlars Gedanken schalteten sofort in den Planungsmodus. Sein Team hatte eine wohlverdiente Pause eingelegt. Sie waren vor etwa einer halben Stunde losgefahren und sollten erst in einer Stunde zurück sein. »Wenn du zum *Aces* fahren und nachsehen könntest, ob sie dort ist, wäre ich dir dankbar«, sagte

Kevlar ruhig zu Caroline. Wenn sein Team jetzt hier wäre, wüssten sie sofort, dass etwas nicht stimmte, denn immer wenn die Kacke am Dampfen war und andere unter Strom standen und aufgeregt waren, tat Kevlar das Gegenteil. Er wurde *hyperkonzentriert*, fast emotionslos.

»Ja, natürlich. Ich bin sicher, es geht ihr gut«, sagte Caroline.

»Ja«, erwiderte Kevlar, aber tief in seinem Inneren wusste er, dass etwas nicht stimmte. Er wusste nicht was, aber Remi würde ihre Pläne nicht ändern, ohne es ihm mitzuteilen. Er mochte sie erst vor Kurzem kennengelernt haben, aber das wusste er ohne Zweifel.

»Kevlar?«, fragte sein Kommandant, als er das Telefonat beendet hatte. »Was ist los?« Genau wie sein Team konnte auch Kevlars Kommandant seine Stimmungen lesen.

»Ich weiß es nicht«, gab er zu. »Remi ist nicht zu Hause.«

»Und das ist ungewöhnlich?«

»Ja.«

»Was brauchen Sie von mir?«

Das war es ja – Kevlar hatte keine Ahnung, was er oder irgendjemand anderes tun sollte. Er wusste nur, dass jede Faser seines Wesens schrie, dass etwas nicht stimmte. Dass Remi in Schwierigkeiten steckte. »Können Sie das Team anrufen? Fragen, ob die Jungs früher von der Mittagspause zurückkommen können?«

»Natürlich.«

Kevlar nahm einen tiefen Atemzug. Alles in ihm sagte ihm, dass er gehen sollte, um Remi zu finden. Um sich mit eigenen Augen davon zu überzeugen, dass es ihr gut ging. Aber das wäre ein Fehler. Ohne Informationen, ohne zu wissen, wo er mit der Suche nach ihr beginnen sollte, würde er sich nur im Kreis drehen.

Er schloss die Augen, atmete tief durch die Nase ein und

durch den Mund wieder aus. Er durfte nicht in Panik geraten. Nicht jetzt. Er betete, dass es einen guten Grund gab, warum Remi nicht erreichbar war. Dass sie sich später über ihn lustig machen würde, weil er überreagiert hatte, weil sie bei Carolines Eintreffen nicht in der Wohnung war. Er hoffte inständig, dass sie einfach die Pläne durcheinandergebracht und vielleicht ein Taxi gerufen hatte, das sie zum *Aces* brachte, anstatt auf Caroline zu warten. Dass sie über die Aufregung die Augen verdrehen würde, wenn sie wohlbehalten in der Kneipe gefunden wurde.

Aber tief im Inneren wusste er, dass sie nicht dort war. Irgendetwas war passiert ... und sein Gefühl sagte ihm, dass es etwas mit Hawaii zu tun hatte.

Er war ein Idiot gewesen, ihre Sicherheit nicht ernster zu nehmen. Wenn jemand hinter ihm her war, war es nur logisch, dass er über Remi an ihn herankommen wollte. Es war nicht so, als hätte er verheimlicht, wie viel sie ihm bedeutete.

Wie sehr er sie liebte.

Der Gedanke überraschte ihn nicht einmal. Er liebte Remi. Verdammt, er hatte sie, ohne zu zögern, in seine Wohnung geholt und hatte die feste Absicht, sie zum Bleiben zu überreden. Er konnte es kaum erwarten, sie am Ende eines jeden Tages zu sehen, und lebte für die süßen SMS, die sie ihm schickte, während er arbeitete.

Der Gedanke, dass ihr seinetwegen etwas zustoßen könnte, war inakzeptabel. Sie hatte keinen einzigen Feind auf der Welt. Sie war in Schwierigkeiten, weil er nicht hart genug gearbeitet hatte, um herauszufinden, wer ihm schaden wollte.

Das Telefon klingelte in der Stille des Konferenzraumes und holte Kevlar in die Gegenwart zurück. Er biss die Zähne zusammen. Niemand verletzte seine Frau und kam damit davon. Er würde Remi finden und denjenigen vernichten, der den Versuch gewagt hatte, sie ihm wegzunehmen.

KAPITEL SECHZEHN

Der Pick-up wurde langsamer, und Remi machte sich auf das gefasst, was auch immer kommen mochte. Offensichtlich hatte Howler schon vorher geplant, wohin er heute fahren würde, denn er zögerte nicht, in eine Reihe von Straßen abzubiegen, die immer kleiner wurden. Erst Asphalt, dann Schotter, dann Erde, und jetzt fuhren sie auf zwei Spuren im Gras, die man nicht einmal als Straße bezeichnen konnte. Am Rand eines riesigen Waldes hielt er den Wagen an.

Er drehte sich um und sagte: »Jetzt fängt der Spaß an.«

»Arschloch«, murmelte sie hinter Blinks Hand. Der andere SEAL hatte während der ganzen Fahrt seine Hand nicht von ihrem Mund genommen. Es war nervig, und sie hatte mehrmals versucht, ihn zu beißen, aber Blink hatte lediglich auf ihren Mund gedrückt, bis sie sich beruhigt hatte, und dann seinen Griff wieder gelockert. Er hatte ihr nicht wehgetan. Es war trotzdem verdammt verwirrend. Welchen Sinn hatte es, sanft mit ihr umzugehen, wenn Howler sie sowieso töten würde?

Schließlich nahm Blink seine Hand von ihrem Mund, nachdem Howler den Wagen verlassen hatte. Er öffnete die Tür, rutschte über den Sitz und stand auf, während er Remi hielt, als sei sie nur ein Kleinkind. Was eigentlich ziemlich beeindruckend war, wenn man ihre Größe und ihr Gewicht bedachte. Aber Blink manövrierte sie scheinbar ohne jede Anstrengung ... was Remi wiederum ziemlich wütend machte. Ihre Gefühle fuhren Achterbahn und das Adrenalin in ihren Adern löste Übelkeit aus, aber sie musste wachsam bleiben. Bereit für alles.

»Komm schon«, sagte Howler. »Wir haben nicht viel Zeit.«

Remi bemerkte, dass er ihr Telefon in der Hand hatte, und sie wollte es unbedingt in die Finger bekommen. Um den Notruf zu wählen, Vincent anzurufen, Wolf, *irgendjemanden*. Natürlich hatte sie keine Ahnung, ob es hier draußen Handy- empfang gab, aber sie würde so weit laufen, wie es nötig war, um jemanden zu erreichen, wenn sie nur entkommen konnte.

»Geh«, befahl Blink, nahm ihren Oberarm in seine linke Hand und schlang den rechten Arm um ihre Taille, um sie an seine Seite zu drücken.

Remi zappelte, um herauszufinden, ob sie sich befreien konnte, aber natürlich hatte Blink sie fest im Griff, und sie wusste nicht, wie sie ihn dazu bringen könnte, sie loszulassen. Er war stärker und größer.

Sie versuchte zu schreien, aber Blink hielt ihr schnell die Hand vor den Mund, während er sie zum Gehen zwang. Nicht dass es wichtig gewesen wäre; es war niemand in der Nähe. Es gab nur sie, Howler und Blink. Das einzige Geräusch waren die Blätter, die im Wind raschelten. Wo auch immer Howler sie hingebracht hatte, es war auf jeden Fall verlassen.

Es war verrückt, aber eigentlich war sie froh über Blinks körperliche Unterstützung, als sie in den Wald gingen, denn es schien, als wollten ihre Beine sie nicht mehr halten. Sie hätte bei dem Gedanken fast geweint. Remi brauchte ihre Muskeln, wenn sie von diesen Arschlöchern wegkommen wollte.

»Bitte lass mich gehen, Howler. Ich verspreche dir, dass ich verschwinden werde. Von Riverton wegziehen. Was auch immer du von mir willst.«

Aber der SEAL, der den Weg zu seinem Ziel wies, zuckte nur mit den Schultern. »Tut mir leid, aber das wird nicht funktionieren. Kevlar muss gebrochen sein. Er muss funktionsunfähig sein, damit ich seinen Platz einnehmen kann, um zu beweisen, dass ich unser Team besser führen kann als er. Und das geht nur, wenn ich ihn genau da treffe, wo es am meisten wehtut.«

»Er und ich, wir ... es ist nichts Ernstes.« Die Lüge fühlte sich aus ihrem Mund falsch an, aber Remi hätte im Moment buchstäblich ihre gesamte Familie verleugnet, wenn sie geglaubt hätte, dass sie dadurch aus dieser Situation herauskäme.

»Das ist nicht das, was er sagt«, informierte Howler sie.

Remi blieb fast das Herz stehen, so sehr schmerzte es. Sie brauchte nicht zu fragen, was Vincent über sie gesagt haben könnte, denn Howler schien mit Freuden weiterzureden.

»Er redet nur von dir. Remi hat dies getan, Remi hat das gesagt ... *kotz*. Du solltest ihn mal hören, wie er über den lächerlichen Cartoon redet, den du zeichnest. Er tut so, als sei es das Lustigste überhaupt, dabei ist es einfach nur bescheuert. Scheiße, er hat sogar behauptet, du seist das Beste, was ihm je passiert ist. Dass es sogar irgendwie lustig war, in Hawaii mit dir im Meer gestrandet zu sein. Lustig!«, brüllte Howler und drehte sich plötzlich zu ihr und Blink um.

»Er sollte verdammt noch mal sterben! Und er fand es *lustig*!« Er stapfte vorwärts, sodass er direkt vor ihr stand, und

Remi spürte, wie Blink sich an ihrer Seite anspannte. Sie wagte nicht, sich zu rühren. Wagte nicht, etwas zu sagen. Es war offensichtlich, dass Howler durchdrehte, und ihre Wange schmerzte noch immer dort, wo er sie zuvor getroffen hatte. Sie wollte ihn nicht weiter verärgern.

»Wenn du weg bist, wird er nichts mehr *lustig* finden. Er wird über deinem Sarg weinen und alles tun, was er kann, um herauszufinden, wer dich getötet hat und warum, und ich werde mit meinem Team im Tschad sein und in Ärsche treten. Seine Pläne sind lächerlich, zu konservativ. Der einzige Weg, mit Terroristen umzugehen, besteht darin, hart und schnell einzugreifen. All die Planungen und Eventualitäten und Zwölf-Stunden-Tage sind einfach nur bescheuert. Wir müssen da rübergehen und das tun, wofür wir ausgebildet wurden – ein paar Ärsche aufreißen. Ich werde dem Kommandanten und allen anderen zeigen, wie ein *echter* SEAL ein Team führt. Dein Tod wird Kevlar brechen. Ich werde endlich meine Chance bekommen. Wir werden sehen, wie *lustig* er es dann findet!«

Remi war entsetzt. Aber sie tat ihr Bestes, um den Schrecken in ihrem Gesicht zu verbergen. Das war es, was Howler wollte, dass sie Angst bekam. Dass sie bettelte. Aber das würde nichts nützen, es würde ihn nur noch zufriedener machen.

»Sie werden dich erwischen«, sagte sie nach einem Moment, wobei ihre Stimme nur ein wenig zitterte.

»Nein, das werden sie nicht. Mein Telefon ist eingeschaltet und zeigt meine Wohnung als Standort an. Ich bin nach Hause gefahren, um zu Mittag zu essen, und wenn Kevlar Alarm schlägt, dass du vermisst wirst, werde ich zurück zum Stützpunkt eilen, um zusammen mit allen anderen zu helfen. Blink wird mein Alibi sein. Mein Pick-up ist so alt, dass er kein GPS hat. Die Straßen hierher sind nicht mautpflichtig, und ich habe noch ein paar Klamotten im Wagen, nur für den Fall, dass die Dinge ... unschön werden.«

Remi musste zugeben, dass es sich so anhörte, als hätte er sich das gut überlegt – bis zu einem gewissen Punkt. Denn ihre Fingerabdrücke würden in seinem Wagen sein. Möglicherweise sogar ihre DNA. Und er hatte sie angerufen. Auch davon würde es eine Aufzeichnung geben. Howler dachte, er hätte alles perfekt geplant ... aber er hatte es trotzdem vermasselt.

Dann kam ihr ein Gedanke. »Mein Telefon«, flüsterte sie.

»Ja, dein Telefon«, sagte Howler und blickte auf das Gerät, das er immer noch in der Hand hielt. »Es sendet wahrscheinlich sogar jetzt. Allerdings müssen die Polizisten ein großes Gebiet absuchen, weil die Pings nicht präzise sind. Bis sie überhaupt auf die Idee kommen, es aufzuspüren, selbst wenn der verdammte Tex zu Hilfe kommt, sind Blink und ich längst weg. Und ich *will*, dass die Beamten dich finden, Remi. Ich will, dass sie dich finden, damit Kevlar zerbricht. Oh, ich werde es zertrümmern, bevor wir gehen. Die Polizei wird nur Plastikteile finden. Keine Reifenspuren, keine Fußabdrücke. Nur deinen armen toten Körper.

Du wirst in den Akten der ungelösten Fälle landen und niemand wird je erfahren, wer dich getötet hat oder warum. Sie werden annehmen müssen, dass es eine willkürliche Entführung war. Vielleicht hast du jemandem deine Tür geöffnet, der dich entführt hat. Aber ... die Uhr tickt. Ich habe keine Zeit mehr, hier zu stehen und mit dir zu plaudern. Ich habe eine Mission in Afrika zu planen. Bring sie her«, sagte Howler und nickte Blink zu.

Als er sie dieses Mal vorwärtsdrängte, weigerten Remis Beine sich zu funktionieren.

Nein, sie wollte nicht noch weiter in diesen Wald des Todes gehen. Sie würde Howler nicht mit seinen Plänen davonkommen lassen. Er benahm sich wie ein eifersüchtiges Kind, das mit den Füßen stampfte und weinte, weil er das

Kommando über ein SEAL-Team haben wollte. Das war wahnsinnig. *Er* war wahnsinnig.

Aber ihre Weigerung zu gehen brachte Blink nicht aus der Ruhe. Er hob sie einfach von den Füßen und ging hinter Howler her in den Wald.

»Bitte, Blink – tu das nicht! Du musst das nicht tun!«, plapperte sie. »Du bist ein guter Mann, ein guter SEAL. Was passiert ist, war nicht deine Schuld. Du kannst das hier immer noch aufhalten. Bitte lass nicht zu, dass er mir wehtut!«

Blink antwortete nicht. Seine Lippen waren fest aufeinandergepresst und sie konnte ein Muskelzucken in seinem Kiefer sehen, während er sie trug. Sie trat und wand sich, versuchte verzweifelt, sich aus seinem Griff zu befreien, aber er hielt sie nur fester und sagte: »Hör auf, Remi.«

»Nein! Lass mich los! Blink, das ist verrückt! Du kannst mich nicht umbringen! Hilfe! Hilf mir doch jemand!« Sie begann zu schreien, weil ihr nichts mehr einfiel.

Howler wirbelte herum, und bevor sie reagieren konnte, schlug er sie erneut. Blut tropfte von ihrer Lippe über ihr Kinn, aber sie bemerkte es kaum. Er zog die Faust zurück und versuchte erneut, sie zu schlagen, aber diesmal traf er nur ihre Schulter, weil Blink sich mit ihr in seinem Griff gedreht hatte.

Remi stöhnte über den Schmerz, der ihren Arm hinunterschoss.

»Ich habe sie«, schnaufte Blink, bevor er wieder eine Hand über ihren Mund legte.

Nein! Sie musste in der Lage sein zu sprechen! Um sich herauszureden. Um zu *betteln*! Aber Blinks Hand war unbeweglich. Sie versuchte, den Kopf zu drehen, aber er hatte einen Arm darum gelegt und drückte ihre Wange gegen seine Schulter.

»Verdammte Schlampe. Halte sie ruhig und komm mit. Ich

bin im Verzug«, beschwerte Howler sich. »Es ist nicht mehr weit.«

Remi saß praktisch auf Blinks Hüfte, während er sie trug und sie gleichzeitig ruhig hielt. Sie grub die Finger in seinen Arm in dem Versuch, seinen Griff zu lockern, aber ohne Erfolg. Sie betete, dass sie etwas von seiner DNA unter ihre Fingernägel bekam. Alles, was den Polizisten helfen würde herauszufinden, wer sie entführt hatte.

Dann blieb Howler stehen – und wenn sie vorher schon Angst gehabt hatte, so war das nichts im Vergleich zu dem, was sie empfand, als sie auf das Loch im Boden hinunterblickte, das Howler offensichtlich im Voraus gegraben hatte.

In dem Loch befand sich etwas, das wie eine Truhe aussah, mit einem Vorhängeschloss, das offen im Riegel hing.

»Nein!«, schrie sie hinter Blinks Hand.

»Rein mit ihr«, befahl Howler.

Remi wehrte sich so gut sie konnte gegen Blink. Wenn er sie in diese Kiste steckte, war sie so gut wie tot. Sie nahm an, dass sie dankbar sein konnte, dass er nicht einfach eine Waffe gezogen und ihr in den Kopf geschossen oder zwanzigmal auf sie eingestochen hatte, bevor er sie einsperrte ... aber war es denn besser, lebendig begraben zu werden?

Es war fast schon erbärmlich, wie leicht es für Blink war, sie zu überwältigen und in die Metallbox zu stoßen. Sie versuchte, auf die Knie zu kommen, weil sie es diesen Männern nicht leicht machen wollte, sie zu töten, aber Howler kam herüber und fügte sein Gewicht dem von Blink hinzu, als sie auf ihre Schultern drückten und sie zwangen, sich in die Kiste zu beugen. Sie schrie aus Leibeskräften und schlug um sich, während sie ihr Bestes tat, um zu entkommen. Es war vergeblich.

Das Geräusch der zuschlagenden Kiste schien laut in dem winzigen Raum. Aber es war das Geräusch des einrastenden

Schlosses, das jeden Muskel in ihrem Körper vor Angst erstarren ließ.

Das war es also. Sie würde sterben. Genau hier und jetzt.

Sie hörte, wie Howler sagte: »Schütte es zu«, bevor ein lauter Knall ihre verkrampften Muskeln zucken ließ. Oben auf der Kiste gab es einen weiteren dumpfen Schlag – und dann begannen die Tränen.

Sie wurde lebendig begraben. Von einem Mann, dem Vincent sein Leben anvertraute.

Unbeholfen kämpfte Remi sich auf die Seite und rollte sich zu einer kleinen Kugel zusammen, während sie unkontrolliert schluchzte.

Sie wollte leben. Sie hatte keine Gelegenheit gehabt, Vincent zu sagen, dass sie ihn liebte. Dass er das Beste war, was ihr je passiert war. Und wahrscheinlich würde er nie erfahren, dass einer der Männer, mit denen er durch die Hölle und zurück gegangen war, derjenige war, der sie getötet hatte.

»Vincent«, weinte sie. »Es tut mir leid. Es tut mir so leid. Ich habe versucht zu kämpfen ... das habe ich.« Es kamen keine weiteren Worte mehr an ihrem Schluchzen vorbei, während sie in der Metallbox lag, die ihr Sarg werden sollte.

»Ich habe alle gefragt, aber niemand hat sie gesehen«, sagte Caroline in Kevlars Ohr.

Seine Schultern sackten zusammen. Er hatte entgegen jeder Hoffnung gehofft, dass Remi im *Aces* sein würde, auch wenn er wusste, dass das unwahrscheinlich war. »Danke fürs Suchen.«

»Was brauchst du von mir? Von Wolf?«, fragte Caroline. »Er kann die Jungs anrufen und ich kann mich mit den Mädels in

Verbindung setzen. Wir können anfangen zu suchen. Sag uns einfach, was du brauchst.«

Deshalb hatte Kevlar es nie bereut, ein SEAL geworden zu sein. Die unerschütterliche Unterstützung. Selbst von Männern und Frauen, die nicht mehr im aktiven Dienst waren. Es bedeutete ihm die Welt. Er wünschte nur, er hätte etwas für sie zu tun. Im Moment konnte er nirgendwo mit der Suche nach Remi beginnen. Es war, als hätte sie sich in Luft aufgelöst.

»Wenn du Wolf anrufen und ihm sagen könntest, dass Remi vermisst wird, wäre ich dir dankbar«, sagte Kevlar zu Caroline. »Aber das war es erst mal. Ich melde mich, wenn ich etwas erfahre.«

»In Ordnung. Wir werden sie finden, Kevlar.«

Würden sie das? Das waren Worte, die jeder sagte, wenn jemand vermisst wurde, aber in diesem Moment klangen sie so hohl. »Danke«, brachte er heraus, bevor er auflegte.

Er starrte frustriert und verloren auf den Tisch. Er war ein SEAL. Er sollte *etwas* tun. Sollte eine Idee haben, wo er mit der Suche nach Remi beginnen konnte. Er hatte immer noch einen kleinen Hoffnungsschimmer, dass sie einfach nur einkaufen war oder so. Das würde jeder normale Mensch annehmen, wenn er seine Freundin nicht erreichen konnte, wenn sie eine Stunde zu spät kam, aber nach dem, was in Hawaii passiert war, und angesichts der Tatsache, dass ihre Beziehung noch so jung war, glaubte er nicht, dass sie einfach abhauen würde, ohne ihm zu sagen, wohin sie wollte. Verdammt, sie hatte seine Wohnung kaum verlassen, seit sie dort angekommen war. Sie sagte immer, dass es ihr nichts ausmache, bei ihm abzuhängen und zu zeichnen. Gelegentlich schrieb sie ihm SMS und ...

Marley!

Kevlar griff nach seinem Handy. Dumm! Er musste Remis beste Freundin anrufen. Wenn sie irgendwohin gegangen war, hätte sie es Marley sicher gesagt.

Drei Minuten später hatte er es nur geschafft, jemand anderen in Angst zu versetzen, und er hatte nichts weiter darüber erfahren, wo Remi sein könnte. Marley hatte nichts von ihr gehört, und sie wusste nur, dass Remi sich darauf gefreut hatte, Caroline wiederzusehen und mit ihm zu Mittag zu essen.

Die Tür hinter ihm flog auf, und Flash und MacGyver waren plötzlich da.

»Was ist los?«

»Ich bin sofort hergekommen, als der Kommandant mir sagte, dass Remi vermisst wird.«

Allein die Tatsache, dass seine Teamkameraden ihm den Rücken freihielten, gab Kevlar ein gutes Gefühl.

Dann trafen auch Preacher, Smiley und Safe ein.

Kevlar stand den besten Freunden gegenüber, die er je gehabt hatte ... aber er hatte nichts zu sagen. Er hatte keine Ahnung, was er ihnen erzählen sollte. Sein Verstand war leer. Er sollte der Teamleiter sein, aber im Moment war er verloren. Frustriert und stinksauer. Und er hatte keine Ahnung, was er als Nächstes tun sollte.

»Wo ist Howler?«, fragte Smiley.

»Er hat nicht abgenommen, als ich ihn angerufen habe. Ich habe eine Nachricht hinterlassen«, sagte ihr Kommandant.

»Ich bin sicher, dass er so schnell wie möglich hier sein wird«, warf Flash ein.

»Wahrscheinlich hat er eine Froschjägerin abgeschleppt, um sie in der Mittagspause zu ficken«, murmelte MacGyver.

Da konnte Kevlar nicht widersprechen. Je näher sie einer Mission kamen, desto mehr hatte Howler das Bedürfnis, Frauen aufzureißen. Er hatte versucht, mit seinem Freund darüber zu reden, wie beschissen das war, aber Howler wollte nicht zuhören. Er war ein wenig enttäuscht, dass der Mann nicht da war, um bei der Suche nach Remi zu helfen, aber da er keine Ahnung hatte, wo er überhaupt anfangen sollte, war das wohl auch egal.

Safe ging zu Kevlar hinüber und legte ihm eine Hand auf die Schulter, dann drehte er ihn um und zwang ihn, sich zu setzen. »Fang ganz vorn an. Was ist passiert, wann hast du zuletzt von Remi gehört?«

Kevlar atmete tief durch, dankbar, dass sein Freund das Kommando übernommen hatte, denn mehr als Panik konnte er im Moment nicht empfinden. Er betete, dass die anderen in der Lage sein würden, klarer zu denken als er. Dass sie einen logischen Grund finden würden, warum Remi nicht ans Telefon ging und nirgendwo zu finden war.

Blink war hyperfokussiert. Er brauchte ein Fenster, damit er handeln konnte. Nur ein kleines. Er war hier im Nachteil. Howler war ein Arschloch und offensichtlich gestört, aber im Nahkampf hätte der Kerl die Oberhand. Blink hatte seine körperliche Verfassung in den letzten Wochen schleifen lassen. Er hatte seinem Körper keinen Gefallen damit getan, auf seinem Arsch zu sitzen und Trübsal zu blasen. Und Howler hatte sicherlich täglich trainiert, um sich auf die Mission im Tschad vorzubereiten.

Wenn sie da draußen im Wald in einen Kampf gerieten, würde Blink verlieren. Und es hing zu viel davon ab, dass er Howler überwältigte, als dass das passieren könnte.

Er hatte es *gehasst*, den Schrecken in Remis Augen zu sehen, als er den verdammten Deckel der Truhe geschlossen hatte. Und obwohl er sein Bestes getan hatte, um sie vor Howlers Fäusten zu schützen, hatte sie trotzdem ein paar Schläge einstecken müssen.

Das machte Blink wütend. Es machte ihn so wütend, dass

Howler seine Kraft gegen jemand körperlich Schwächeren einsetzte. Blink hatte Remi auf den Rücksitz des Wagens verfrachtet, um sie außer Schlagweite des Kerls zu halten. Sie verstand natürlich nicht, dass er ihr helfen wollte. Wie sollte sie auch? Er musste sich auf Howlers verrückten Plan einlassen, durfte sich nicht sein Entsetzen darüber anmerken lassen, wie gefühllos und beiläufig er den Tod eines anderen Menschen geplant hatte.

Er hatte getan, was nötig war, einschließlich eines Kompliments für die Führungsqualitäten des Mannes und des Versprechens, unter ihm zu dienen. Auf keinen Fall würde das passieren. Blinks SEAL-Team war seine Familie. Er wäre für die Jungs gestorben, so wie sie gestorben und verletzt worden waren, um *sein* Leben zu retten. Niemals würde er ihren Namen und ihren Charakter beschmutzen, um unter jemandem wie Howler zu dienen.

Der Mann war gestört. Verdammt eifersüchtig. Blink hatte das Team gelegentlich im *Aces* beobachtet. Er hatte die Blicke gesehen, die Howler Kevlar oft zuwarf. Niemand dachte, dass er auf irgendetwas achtete, wenn er stundenlang an der Bar saß ... aber er tat es.

Blink sah *alles*. Hörte alles. Er wusste, wie die Leute über ihn redeten. Tratschten. Er wusste, dass sie dachten, er hätte den Lebenswillen verloren. Aber er hatte sich einfach nur ... neu orientiert. Sich mit dem Geschehenen abgefunden. Sich im Geiste von seinen Freunden verabschiedet.

Er hatte auch gesehen, wie Kevlar an jenem Nachmittag in der Kneipe den Blick nicht von Remi abwenden konnte und wie sie *ihn* sehnsüchtig ansah, wenn sie dachte, dass niemand es bemerkte.

Er sah, wie nervös Remi war, wie unwohl sie sich im *Aces* gefühlt hatte, aber sie bezauberte trotzdem alle und passte genau in Kevlars SEAL-Familie. Und als sie ihn angesprochen hatte, hatte Blink sich auf die aufdringlichen Fragen gefasst gemacht. Auf noch mehr Gefühllosigkeit, getarnt als gut gemeinte Sorge.

Aber stattdessen hatte er Freundlichkeit erfahren. Sie kannte ihn nicht, und trotzdem hatte sie sich vergewissern wollen, dass es ihm gut ging. Hatte sich bei ihm bedankt. Zum ersten Mal seit Wochen hatte sie ihn fast zum Lächeln gebracht.

Sie war irgendwie zu ihm durchgedrungen, als nichts und niemand anderes es getan hatte.

Und wie hatte er es ihr zurückgezahlt? Indem er ihr eine Heidenangst einjagte und sie glauben ließ, er sei genauso schlimm wie Howler.

Sie würde ihm nie verzeihen. Sie würde ihn nie wieder sehen können, ohne sich an den Schrecken zu erinnern, den sie empfunden hatte, als sie entführt worden war. Und daran konnte er nichts ändern.

Aber Blink würde nicht zulassen, dass Howler mit seinem bösen, abscheulichen Plan durchkam.

Er hatte keinen Zweifel daran, dass der Kommandant Howler nicht zum Teamleiter machen würde, egal was diese Sache mit Kevlar anstellte. Selbst wenn kein anderes SEAL-Team für den Tschad zur Verfügung stünde, würde der Kommandant Kevlars Team nicht ohne ihn losschicken. Howler hatte Wahnvorstellungen. Er würde nicht der Anführer sein. Niemals. Er hatte weder die richtige Einstellung noch die erforderlichen Fähigkeiten. Er hatte nur seine eigene Einbildung, die ihn glauben ließ, er könne den Job erfolgreich erledigen.

»*Scheiße*. Schneller, Blink! Ich muss zurück zum Stützpunkt!«, befahl Howler. »Wir müssen diese Kiste bedecken, damit sie erstickt, bevor jemand sie findet.«

Seine Worte entsetzten Blink noch mehr. Als er über eine

Schulter blickte, sah er, dass Howler hinter ihm stand, nahe genug, dass er seine Fortschritte sehen konnte. Er war mehr als zufrieden damit zuzusehen, wie Blink das Loch mit Erde füllte. Ein weiteres Zeichen dafür, dass dieser Mann niemals ein Anführer sein konnte. Ein wahrer Anführer sah nicht einfach zu, wenn andere die Arbeit machten; er half mit.

Remi hämmerte jetzt gegen die Truhe. Blink zuckte zusammen, als er sich den Schaden an ihren Händen vorstellte, den sie dadurch verursachte, während sie vergeblich versuchte, aus dem verschlossenen Kasten herauszukommen.

Jetzt oder nie.

Er umklammerte die Schaufel mit festem Griff und holte tief Luft – machte seinen Zug.

Er schwang die Schaufel wie einen Baseballschläger und setzte seine ganze Kraft für den Schlag ein.

Er überraschte Howler und traf ihn direkt im Gesicht. Blink spürte, wie die Knochen im Gesicht des anderen Mannes knackten, als die Metallschaufel ihr Ziel fand.

Howler schrie vor Schmerz auf und fiel mit einem harten Aufprall auf den Rücken. »Du Arschloch!«, schrie er mit wutverzerrtem Gesicht, während er sich eine Hand vor die Nase hielt. »Du warst die perfekte Schachfigur –«

Ohne zu zögern, stürzte Blink sich auf Howler, setzte sich auf ihn und griff an.

Immer wieder schlug er dem anderen SEAL ins Gesicht und ließ all den Kummer und die Wut, die er seit Wochen empfunden hatte, durch seine Fäuste herausströmen. Er schlug so schnell und heftig zu, dass der Mann keine Chance hatte, sich zu wehren. Er schlug auf ihn ein, bis seine Knöchel blutig waren ... und Howler sich nicht mehr bewegte.

Keuchend drückte Blink sich auf die Knie, aufmerksam, bereit, alles zu tun, was nötig war, um sicherzustellen, dass Howler nicht wieder aufstehen konnte. Dass er nicht mit seinem verrückten Plan durchkam, Remi zu töten. Er hatte es für reines Glück gehalten, dass er an seinem Fenster stand und sah, wie Howler auf den Parkplatz fuhr. Und nachdem Howler ihn als Schachfigur bezeichnet hatte, wusste er, dass er recht hatte ... aber es war kein Glück für *Blink*. Es war Glück für *Howler*.

Er war reingelegt worden. Howler hatte offensichtlich von seiner sogenannten Paranoia gehört. Das lächerliche Gerücht, dass er die ganze Zeit am Fenster seiner Wohnung verbrachte und seine Nachbarn beobachtete. Und er hatte offensichtlich gehofft, dies zu seinem Vorteil nutzen zu können, um Blink die Schuld an Remis Tod zu geben. Er war diesem Arschloch direkt in die Hände gefallen.

Obwohl er das wusste, war Blink so dankbar, dass er nicht gezögert hatte, in den Wagen zu steigen, um sich selbst in den Mittelpunkt von Howlers Plan zu stellen.

Remi würde ihn hassen, und Kevlar würde für immer sauer sein, dass er nicht mehr getan hatte, um zu verhindern, dass es so weit kam. Aber Blink hatte getan, was er in dieser Situation tun konnte.

Er atmete tief durch, sah zu Howler hinunter – und erstarrte.

Scheiße.

Der Mann bewegte sich nicht – überhaupt nicht. Er stöhnte nicht, versuchte nicht, aufzustehen. Er lag einfach im Gras, schlaff und blutig.

Langsam streckte Blink eine zittrige Hand aus und legte die Finger auf Howlers Hals.

Nichts. Kein Puls.

Blink ließ sich auf den Hintern fallen, wich von der Leiche zurück und schluckte schwer. Er bereute es nicht, den Mann getötet zu haben, aber er wusste, dass es Probleme geben würde. Sie würden *ihn* wegen allem beschuldigen. Entführung, versuchter Mord. Remi würde alles erzählen, was er gesagt und getan hatte, und er würde für genauso schuldig befunden werden wie das Arschloch, das tot auf dem Boden lag.

Es war ihm egal. Er würde die Konsequenzen dessen akzeptieren, was hier heute geschah. Denn Remi würde am Leben sein. Das war alles, was zählte.

Als er an Remi dachte, bemerkte Blink, dass er ihr Klopfen aus der Truhe nicht mehr hören konnte. War sie in Ordnung? Er hatte nicht mehr als ein paar Schaufeln Erde auf die Kiste geworfen. Aber er hatte keine Ahnung, ob Howler etwas getan hatte, um die Truhe wasser- oder luftdicht zu machen. Erstickte sie bereits?

Blink kroch wieder zu Howler hinüber und kramte verzweifelt in der Vordertasche seiner Jeans. Er musste den Schlüssel bei sich haben. Er *musste* ihn haben. Aber er fand ihn nicht.

Das Arschloch hatte den Schlüssel für das Vorhängeschloss irgendwo, aber Blink hatte keine Zeit, ihn zu suchen. Er konnte nicht zum Wagen zurückgehen oder, Gott bewahre, den ganzen Weg zur Wohnung des Mannes fahren, um danach zu suchen.

Er musste das Schloss öffnen. Und zwar sofort.

Als er sich umsah, entdeckte Blink die Schaufel, mit der er Howler ins Gesicht geschlagen hatte. Er stand auf, griff danach und eilte zurück zum Loch. Er setzte seine ganze Kraft ein, um die Schaufel auf das Schloss zu schlagen. Es machte ein klirrendes Geräusch, als es an die Seite der Truhe prallte, aber es löste sich nicht.

»Komm schon, du Arschloch. Geh auf!«, murmelte Blink, als er wieder zuschlug. Und noch einmal. Er war blind vor Verzweiflung und Wut. Er musste das Schloss aufbrechen und Remi aus dieser Kiste befreien. Er würde nicht aufhören, bis sie frei war.

Durch das Blut von Howlers Gesicht rutschten seine Hände über den Griff, aber Blink weigerte sich aufzugeben. Die

Splitter des billigen Holzgriffes gruben sich in seine Handflächen, aber er spürte sie nicht einmal. Seine ganze Konzentration war darauf gerichtet, das Schloss zu knacken. Er hatte seine Teamkameraden nicht retten können, hatte zugesehen, wie sie vom Feind erschossen wurden, aber er wollte verdammt sein, wenn noch jemand unter seiner Aufsicht starb.

KAPITEL SIEBZEHN

Remi hatte schließlich aufgehört, gegen den Deckel der Kiste zu hämmern. Es würde nichts nützen, und der Winkel war ohnehin ungünstig. Selbst wenn sie auf der Seite lag und die Knie an die Brust gezogen hatte, passte sie kaum hinein, und sie konnte keine Kraft aufbringen. Wäre sie so zierlich wie Marley, hätte sie sich vielleicht weniger klaustrophobisch gefühlt. Aber mit eins dreiundsiebzig und reichlich Kurven war es sehr eng.

Für einen Moment kam ihr der Gedanke, dass sie, wenn sie größer wäre, vielleicht gar nicht in die verdammte Truhe gepasst hätte, und was hätte Howler dann getan? Wenn er die Kiste nicht hätte schließen und verriegeln können?

Ein prustendes Lachen entwich ihr, das sich in ein weiteres Schluchzen verwandelte. Aber sie zwang sich, damit aufzuhören. Sie hatte ihren Heulkrampf schon hinter sich. Sie wollte nicht, dass ihre letzten Momente auf Erden mit Weinen verbracht wurden.

Sie hielt den Atem an und versuchte zu hören, was außerhalb ihres Gefängnisses geschah, aber sie konnte nichts wahrnehmen. Nach ein paar dumpfen Schlägen, von denen sie annahm, dass es sich um Erde handelte, die auf die Kiste geworfen wurde, hörten sie auf. Waren sie gegangen? Hatten sie sie nur halb begraben, damit sie leichter zu finden war? Wie lange konnte der menschliche Körper ohne Wasser auskommen? Remi glaubte, es waren drei Tage. Das könnte sie schaffen. Aber das dringendere Problem würde der Sauerstoff sein. Sobald die Kiste mit Erde bedeckt war, würde ihr schnell die Luft ausgehen. Es war unwahrscheinlich, dass Vincent und seine Freunde sie finden würden, bevor sie erstickte. Selbst wenn sie seinen Computergenie-Freund dazu brachten, ihr Telefon zu orten. Howler hatte erwartet, dass die Polizeibeamten genau das tun würden, damit sie sie finden würden, bevor das Team zu seiner Mission aufbrechen sollte.

Dummer Howler! Was für ein Idiot. Arschloch. Verdammter Verrückter!

Sie wollte aus dieser Kiste raus, um Vincent vor seinem labilen Teamkameraden zu warnen. Damit sie Anzeige erstatten konnte. Damit sie ihm im Gerichtssaal gegenübertreten und allen erzählen konnte, wie er versucht hatte, sie zu töten.

Ein plötzliches lautes Geräusch direkt neben ihrem Kopf erschreckte Remi so sehr, dass sie zusammenzuckte und mit der geprellten Wange an den Deckel der Truhe prallte. »Scheiße!«, schrie sie, bevor das Geräusch erneut ertönte. Und wieder.

Es hörte sich an, als würde jemand mit aller Kraft gegen die Kiste schlagen. Sie hatte keine Ahnung warum. Vielleicht war Howler nicht damit zufrieden, sie lebend in der Kiste zu lassen? Vielleicht wollte er sie öffnen und sie auf der Stelle töten, nur für den Fall, bevor er sie wieder begrub.

Was auch immer geschah, es konnte nichts Gutes bedeuten. So sehr sie auch aus diesem winzigen Sarg herauswollte, sie wollte Howler nicht noch einmal gegenüberstehen. Oder Blink.

Es konnte nichts Gutes bedeuten, wenn der Deckel sich öffnete, so kurz nachdem sie in die Kiste gezwungen worden war.

Das laute Klopfen ging weiter – und dann hörte es plötzlich auf. Sie hörte schabende Geräusche, Metall auf Metall, dann wurde der Deckel aufgerissen.

Remi sprang auf die Knie und blinzelte in das plötzliche helle Tageslicht, nachdem sie gefühlt stundenlang im Dunkeln gelegen hatte, auch wenn es nur wenige Minuten gewesen waren. Sie versuchte, sich zu konzentrieren, wollte weglaufen, aber sie musste erst wissen, womit sie es zu tun hatte, bevor sie versuchte, sich aus der Kiste herauszukämpfen.

Zuerst weigerte ihr Gehirn sich zu begreifen, was sie da sah. Howler lag ein paar Meter entfernt auf dem Rücken und bewegte sich nicht. Sein Gesicht war blutverschmiert. Es war so viel, dass ihr bei diesem Anblick zu jeder anderen Zeit schlecht geworden wäre. Aber sie musste unter Schock stehen, denn sie nahm das Blut kaum wahr, außer dass ihr Gehirn feststellte, dass er in nächster Zeit wahrscheinlich nicht aufstehen würde, um ihr etwas anzutun.

Dann konzentrierte sie sich auf Blink. Er wich langsam von ihr zurück, mit einem fernen Blick in den Augen. In der Nähe des Loches lag eine Schaufel auf dem Boden, und das zerbrochene Schloss lag im Dreck neben der Kiste.

Sie schaute vom Schloss zur Schaufel, zu Blink und dann wieder zum Schloss.

Er hatte es aufgebrochen. Hatte den Deckel geöffnet. Er hatte Howler eindeutig die Scheiße aus dem Leib geprügelt. Und noch während sie das Puzzle zusammensetzte, stolperte Blink über einen Baumstamm oder so etwas und fiel auf den Hintern. Aber er machte keine Anstalten aufzustehen.

Sie waren beide wie erstarrt und sahen einander mit großen Augen an.

Dann murmelte Blink: »Lauf, Remi. Er hat den Schlüssel im Wagen gelassen. Fahr zurück in die Stadt. Hol die Polizei.«

Sie sollte genau das tun, was er befahl. Aber aus irgendeinem Grund konnte sie das nicht. Stattdessen kletterte sie auf Händen und Knien aus der Truhe und begann, zu Blink zu kriechen.

Alles, was passiert war, wirbelte durch ihr Gehirn wie ein schlechter Film. Howler, der allein vor Vincents Wohnung erschien. Blinks Auftreten, und wie sauer Howler aussah, als er in den Wagen gestiegen war. Wie Blink sie festhielt, aber nicht so fest, dass sie verletzt wurde. Wie er sich umdrehte, als Howler wieder versuchte, ihr ins Gesicht zu schlagen.

Wahrscheinlich drehte sie durch, erlitt eine Art mentalen Zusammenbruch, der auftrat, wenn Menschen begannen, ihren Entführern zu vertrauen – aber mit plötzlicher Klarheit wusste sie, dass Blink sie gerettet hatte. Dass er die ganze Zeit *versucht* hatte, sie zu retten.

Er hatte Howler verletzt – *getötet?* – und das Schloss aufgebrochen, um sie zu befreien.

Er sah verängstigt aus ... *ihretwegen*. Gebrochen.

Remi zitterte so stark, dass es ihr schwerfiel, sich weiterzubewegen, aber sie konnte nicht aufhören, in Blinks Richtung zu kriechen.

Er schüttelte den Kopf. »Geh, Remi. Verschwinde von hier!«

Aber sie ignorierte ihn.

Als sie nahe genug war, warf Remi sich auf ihn. Sie brauchte menschlichen Kontakt. Sie wäre fast *gestorben*. War lebendig begraben worden! Sie musste sich an einem anderen menschlichen Wesen festhalten. Um sicher zu sein, dass sie nicht träumte. Dass Blink sie gerettet hatte. Ja, er hatte beängstigende Dinge gesagt und getan, aber er war genauso hilflos gewesen wie sie selbst.

Er war ihr Schutzengel.

Mit einem leisen Grunzen fing Blink sie mit den Armen auf und blieb irgendwie aufrecht, während sie sich an ihn klammerte wie ein Affenbaby an seine Mutter.

Sie vergrub das Gesicht in der Lücke zwischen seinem Kopf und seiner Schulter und begann, heftig zu zittern. »Danke, Blink! Danke«, flüsterte sie.

Er legte die Arme enger um sie, sprach jedoch nicht.

Sie saßen einen langen, stillen Moment zusammen auf dem Boden, bevor Blink schließlich sagte: »Du solltest sauer auf mich sein.«

»Bin ich nicht.«

»Ich habe das zu weit gehen lassen. Es tut mir leid. Es tut mir so leid.«

»Du hast getan, was du tun musstest, und du hast ihn aufgehalten, als du die Chance dazu hattest.«

»Das war nicht genug.«

Remi holte tief Luft und zog sich zurück. Es sollte ihr peinlich sein, dass sie auf dem Schoß dieses Mannes saß. Immerhin war er praktisch ein Fremder. Aber sie waren gerade zusammen durch die Hölle gegangen, und sie brauchte ihn jetzt. Brauchte seine Wärme. Brauchte seine Stärke. Seine Sicherheit. »Ich atme, und liege nicht in dieser mit Dreck bedeckten Kiste im Boden. Das war mehr als genug.«

Ihre Worte schienen ihn sehr zu berühren, denn er schloss die Augen und zitterte in ihrem Griff. Zum ersten Mal wurde Remi klar, dass er menschlichen Kontakt wahrscheinlich genauso sehr brauchte wie sie, wenn nicht sogar mehr.

»Ich dachte, du würdest schreiend vor mir weglaufen«, sagte er.

»Ich habe daran gedacht«, gab Remi zu, »aber als ich zwei Sekunden innehielt, um nachzudenken, wurde mir klar, dass du mich eigentlich die ganze Zeit über beschützt hast.«

Er starrte sie einen Moment lang an, bevor er sagte: »Wir müssen Kevlar anrufen.«

»Mein Telefon!«, rief Remi aus. »Wo ist es? Ich kann nicht glauben, dass ich vergessen habe, dass Howler es hat.«

»Bleib hier«, befahl Blink in seinem tiefen, rauen Ton.

Aber dieses Mal erschreckte er Remi nicht.

Als könnte er sehen, dass sie nicht die Absicht hatte, wie ein braves kleines Mädchen dazusitzen, fügte er hinzu: »Bitte? Ich will dich nicht in seiner Nähe haben.«

»Ist er ... ist er tot?«, fragte sie stotternd.

»Ja.«

Remi schluckte schwer. Sie sollte sich mehr darüber aufregen, dass eine Leiche weniger als drei Meter von ihr entfernt lag. Aber ehrlich gesagt empfand sie eher Erleichterung. Sie nickte Blink ernst zu.

Er starrte sie noch einen Moment lang an, als wollte er sich vergewissern, dass sie an Ort und Stelle blieb, dann hob er sie sanft von seinem Schoß, stand auf und ging zu Howlers Leiche hinüber. Er drehte ihn um und griff in seine Gesäßtasche, und als er sich wieder aufrichtete, hatte er ihr Handy in der Hand.

Blink kehrte zu ihr zurück, wo sie immer noch auf dem Boden saß, und hielt es ihr hin.

Remis Hände zitterten, als sie es ihm abnahm und entsperrte. Dann blickte sie frustriert zu Blink auf. »Kein Signal.«

»Lass uns zurück zum Wagen gehen. Vielleicht haben wir dort mehr Glück.«

Remi nickte und hielt ihm eine Hand hin, damit er ihr beim Aufstehen helfen konnte. Sie war sich nicht sicher, ob sie es allein schaffen würde. Der Adrenalinstoß, den sie in dem Moment gehabt hatte, in dem der Deckel der Kiste geöffnet wurde, ließ nach, und sie war immer noch verdammt zittrig.

Blink starrte ihre Hand einen langen Moment an, dann

nahm er sie in seine. Sobald sie auf den Beinen war, lehnte Remi sich gegen ihn, und er legte einen Arm um ihre Schultern und hielt sie fest. Abgesehen davon, dass seine Hand nicht mehr über ihrem Mund lag, fühlte der Weg zurück zum Pickup sich sehr ähnlich an wie der, den sie vor nicht allzu langer Zeit in Richtung Wald zurückgelegt hatten.

Aber alles hatte sich verändert. Remi fühlte sich wie ein anderer Mensch. Sie war knapp davongekommen, und dank des Mannes an ihrer Seite war sie am Leben und bekam die zweite Chance, für die sie so sehr gebetet hatte.

Als sie das Fahrzeug erreichten, öffnete Blink die hintere Tür und half ihr, sich auf den Sitz zu setzen, sodass ihre Beine aus dem Wagen baumelten.

»Und?«, fragte er.

Remi schaute auf das Telefon und lächelte. »Ja. Ein Balken.«

»Das muss reichen.«

»Sollen wir zurück in die Stadt fahren?«, fragte sie.

Blink seufzte. »Wahrscheinlich keine gute Idee. Nicht mit … du weißt schon«, sagte er und blickte hinter sich zu den Bäumen. »Aber du musst dich mit Kevlar in Verbindung setzen, bevor wir etwas anderes tun.«

»Vielleicht weiß er gar nicht, dass etwas passiert ist«, sagte Remi.

»Oh, er weiß es«, erwiderte Blink. »Er hat wahrscheinlich eine Verschiebung im Raum-Zeit-Kontinuum gespürt, als Howler dich das erste Mal geschlagen hat.«

Remi starrte den Mann vor ihr an. Sie konnte nicht entscheiden, ob er einen Scherz machte oder nicht.

»Ruf ihn an, Remi«, befahl er.

Sie nickte, tippte auf Vincents Namen und hielt das Telefon an ihr Ohr.

Kevlar schritt in der Eingangshalle des Polizeireviers umher. Als sein Telefon eine Stunde zuvor geklingelt und er Remis Namen auf dem Bildschirm gesehen hatte, hatte er fast einen Herzinfarkt bekommen.

Aber das war *nichts* im Vergleich zu dem, was er empfunden hatte, als sie ihm das Wesentliche darüber erzählt hatte, was passiert war und wo sie sich befand.

Am liebsten wäre er in seinen Wagen gesprungen und in die Berge gerast, um sie zu holen. Um sich selbst davon zu überzeugen, dass es ihr gut ging. Aber sein Kommandant und sein Team hatten ihn davon überzeugt, dass es schneller ginge, wenn er direkt zum Polizeirevier fuhr. Denn dorthin würden die Polizisten sie bringen, um ihre Aussage aufzunehmen.

Und jetzt war er hier und wartete darauf, sie in die Finger zu bekommen. Um mit eigenen Augen zu sehen, dass es ihr gut ging.

Zu wissen, dass es Howler war, sein eigener Teamkamerad, sein Freund, der sie entführt hatte ... versucht hatte, sie zu *töten* ... brachte Kevlar und den Rest seines Teams fast an die Belastungsgrenze. Wie konnte Howler das nur tun? Was zum Teufel hatte er sich dabei gedacht?

Er brauchte Antworten, und er hatte nichts als Fragen.

Aber ehrlich gesagt war Remi im Moment alles, was er brauchte. Er konnte daran arbeiten, Antworten zu bekommen, nachdem er sich davon überzeugt hatte, dass es ihr gut ging.

»Ganz ruhig, Mann, sie wird bald hier sein«, sagte Safe.

Kevlar nickte, aber er hörte seinen Freund kaum.

Sein gesamtes Team war an seiner Seite, und so dankbar er auch war, fühlte er sich, als würde er aus der Haut fahren, wenn er Remi nicht in den nächsten Sekunden sah.

»Vincent Hill?«, fragte eine Beamtin. Sie war durch eine Tür gekommen, die zum Inneren der Polizeiwache führte.

»Ja, das bin ich«, sagte er.

»Wenn Sie mir bitte folgen würden.«

»Geh«, sagte Smiley. »Wir werden hier sein.«

»Sollen wir ihre Eltern anrufen?«, fragte Preacher.

»Oh Scheiße, Marley, was ist mit ihr?«, fügte Flash hinzu.

»Ich bin sicher, sie hat sie angerufen oder wird es bald tun«, sagte MacGyver ruhig. »Los, Kevlar. Geh zu Remi.«

Das musste er nicht zweimal sagen. Kevlar folgte der Beamtin einen langen Gang hinunter. Sie führte ihn zu einer Tür und öffnete sie. Als er in den dahinterliegenden Raum schaute, schüttelte Kevlar den Kopf. »Nein. Wo ist Remi? Ich muss sie sehen.«

»Es geht ihr gut.«

»Das habe ich nicht gefragt«, knurrte Kevlar und weigerte sich, einen Fuß in den kleinen Raum zu setzen. »Bitte«, flehte er, »ich muss sie sehen. Ich muss mich selbst davon überzeugen, dass es ihr gut geht.«

Die Frau lächelte leicht, dann wurde sie wieder ernst. »Sie klingen genauso stur wie sie.«

»Was meinen Sie?«

»Sie hat sich geweigert, den Tatort in einem anderen Wagen als Nate Davis zu verlassen.«

»Wer?«, fragte Kevlar.

Diesmal blickte die Beamtin verwirrt drein. »Nate Davis? Der Mann, mit dem sie zusammen war?«

Dann dämmerte es Kevlar – Blink. Er war sich nicht sicher, ob er jemals seinen vollen Namen gehört hatte. Remi hatte ihm kurz erzählt, dass Blink ihr das Leben gerettet hatte. Er kannte die Details nicht, wusste nur, dass seine Remi von Howler entführt worden war und Blink irgendwie dabei gewesen war und sie gerettet hatte. Aber das war ihm egal. Er verdankte dem Mann *alles*.

»Richtig, Nate. Bitte, wo ist Remi?«

»Sie kommt«, erklärte die Beamtin. »Sie und die anderen

werden jeden Moment hier sein. Sie können in diesem Raum warten und wir werden sie zu Ihnen bringen.«

Aber Kevlar wollte nicht in den Raum gehen. Er wollte auf dem Parkplatz warten. Sie so schnell wie möglich sehen.

Ein Geräusch am anderen Ende des Flurs erregte ihre Aufmerksamkeit, und als Kevlar aufschaute, sah er den schönsten Anblick, der ihm je untergekommen war.

Remi. Sie stand auf ihren eigenen Füßen – Gott sei Dank –, mit einer dieser silbernen Notfalldecken um die Schultern und Blinks Arm um ihre Taille.

Kevlar setzte sich in Bewegung, bevor er den Gedanken überhaupt registriert hatte. Er war schon auf halbem Weg durch den Flur, bevor Remi ihn bemerkte. Als sie es tat, schüttelte sie die Decke ab und begann zu laufen. Okay, es war eher ein wackeliges Joggen, und sie kam nur vier Schritte weit, bevor er da war.

Sanft schlang er die Arme um sie und zog sie an seinen Körper. Kevlar merkte, dass er wie Espenlaub zitterte. Auch ohne die Details zu kennen, wusste er, dass er sie fast verloren hätte.

»Vincent«, flüsterte sie an seinem Hals, während sie sich an ihn klammerte.

»Ich habe dich, es geht dir gut«, murmelte er.

Er zog sie schnell zurück und betrachtete sie von Kopf bis Fuß. Er sah blaue Flecke in ihrem Gesicht und an ihren Armen, eine aufgeplatzte Lippe, Schmutz auf ihren Knien, Beinen und Händen. Alles an ihrem Aussehen weckte in ihm den Wunsch, Howler zu finden und ihn noch einmal zu töten. Aber es machte ihn auch so verdammt dankbar, dass sie hier war. In seinen Armen. Lebendig.

»Ich liebe dich!«, platzte er heraus. Es war ihm egal, dass der Flur eines Polizeireviers wahrscheinlich nicht der beste Ort war, um ihr zu sagen, was er empfand. Aber andererseits war es auch perfekt. »So sehr«, fuhr er fort. »Es tut mir so leid, dass ich nicht da war! Dass ich dich nicht beschützt habe.«

»Ich liebe dich auch«, sagte sie mit einem zittrigen Lächeln. »Und es ist okay ... Blink war da.« Sie drehte den Kopf und sah den Mann an, der nun hinter ihr stand.

Kevlar richtete sich auf und starrte den SEAL an, den er in einem völlig neuen Licht sah. Blink lächelte nicht. Er sah sogar verdammt grimmig aus. Reue und Schmerz füllten seine Augen ... aber dann streckte Remi eine Hand aus.

Er ergriff sie, ohne zu zögern, und Remi zog ihn nach vorn. »Ich weiß, wir haben viel zu besprechen, aber du musst es wissen. Blink hat mich gerettet. Ohne ihn würde ich ...« Ihre Stimme brach und sie räusperte sich, bevor sie fortfuhr: »Ich würde jetzt nicht hier stehen.«

Kevlar spürte, wie seine Kehle sich zuschnürte. Er konnte nicht sprechen. Das Ausmaß dessen, was er diesem Mann schuldete, war überwältigend. Er würde es ihm nie zurückzahlen können. Niemals. Er streckte eine Hand aus, packte Blinks Schulter und drückte fest zu.

Blink sprach nicht, aber Kevlar sah einen Aufruhr von Gefühlen in seinem Gesicht. Unglauben, Besorgnis, Erleichterung, Angst.

»Was immer du brauchst«, sagte Kevlar, »du hast es. Es ist wahrscheinlich noch zu früh, aber wenn du wieder in ein Team zurückwillst, werde ich dich mit offenen Armen in meinem empfangen. Jeder, der solche Anstrengungen unternimmt wie du, um ein unschuldiges Leben zu schützen, ist jemand, den ich in meinem Rücken haben möchte. Ich werde mit jedem reden, der nötig ist, um das möglich zu machen. Ich ... danke, Blink. Danke.«

»Ich habe nichts getan, was jemand anderes –«

»Doch, das hast du«, unterbrach Remi ihn.

Beide Männer schauten zu ihr und sahen, wie ihr Tränen über die Wangen liefen.

»Remi?«, fragte Kevlar.

»Mir geht es gut«, sagte sie mit einem kleinen Lächeln zu ihm. »Ich bin nur so froh, am Leben zu sein.«

Kevlar ließ seine Hand von Blinks Schulter sinken und zog Remi erneut in seine Umarmung. Er war sich sicher, dass er sie für lange Zeit nicht würde loslassen können.

»Entschuldigen Sie«, unterbrach einer der Beamten, die Remi und Blink auf das Revier begleitet hatten. »Wir brauchen eine offizielle Aussage.«

»Ich lasse sie nicht allein«, knurrte Kevlar.

»Das müssen Sie auch nicht. Miss Stephenson, wenn Sie bitte in den Raum zu Ihrer Rechten gehen würden. Mr. Davis, wir werden mit Ihnen in dem anderen Raum sprechen –«

»Moment! Warum werden wir getrennt? Sie wollen ihn doch nicht etwa verhaften, oder? Er hat nichts Falsches getan! Er hat mich gerettet! Ja, er hat Howler getötet, aber es war gerechtfertigt! Er hatte mich in eine Kiste gesperrt und wollte mich lebendig begraben!«

Kevlars ganzer Körper versteifte sich. *Was zum Teufel?*

Der Beamte schien nicht im Geringsten überrascht von dem, was Remi sagte. »Wir müssen nur Ihre Aussagen aufnehmen, Ma'am.«

Aber Remi war zu verängstigt, um zuzuhören. Sie drehte sich zu Kevlar um und packte sein Hemd. »Brauchen wir Anwälte? Sollen wir die Strafverfolgungsbehörde der Marine oder so etwas anrufen?«

»Wir haben uns bereits mit ihnen in Verbindung gesetzt«, sagte ein anderer Beamter. »Sie sind auf dem Weg. Und dies ist kein Verhör, Miss Stephenson, wir müssen nur Ihre beiden Seiten zu den heutigen Ereignissen erfahren.«

Remi sah nicht weniger besorgt aus. Aber schließlich nickte

sie und wandte sich an Blink. »Mach dir keine Sorgen. Ich werde mich um die Sache kümmern. Wenn sie meine Geschichte gehört haben, werden sie dir einen verdammten Orden verleihen.«

Blinks Lippen zuckten, aber er beherrschte seine Reaktion fast sofort. »Lass nichts aus, Remi. Erzähle ihnen *alles*«, befahl er.

»Natürlich werde ich das«, schnaubte sie. »Warum sollte ich nicht?« Dann riss sie sich von Kevlar los und umarmte Blink fest. Sie sah zu ihm auf und legte ihm eine Hand an die Wange. »Danke, dass du so aufmerksam bist. Dass du mich aus deinem Fenster beobachtet hast wie ein Verrückter.« Sie lächelte ihn an, um ihn wissen zu lassen, dass sie einen Scherz machte. »Es tut mir leid, was du durchgemacht hast, aber ich glaube fest daran, dass alles aus einem bestimmten Grund geschieht. Dass ich mit Volldepp Schluss gemacht habe, dass ich nach Hawaii geflogen bin, dass ich Vincent kennengelernt habe, dass du Tag für Tag in der Kneipe gesessen, zugesehen und zugehört hast, und dass du da warst, als Howler kam, um mich abzuholen. Danke.«

Blink hatte sichtlich Mühe, seine Emotionen unter Kontrolle zu halten, aber schließlich nickte er ihr zu.

Remi trat zurück, und Kevlar legte einen Arm um ihre Taille und zog sie an sich.

»Ich bin bereit«, erklärte sie und nickte einem der Beamten zu.

Zwei Stunden später war Kevlar nicht sicher, ob er Remi in seine Wohnung bringen und nie wieder rausgehen wollte, oder ob er Howlers Leiche aufspüren und schänden sollte.

Es hatte ihn jedes Quäntchen seiner über Jahre hinweg

aufgebauten Selbstbeherrschung gekostet, in dem kleinen Verhörraum zu sitzen und zuzuhören, wie Remi alles erklärte, was passiert war.

Er war entsetzt darüber, dass Howler so getan hatte, als sei Kevlar verletzt, und mit Remis Gefühlen gespielt hatte, um sie dazu zu bringen, freiwillig mit ihm zu gehen. Aber das war nichts im Vergleich zu dem, was er empfand, als Remi ruhig davon erzählte, wie Howler ihr ins Gesicht schlug, sie in eine Truhe stieß und sie einsperrte.

Er zitterte, als sie beschrieb, wie der Dreck sich anhörte, der auf der Kiste landete, und wie sie trotz des Wissens, dass es aussichtslos war, nicht aufhören konnte, gegen den Deckel zu hämmern, um zu versuchen herauszukommen.

Während der ganzen Erzählung hielt er ihre Hand fest. Er drückte sie, wenn sie schwankte, und legte einen Arm um sie, wenn sie zitterte. Er war noch nie auf jemanden so stolz gewesen wie auf seine Remi.

Aber noch mehr als das wurde ihm bewusst, wie viel er Blink schuldete. Es juckte ihn in den Fingern, seine Version der Geschichte zu hören, herauszufinden, woher er gewusst hatte, dass Howler nichts Gutes im Schilde führte, und was passiert war, nachdem Remi in diese Kiste gesperrt worden war. Aber es ließ sich nicht leugnen, dass Remi, unabhängig davon, wie Blink in die Sache verwickelt war, diesem Mann ihr Leben verdankte.

Die Beamten hatten sie mehrmals gebeten, verschiedene Teile der Geschichte zu wiederholen, wahrscheinlich um zu sehen, ob ihre Angaben sich änderten. Er hatte keinen Zweifel daran, dass sie ihre Aussage mit dem verglichen, was Blink im Nebenzimmer sagte.

»Er sagte also, dass er der Anführer eines SEAL-Teams sein wollte?«, fragte der Detective zum zweiten Mal.

»Ja. Er war eifersüchtig auf Vincent. Er sagte, wenn ich tot sei«, sie erschauderte in Kevlars Griff, und er wollte Howler erneut umbringen, weil er ein verdammter Idiot und Psychopath war, »würde Vincent das nicht verkraften und er könne das Team übernehmen, wenn sie in ein paar Tagen auf ihre nächste Mission gehen. Dass Vincent zu sehr an seinem Kummer über das zerbrechen würde, was mir passiert ist. Er wollte, dass die Polizei und das Team mich finden, deshalb hat er mein Telefon angelassen.«

»Und er hat Mr. Davis veranlasst, ihre beiden Handys in seine Wohnung zu bringen, damit er ein Alibi hat?«

»Ja«, sagte Remi ein wenig ungeduldig. »Das habe ich Ihnen schon erzählt. Wenn Sie in Howlers Wohnung gehen, werden Sie sie dort sicher finden, genau wie ich es Ihnen gesagt habe. Oh! Und Sie können auch mein Telefon überprüfen. Sie werden sehen, dass er mich heute Morgen angerufen hat. Und meine Fingerabdrücke sind auch im Pick-up.«

»Erzählen Sie mir mehr darüber, wie Mr. Davis Sie als Geisel im Fahrzeug festgehalten und zu dem Loch getragen hat, das Mr. Starrett im Wald gegraben hatte.«

Kevlar war nicht begeistert gewesen, diesen Teil von Remis Geschichte zu hören. Er war vor Wut auf Blink fast überwältigt worden, als sie beschrieb, wie er eine Hand über ihren Mund hielt und Howler im Grunde half, sie zu entführen. Aber Remi hatte ihn so absolut und entschieden verteidigt, dass er etwas klarer denken konnte, als sie die Details ein zweites Mal beschrieb.

»Das schon wieder?«, fragte Remi mit einem Seufzer. »Gut, *meinetwegen*. Ja, Blink hat mich vom Vordersitz auf den Rücksitz gezogen. Ja, er hat mich an sich gedrückt, damit ich mich nicht bewegen konnte, nicht versuchen konnte, die Tür zu öffnen und herauszuspringen, und ja, er hatte seine Hand über meinem Mund. Aber er tat es, um mich vor *Howler* zu schützen. Er brachte mich aus der Reichweite von Howlers Fäusten, nachdem der Idiot mir zweimal ins Gesicht geschlagen hatte, und er hielt mich ruhig, damit ich nichts mehr sagen würde, was ihn verärgern könnte. Glauben Sie mir, wenn es nur Howler und ich gewesen wären, hätte er mich zweifellos bewusstlos geschlagen, um mich gefügig zu machen.

Blink hat mir nicht wehgetan«, beharrte sie. »Obwohl er mich festgehalten hat, hat er mir dabei nicht wehgetan. Da wusste ich es nicht, aber jetzt weiß ich, dass er im übertragenen und im wörtlichen Sinne zwischen Howler und mir stand. Er hielt ihn davon ab, mich zu verletzen, so gut er konnte. Als er mich in den Wald trug, drehte er sogar seinen Körper, als Howler wieder versuchte, mich zu schlagen, damit er mein Gesicht verfehlte.«

Der Detective machte eine weitere Notiz auf dem Block vor ihm.

Remi seufzte erneut. »Ist das genug? Ich habe Ihnen schon mehrmals erzählt, was passiert ist. Ich möchte nach Hause gehen.«

Die letzten fünf Worte waren fast ein Wimmern, und Kevlar wurde in diesem Moment klar, wie erschöpft sie war. Er wollte gerade darauf bestehen, dass der Detective sie gehen ließ, selbst wenn er Remi dazu bringen musste, von ihrem Recht auf den fünften Verfassungszusatz Gebrauch zu machen, als der Mann sein Notizbuch schloss und nickte.

»Ja, ich denke, wir haben hier genug.«

»Und Blink? Ist er auch fertig?«, beharrte sie.

Kevlar war so stolz auf sie, wie er nur sein konnte. Selbst nach allem, was sie durchgemacht hatte, machte sie sich immer noch Sorgen um den anderen Mann.

»Denn ich gehe nicht, bis er es tut«, fügte Remi nachdrücklich hinzu.

»Ich werde bei dem Detective nachfragen, der mit ihm spricht«, sagte der Beamte zu ihr.

»Tun Sie das. Ich warte hier«, erwiderte sie und verschränkte die Arme vor sich.

Der Detective grinste. »Kann ich Ihnen etwas bringen? Noch ein Wasser? Einen Snack? Wir haben einen Automaten am Ende des Flurs.«

»Nein. Aber danke.«

Kevlar wollte am liebsten lachen. Seine Remi, so höflich und freundlich, selbst wenn sie erschöpft war, wahrscheinlich Schmerzen hatte und sich um andere sorgte.

Der Beamte nickte ihnen zu und verließ den Raum. Kaum war er weg, zerrte Kevlar an Remis Hand. »Komm her«, sagte er.

»Was? Wohin?«, fragte sie, stand aber auf sein Drängen hin auf. Kevlar ergriff ihre Hüften und zog sie auf seinen Schoß. Sie setzte sich über seine Beine, lehnte sich an ihn und legte den Kopf auf seine Schulter.

»Ich liebe dich«, sagte er und wiederholte seine früheren Worte. »Als ich dich nicht finden konnte, nicht wusste, wo du warst ...« Er erschauderte.

»Ich weiß. Ich wusste, du würdest dir Sorgen machen.«

»*Sorgen* beschreibt nicht einmal ansatzweise, wie ich mich gefühlt habe«, schnaubte er.

Remi hob den Kopf und starrte ihn an. »Ich habe nicht einmal darüber nachgedacht, mit ihm zu gehen«, sagte sie mit ruhiger Stimme. »Er war dein Teamkamerad. Ich habe ihm vertraut. Ich dachte, du seist verletzt, und konnte nur daran denken, zu dir zu kommen.«

»Wir brauchen ein verdammtes Codewort«, knurrte Kevlar. »Damit so etwas nicht noch einmal passiert.«

»Ja, ich glaube, das brauchen wir. Vincent?«

»Ja, Süße?«

»Das mit Howler tut mir leid.«

»Was meinst du?«, fragte Kevlar verwirrt.

»Er war dein Freund. Ihr habt so viel zusammen durchgemacht. Du musst doch ein bisschen traurig sein, dass er nicht mehr da ist.«

Aber Kevlar schüttelte den Kopf. »Das bin ich nicht. Nicht im Geringsten. Er war eindeutig nicht der Mann, den ich zu kennen glaubte. Er wollte Teamleiter werden? Er hätte nur mit dem Kommandanten darüber reden müssen. Er hätte sich in ein anderes Team versetzen lassen, auf eine Marineschule gehen können, die Initiative ergreifen, um zu bekommen, was er wollte. Stattdessen schmorte er vor sich hin, staute seinen Groll auf und heckte dann einen völlig verrückten, unverzeihlichen Plan aus. Er war ein *Feigling*. Ein eifersüchtiges Arschloch. Es tut mir nicht leid, dass er weg ist. Ganz und gar nicht. Mir tut leid, dass ich nicht da war, als du mich am meisten gebraucht hast.«

Aber Remi schüttelte den Kopf. »Irgendwie warst du das. Wenn du nicht der Mann wärst, der du bist, wenn Blink dich nicht so sehr respektieren würde, wenn er dich nicht für einen großartigen Anführer, für einen großartigen *Menschen* halten würde, dann hätte er nicht getan, was er getan hat. In gewisser Weise warst du also da. Weil er dich respektiert, hat Blink alles getan, um mich zu beschützen, obwohl er nicht hätte eingreifen müssen.

Außerdem ... bist du immer bei mir, Vincent. Hier.« Sie tippte auf ihre Brust über ihrem Herzen. »Ich habe versucht, stark zu sein, für dich.«

»Ich habe dich nicht verdient«, sagte Kevlar und senkte seine Stirn auf ihre.

»Und ich verdiene dich nicht. Also ergeben zwei Negative ein Positiv ... oder so ähnlich. Als Kind war ich nicht so gut in Mathe. Ich habe immer in mein Schulbuch gekritzelt und Bilder gemalt, die zu den Aufgaben passten, die wir lösen sollten.«

»Ich liebe dich wirklich, weißt du«, sagte Kevlar zu Remi. »Ich habe damit gewartet, es zu sagen, weil ich dich nicht verängstigen wollte.«

»Ich habe aus demselben Grund gewartet«, gab sie zu.

Kevlar küsste sie. Weich und sanft. Das Gefühl des Schorfs auf ihrer Lippe, wo Howler sie geschlagen hatte, ließ seine Wut wieder aufsteigen. Aber er behielt seine Gefühle für sich. Sie brauchte im Moment seine Fürsorge. Nicht seine Wut.

»Ich muss Marley anrufen. Und meine Eltern. Die flippen bestimmt aus nach den SMS, die ich ihnen geschickt habe.«

Sie hatte nicht unrecht. Sie hatte Zeit gehabt, den wichtigsten Menschen in ihrem Leben eine kurze Nachricht zu schicken, um sie wissen zu lassen, dass es ihr gut ging und dass sie später mit ihnen sprechen würde. Aber sie war erschöpft. Total am Ende. Und wahrscheinlich auch noch hungrig. Kevlar musste sie nach Hause bringen und sich um sie kümmern. Während sie schlief, würde er ihre Familie und Marley anrufen und ihnen erzählen, was passiert war.

»Und, Vincent?«

»Ja?«

»Können wir ... ist es okay, wenn wir vielleicht ... zu mir nach Hause gehen? Nur für heute Nacht? Ich weiß, dass ich in letzter Zeit bei dir übernachtet habe, aber ich muss immer wieder daran denken, was passiert ist, und –«

»Natürlich«, unterbrach Kevlar sie. Natürlich würde ihr der Ort, an dem sie entführt worden war, Unbehagen bereiten. Er hatte kein Problem damit, so lange in ihrer Wohnung zu bleiben, wie sie es wollte. Wenn nötig, für immer. Ihre Wohnung war sowieso schöner als seine.

Die Zimmertür öffnete sich erneut und der Detective steckte den Kopf herein. »Mr. Davis kann jetzt gehen.«

Remi sprang praktisch von Kevlars Schoß und schwankte prompt, als sie auf den Beinen war. Als er sie stützte, hatte

Kevlar den flüchtigen Gedanken, dass manche Männer sich durch das plötzliche Interesse ihrer Frau an einem anderen Mann bedroht fühlten, aber er konnte es nicht in sich entdecken. Soweit es ihn betraf, war Blink sein neuer Blutsbruder. Sie verließen den Raum, und Blink wartete im Flur. Er sah genauso erschöpft aus wie Remi.

»Du kommst mit uns nach Hause«, erklärte sie, als sie ihn sah und offensichtlich erkannte, dass der Mann genauso am Ende seiner Kräfte war wie sie selbst.

»Ich werde nicht –«

»Du kommst mit in meine Wohnung«, unterbrach sie seine Weigerung streng. »Wenn du glaubst, ich lasse dich in deine leere Wohnung gehen, nur damit du dich die ganze Nacht damit quälen kannst, darüber nachzudenken, was passiert ist, kennst du mich nicht sehr gut.«

»Ich *kenne* dich nicht sehr gut«, konterte Blink mit einem kleinen Lächeln.

»Nun, halt dich fest, Kumpel, denn das wird sich bald ändern«, sagte Remi.

»Du bist wirklich herrisch«, erwiderte er.

»Eigentlich bin ich das nicht. Ich bin sanftmütig und mild. Da kannst du jeden fragen. Ich bin eine Karikaturistin, die zu Hause sitzt und den Kopf in ihr Skizzenbuch steckt. Aber im Moment werde ich dich nicht allein lassen ... und mit dir und Vincent bei mir fühle ich mich sicher.«

Der letzte Teil war sanft ausgesprochen, und Kevlar legte einen Arm um sie. Seine Remi war stark, aber sie hatte auch eine schreckliche, beängstigende Erfahrung hinter sich. Wenn sie ihn *und* Blink bei sich brauchte, um sich sicher zu fühlen, würde sie genau das bekommen. Selbst wenn er Blink fesseln und in ihre Wohnung zwingen musste.

Aber zu seiner Erleichterung nickte Blink kurz. »Wenn es das ist, was du brauchst.«

»Das ist es«, beharrte Remi.

»Komm schon, Süße. Bringen wir dich nach Hause.«

Das Trio wurde von einem Beamten zur Tür begleitet, die in die Eingangshalle führte, und als sie eintraten, war Kevlar überrascht von dem, was er sah.

Der Eingangsbereich war völlig überfüllt. Nicht nur sein Team war noch da, auch Wolf und sein Team waren eingetroffen, zusammen mit ihren Ehefrauen.

»Remi!«, rief eine Frau, und ehe er sichs versah, wurde Remi aus seinen Armen in die von Marley gezogen.

Die beiden Frauen weinten und umarmten einander.

»Ich kann nicht glauben, dass dieses Arschloch dich entführt hat!«, rief Marley aus, als sie sich wieder einigermaßen unter Kontrolle hatte.

»Ich weiß, nicht wahr? Wer hätte das gedacht?«

»Im Meer zurückgelassen *und* entführt. Nie wieder! Hast du mich verstanden?«, schalt Marley und zeigte mit dem Finger drohend auf Remi.

Die lächelte ihre beste Freundin an und nickte. »Verstanden«, sagte sie leise.

Dann umarmten die beiden Frauen sich noch einmal.

»Ich bin dran«, sagte ein älterer Mann schroff, und als Kevlar sich umdrehte, wusste er mit einem Blick, dass es Fernando Stephenson war, Remis Vater. Der Mogul, der *Crown Kondome* gegründet und es zu der mächtigen Marke gemacht hatte, die es heute war. Er sah überhaupt nicht aus wie der zurückhaltende Geschäftsmann, den er nach außen hin darstellte. Er sah aus wie ein Vater, der am Boden zerstört war, als er erfuhr, dass sein kleines Mädchen verletzt und fast getötet worden war.

Remi kamen wieder die Tränen, als sie sich an ihren Vater wandte. Mr. Stephenson war ein großer Mann. Remi wirkte winzig im Vergleich zu ihm, aber die Art, wie er sie hielt, als sei sie das Wichtigste in seiner Welt, brachte Kevlar selbst fast zu Tränen.

Dann übergab er sie an eine Frau, von der Kevlar erkennen konnte, dass sie ihre Mutter war; sie hatten die gleiche Nase und die gleichen Augen.

Kevlar war überwältigt, dass alle gekommen waren, um ihre Unterstützung zu zeigen. Er hielt den Blick auf Remi gerichtet, während sie von einer Person zur nächsten weitergereicht wurde. Alle wollten sie umarmen, ihr sagen, wie erleichtert sie waren, dass es ihr gut ging.

Und es entging ihm nicht, wie sein Team sich um Blink scharte. Auch wenn sie nur die spärlichen Details des Geschehens kannten, behandelte sein Team den SEAL wie den Helden, der er war.

»Du bist also Vincent«, sagte Mr. Stephenson.

Kevlar drehte sich um, sah den Mann an und nickte. So hatte er nicht geplant, Remis Eltern kennenzulernen, aber der Zeitpunkt war so gut wie jeder andere. Der ältere Mann streckte eine Hand aus, und Kevlar schüttelte sie fest.

Remis Vater ließ sie einen langen Moment nicht los und betrachtete ihn aufmerksam, während er dastand. Dann nickte er. »Ich erwarte, dass dies das letzte Mal ist, dass wir beide wegen Remi zusammen in einer Polizeiwache stehen«, sagte er nachdrücklich.

»Auf jeden Fall. Und damit das klar ist, ich liebe Ihre Tochter. Sie ist zu gut für mich, aber ich werde den Rest meines Lebens damit verbringen, dafür zu sorgen, dass sie es nicht bereut, mich gewählt zu haben.«

»Sieh zu, dass sie es nicht tut.«

»Fernando! Du bist unhöflich«, schimpfte Remis Mutter.

Und plötzlich hatte Kevlar eine Vorstellung davon, wie es in ein paar Jahren mit ihm und Remi aussehen würde. Sie würde ihn zurechtweisen, wenn er sich anderen gegenüber nicht gerade freundlich verhielt. Aber sie würde auch zu ihm aufschauen, so wie Mrs. Stephenson zu ihrem Mann aufschaute. Mit Liebe und Zuneigung. Es war klar, woher Remi ihre Freundlichkeit hatte; sie hatte sie von ihrer Mutter gelernt.

»Ma'am«, sagte Kevlar und nickte ihr zu. »Es ist schön, Sie kennenzulernen, aber ich wünschte, es wäre nicht unter diesen Umständen.«

»Remi hat viel von dir gesprochen«, sagte sie freundlich. »Ich bin zwar nicht glücklich darüber, dass ihr das passiert ist, aber ich bin so erleichtert, dass es ihr gut geht. Es sieht so aus, als hätte sie eine Gruppe von Freunden gefunden, die sie genau so schätzen, wie sie ist. Und die sie beschützen werden.«

»Das hat sie«, sagte Kevlar, als er durch den Raum blickte und Wolf sah, der Remi fest umarmte. Ihre Augen waren geschlossen und sie lauschte etwas, das Wolf ihr ins Ohr murmelte, während sie einander umarmten. Auch hier war Kevlar nicht eifersüchtig, nicht im Geringsten. Er war froh, dass sie Menschen hatte, die sich um sie kümmerten, wenn er es nicht konnte. Und es war beschissen, dass es definitiv Zeiten geben würde, in denen er nicht an ihrer Seite sein konnte, wie heute Morgen. Aber seine Marine-Familie würde sich um sie kümmern, und er konnte sich nicht mehr wünschen.

»Wenn Sie mich entschuldigen würden, ich muss Remi nach Hause bringen. Sie hatte einen anstrengenden Tag und ich muss sie versorgen und ins Bett bringen.«

Mr. Stephenson nickte zustimmend. »Zwei Tage.«

»Wie bitte?«, fragte Kevlar, dem es in den Fingern juckte, quer durch den Raum zu gehen, um Remi zu holen und sie von dort wegzubringen.

»Zwei Tage. Dann kommen ihre Mutter und ich vorbei, um nach ihr zu sehen.«

Kevlar lächelte. »Sie wird sich freuen, etwas Zeit mit Ihnen zu verbringen«, sagte er mit einem Nicken.

Dann wandte er sich Remi zu. Der heutige Tag war einer der schrecklichsten in seinem Leben gewesen, und er wollte so etwas nie wieder durchmachen. Er musste Remi nach Hause bringen, sie festhalten und versuchen zu vergessen, was passiert war.

EPILOG

Remi saß im *Aces*, umgeben von all ihren neuen Freunden. Zwei SEAL-Teams und alle SEAL-Ehefrauen. Marley. Sogar ihre Eltern und ihre Großmutter hatten kommen wollen. Das Beisammensein war eine improvisierte Feier – eine Feier des Lebens für Remi und die Tatsache, dass Vincent und sein Team von einem weiteren Einsatz sicher nach Hause gekommen waren.

Es war nicht lustig gewesen, als er nur ein paar Tage nach ihrer Entführung abreisen musste, aber Remi hatte sich damit abgefunden. Dies war ihr neues Leben. Es war nicht einfach, die Freundin eines Navy SEALs zu sein. Aber sie hatte schnell gemerkt, dass sie nicht allein war, nur weil Vincent weg war.

Blink war jetzt eine Konstante in ihrem Leben. Sie wohnte in Vincents Wohnung, während er im Einsatz war – er fühlte sich wohler, sie zu verlassen, wenn er wusste, dass Blink gleich unten war. Und sie würde alles tun, um ihn zu beruhigen, damit er sich auf die Arbeit konzentrieren konnte. Blink hatte sie beide vor dem Einsatz besucht, und während das Team weg war, kam er jeden Abend nach oben. Sie hatten ferngesehen und sich unterhalten. Sie hatte ein paar Cartoons von Pecky, dem reisenden Taco gezeichnet, während er Bücher las. Es war sehr beruhigend, in seiner Nähe zu sein, und entgegen Marleys Befürchtungen weckte die Zeit mit Blink keine schlechten Erinnerungen in Remi.

Nach einer Ermittlung war er von jeglichem Fehlverhalten freigesprochen worden, was für sie beide eine große Erleichterung war. Sie war bereit gewesen, einen der besten Anwälte des Staates zu engagieren, wenn es auch nur den Hauch einer Anklage gegen Blink gegeben hätte.

Tex hatte eines Abends angerufen und sich dafür entschuldigt, dass er nicht hatte herausfinden können, dass Howler hinter den Ereignissen in Hawaii steckte. Er bezweifelte ernsthaft die Annahme der Polizei, dass der Bootskapitän an einer versehentlichen Überdosis gestorben war. Er konnte auch in Erfahrung bringen, dass Howler ein Dutzend Wegwerfhandys mit Bargeld gekauft hatte, von denen er offensichtlich eines nach Hawaii geschickt hatte, denn die Polizei beschlagnahmte es in der Wohnung des Bootskapitäns, als sie dessen Leiche gefunden hatten. Es war als Beweismittel eingepackt worden, nur für den Fall.

Wo er *irgendetwas* davon erfahren hatte – geschweige denn, wie er Zugang zu einem Telefon hatte, das noch in einer Asservatenkammer lag –, wusste Remi nicht, aber Vincent riet ihr, gar nicht erst zu fragen. Tex war fast unheimlich in Bezug auf die Informationen, die er finden konnte.

Marley hatte seit ihrer Entführung darauf bestanden, dass Remi sie stündlich anrief oder ihr eine SMS schickte, bis sie sich weigerte und ein Machtwort sprach. Sie hatten sich sogar ziemlich heftig gestritten, aber wie die besten Freundinnen, die sie waren, hatten sie sich innerhalb von Minuten wieder versöhnt, nachdem sie aufgelegt hatten.

Und während Vincent und der Rest seines Teams weg

waren, hatte sie fast jeden Tag mit einer oder mehreren der SEAL-Damen zu Mittag gegessen. Caroline und Fiona an einem Tag, Summer und Cheyenne am nächsten. Alabama an einem anderen Tag, und Jessyka hatte sie ins *Aces* eingeladen, um sich hinter der Bar auszuprobieren ... was ein heiteres Desaster gewesen war.

Alles in allem dachte Remi, als sie sich umschaute und all die Menschen sah, die ihr in so kurzer Zeit sehr wichtig geworden waren, sie war gesegnet. Ja, ihr waren schlimme Dinge widerfahren, aber sie hatte sie mit Hilfe ihrer Freunde überstanden und war gestärkt aus ihnen hervorgegangen.

Sie ließ den Blick hinüber zu den Billardtischen wandern, wo ihr Vater sich mit Dude und Preacher zusammengetan hatte und sie gerade dabei waren, Benny, Cookie und Flash die Hosen auszuziehen. Sie hätte nie gedacht, dass sie den Tag erleben würde, an dem ihr reicher, kultivierter Vater in einer Militärkneipe mit einem Haufen rauer SEALs abhing, aber sie freute sich für ihn.

Lautes Gelächter lenkte ihre Aufmerksamkeit wieder auf den Tisch, und sie stellte fest, dass sowohl ihre Großmutter als auch Cheyenne sich amüsierten. Wahrscheinlich wegen etwas Unangebrachtem, das ihre Großmutter gesagt hatte. Die ältere Frau scheute sich nicht, zu sagen, was ihr in den Sinn kam, und sie war, ohne zu zögern, in Remis neuen Freundeskreis aufgenommen worden.

Sie ließ den Blick zur Bar schweifen und sah Blink mit Vincent dort stehen. Einen Moment lang machte sie sich Sorgen, dass Blink zu seinen alten Gewohnheiten zurückgekehrt war, allein zu sitzen und sich von den anderen abzukapseln, aber dann lächelte sie, als Vincent eine Hand ausstreckte und Blink eine dieser seltsamen Männerumarmungen gab, die Jungs so machten. Sie lächelten beide, was sie entspannte.

Vincent hatte ihr erzählt, bevor sie zur Kneipe aufgebrochen waren, dass er eine Nachricht von seinem Kommandanten bekommen hatte – Blink hatte seine psychologische Untersuchung bestanden und war in Vincents Team aufgenommen worden. Es wärmte ihr das Herz, dass keiner der anderen Jungs Blink das vorhielt, was passiert war. Ja, er hatte ihr Angst gemacht, sie gegen ihren Willen festgehalten, aber sie verstanden genauso gut wie sie, dass der Tag ganz anders verlaufen wäre, wenn er nicht in den Wagen gestiegen wäre.

Der Grund für die Umarmung musste also gewesen sein, dass Vincent Blink mitteilte, dass es nun offiziell war. Er war wieder Teil eines Teams. Erleichtert, dass Blink so zufrieden aussah wie ihr Mann, rutschte Remi von ihrem Stuhl und ging zur Bar.

Sie hakte sich bei Vincent ein, als sie sich an ihn schmiegte.

»Du hast es ihm gesagt?«, fragte sie.

»Er hat es mir gesagt«, erwiderte Blink mit einem kleinen Lächeln und Nicken.

»Und du bist glücklich?«, fragte sie weiter.

»Ja.«

»Gut. Ich auch.«

»Ich habe keinen Zweifel daran, dass du, wenn der Papierkram nicht erledigt worden wäre, in das Büro des Kommandanten gestürmt wärst und verlangt hättest, dass er sich deinem Willen beugt«, sagte Vincent lachend.

»Ich? Ich bin ein Engel. Das hätte ich nie getan!«, protestierte Remi. »Ich hätte meine Großmutter geschickt. Oder vielleicht Dads Schläger.«

Sowohl Blink als auch Vincent brachen in Gelächter aus.

»Fernando hat keine *Schläger*«, sagte Vincent kopfschüttelnd.

»Ich glaube schon«, entgegnete Remi achselzuckend, »aber ich bin froh, dass wir sie nicht benutzen mussten. Jetzt kann ich den Cartoon schreddern, den ich gezeichnet habe, in dem

Pecky und seine Freunde sich eines Nachts auf den Stützpunkt schleichen und aus Protest die SEAL-Zentrale niederbrennen.«

Sie lächelte, als Blink und Vincent wieder einmal lachten. Sie drückte Vincents Taille vor Glück. Ihr Leben fühlte sich ... vollständig an. Voll.

»Ich werde mal sehen, ob MacGyver und Mozart einen Dritten in ihrem Team brauchen«, sagte Blink. Er nickte Vincent zu, beugte sich dann vor und küsste Remis Schläfe, bevor er mit seinem Bier zu den Billardtischen schlenderte.

Es gefiel ihr, wie zärtlich Blink nach ihrer gemeinsamen Tortur zu ihr war. Er war immer noch mürrisch. Noch immer neigte er dazu, in seinem Kopf zu verschwinden. Aber sie hatten ein Band geschmiedet, das niemals gebrochen werden konnte. Und was noch besser war, ihr Freund schien nicht im Geringsten eifersüchtig auf ihre Beziehung zu seinem SEAL-Kameraden zu sein.

»Ich werde dich heiraten, weißt du«, sagte Vincent beiläufig.

Remi blickte zu ihm hoch. »Was?«, fragte sie.

»Ich werde dir meinen Ring an den Finger stecken, mein Baby in deinen Bauch pflanzen und jeden finster ansehen, der es wagt, meine schöne Frau auch nur zweimal anzuschauen.«

Schmetterlinge flatterten in bei seinen Worten in Remis Bauch.

»Aber bevor ich dich frage, möchte ich absolut sicher sein, dass du weißt, worauf du dich einlässt, wenn du dich an mich bindest. Es ist nicht leicht, mit einem Soldaten zusammen zu sein. Du bist durch die Hölle gegangen, *zweimal*, alles meinetwegen. Und du hast bisher nur einen Einsatz hinter dir. Ich will sicher sein, dass es das ist, was du willst. Dass *ich* derjenige bin, den du willst, bevor ich die Sache offiziell mache.«

»Du bist, was ich will«, sagte sie entschlossen. »Ich muss nicht noch mehr Einsätze mitmachen. Und was mit mir passiert ist, war nicht deine Schuld. Es war seine.« Remi sprach den Namen Howler nicht laut aus. Egal wie sehr Vincent schwor, dass er nicht über den Tod seines Freundes und Teamkameraden traurig war, hatte sie das Gefühl, dass es ihn schmerzte, an diesen Mann zu denken. »Und weißt du was? Wenn er nicht gewesen wäre, wären wir jetzt nicht zusammen.«

Aber Vincent schüttelte den Kopf, noch bevor sie zu Ende gesprochen hatte. »Das glaube ich keine Sekunde lang. Wir leben praktisch in der gleichen Stadt. Unsere Wege hätten sich irgendwann gekreuzt ... in der Bibliothek, wenn wir nebeneinander an einer Ampel im Wagen gesessen hätten, irgendwo. Ich hätte gewusst, dass du die Eine für mich bist, auch wenn wir nicht diese Zeit im Meer verbracht hätten.«

»Vincent, das ist süß«, sagte Remi überwältigt.

»Das bin ich, Mr. Süß«, sagte Vincent sarkastisch, bevor er ein wenig lachte.

Er hatte recht. Vincent war ein wenig grob, er war schnell genervt von anderen, aber er gehörte ihr. Und sie würde ihn nicht zurückgeben. »Damit das klar ist«, sagte sie. »Wenn du mich fragst, werde ich Ja sagen. Zu allem. Dem Ring, dem Baby, und auch wenn mich niemand anschaut, außer um sich zu fragen, was der umwerfende Soldat mit einem kraushaarigen Nerd wie mir macht, lasse ich dich jeden finster ansehen, den du willst.«

Der Ausdruck auf seinem Gesicht ließ ihre weiblichen Teile aufhorchen. Ihr Liebesleben war gut. Mehr als gut. Vincent war der aufmerksamste und selbstloseste Mann, mit dem sie je zusammen gewesen war. Er sorgte immer dafür, dass sie kam, bevor er es tat. Und in der Nacht, nachdem er von seiner Mission zurückgekehrt war?

Sie errötete immer noch, wenn sie nur daran dachte.

Vincent sah sich um und murmelte: »Ich frage mich, ob es

hier irgendwo einen Wandschrank gibt, den wir benutzen könnten.«

Remi kicherte. »Ich werde keinen Sex im Wandschrank einer Kneipe haben«, sagte sie nachdrücklich. »Was hat Meg Ryan in *Top Gun* gesagt? Hey, Kevlar, du toller Hengst, schaff mich ins Bett oder ich wechsle das Revier«, sagte sie mit einem breiten Grinsen.

»Zeig mir den Weg nach Hause, Schatz«, erwiderte er mit einem Blick, der so voller Lust war, dass Remi sich bemühen musste, nicht auf der Stelle in Flammen aufzugehen.

Sie ergriff seine Hand und zog ihn zur Tür.

»Wo willst du hin?«, rief Marley.

»Nach Hause!«, erwiderte Remi, ohne stehen zu bleiben.

Sie hörte Gelächter um sie herum, aber sie ignorierte es. Es war ihr egal, was die anderen dachten. Sie brauchte ihren Mann. Und zwar sofort.

»Vergiss nicht, wir haben Training um sechs Uhr!«, rief Safe.

Remi hatte keine Ahnung, welche Antwort Vincent seinem Freund darauf gab, nahm aber an, dass er ihm den Mittelfinger gezeigt hatte. Immer noch lächelnd zog sie ihn aus der Kneipe und auf den Parkplatz, bevor Vincent die Führung übernahm. Er zerrte an ihrer Hand, sodass sie stehen blieb, dann drehte er sie zu sich, beugte sich vor, warf sie sich über eine Schulter und ging weiter zu seinem Wagen.

Remi lachte prustend und stützte sich mit den Händen an seinem Rücken ab. Sie starrte auf seinen perfekten Hintern, während er weiterging, und lächelte vor sich hin. Sie, Remi Stephenson, hatte einen SEAL an Land gezogen. Da sie in der Gegend aufgewachsen war, hatten alle Mädchen in ihrer High-school-Klasse davon gesprochen, als sie jünger waren. Darüber, wie sexy sie waren, wie toll es wäre, mit einem zu schlafen.

Und sie schlief nicht nur mit *einem*, sondern mit dem Besten aus der Truppe. Und er wollte sie heiraten. Es war ein wahr gewordener Traum. Und obwohl sie Vincent schon morgen heiraten würde, verstand sie, dass er Sicherheit von ihr brauchte. Seine Ex hatte ihm übel mitgespielt, und nach dem, was mit Howler passiert war, war er immer noch empfindlich in Bezug auf alles, was sie durchgemacht hatten.

Aber das war schon in Ordnung. Denn Remi würde nirgendwo hingehen.

Sobald er sie in ihre Wohnung gebracht hatte – nachdem er von seiner Mission zurückgekehrt war, hatten sie schließlich beschlossen, dort zu wohnen, weil sie größer war –, hob er sie wieder hoch und ging geradewegs zur Treppe und hinauf in ihr Schlafzimmer.

Er trug sie, als würde sie nichts wiegen, und warf sie dann auf ihr Bett. Remi küsste ihn mit all der Liebe, die sie in ihrem Herzen hatte. Sie hatte kein Wort zu Vincent gesagt, aber die Wahrheit war, dass seine Missionen ihr Angst machten. Sie musste darauf vertrauen, dass er und seine Teamkameraden wussten, was sie taten. Sie fühlte sich besser mit dem Wissen, dass Blink auch ihrem Mann den Rücken freihalten würde. Aber sie würde Vincent nie sagen, wie viel Angst sie um ihn hatte, wenn er ging. Sie würde die starke Frau sein, die er brauchte. Sie war so stolz auf ihn, wie sie nur sein konnte. Er war ihr Held.

Nachdem er den Reißverschluss und den Knopf ihrer Jeans geöffnet hatte, packte er den Stoff an ihren Knöcheln und zog daran. Remi prustete wieder. Als sie nackt war, kroch Vincent über sie und sah ihr mit einem so liebevollen Blick in die Augen, dass Remis Herz in ihrer Brust schneller klopfte.

»Ich liebe dich«, sagte er.

»Und ich liebe dich.«

Er hob eine Hand und strich ihr eine Haarsträhne aus dem Gesicht. Aber sonst bewegte er sich nicht.

»Vincent?«

»Ich präge mir nur diesen Moment ein. Dich. Hier, unter mir. Die Liebe in deinen Augen.«

Remi lächelte. »Gewöhn dich daran. An die Liebe, meine ich. Denn sie gehört ganz dir. *Ich* gehöre ganz dir.«

Seine Nasenflügel blähten sich auf, und er ließ sich an ihrem Körper hinuntergleiten. »Halt dich fest, Süße, denn ich denke, ich will mir heute Abend Zeit lassen.«

Remi stöhnte, als der Mann, den sie liebte, es sich zwischen ihren Oberschenkeln bequem machte. »Gib dein Bestes, Schatz«, neckte sie.

»Nein, ich werde mein Schlimmstes tun«, entgegnete er grinsend, bevor er den Kopf senkte.

Wren seufzte. Sie hatte gehofft, dass die Kneipe heute Abend nicht überfüllt sein würde. Sie hatte sich mit ihrem Begleiter im *Aces* verabredet, weil es normalerweise ein ziemlich entspannter und ruhiger Ort war. Sie konnte mit dem Mann reden und ihn kennenlernen, ohne das Gefühl zu haben, mitten in einer verdammten Studentenparty zu sein. Aber heute Abend lachten und lächelten eine Menge Leute, spielten Billard und machten es fast unmöglich, ein normales Gespräch mit dem Mann neben ihr zu führen.

Nach dem zu urteilen, was sie aus den Trinksprüchen und Reden der Leute heraushören konnte, war eine der Frauen tatsächlich fast gestorben, und einer der anderen Jungs in der Kneipe hatte sie gerettet. Aber es war verwirrend, denn der Typ, der sie gerettet hatte, war eindeutig nicht der Mann, mit dem sie zusammen war. Sie war an einen anderen heißen SEAL gekuschelt.

Sie wusste, dass sie SEALs waren, weil sie andere Gespräche um sie herum belauscht hatte. Aber was ihr Herz zum Rasen brachte, war zu sehen, wie nahe sich alle zu stehen schienen. Sie waren nicht alle im gleichen Alter, aber das machte nichts. Sie hatten sehr viel Spaß. Es war sogar eine ältere Frau dabei, die sich prächtig zu amüsieren schien. Offenbar war sie die Großmutter der Frau, die gefeiert wurde. Es brachte sie zum Lächeln. Es weckte Sehnsucht in ihr, Teil von so etwas zu sein. Aber Wren führte ein einsames Leben.

Sie hatte sich alles, was sie je hatte, hart erkämpfen müssen. Warum sollte es bei Liebe, Akzeptanz und Familie anders sein?

»Hörst du mir überhaupt zu?«

Wren zuckte bei der Frage ihrer Verabredung innerlich zusammen, denn sie hatte es *nicht* getan. Sie war zu sehr in die Gespräche um sie herum vertieft gewesen. Die festliche Stimmung. Die Männer an den Billardtischen schienen sich zu amüsieren. Keiner war beleidigt, wenn ein Team ein Spiel gegen ein anderes gewann.

»Tut mir leid, es ist wirklich laut hier drin«, sagte Wren zu ihrem Begleiter.

Daraufhin rückte er seinen Stuhl näher an ihren heran, sodass er praktisch auf ihrem Schoß saß. Es war ihr unangenehm, aber sie wollte ihn nicht verärgern, indem sie ihm sagte, er solle sich zurückhalten. So hatte sie ihr ganzes Leben verbracht ... gefügig sein. Nicht aus der Reihe tanzen. Es war eine schwer zu durchbrechende Gewohnheit.

»Wir könnten von hier verschwinden. Zu mir nach Hause gehen«, schlug er vor und legte eine Hand auf ihren Oberschenkel.

Wren starrte ihn ungläubig an. Wo war der höfliche, fast schon nerdige Buchhalter hin? Als sie ihn das erste Mal gesehen hatte, hatte sie erleichtert geseufzt, weil er genauso aussah wie auf dem Bild in seinem Online-Profil. Sie hatte schon fast befürchtet, dass er sie verarsche oder so. Aber er

schien genau so zu sein, wie er sich in der Dating-App dargestellt hatte. Ein sanftmütiges Mathegenie, das sie kennenlernen
wollte, und nicht jemand, der nur auf der Suche nach einer
schnellen Nummer war.

Aber jetzt, mit seiner Hand auf ihrem Oberschenkel,
begann sie zu glauben, dass es da draußen keine guten Männer
mehr gab. Keine, die nicht nur auf Sex aus waren.

»Ich fühle mich dabei nicht wohl«, sagte sie und zog ihr
Bein so weit wie möglich von ihm weg.

»Richtig, tut mir leid«, sagte er mit einem kleinen Lächeln,
während er sich von ihr weglehnte.

Wren seufzte erleichtert, dass er den Wink verstanden
hatte.

»Willst du noch etwas von der Bar? Ich hole mir noch
etwas«, sagte er.

»Ähm, sicher. Vielleicht eine Limonade?«

»Eine Limonade? Willst du nicht noch ein Glas Wein?«

Wren schüttelte den Kopf. »Ich fahre, also kann ich nicht.«

»Na gut, eine Limonade, kommt sofort.«

Ihre Verabredung lächelte wieder, dann ging er zur Bar. Es
war viel los. Er würde ein wenig warten müssen, also schloss
Wren für einen Moment die Augen.

Dieser Abend war ein Reinfall. Sie hätte erkennen müssen,
dass Online-Dating nichts für sie war. Aber es war nicht so, als
würde sie in irgendeinem anderen Bereich ihres Lebens poten-
zielle Partner treffen. Sie war gerade erst für ihren neuen Job
nach Südkalifornien gezogen, und obwohl sie hauptsächlich
mit Männern zusammenarbeitete, hatte sie schon immer die
Regel befolgt, nicht mit Kollegen auszugehen. Außerdem gefiel
ihr keiner der Männer, die sie täglich sah. Deshalb hatte sie
sich an das Internet gewandt.

Lange bevor sie bereit war, sah Wren ihre Verabredung mit

einer Bierflasche in der einen und einem Glas in der anderen Hand auf sie zukommen.

»Hier, bitte«, sagte er und schob das Glas zu ihr hinüber. »Worüber haben wir gesprochen, bevor ich so unhöflich von deiner Seite gewichen bin?«, fragte er mit einem schleimigen Lächeln.

Wren war sich nicht sicher, denn sie hatte mehr auf die Feierlichkeiten um sie herum geachtet als auf das, was er sagte.

Sie nahm einen großen Schluck von ihrer Limonade, als er mit einer langweiligen Geschichte über die Leute anfing, mit denen er arbeitete.

Sie war sich nicht sicher, wie viel Zeit verstrichen war, aber es dauerte nicht lange, bis Wren sich seltsam fühlte. Im Raum war es auf einmal extrem heiß geworden, und ihr war schwindelig.

Verdammte Scheiße ... Das Arschloch hatte ihr etwas ins Glas getan!

Das wusste sie ganz genau – denn es war schon einmal passiert.

Wren stieß gegen die Hand ihres Begleiters, die wieder ihr Bein gefunden hatte. Aber jetzt waren seine Finger an ihrem Innenschenkel und berührten sie auf eine Weise, die völlig unangebracht für jemanden war, den sie gerade erst kennengelernt hatte.

»Wenn du mich entschuldigen würdest, ich muss mal auf die Toilette«, sagte sie zu ihrem Begleiter, während sie die Hand wegdrückte, die er bereits wieder auf ihr Bein gelegt hatte.

»Alles in Ordnung? Du siehst nicht so gut aus. Lass mich dich nach Hause bringen.«

Klar, Arschloch, dachte sie. *Du steckst mich in deinen Wagen und bringst mich nicht nach Hause, verdammt. Du wirst mich verge-waltigen, mir die Kehle aufschlitzen und mich dann in irgendeiner verdammten Gasse liegen lassen, damit man mich findet wie das Stück Dreck, für das du mich hältst.*

Wren schüttelte den Kopf und hasste es, dass der Raum sich dadurch noch mehr drehte. Sie musste einfach nur auf die Toilette gelangen. Sich in einer Kabine einschließen und dann die erste Frau, die hereinkam, um Hilfe bitten. Ein weiterer Grund, warum sie ins *Aces* gekommen war. Sie hatte eine Geschichte über die Besitzerin gelesen, eine Frau, die sagte, sie sei entschlossen, ihre Kneipe zu einem Ort zu machen, an dem Frauen sicher sein konnten, wenn sie ausgehen wollten.

Sie musste den Mann überrascht haben, denn als sie ihn erneut wegstieß, schob er seinen Stuhl zurück.

»Okay. Ich passe auf deine Handtasche auf«, sagte er.

Wren wollte ihre Sachen nicht bei ihm lassen, aber dadurch schien der Mann sich zu entspannen. Wie jeder andere dachte auch er, dass sie nicht ohne ihre Sachen gehen würde. Wahrscheinlich dachte er, sie würde sich etwas Wasser ins Gesicht spritzen und dann zum Tisch zurückkommen, um ihre Handtasche zu holen, bevor er ihr beim Gehen »half«.

Nun, so blöd war sie nicht.

Sie stolperte durch den Raum, wohl wissend, dass sie sich wie eine betrunkene Tussi bewegte, die keinen Alkohol vertrug.

Wren überlegte es sich anders und beschloss, den Flur hinunterzugehen, wo die Toiletten sich befanden, und dann weiterzugehen – direkt durch die Hintertür, falls sie eine finden konnte. Ihr Telefon war in ihrer Tasche und sie konnte ein Taxi rufen, sobald sie draußen in Sicherheit war.

Aber sobald sie den Flur betrat, wusste Wren, dass sie bereits in Schwierigkeiten steckte. Sie konnte kaum noch die Augen offen halten, und es war nur eine Frage der Zeit, bis sie bewusstlos wurde. Was auch immer das Arschloch in ihr Getränk getan hatte, es war stark. Und schnell wirkend. Er war eingebildet gewesen. So sicher, dass sie zustimmen würde, sich von ihm helfen zu lassen. Nun, scheiß auf ihn.

Als sie doppelt zu sehen begann, sah Wren jemanden auf sie zukommen. Er war groß und attraktiv. Er hatte einen kurz geschnittenen Bart und Schnurrbart. Sie erkannte ihn. Er war einer der SEALs in der Kneipe. Er hatte mit den anderen Billard gespielt. Aber das, was ihn in ihren Augen besonders auszeichnete, waren seine Sommersprossen. Sie waren über sein ganzes Gesicht verteilt. So dicht beieinander, dass man, wenn man nicht genau hinsah, denken konnte, es sei nur eine fleckige Bräune oder so etwas.

Irgendetwas an diesen Sommersprossen ließ ihn sicher erscheinen. Sie wusste nicht warum; wahrscheinlich waren es die Drogen, die ihren Verstand verwirrten.

»Helfen Sie mir!« Die Worte waren heraus, bevor sie darüber nachdenken konnte.

»Wie bitte?«, fragte der Mann.

»Mein Begleiter hat mir etwas ins Glas getan. Er will mich nach Hause bringen. Ich werde gleich ... bewusstlos ... bitte helfen ...«

Wren spürte, wie sie fiel – aber sie schlug nicht auf dem Boden auf. Der Mann fing sie auf.

Ihr letzter Gedanke, bevor die Welt schwarz wurde, war die Hoffnung, nicht vom Regen in die Traufe gekommen zu sein.

»Was zum Teufel?«, rief Bo »Safe« Cyders aus, als die schlanke – nein, geradezu *magere* – Frau im Flur in seinen Armen ohnmächtig wurde.

Sein Instinkt sagte ihm, er solle sie in die Kneipe tragen, um Hilfe zu holen. Aber er erinnerte sich sofort daran, was sie gesagt hatte. Dass ihr Begleiter sie unter Drogen gesetzt hatte.

Allein der Gedanke daran brachte sein Blut in Wallung.

Seine Schwester war unter Drogen gesetzt und vergewaltigt worden, als sie auf dem College war, und als Safe davon erfuhr, hatte er sich völlig hilflos gefühlt. Er hatte Susie immer beschützt, aber er war nicht in der Lage gewesen, sie zu beschützen, als sie ihn am meisten gebraucht hatte. Das hatte jahrelang an ihm genagt.

Als er sich umdrehte, handelte Safe, ohne nachzudenken. Er musste diese Frau von hier wegbringen. Als er sie ansah, erkannte er sie als die Frau, die in der am weitesten von den Billardtischen entfernten Ecke saß, mit einem zugeknöpften, verschlagen aussehenden Arschloch an ihrer Seite. Mit einem Blick hatte er die beiden für eine erste Verabredung gehalten. Es hatte ihm nicht gefallen, wie der Mann die Frau anstarrte, wenn sie nicht hinsah.

Sie trug eine kurze Hose und eine kurzärmelige Bluse mit Rundhalsausschnitt. Seiner Meinung nach war sie ziemlich konservativ gekleidet, aber das hatte ihren Begleiter nicht davon abgehalten, auf ihr Dekolleté zu starren. Der Typ sabberte praktisch.

Safe stimmte zwar zu, dass die Frau hübsch war, aber sie war definitiv nicht sein Typ. Sie sah aus, als würde sie von einer kleinen Brise weggeweht werden. Er mochte seine Frauen lieber groß und kurvig. Nicht zierlich und dünn.

Aber als er die Frau mühelos festhielt, während er die Hintertür aufschob, konnte Safe nicht leugnen, dass die Dame ihn faszinierte. Nicht jeder Mensch war scharfsinnig genug, um zu erkennen, wenn er unter Drogen gesetzt wurde ... oder stark genug, um seinem Angreifer zu entkommen.

Er schüttelte den Kopf und konzentrierte sich auf die bevorstehende Aufgabe. Sie hatte großes Glück gehabt. Sie hatte ihn nicht um Hilfe gebeten, sie waren einfach nur zur gleichen Zeit auf dem Flur gewesen. Er hätte jeder sein können. Verdammt, er hätte sie aus der Kneipe entführen können, um sich auf perverse Weise an ihr zu vergehen, so wie es ihr sogenannter Begleiter wahrscheinlich geplant hatte.

Aber zum Glück für die Frau war *er* in diesem Flur gewesen. Und er würde ihr nicht wehtun. Nie im Leben. Er hatte seinen Spitznamen nicht bekommen, weil er eine Gefahr für Frauen war.

Safe machte sich eine geistige Notiz, Jessyka anzurufen und ihr zu sagen, was passiert war – sie würde stinksauer sein, da sie sich rühmte, ein Etablissement zu führen, in dem Frauen keine Angst vor Vergewaltigung oder so einem Scheiß haben mussten –, und trug die Frau zu seinem Jeep.

Er schaffte es, die Beifahrertür zu öffnen, ohne sie fallen zu lassen ... nicht dass das besonders schwer gewesen wäre. Die Frau wog nicht einmal so viel wie der Rucksack, den er bei seinen Einsätzen trug. Er schnallte sie auf dem Sitz an, und ihr Kopf kippte unbeholfen zur Seite, während Safe um das Fahrzeug herumlief.

Er fragte sich, was zum Teufel er da tat, während er den Motor anließ.

Als er den Parkplatz des *Aces* verließ, presste er die Lippen aufeinander. Er sollte umdrehen. Sie zurück in die Kneipe bringen. Caroline, Jessyka und die anderen würden sich um sie kümmern, während er und die Jungs die Polizei riefen und ihren Begleiter zwangen, zu gestehen, was er getan hatte.

Doch stattdessen machte Safe sich auf den Weg zu seinem Haus. Es war winzig und lag in einer recht heruntergekommenen Gegend. Aber es gehörte ihm. Bezahlt mit dem Geld, das er mit seinem Blut, Schweiß und seinen Tränen verdient hatte.

Der geheimnisvollen Frau würde es gut gehen. Er würde auf sie aufpassen, um sicherzustellen, dass sie keine negativen

Auswirkungen von der Droge hatte, die ihr untergeschoben worden war. Wenn sie aufwachte ...

Nun, dann würde er sich mit den Auswirkungen seiner Entscheidungen auseinandersetzen.

Im Moment schrie ihn jeder Instinkt an, die Frau an einen sicheren Ort zu bringen. Und der sicherste Ort, den er kannte, war sein eigenes bescheidenes Heim.

Nicht die beste Art, jemanden »kennenzulernen«, aber natürlich wird Safe alles tun, um Wren zu helfen. Holen Sie sich jetzt das nächste Buch aus der Reihe SEALs of Protection: Alliance – Schutz für Wren!

BÜCHER VON SUSAN STOKER

SEALs of Protection: Alliance
Schutz für Remi
Schutz für Wren (5 Nov)
Schutz für Josie (4 Mar)
Schutz für Maggie (1 Apr)
Schutz für Addison (6 May)
Schutz für Kelli
Schutz für Bree

Die Männer von Silverstone
Vertrauen in Skylar
Vertrauen in Taylor (1 Aug)
Vertrauen in Molly (1 Sept)
Vertrauen in Cassidy (1 Dez)

Die Zuflucht in den Bergen
Zuflucht für Alaska
Zuflucht für Henley
Zuflucht für Reese

SUSAN STOKER

Zuflucht für Cora
Zuflucht für Lara
Zuflucht für Maisy (1 Okt)
Zuflucht für Ryleigh (7 Jan)

Das Bergungsteam vom Eagle Point
Ein Retter für Lilly
Ein Retter für Elsie
Ein Retter für Bristol
Ein Retter für Caryn
Ein Retter für Finley
Ein Retter für Heather
Ein Retter für Khloe

SEALs of Protection: Legacy
Ein Beschützer für Caite
Ein Beschützer für Brenae
Ein Beschützer für Sidney
Ein Beschützer für Piper
Ein Beschützer für Zoey
Ein Beschützer für Avery
Ein Beschützer für Kalee
Ein Beschützer für Jane

Die SEALs von Hawaii:
Die Suche nach Elodie
Die Suche nach Lexie
Die Suche nach Kenna
Die Suche nach Monica
Die Suche nach Carly
Die Suche nach Ashlyn
Die Suche nach Jodelle

Delta Team Zwei
Ein Held für Gillian
Ein Held für Kinley
Ein Held für Aspen
Ein Held für Jayme
Ein Held für Riley
Ein Held für Devyn
Ein Held für Ember
Ein Held für Sierra

Mountain Mercenaries:
Die Befreiung von Allye
Die Befreiung von Chloe
Die Befreiung von Morgan
Die Befreiung von Harlow
Die Befreiung von Everly
Die Befreiung von Zara
Die Befreiung von Raven

Ace Security Reihe:
Anspruch auf Grace
Anspruch auf Alexis
Anspruch auf Bailey
Anspruch auf Felicity
Anspruch auf Sarah

Die Delta Force Heroes:
Die Rettung von Rayne
Die Rettung von Emily
Die Rettung von Harley
Die Hochzeit von Emily
Die Rettung von Kassie
Die Rettung von Bryn

BIOGRAFIE

Susan Stoker ist die New York Times, USA Today und Wall Street Journal Bestsellerautorin der Buchreihen »Badge of Honor: Texas Heroes«, »SEAL of Protection«, »Die Delta Force Heroes« und einigen mehr. Stoker ist mit einem pensionierten Unteroffizier der US-Armee verheiratet und hat in ihrem Leben schon überall in den Vereinigten Staaten gelebt – von Missouri über Kalifornien bis hin zu Colorado. Zurzeit nennt sie die Region unter dem großen Himmel von Tennessee ihr Zuhause. Sie glaubt ganz und gar an Happy Ends und hat großen Spaß daran, Geschichten zu schreiben, in denen Romantik zu Liebe wird.

Besuchen Sie Susan im Netz!
www.stokeraces.com
facebook.com/authorsusanstoker
twitter.com/Susan_Stoker
bookbub.com/authors/susan-stoker

SUSAN STOKER

instagram.com/authorsusanstoker
Email: Susan@StokerAces.com